애나

사랑에 미친 狂女

애나

ANNA

잔아(김용만) 장편소설

문학사상

작가의 말

　장편소설 《애나》는 사랑에 미친 광녀狂女와 순정한 경찰관 출신 작가의 기구한 악연이 제3공화국 격동기의 수많은 사건들과 뒤엉킨 체험소설이다. 3년 동안 신문에 연재하면서 화제를 모았던 작품을 플롯과 현장감을 새롭게 살려 흥미 유발을 도모했다.

　참으로 쓰기 어려운 작품이었다. 지독한 애정을 다뤘으면서 주인공이 경찰관이란 데에 자칫 인물의 전형성을 잃지 않을까 저어되었고, 작품에 실려 있는 수십 가지의 에피소드가 역사적인 실제상황이어서 함부로 픽션을 가미할 수 없는 데다, 모든 에피소드가 이질적인 내용이어서 작품의 탐미적 분위기와 동떨어지지 않을까 염려되었다.

2020년 7월 양평 문호리에서

잔아 (본명 김용만)

차 례

행복은 너를 타락시킨다. 네 순결을 오염시키고, 네 미적감각을 죽이고, 네 창조의식을 마비시키고, 네 반역정신을 죽이고, 너를 야비하게 만들고, 너를 매끈한 형식주의에 물들게 한다. 그리고 행복은 무엇보다 네가 좋아하는 허무를 희석시킨다.

—본문 중에서

2005년경에 애나가 쓴 글

너는 이제 사랑하는 여인의 품에 안김으로써 가장 중요한 것을 잃어가고 있다. 파괴력이다. 네 일상을 깨고, 네 상식을 깨고, 네 아집을 깨는 그 어마어마한 파괴력이 행복에 취해 마비되고 있다. 네 몸에서는 악취가 풍기고 눈빛은 시들 것이다. 그런 너를 어찌 증오하겠는가. 이제 너는 질질 흐르는 오물일 뿐이다.

—30여 년 전에 실종된 애나가
그란카나리아 섬에서 쓴 아포리즘

경찰전문학교로 면회 온 악마

범죄 면에서는 여자가 남자보다 훨씬 잔인하다.

여자의 엽기적 범죄심리를 설명하던 교수가 손에 묻은 분
필가루를 털자 교실에는 금방 생기가 돌았다.

"여자는 꽃이 아니라 독약이라구."

"여자가 한을 품으면 오뉴월에도 서리가 내린다잖아."

"그래서 경찰관은 아랫도리를 조심하랬어."

교실 여기저기서 생도들의 싱거운 말이 튀어나왔다. 하지
만 용하는 어젯밤에 꾸었던 해괴한 꿈이 되살아나는 바람에
머리가 귀살스러웠다.

꿈속에서 용하는 부산역 쪽으로 바삐 걸어가고 있었다. 애
나 몰래 인천 부평에 있는 경찰전문학교에 입학하기 위해 서
울행 급행열차를 타러 가는 중이었다. 수정동 산동네에서 멀
어질수록 용하의 발길은 가벼워졌다. 꼬불꼬불한 산동네 골

목만 빠져나가면 큰길 인파에 묻힐 테니 탈출은 성공한 셈이고, 그 탈출성공은 애나와의 영원한 결별을 의미했다. 새로운 세상이 열릴 것만 같았다. 용하는 안도의 숨을 내쉬었다. 그때였다. 뒤쪽에서 귀청을 째는 고함소리가 들려왔다. "네놈이 도망쳐?" 용하는 얼른 뒤를 돌아보았다. 골목 저만치에서 애나가 왜장을 치며 달려오고 있었다. 젖가슴을 풀어 헤친 채 맨발로 달려오는 애나의 발자국에서는 먼지가 풀풀 날렸다. 다급해진 용하는 부산역을 포기하고 산 계곡 쪽으로 도망쳤다. 하지만 맥이 빠져 풀숲에 쓰러지고 말았다. 아무리 용을 써도 몸이 움직이지 않았다. 금방 애나의 모습이 코앞에 나타났다. 그녀의 입과 손에는 피가 묻어 있고 몸에서는 피비린내가 진동했다.

누구의 무덤을 파먹었을까?

보나마나 잘생긴 청년의 무덤을 파먹었겠지. 포부가 크고 의리가 강했던 청년의 무덤. 비록 가난한 농민의 아들로 태어났지만 항상 맑은 미소를 머금고 영원한 신비의 세계만을 동경하던 청년의 무덤. 밤하늘을 보며 그 까만 무한공간의 넓이와 두께를 가늠하다가 황량한 허무의 늪에 빠져 눈물 흘리던 청년의 무덤…….

용하는 그 청년의 무덤이 바로 자신의 무덤이라고 여겨지는 순간 사타구니에 싸늘한 냉기가 느껴졌다. 애나의 피 묻은 손이 성기를 움켜쥐었던 것이다.

수사학 강의가 끝나고 십오 분 후에 정보학 강의가 이어졌다. 강의 내용은 대공이론對共理論과 흐루쇼프 소련 수상의 평화공존론에 대한 비판이었다. 사회체제가 다른 자본주의 국가와 사회주의 국가가 공존할 수 있다는 것이 소련 대외정책의 기본 원칙이라지만 그거에 현혹되어서는 안 된다는 것이 한국의 현실이라는 내용이었다.

오전 수업을 마친 생도들은 점심을 먹으러 식당으로 몰려갔다. 그때 스피커에서 "김용하 생도 면회"란 공지방송이 나왔다. 주말도 아닌 평일에 누가 면회왔을까? 용하에게는 면회올 친구도 없거니와 형제간이나 연인도 없었다. 고향 누나네에 모셔진 부모는 거동이 불편한 노구인 데다 입교 사실조차 모르고 있었다. 용하는 헛걸음 셈치고 위병소가 있는 정문 쪽으로 걸어갔다. 잔디밭길을 지나 연병장을 가로지를 때였다. 위병소를 바라보는 용하의 시선이 갑자기 자지러졌다. 위병소 앞에 꼿꼿이 서 있는 여자는 분명 애나였다. 얼굴에 품은 독기가 멀리서도 역력했다. 그 살기찬 독기에 가위눌려 용하는 더듬더듬 다가갔다.

"몰래 도망쳐 나와 취직했어?"

애나는 대뜸 용하의 멱살부터 잡았다. 날쌘 공격이었다. 용하의 몸은 마취제에 취한 듯 금방 허물어졌다.

"죽을 것 살려놓으니까 이제 나와 상종 않겠다 이거지?"

애나는 계속 악다구니를 퍼부었다. 용하는 방어자세를 취하지도 못한 채 멍청히 당하기만 했다. 대신 위병소에 앉아 있던 경찰관이 애나 곁으로 다가서며 타일렀다.

"아주머니 고정하세요. 여긴 신성한 교육기관입니다."

"여기가 뭐하는 곳이죠?"

"경찰관 교육기관이랬잖소."

"누가 그걸 몰라 물었어요? 이런 사기꾼놈을 합격시켜도 되냐 그 말이에요."

"참 싱거우시긴. 신원조회해서 뽑았는데 저 사람이 왜 사기꾼입니까?"

"경찰도 썩었구먼. 이런 형편없는 걸 뽑았으니 썩을 대로 썩었어."

"뭐요? 썩어? 저기 기념탑에 새겨진 교훈을 읽어봐요. 지성, 용기, 성실."

"저 따위 교훈이 뭔 소용이죠? 말짱 가짜로 써 놓은 건데."

"가짜? 이 양반아 말조심해!"

"말조심 안 하면 잡아넣을래요?"

"무슨 내막인진 몰라도 하여튼 조용합시다."

"눈이 뒤집히는데 날 보고 체면 차리라고?"

애나의 눈꼬리가 치켜 올라갔다. 용하는 멱살을 잡힌 채 배실배실 웃기만 했다. 모든 걸 포기한 상태여서인지 숫제 마음이 홀가분했다. 용하의 웃음 속에는 내 넝마 같은 신세를 샅샅이 관찰해주쇼 하는 여유마저 깃들어 있었다.

"아주머니, 아무리 화나는 일이 있어도 공과 사는 구별해야죠. 다시 말하지만 여기는 신성한 교육기관입니다."

"글쎄 신성한 교육기관이니까 이런 놈은 당장 쫓아내야죠."

"이봐요, 근무장소에서 욕은 삼가세요."

"이런 놈한테 욕 말고 무슨 말을 쓰라는 거죠?"

"보자 보자 하니 뭐 이런 여자가 있어."

"뭐야? 이런 여자? 요것 봐라. 그래, 네 계집은 부처님이냐? 네 계집도 나처럼 당해봐라, 용 안 쓰고 배기나."

"이 여자가 어디 와서 행패 부려?"

"행패? 좋다. 이래저래 나 환장한 년이다!"

"어쭈……."

"선배님 죄송합니다."

용하는 위병에게 대신 사과하며 애나의 팔을 끌고 밖으로 나가려 했다. 하지만 애나는 여러 사람 앞에서 따지자며 계속 버텼다. 용하가 억지로 끌어내려 하자 땅바닥에 털썩 주저앉으며 "시팔, 이러면 나 혀 깨물어 죽을 거야!" 하고 악을 썼다. 위병이 합세하여 위병소 뒷마당으로 끌어낼 수밖에 없었다. 숨을 돌린 위병이 아직 발버둥치는 애나의 한 팔을 잡은 채 조용히 말했다.

"도대체 당신 떼쓰는 의도가 뭐요?"

"의도? 그래, 이 새끼 조지는 게 내 의도다."

"이제 점잖게 얘기합시다. 보아하니 당신도 배운 여자 같은데 인격적으로 해봅시다. 내가 당신한테 욕먹을 이유가 없잖소."

"너도 한패잖아."

"히야, 이거 보통내기가 아니군. 사내를 이런 식으로 옭아매는 모양인데……."

위병은 고개를 돌려 용하를 꼬나보았다.

"이 머저리 같은 사내야, 왜 하필 이런……."

"죄송합니다. 이런 여자완 싸울 가치도 없습니다. 선배님이 참아주세요."

"차암 딱한 사내군, 쯧쯧."

"너 쯧쯧 혀찼어. 네가 뭔데 내 남편을 무시하는 거지?"

"어쭈, 남편? 무시? 히야 이 여자 아주 철학적으로 노네. 재수 없을라니 별 미친 여자 다 보겠네."

"야! 내가 미쳐? 코 달리고 입 달리고, 씹 달리고, 나 정상적인 여잔데 왜 미쳐?"

"이 여자가 정말……."

"죄송합니다, 참아주세요. 모든 책임은 제가 지겠습니다."

"뭘 책임진다는 거야, 이 멍청한 사내야."

"선배님이 당한 수모에 대해서."

"사내가 왜 그리 못났어."

"지랄하네, 이 사내쯤 되니까 나를 이 정도로 다스렸어. 너 같은 건 어림없으니 까불지 마."

"어쭈, 이럴 땐 인간 같은데."

위병은 얼굴에서 분기를 풀고 대신 객쩍은 웃음을 매달았다. 잠시 조용해졌다. 애나는 위병을 훑어보고 나서 임신 오개월 된 배를 용하 앞으로 배주룩이 내밀며 다가섰다. 이제 네놈은 빼도 박도 못하고 꼼짝없이 내 물건이 되었노라는, 마치 부동산의 보존등기 권리증을 손에 쥐었으니 그 소유권을 멋대로 이행해 보겠다는 투의 자세였다.

"김용하 생도, 조용한 데 가서 둘이 해결해 봐."

애나의 성깔이 좀 눙쳐졌다 싶자 위병은 손을 털며 위병소 안으로 들어갔다. 그는 위병소 뒷문을 닫기 전에 침을 뱉듯 한마디를 덧붙였다.

"그래서 경찰관은 세 뿌리를 조심하랬어."

용하는 경찰사회에 번진 그 잠언 같은 농담을 들은 적이 있었다. 손뿌리, 혀뿌리, 좆뿌리. 그중에서 어느 것을 더 조심해야 할지는 각자 나름이겠지만 지금 용하는 세 번째의 올가미에 씌워져 허덕이고 있는 것이다.

위병소를 떠난 용하는 벙어리가 되려는 듯 입을 굳게 다물었다. 애나와는 일언반구도 나누지 않겠다는 고집이었다. 애초부터 너와의 인연을 거부해 온 나다. 너는 지금 계산을 잘못하고 있다. 나는 이 학교를 그만두면 도로 자유로운 몸이 된다. 너의 그늘에서 벗어나 이제 본래의 순수한 나로, 영원한 이상과 그리움에 불타던 나로 환원될 것이니 네가 무슨 개지랄을 해도 좋다. 그런 배짱이었다. 애나는 용하의 속내를 읽기라도 한 듯 감쪽같이 악다구니를 숨겼다. 그녀가 다시 입을 연 것은 용하를 따라 부평 시내로 나와서인데 그나마도 부드럽고 조심스러운 말로 동정을 구걸하다시피 했다.

"우리 새 출발해요. 자기가 없는 동안 나는 거의 미쳐 지냈어요. 자기는 참 이상한 존재야. 세상에 나를 이처럼 미치게 만들다니. 콧대 높기론 둘째가라면 서러운 난데……."

애나는 눈물을 줄줄 흘렸다. 용하는 그녀의 질퍽한 눈물을 보며 속으로 중얼거렸다. 웃지 마라. 차라리 네 입이 더러울 때가 마음 편해진다. 용하는 온순해지려는 애나의 말투가 비위 상했다. 그는 계속 입을 다문 채 발길이 이끄는 대로 무작정 앞질러 걸었다.

"그럴 거죠? 우리 새 출발할 거죠? 나도 현모양처가 될 테니 우리 멋있게 살아요, 그럴 거죠?"

"여기는 어찌 알고 찾아왔지?"

용하는 무엇보다 애나가 부평까지 찾아온 게 궁금했다.

"자기 공군친구를 귀찮았죠. 여의도 비행장에서 함께 근무했다는 헌무 씨."

아차, 용하는 헌무에게 입교 사실을 알린 것이 후회스러웠다. 다른 방도가 없었다. 당장 퇴교하여 아무도 모르는 곳에서 숨어 살 수밖에 없었다. 애나는 용하의 그런 속마음을 눈치채기라도 한 듯 이렇게 야지랑을 떨었다.

"탈출하기에는 대한민국 땅이 너무 좁잖아요?"

"넘겨짚지 마. 대한민국은 넓은 땅야. 백 년은 너끈히 숨어 살 수 있어."

"또다시 도망치지 못할걸. 자기는 착하니까."

"착하다고? 내 양심과 흥정하겠다는 모양인데 그건 어설픈 수작이야. 부산에서 몰래 도망친 걸 보고도 내 더러운 인간성을 몰라?"

"내가 바본 줄 알아요? 나도 약은 여자예요. 자기를 처음 봤을 때 벌써 자기의 약점을 간파했다구요, 인정 많은 사람이라는 걸. 이젠 애 밴 걸 봤으니 도망칠 사람이 아니죠. 물론 내가 자기 체질에 안 맞는 여자란 걸 잘 알아요. 그래서 자기를 못 찾아도 혼자 애를 키울 참였죠. 애는 영원히 자기에게 올가미를 씌울 테니까."

"나는 착한 게 아니라 바보야. 그리고 애나는 나보다 몇 배 훌륭한 여자야."

"그렇게 꼬신다고 애를 뗄 게 아니니 구질구질한 소리 말아요. 당신 체질은 거짓말을 못해요. 거짓말은 할 사람이 해야 어울려요."

말을 마친 애나는 골목 건너편을 바라보았다. 거기 그늘진 구멍가게 앞에서 강아지 한 마리가 누워 졸고 있었다.

*

졸업식은 경찰전문학교 대강당에서 거행되었다. 정식으로 경찰관이 된 중대원들에게 인사담당이 각자의 배속지를 불러주었다. 경찰청(당시에는 경찰국) 단위 배정이었다. 대원들은 거의가 서울을 비롯한 대도시 근무를 원했지만 용하는 누구나 꺼려하는 시골을 원했다. 조용한 시골 지서에서 근무하게 되면 봉급 타며 공부할 수 있는 데다 소재지마다 마음씨 고운 처녀가 있을 테니 그런 순박한 처녀와 사랑도 하고 알뜰살림도 꾸밀 수 있었다. 하지만 헛된 꿈이었다. 애나가 노리고 있었다. 용하는 애나에게 물어뜯기는 고기가 되느니 차라리 시골보다 더 외딴 섬으로 배속되기를 바랐다. 뱃길로 몇 시간 걸리는 외진 섬에서 몇 년이고 죽치다 보면 도시 체질인 애나가 다른 먹이를 고를지 모를 일이었다. 휘황찬란한 도심에서 살아온 여자가 파도소리만 우글거리는 외딴 섬에서, 그것도 늙고 병든 시부모를 모시고 끝까지 배겨낼 수 있겠는가. 섬으로 가자, 그것도 멀고 먼 섬으로…….

그런데 호명 족족 거의가 서울로 배속되었다. 용하도 서울경찰청으로 발령이 났다. 알고 보니 시국 때문이었다. 앞으로 서울이 한일회담 반대와 월남파병 반대로 시끄러워질 판이라 그곳 인력수급이 우선이었다. 용하는 서울 발령이 기쁘기는커녕 되레 우울했다.

첫 부임지는 영등포경찰서였다. 한강 이남에 하나뿐인 경찰서라 관할이 넓었다. 동쪽으로는 흑석동이 관할인 명수대파출소, 서쪽으로는 부천과 경계를 이룬 오류파출소, 남쪽으로는 안양과 경계를 이룬 시흥파출소까지 넓은 관할이었다(지금의 강남권인 서초, 강남, 송파는 아직 개발되지 않은 농촌).

그 외 영등포 역전파출소를 비롯하여 노량진파출소, 상도파출소, 문래파출소, 양평파출소, 신길파출소, 신림파출소 등이 있는데 그중에서 용하는 신길파출소로 발령이 났다. 신길동 신남동 신풍동이 관할인데 신풍동 일대 농지와 공동묘지는 절도범이 우글거리는 바람에 권총을 쏴서 제압하는 경우가 허다했다. 술집이 즐비한 신길동에는 담배를 꼬나문 아가씨들과 술 취한 주정꾼들이 길거리를 휘젓고 다니는 바람에 마치 미국의 서부활극을 연상시킬 정도로 분위기가 거칠었다. 신남동 역시 비탈진 언덕 거의가 판자촌인 데다 고샅에는 여기저기 쓰레기가 널브러져 안온한 주거지역이 아니었다.

박정희 최고회의 의장이 케네디 대통령 장례식에 참석하고 귀국한 후로는 경찰서 마당에서 실시하는 다중범죄(데모) 진압훈련과 야간 잠복근무로 편안한 날이 없었다. 체포술과 진압대형 훈련은 눈이 내리는 날에도 계속되었다.

　그해 겨울은 유난히 춥고 눈도 많았다. 성원이 태어난 날에도 눈이 내렸다. 밤새 우범지역에서 잠복근무를 마치고 새벽녘에 파출소로 돌아오니 집에서 애를 낳았다는 기별이 와 있었다. 마침 쉬는 비번날이어서 용하는 근무교대를 대충 마치고 밖으로 나왔다. 집은 비탈진 동네에 있었다. 애나 오빠인 성진모 회장이 사준 벽돌집이었다.

　"아들여."

　대문을 열고 들어서자 마루에 서 있던 어머니가 자랑스러운 목소리로 말했다. 옆집 아줌마와 함께 애를 받아냈다고 했다. 용하는 방으로 들어갔다. 산모와 아기가 나란히 누워 있었다. 아기를 보자 용하는 갑자기 슬퍼졌다. 그 슬픔은 아직 눈도 못 뜨는 갓난아기에 대한 한량없는 연민이었다. 그놈은 태어나면서부터 이미 고통을 짊어진 형국이었다. 용하는 속으로 중얼거렸다.

　아가, 너는 엄마 없이 동정남童貞男에서 태어난 자식이어야 한다. 그런 형태로만이 내 자식이 될 수 있고 귀여움을 받을 수 있다.

　그렇게 억지로 마음을 달래고 나서야 용하는 아기의 뺨에 입술을 대보고 애나의 얼굴을 바라보았다. 그녀의 얼굴에는 부기가 있었다. 그 산고의 흔적이 안타까웠다. 용하는 살며시 손을 내밀어 애나의 머리칼을 쓰다듬어주었다. 고생했다. 나한테 예쁜 아기를 선물했으니 고맙구나, 이제 어서 몸을 풀고 훌륭한 남자를 만나 행복하게 살아라. 그렇게 위로해주고 싶었다.

"내가 낳은 애라 예쁘지 않나보죠?"

"쓰잘데없는 소리 말고 몸조리나 잘해."

"우리 애기는 머리가 영리할 거예요. 아빠가 영리하니까요. 나는 우리 애기를 멋있게 키울 거예요. 우리 애기는 너무 행복하게 태어났어요. 똑똑한 아빠에 건강한 엄마에, 또 돈도 넉넉할 거구요. 자기도 어서 출세해야 돼요. 우리 애기한테 멋있는 아빠 모습을 보여줘야죠. 그러니 빨리 사표 내고 오빠 회사에 들어가도록 해요. 정부에서 밀어주는 업체잖아요? 당신만 잘하면 오빠는 사장자리도 물려줄 거예요. 오빠도 그걸 바라고 있어요."

용하는 마지못해 그 말을 들어주다가 마당으로 나갔다. 신풍옥에서 해장국을 안주 삼아 막걸리를 마실 참이었다. 실컷 취해보고 싶었다. 태어난 자식이 애나가 낳은 애임을 잊을 수만 있다면 문둥병자의 몸이라도 끌어안고 싶었다.

시국 탓인지 신풍옥은 조용했다. 색싯집에는 선옥이 혼자 외롭게 앉아 있었다. 많을 때는 네댓 명의 색시가 기거했지만 모두 영등포로 나가고 지금은 선옥이 혼자 지키는 방이었다.

"오랜만에 찾아오셨네요."

"매상도 못 올리는 주제에 자주 와봤자 눈치만 사지 뭐."

"왜 이리 삐딱하세요? 무슨 기분 나쁜 일이 있었나 보죠?"

선옥이 용하의 표정을 살피며 말했다.

"기분 나쁜 게 아니고 그냥 슬퍼서 그래."

"슬픈 거나 기분 나쁜 거나 마찬가지죠. 슬픈데 기분 좋을
리 없잖아요?"

"나는 묘한 인간이라 슬퍼야만 기분이 좋아져. 슬픔에서만
기쁨이 느껴지거든."

"또 안개 같은 말씀만 하시네."

"어서 술이나 줘! 아아 괴롭다, 시팔!"

선옥은 용하의 느닷없는 추태가 어이없어 보였다. 파출소
직원들 중에서도 말수가 적고 술상머리에서도 자세가 흐트
러지지 않던 김 순경이 오늘따라 왜 이럴까? 직원들과 함께
술을 마실 때나 지역 유지가 한턱내는 회식 장소에서도 결코
아가씨들에게 치근덕거린 적이 없던 용하였다. 노래판이 벌
어졌을 때도 얌전히 불렀다. 남들은 폼을 잡고 유행곡으로 한
곡조씩 뽑았지만 용하는 만날 콧노래 같은 소리만 흘리곤 했
는데 그 지루한 노래는 여자의 몸을 본숭만숭하는 무관심과
도 일맥상통했다. 술집에서 노래를 부를 때 간드러지게 가락
을 뽑고 춤도 열심히 추는 사람이 대개 여자와 잘 어울렸다.
선옥은 용하의 바보스러움에 호기심이 끌렸는데 역시 용하
의 손길은 부드럽고 예의가 발랐다. 그런데 오늘은 저런 거친
행동을 보이다니.

막걸리와 해장국을 챙겨온 선옥은 얼른 용하 곁으로 가서
어깨를 껴안아주었다. 용하가 눈물을 흘리고 있었던 것이다.

서둘러 술을 마신 용하는 눈물의 내력을 숨긴 채 자리에서 일어났다. 선옥이 거절하는 술값을 억지로 쥐여주고 밖으로 나온 용하는 뒤따라 나온 선옥에게 미소를 지으며 한마디를 던졌다.

"몸을 아껴."

그 말은 지난번 풍기문란 일제단속에서 걸려들었던 선옥의 경범죄를 놀리는 말이었다. 홀어머니의 병원비를 마련하려고 손님을 따라 여관에 갔다가 매음으로 적발된 선옥을 용하가 몰래 훈방조치했던 것이다.

6·3항쟁과 한일회담 반대

한일회담 본회담이 2년 만에 개최되고 4월 국회에서 YTP 사건(학원프락치 사건)과 학원사찰이 문제화되면서 시끄럽던 시국이 민족적 민주주의 장례식과 무장군인 법원난입사건으로 걷잡을 수 없이 혼미해졌다. 용하도 매일 출동했다. 고참들은 돌 맞는 게 두려워 파출소 소내근무를 좋아할지 몰라도 용하 같은 젊은 신참들은 역동적인 데모 진압이 훨씬 구미에 당겼다. 엄한 징계사유도 출동 중에는 눈감아주었는데 진압복장을 갖춘 채 아무 데서나 화투를 칠 수 있는 것도 그 한 예였다. 평상시 같으면 문책을 당하겠지만 사기진작을 위해 감독자들도 눈감아주었다. 경찰서 강당이나 대기버스나 심지어 데모 현장에서도 상황이 잠잠해지면 여기저기 여남은 명씩 모여 앉아 '도리짓고땡' 판을 벌였는데 특히 각 경찰서 대원들이 모이는 공공건물이나 중앙청(현재 광화문) 잔디밭처럼 넓은 휴식처에서는 시장 난전처럼 노름판이 즐비했다. 지나

다니는 시민들이나 버스 승객들은 그 모습을 보며 킥킥거리기 일쑤였다.

꾼들은 노름을 하면서도 언제 학생들이 교문을 박차고 나올지 몰라 조바심이 났다. 한참 끗발이 오를 때 상황이 벌어지면 기분을 잡치곤 했다. 더구나 돈을 잃고 열이 달아오른 상태에서 상황이 벌어지면 노름판을 깨지게 한 학생들이 원망스러웠다.

"새끼들, 하필 돈 깨질 때 튀어나올 게 뭐람."

분통이 터졌다. 차라리 돈을 땄을 때 튀어나오면 좋았을 텐데 하필 돈을 털린 판에, 그것도 빌린 돈으로 겨우 노 잡을 차례인데 그 복구할 기회를 빼앗는 해코지가 괘씸했다. 돈을 잃은 대원들은 군사독재가 어떻든, 민주주의가 어떻든, 대일 굴욕외교가 어떻든, 학원탄압이 어떻든, 언론탄압이 어떻든 그까짓 게 문제가 아니었다. 또 데모대들이 길거리를 휩쓸든 말든, 독재정권을 무너뜨리든 말든, 그래서 자유민주주의의 낙원을 건설하든 말든 상관할 바 아니었다. 높은 사람들처럼 데모 잘못 막았다고 추궁당할 리도 없었다. 다만 돈을 잃을 때는 잠잠하다가 끗발이 오를 참에 교문을 박차고 나오는 데모대들의 약올리는 해코지가 부아를 긁을 뿐이었다. 돌이 날아오고, 최루탄을 쏘아대고, 앰뷸런스에 부상자가 실려가고, 그렇게 분탕질을 칠 때도 꾼들의 마음은 어서 대기 상태로 돌아가 다시 화투판을 벌일 생각뿐이었다.

그런데 학생들이 아주 해산해버려 상황이 끝나도 섭섭했다. 상황이 끝나면 그날의 노름도 끝나게 되어 돈을 잃은 입장에서는 복구할 기회를 잃고 마는 것이다. 그래서 노름꾼에게 가장 바람직한 데모 형태는 학생들이 저녁 늦게까지 학교에서 버티는 교내시위였다. 학생들이 교내에서 해 질 녘까지 버티면 진압대원들은 온종일 '도리짓고땡'을 즐길 수 있었다.

물론 노름하기에 가장 적합한 양질의 상황은 데모 없는 대기상태였다. 상황이 벌어질 듯싶어 아침부터 잔뜩 대기하고 있는데 교문을 박차고 나오기는커녕 교내시위도 없는 평온한 침묵상태. 그날은 온종일 판을 벌일 수 있어 좋았다. 그런 경우가 가장 빈번한 곳이 서울대학교 문리대였다.

문리대에서는 큰 데모판이 벌어질듯하면서도 온종일 조용히 보내는 경우가 종종 있었는데 그때마다 출동 병력은 소방서 대기실 다다미바닥에 퍼질러앉아 노름판을 벌였다. 동숭동 거리(지금의 마로니에 거리) 문리대 앞에는 공교롭게도 소방서가 있어 진압부대원들은 바로 데모 소굴 코앞에서 편안히 앉아 노름을 즐길 수 있었다. 그처럼 문리대 상황이야말로 양질의 노름판을 제공했던 것이다.

서울대학교 중에서도 데모꾼이 가장 많은 문리대는 데모를 위해 생겨난 학교 같았다. 바로 옆에 위치한 법대도 둘째 가라면 서러울 만큼 데모가 심하지만 문리대만큼 드세지는 못했다.

"법대놈들은 함부로 까불다간 판검사 못해먹으니까 조심해야지."

홍기평이 개평 뜯은 돈을 세어보며 한 말이었다. 동대문서 직원인 그는 자기 관내에 지원 나온 영등포경찰서 직원인 용하와 만나는 것이 무엇보다 즐거웠다. 대학에서 행정학을 전공한 홍기평은 경찰간부인 친형의 권유로 경찰관이 되었는데 누구보다 용하의 처지를 이해하는 친구였다.

　"법대생들이야 체면치레 땜에 나오겠지."

　용하로서는 법대생 하면 점잖게 고시공부나 하는 줄 알았다.

　"아냐, 독종이 많아. 밖으로 나오는 건 문리대보다야 덜하지만 아주 질긴 놈들야. 그놈들은 한번 시작하면 끝장을 보고 만다니까."

　"그나저나 문리대에 정치외교학과만 없어도 덜 시끄러울 텐데. 대학교에 정치학과가 뭐 필요해. 육사 출신만 해도 너무 숫자가 많은데. 권력기관은 거의가……."

　"자네 큰일 날 소리 하는군. 말조심해."

　홍기평은 용하의 팔을 끌었다. 저쪽 소방대원 대기실 다다미 바닥에는 노름판이 여기저기 널려 있었다.

　"개평 뜯을 게 아니라 우리도 한판 붙자고."

　용하의 느닷없는 말에 홍기평의 눈이 휘둥그레졌다.

　"자네 같은 철학자도 노름할 줄 아나?"

　"조금 해봤지."

　용하는 애나와의 갈등을 잊기 위해 한두 번 화투에 손댄 적이 있었다. 화투에 손대는 시간에는 모든 잡념을 잊을 수 있어 좋았다.

"혁명적이군. 하지만 자넨 절대 화투에 손대지 마. 아무리 심심풀이라지만 그것도 도박은 도박야."

홍기평은 언제나 충고조의 말을 좋아했다. 그는 이런 말도 했다.

"이제 아수라계에 발을 디딘 이상 탐독해야 될 철학서가 따로 있네. 자네도 생도시절에 배웠잖나. 세상을 온통 범죄사회로 보라고."

홍기평은 껄껄껄 웃고 나서 말을 보탰다.

"내 약혼녀가 자네를 보고싶다더군."

용하는 친구 애인의 얼굴이 떠오르자 웃음부터 나왔다. 그녀는 처음 소개받은 자리에서 용하에게 미국 배우 윌리엄 홀든을 닮았다며 싱거운 말을 했는데 눈매가 서글서글하여 붙임성이 좋은 여자였다.

*

용하는 아침 일찍 경찰서로 출동하여 진압복장을 갖추고 2호 버스에 올랐다. 1호차 앞에는 순찰차가 사이렌을 울리며 에스코트했다. 다섯 대의 버스는 노량진을 지나 한강대교를 건너 시내 쪽으로 달렸다. 비상계엄 선포를 예고하기나 한 듯 날씨가 음산했다. 하지만 용하는 출동시간이 즐겁기만 했다. 그 시간만은 애나에게서 자유로울 수 있어 좋았다. 만날 데모가 터져 진압 업무에만 매달리며 봉급을 타면 얼마나 좋을까, 하는 생각이 들 정도였다. 사실 금년 학생시위만 해도 3월 30일 11개 대학 학생대표들이 박정희 대통령을 면담함으로써 일단 진정되었다가 한일회담을 계속 추진하자 4월 19일경부터 시위가 재발하여 오늘에 이르렀다.

영등포서 출동부대의 대기 장소는 세종로 네거리였다. 가랑비가 내리는 세종로는 조용한 편이었다. 매일 격렬한 상황이 벌어지는 바람에 마치 잔치를 치르고 난 마당처럼 을씨년스럽기마저 했다.

용하는 어제 연세대학교 데모대에 시달린 탓인지 몸이 나른했다. 연세대 데모대는 고려대 못지않게 끈질긴 게 특징이었다. 그들은 큰 덩어리가 깨지고 몇 사람만 남아도 협공으로 대들었다. 신촌고개는 진압부대에 있어 사자굴이나 다름없었다. 고개 언덕에서 돌을 던지면 속수무책이었다. 어제도 그곳에서 온종일 공격과 후퇴가 반복되었다. 어느 때는 경찰이 신촌 로터리까지 밀고 넘어가기도 하고 어느 때는 학생들의 치열한 공격에 아현동 고개까지 밀리는 경우도 있었다.

세종로 네거리는 아침부터 차량이 통제된 상태였다. 중앙청 정문 쪽 도로는 가시철망으로 된 바리케이드가 쳐져 있고 그 안쪽으로는 군용 트럭으로 차량 바리케이드가 쳐져 있었다. 도로를 일렬로 막은 트럭 적재함 뒷면에는 두꺼운 판자로 벽을 만들었기 때문에 마치 판자울타리와 가시철망이 이중으로 쳐진 셈이었다. 그리고 철망 바리케이드와 차량 울타리 사이에는 대형 풍차와 최루탄을 발사할 기동대 정례부대가 도열해 있는데 용하가 소속된 영등포서를 비롯한 각 경찰서 혼합부대는 그 후방에 배치되었다. 잔뜩 찌푸린 하늘과 추적거리는 가랑비와 육중한 전투태세, 세종로 거리에는 폭풍전야와도 같은 긴장감이 감돌았다.

드디어 풍차가 작동되었다. 잠잠하던 세종로 네거리가 갑자기 부산해지기 시작했다. 군용 트럭에 장치된 풍차는 대형 선풍기인 셈인데 풍차가 돌아가면 그 앞에 최루가스를 피워 데모대 쪽으로 날려 보낼 참이었다. 누가 짜낸 묘안인지 그럴싸한 대책이었다. 모기떼처럼 웽웽대는 데모대를 향해 풍차만 한 선풍기에 모기약을 뿌려 싹 쓸어버린다? 혁명적인 발상이었다. 모든 진압부대원들은 눈을 크게 뜨고 구세주 같은 그 괴물을 바라보았다. 용하는 풍차를 거인으로 보고 돌격한 돈키호테가 떠올랐다.

풍차에 대한 진압부대원들의 기대는 컸다. 주먹만 한 사과탄 두어 개씩을 방어무기로 꿰차고 다니던 대원들에게 그 풍차는 원자폭탄이나 진배없었다. 지휘관들도 뒷짐을 진 채 국가사회의 안녕과 질서에 이바지할 괴물을 우러러보았다. 시민들 역시 데모판에 처음 등장한 그 괴물을 보기 위해 세종로 네거리로 꾸역꾸역 모여들었다.

드디어 풍차 앞에 최루탄을 터뜨려놓았다. 그런데 최루가스가 시청 방면이 아닌 중앙청 쪽으로 거꾸로 날아들었다. 데모대를 쫓아야 할 가스가 진압부대를 덮친 것이다. 바람의 역풍 탓이었다. 용하가 속한 진압부대원들도 콜록콜록 재채기를 했다. 그 모습을 보며 시민들이 웃었다. 이제 풍차는 방해

물이 되고 말았다.

어느새 학생들이 도로를 메워가고 있었다. 남녀가 혼합된 서울대 음대생들이 제일 먼저 나타나고 흰 가운을 입은 수의대생들이 그 뒤를 이었다. 하지만 그 정도야 신경 쓸 데모대가 아니었다. 의대생, 약대생, 수의대생, 음대생, 미대생 같은 비전투요원은 한갓 구색에 불과했다. 숙성된 데모형태를 생일케이크에 비유한다면 그들은 작은 촛불에 불과했다. 촛불이 없다고 케이크의 맛이 감소되는 건 아니었다.

그 비전투요원들은 싸울 마음조차 없다는 듯 바리케이드 앞에서 조용히 애국가를 부르고 관철사항만 낭독했다. 그들은 노래를 부르는 것이 자기네들의 임무인 양 계속 합창으로 시간을 끌었다. 진압부대원들 역시 한가롭게 담배를 피우며 그들의 노래 부르는 모습을 지켜보았다.

"위문단 같은데."

어느 짓궂은 대원이 우스갯소리를 던졌다. 사실이었다. 데모하러 온 학생들이 아니라 격전지에 아군을 위로해주러 온 고마운 위문공연단 같았다. 용하도 그런 생각이 들자 헛웃음이 나왔다. 용하는 자신의 모습이 부끄러웠다. 적과 싸우는 당당한 전사의 모습이 아니라 위문해주러 온 공연단에게 총부리를 겨누는 반역자의 모습이었다. 우선 복장부터가 그러했다. 방석복에 가스마스크를 쓰고, 최루탄을 꿰차고, 방석모를 쓴 자신의 모습이 어설펐다. 어째서 저들과 함께 있지 못하고 이쪽 편에 서 있는 걸까? 용하는 사과탄이 쥐어진 자신의 손이 가여웠다.

공공질서, 치안역군…….

용하는 그런 합리적인 생각으로 겨우 우울한 기분을 달래주었다. 사회질서와 안녕을 지킨다는 한 가닥 자부심이 몸을 겨우 지탱해주는 셈이었다. 용하는 몸에 힘을 꽂았다. 그때 시청 쪽에서 데모대가 몰려왔다. 구름처럼 몰려오는 데모대들의 모습이 눈에 띄는 순간 용하의 몸은 금방 굳어버렸다. 여기저기서 "대일對日 굴욕외교 반대!"를 외치는 구호가 진동했다.

속은 거다!

의대생, 음대생, 미대생 같은 비전투요원들의 노래는 격렬한 시위를 일시 감추려는 교란작전인 셈이었다. 오후부터는 데모대의 숫자가 늘어나 세종로에서 시청 앞까지 꽉 찼는데 데모대가 늘어감에 따라 분위기도 점점 사나워졌다. 사이드카 무전 연락으로 들려오는 정보에 의하면 고려대 앞은 이미 저지선이 뚫리고 신설동 로터리를 지나 종로 쪽으로 밀려오는 중이라고 했다. 용하네 부대에도 전투태세가 취해졌다. 사과탄과 경찰봉으로 무장한 대원들은 네거리 쪽을 향해 겹겹으로 방어벽을 쳤다. 드디어 페퍼포그에서 가스가 뿜어져 나왔다.

쾅쾅쾅 여기저기서 최루탄 터지는 소리가 요란했다. 하지만 역풍 때문에 가스는 효과를 내지 못했다. 한차례 밀려나던 데모대는 종로 쪽과 서대문 쪽에서 몰려온 큰 물결과 어울려 다시 먹장구름처럼 까맣게 밀려왔다. 그들의 함성이 거세짐에 따라 방어선은 자꾸만 뒤로 밀렸다. 학생과 민간인 숫자가 몇 명인지 헤아릴 수 없을 정도로 많았다. 역부족이었다. 이미 폭도로 변한 일부 데모대들은 경찰차량을 빼앗아 불을 지르고 시가를 누볐다. 진압부대는 중앙청 담 안으로까지 밀려났다. 차량 바리케이드를 뜯어 판자에 불을 댕긴 데모대들은 중앙청 철문 안으로 던지기 시작했다. 철문 여닫히기가 반복되었다.

어느새 해가 지고 어둠이 깔리기 시작했다. 하지만 승기를 잡은 데모대들은 더욱 기승을 부렸다. 진압대원들은 교대로 방어에 나섰다. 임무를 교대한 대원들은 중앙청 지하에서 휴식을 취했는데 지친 대원들은 벽에 몸을 기대앉아 졸기도 하고 뒤숭숭한 시국을 걱정하기도 했다. 배고픔을 이기지 못해 헉헉대는 대원들이 늘어났다.

"도대체 밥이 언제 배달되는 거야!"

소리를 지르는 대원도 있었다. 별별 소문이 들리지만 졸개들은 당장 배고픈 게 문제였다. 함성이 점점 가까이 들려왔다. 불안감에 몸이 옥죄였다. 데모대들이 지하실 입구에 불을 놓아 태워 죽이면 어쩌지?

용하도 처음으로 공포감이 느껴졌다. 미처 느껴보지 못한 공포였다. 새삼 자신의 위치를 깨닫게 되었다. 데모를 막는 입장에 있으면서도 늘 데모대들과 함께 어깨동무를 하고 함성을 지르는 착각 속에 빠져 지냈는데, 이제는 그들이 무서워졌다. 용하는 데모대를 무서워할 만큼 변해버린 자신이 또한 두려웠다.

파출소가 불에 타고 부상자가 속출한다는 소문도 들렸다.

중앙청 지하실에 저녁밥이 배달된 것은 그 무렵이었다. 상황이 위급했다. 중앙청 담 안으로 불붙은 각목이 화살처럼 날아왔다.

드디어 밤 8시에 비상계엄이 선포되고 군대가 출동했다. 포고령이 선포되자 통금시간이 아홉 시로 단축되고 각급 학교에 휴교령이 내려졌다. 손목시계를 보니 21시 30분이었다. 1964년 6월 3일.

경찰과 진압업무를 교대한 군인들은 진압대형을 이루어 저벅저벅 행진해 나갔다. 하지만 데모대들의 돌이 빗발치는 바람에 주춤거리다가 도로 중앙청 정문 쪽으로 후퇴했다. 두어 번 진퇴를 거듭하던 군대가 무장을 갖추고 돌격자세로 나오자 그제야 데모대들이 흩어졌다. 경찰진압대원들은 골목과 건물과 극장 등을 뒤져 숨어든 데모대원을 색출했다.

영등포부대는 자정을 넘어서야 본서로 돌아왔다. 해산하고 집에 돌아오니 새벽 3시였다. 지친 몸으로 방문을 열고 들어갔다. 애나는 술에 취해 잠들어 있고 젖먹이 성원이는 깨어나 칭얼대고 있었다. 애기의 손을 잡고 얼러준 용하는 작업복도 벗지 않은 채 그냥 방구석에 쓰러졌다.

"사흘 동안 뭐 했지? 어느 년과 놀아났냐구?"

어느새 깨어났는지 애나는 이불을 걷어차고 일어나며 용하를 매섭게 닦달했다. 용하는 입을 열지 않았다. 그동안 경찰서에서 직원들과 함께 먹고 자며 비상대기했지만 변명하고 싶지 않았다. 오히려 그렇게 오해하기를 바랐다. 그래야

정이 멀어질 것이었다.

"왜 대답 않는 거지? 내 말이 말 같잖아서?"

그때 애나의 고함소리를 듣고 더듬거리며 안방에 들어온 어머니가 아들의 처지를 걱정했다.

"고생하구 온 사람인디 너무 들볶지 말어. 고단할 틴디 어서 자도록 혀줘."

"입 다물어요! 누가 노인네보고 참견하랬어?"

애나의 악다구니에 어머니는 몸을 뭉그적거리며 건넌방으로 돌아갔다. 용하는 치미는 화를 눌러 참으며 부드럽게 말했다.

"라디오 뉴스는 들었겠지. 오늘만 사백삼십칠 명이 다쳤어. 그중에는 중상자도 수두룩하고."

"그래서 어쩌란 말야? 죽지 않고 돌아온 것만도 다행인데 웬 잔말이냐 그거야?"

"오늘 상황을 설명해준 것뿐야. 이 집에 들어온 의무감 땜에."

"그 의무감 참 고맙네."

"또 보고할 게 있어. 그동안 노름해서 팔백삼십 원 잃었어."

"기특하군. 쉬는 시간에 책 안 보고 노름했다니. 이제 내 체질을 닮아가는 모양이지? 암 그래야지. 어서 내 체질을 닮아야 싸우지 않고 행복하게 살지."

"요새 춤솜씨 좀 늘었나?"

용하는 그런 말을 던짐으로써 잠잘 틈을 내고 싶었다. 애나는 지금 선전포고를 하고 있는 중이었다. 또 밤을 새워 악다구니를 퍼부을 판이니 어서 입을 닫아주어야 했다.

"모두 내 춤솜씨를 칭찬하던데."

"자랑스럽군."

"차 부장은 내 춤에 반했대."

"차 부장이라니?"

"오빠네 회사 영업부장인데, 군대시절에는 오빠 부하 장교였어. 참 멋진 홀애비야. 그동안 여러 번 함께 췄거든."

"고마운 분이군."

"질투하는 거야?"

"고마운 분을 왜 질투해."

"암튼 자기도 춤을 배워봐. 사는 맛이 달라지니까."

"데모 막기 바쁜데 춤 배울 새가 어딨어."

용하는 얼른 부엌으로 나갔다. 애나의 말이 길어지기 전에 몸을 피한 셈이었다. 연탄불에 물을 데워 대충 몸을 씻고 나면 한 시간쯤 지날 테니 그때 방으로 들어가면 애나가 잠들어 있을 것이었다.

은하수까지 명주실로
재면 몇 타래나 된다니?

시국은 하루도 조용할 날이 없었다. 직원들은 매일 출동하거나 아니면 근무지에서 대기했다. 오늘도 닷새 만에 와보는 집이었다. 애나는 집에 없었다. 아기도 보이지 않았다. 아버지와 어머니는 어둠침침한 건넌방에 앉아 있었다. 두 노인의 쭈그리고 앉아 있는 모습이 영락없이 유치장에서 구류 사는 경범자나 시립보호소로 붙들려온 행려병자 같았다.

"애를 업고 나갔나요?"

"그려."

어머니가 대답했다.

"할머니 할아버지한테 맡기잖고요?"

"애기를 우리한테 맡긴 적이 한 번도 읎구면. 우리 두 늙은이는 얼씬도 못혀. 애기를 안아보고 싶어 환장해두 부정 탄다고 손도 못 대게 한단 말여."

"부정 타다뇨?"

"애한테 더러운 몸 대지 마! 그런단 말여. 그렇게 워떻게 손
자를 안아보겠냐 말여."

분통을 터뜨린 어머니는 아버지를 나무랐다.

"저 순둥이 영감탱이는 며느리한티 꼼짝도 못하는 위인여.
싸가지 읎다고 혼내얄 턴디 되레 감싸고도니…… 어이구 속
터져!"

어머니의 말에 용하는 울화가 치밀었다. 귀여운 손자를 안
아보지 못하게 하다니, 애나가 나타나면 당장 요절내고 싶었
다. 하지만 참아야 했다. 또 악을 쓸 게 뻔했다. 이웃에 창피했
다.

"끼리끼리 오붓하구먼?"

밖에서 돌아온 애나가 비아냥거렸다.

"그게 무슨 말버릇이야!"

용하가 화를 냈지만 애나는 "아침은 들었수?" 하고 용하의
화를 눙쳐주었다.

"그걸 왜 물어?"

"나와 상종하기 싫어서 파출소 밥을 먹었겠지."

"요즘 비상인 걸 몰라?"

"비상이라고 집에 와서 밥도 못 먹어?"

"업무 특성을 알면서 그래."

"그 업무 핑계야말로 편리한 변명거리지. 코에 걸면 코걸이
귀에 걸면 귀걸이. 공짜로 밥 먹을 수 있고, 공짜로 여관방 쓸
수 있고, 버스 공짜에, 전차 공짜에, 기차 공짜에, 술집 계집과

놀아나고도 업무 평계대면 그만. 정 없는 여편네 따돌리기 십상인 직업이지."

"꼭 춘향전 한 토막 같군."

용하의 입에서 피식 웃음이 터져 나왔다. 그런데 그 멋대가리 없는 웃음은 금방 애나의 기분을 달뜨게 했다. 애기 머리가 장군머리처럼 생겼다며 수다를 떨었다.

"장군머리면 어떻고 쫄자머리면 어때. 나는 그런 것 관심없어. 네 속에서 나온 새끼니까 네 멋대로 키우라고."

용하는 일부러 마음에 없는 말을 했다. 자식 사랑을 내비칠 경우 애나는 일부러 애를 울리는 따위로 자식을 공격무기로 삼을 게 뻔했다.

"암튼 애기 이름을 충국이라고 지어요."

애나는 또 충성 충忠자와 나라 국國자를 고집했다. 용하는 충신을 뜻하는 충국 대신 별 성星자와 멀 원遠자를 내세웠다. 애나는 별성자는 수긍하면서도 멀원자는 안 된다고 고집을 부렸다. 왜 으뜸 원元자를 넣지 않고 하필 그런 구질구질한 글자를 넣느냐는 불평이었다.

"그건 몰라서 하는 말야. 멀원자는 으뜸원자보다 훨씬 실속 있는 글자라구. 멀다는 것은 우주적 공간 개념이며 그 공간은 영원성永遠性을 지니고 있어."

용하는 단호하게 멀원자를 주장했다. 용하의 그 영원성은 아버지에게서 유래되었다. 아버지는 늘 하늘을 동경하며 살아왔다. 용하가 초등학생일 때였다. 아버지는 별빛이 쏟아지는 여름밤이면 마당에 멍석을 펴놓고 앉아 별을 세어보곤 했다. 하나여, 둘이여, 셋이여, 넷이여 하며 별의 숫자를 노랫가락처럼 읊곤 했다.

"죽을 때까정 세봐도 다 못 셀 거여. 웬놈의 별이 저렇게 많다니? 온 세상 반딧불을 죄 모아도 저 만큼은 안 될 틴디. 그렇게 저놈의 별이 자꾸 새끼를 치는겨?"

"새끼 치는 게 아니고 애초에 별이 엄청 생겨난 거예요. 애초에 얼마나 많이 생겼냐 하면요, 지금 눈에 보이는 별은 안 보이는 별의 반의 반에서, 또 반의 반에서, 또 반의 반에서, 또 반의 반에서, 또 반의 반, 반의 반, 반의 반, 반의 반, 반의 반, 반의 반, 반의 반, 반의 반, 반의 반도 안 된다고요."

"안 보이는 별이 그렇게 많은 거여? 헌디 그것들은 왜 안 보이는 겨? 너무 쬐끄만해서 안 보이는 겨?"

"작아서 안 보이는 게 아니고 너무 멀어서 안 보여요."

"얼마나 먼디? 명주실로 재면 몇 타래나 되는디?"

아버지는 아들의 말에 눈만 끔벅거렸다. 아들이 멀다고 한 곳이 얼마나 먼 곳인지 거리를 헤아려보는 모양이었다.

그 먼 별에 가봤으면…….

아버지의 공상은 어느새 거기까지 미쳤다. 아주 멀고먼 곳, 까마득히 먼 곳, 거기에 박혀 있는 별은 어떻게 생겼을까? 그곳은 죽어서나 가볼 수 있는 곳일까? 그곳에 가면 머슴살이도 면할 수 있을까?

"헌디 그 별은 워째서 그렇게 먼 디에 있다니?"

용하는 태초부터 그렇게 먼 곳에 있는 거라고 설명했다. 그러자 아버지는 태초가 뭐냐고 물었다. 태초란 하느님이 처음 우주를 만들었을 때라고 말하자 이번에는 우주가 뭐냐고 물었다. 용하는 아버지의 궁금증을 풀어주기 위해 예를 들어 설명했다.

"우주란 뭔고 하니요, 저 별들이 잔뜩 들어 있는 허허한 공간을 말하는데요, 가령 우리 집 안방을 우주라고 하면요, 방구석에 놓인 이불 궤짝, 등잔, 석유병, 재떨이, 담뱃대, 요강단지, 횃대에 걸린 옷, 벽에 걸린 빗자루 등은 모두 별이다 그 말예요. 다만 그 허섭스레기들이 방바닥이나 벽에 붙어 있지 않고 방 허공에 둥둥 떠 있다고 생각하시면 돼요."

"그렇게 하늘이란 것도 천장 같은 게 아니고 빈 항아리 속처럼 휑한 거구면? 허면 안 뵈는 별도 둥둥 떠 있다는 거여?"

"그럼요, 모든 별은 허공 같은 우주 속에 둥둥 떠 있는 거죠."

용하는 아버지에게 더 많은 천문지식을 가르쳐드리기 위해 손가락으로 은하계를 가리켰다.

"저기 뿌옇게 보이는 구름띠처럼 생긴 것 보이죠?

"허옇게 엉겨붙은 거?"

"그래요. 별이 엉겨붙은 건데, 저것이 은하계에요. 강처럼 보인다고 해서 은하수라고 해요."

"은하수를 모르는 사람이야 읎지. 허면 저 은하수는 여기서 얼매나 멀다니? 명주실로 재면 몇 타래나 된다니?"

"너무너무 멀어서 명주실로는 잴 수 없어요. 광년으로 계산하는데…… 빛은 얼마나 빠른지 눈 깜짝할 사이에 지구를 일곱 바퀴 반을 돌아요. 그렇게 빠른 빛이 십 초, 일 분, 한 시간,

하루도 아니고 일 년간 달리는 속도를 일 광년이라고 하거든
요. 그런데 그 광년이 일 광년, 십 광년, 백 광년, 천 광년도 아
니고 일억, 십억, 백억 광년이 넘는 은하계도 수두룩하다는
거예요."

"뭐여? 허면 은하수가 저것 말고도 또 있다는 거여?"

"그럼요. 그것도 하나 둘이 아니고 수억 개가 넘는다는 거
예요."

"참말로 알아듣기 힘들구먼. 그렇게 공부는 할수록 어려운
법여."

"아버지."

"오냐."

"저는 이담에 커서 우주를 연구하는 천문학자가 될래요."

"그려, 천문학자가 뭔지는 몰라도 공부 잘해서 그것 혀봐."

아버지는 쉰세 살에 낳은 늦둥이 외아들의 말재간이 마냥
귀여웠다.

매춘부 단속과 월남파병 반대

6·3비상계엄이 선포되자 계속되던 시위가 진정되었다. 7월 29일 계엄이 해제될 때까지 일체의 옥내외 집회와 시위 금지, 대학의 휴교, 언론 출판보도의 사전검열, 영장 없는 압수·수색·체포·구금, 통행금지시간 연장 등의 조치가 취해졌다. 한편, 이 사건으로 한일회담을 추진해오던 공화당 의장 김종필이 사임했다. 시국은 여름 내내 잠잠했다. 6·3항쟁 주동학생 삼백오십여 명이 정학이나 퇴학처분을 받은 데다 인민혁명당사건으로 뒤숭숭해진 바람에 데모는 맥을 못 추고 있었다. 가을로 접어들어서도 함석헌 등이 주동이 되어 자유언론수호연맹을 발족시켰지만 외부로 투쟁을 전개하기가 불가능했다.

용하가 기동대로 발령 난 것은 겨울이었다. 박정희 대통령이 서독 방문을 마치고 귀국한 직후였다. 날씨가 풀리면 시국이 더욱 시끄러워질 기미가 보이는 터라 기동대의 역할은 컸다. 내자동 기동대 운동장에서는 매일 진압훈련이 실시되고 있었다.

기동대는 경찰의 정예부대였다. 서울경찰청 관내 어느 곳이든 상황이 벌어지면 우선 출동하는 부대가 기동대였다. 다중범죄진압이 주업무인 기동대야말로 젊고 튼튼한 직원으로 선발된 가장 믿음직스러운 조직체였다. 그런 정례부대도 상황이 없는 겨울철에는 우리에 갇힌 짐승 꼴이었다. 때문에 밤에는 일선 경찰서로 지원근무를 나가는 경우가 많았다. 주로 폭력배나 도범 단속 같은 방범근무나 윤락행위 같은 풍기문란사범을 단속하는 게 기동대원들의 업무였다.

용하도 자주 매춘부 단속을 나가야 했다. 종로 3가나 영등포 역전 같은 공창지대는 윤락이 허용되어 있지만 손님을 유혹하거나 강제로 끌어들이는 호객행위는 단속 대상이었다. 단속된 아가씨들은 즉결 재판에 넘겨져 구류를 살거나 벌금을 물게 되고 보호소에 수용되기도 했는데 인솔자는 매춘부 단속의 당위성을 강조하곤 했다.

"여러분은 놀러가는 게 아닙니다. 사회기강을 세우는 중차대한 업무수행입니다. 단속을 소홀히 할 경우 종로 일대가 썩고 서울이 썩고 나중에는 대한민국 전체가 썩는다는 사실을 명심하기 바랍니다. 우리가 매춘부 단속을 해야 하는 당위성이 바로 거기에 있습니다."

"종로 3가 같은 공창은 왜 만들었습니까?"

멍청한 대원 하나가 아는 척을 했다. 단속하려면 애초부터 왜 묵인했냐는 편리한 질문이었다. 인솔자는 입맛을 다셨다.

자기의 유식함을 드러낼 좋은 기회였다. 그는 입술에 침을 발랐다.

"좋은 질문입니다. 에에 그렇습니다. 아주 없앨 수 없는 것이 현실입니다. 성욕은 인간의 기본 욕망이기 때문입니다. 거기에 공창의 의의가 있겠지만 예를 들어 대한민국 땅을 사람의 몸뚱이로 칩시다. 그 몸 구석구석에 번진 종기를 한곳에만 곪도록 하면 치료가 수월할 텐데 그런 처방의 문제점을 해결하는 것이 바로 공창입니다. 한곳에 모아진 종기가 크게 번지지 않도록 계속 치료하는 게 바로 여러분들의 오늘과 같은 업무입니다. 그 종기를 필요악_{必要惡}이라고 합니다만."

"그럼 온몸의 종기를 한 군데로 모을 곳이 어디가 적당하다고 생각하십니까?"

"그야 팔다리 같은 어느 한 부분이 좋겠지. 치료하기가 쉬운 부위인 데다 만약 곪아도 도려내기 쉬우니까."

"종로는 팔다리가 아니고 신체의 중심부랄 수 있는 배꼽이 아닙니까."

"중심은 배꼽이 아니고 음부다?"

충청도 출신 대원이 끼어들었다.

"그라이 음부가 맑아야 팔다리도 맑지러."

이번에는 경상도가 아는 체를 했다. 이야기가 걷잡을 수 없이 흘렀다.

"자자 그만 떠들고 단속 나갈 채비나 해요. 오늘은 꼭 두 건 이상 실적을 올리도록."

인솔자가 잡담을 막았다. 용하도 사복으로 갈아입고 출동

버스에 올랐다. 그가 배치된 곳은 종로 3가였다. 현지에 도착한 용하는 피카디리극장 뒷골목을 천천히 걸어갔다. 여기저기서 지나가는 남정네를 유혹하는 장면이 목격되었다. 하지만 먹고살기 위해 몸을 파는 그녀들을 도저히 연행할 수 없었다. 아무리 건수 위주의 단속이라 해도 연행할 마음이 내키지 않았다. 호텔이나 여관 같은 데로 불려다니는 콜걸이야 그래도 매춘부 중에서 부르주아 계급에 속하는 셈이었다. 하지만 길바닥에 벌벌 떨고 서서 유객하는 공창은 참으로 보기가 딱했다. 골목 구석구석에 새떼처럼 모여 있는 매춘부들의 모습이 눈물겨웠다. 그렇다고 그냥 둘 수도 없었다. 용하는 한건이라도 단속을 해야 했다. 빨리 건수를 채운 대원들은 일찌감치 대폿집에 들어앉아 막걸리 잔을 기울이며 추위를 달랠 것이었다. 용하는 바지주머니에 손을 쑤셔넣은 채 슬슬 골목을 걸어가며 참새가 달라붙기를 바랐다. 찬바람이 골목을 비집고 밀려왔다.

"쉬었다 가세요."

아가씨 하나가 용하의 팔을 끌었다.

"이러지 마."

용하는 얼떨결에 그녀의 팔을 뿌리쳤다. 단속을 해야 할 사람이 단속거리를 버린 셈이었다. 매춘부 단속을 기피했대서 중대한 업무 포기는 아닐 성싶었다. 도둑과 폭력배를 열심히 잡고 데모를 열심히 막아온 충복인데 그깟 매춘부 단속을 기피했대서 죄 될 것 같진 않았다. 용하는 단속을 포기한 채 앞만 보고 걸었다.

그런데 아가씨 하나가 자꾸 찰떡처럼 눌어붙었다. 그녀는 경찰관임을 눈치채지 못하고 용하의 허리를 팔로 휘감아 끌기까지 했다. 그러다가 손끝이 허리춤에 끼워둔 수갑에 닿았는지 기겁을 하며 도망쳤다. 그 아가씨의 도망치는 모습을 보고 골목에 늘어선 다른 아가씨들도 덩달아 후다닥 도망쳤다. 용하는 너붓이 웃었다.

"에이씨, 재수 없게 걸릴 뻔했잖아, 퉤퉤."

골목 저쪽에서 달아난 아가씨가 침을 뱉었다. 용하는 그 침 뱉는 짓이 밉지 않았다. 자기에게 침을 뱉는 그 모욕에서 숫제 연민이 느껴졌다.

겨우내 조용하던 시위가 이듬해 봄이 되면서 다시 시작되었다. 이번에는 월남파병 반대 시위까지 겹쳐 더욱 격렬해졌다. 지난 연말 국회에서 국군공병단 파견동의안이 통과되고 비둘기부대가 결단식을 가졌지만 추운 계절이어서 가두시위를 못하다가 날씨가 풀리자 거리로 나왔던 것이다.

파월한국군 비둘기부대가 결단식을 갖고 시가행진을 할 때도 행진하는 군인들에게 시민들은 박수를 보내고 연예인들은 꽃다발을 목에 걸어줄 정도로 축하 분위기였다. 하지만 날씨가 풀리고 하순에 한일기본조약이 가조인되면서부터 거리는 점점 시끄러워지기 시작했다. 용하도 다시 방석모와 방석복과 각반을 착용하고 출동했다. 대나무쪽을 넣어 누빈 그 복장이 아니었으면 경찰관이 더 많이 다쳤을 것이다.

용하가 한양대와 건국대생들의 데모 현장에서 얼굴 관자놀이에 돌을 맞은 것도 그 무렵이었다. 학생수가 많은 한양대와 건국대가 합치면 진압이 힘들었다. 그래서 한양대를 지나 건국대 앞에서 차단하는 게 그날 기동대의 작전이었다. 성동경찰서 마당에 집결한 대원들은 군용 트럭에 분승해서 선도차의 에스코트를 받으며 한양대 앞길을 달렸다. 한양대 캠퍼스 아래 도로를 지나야 건국대에 갈 수 있었는데 마침 한양대 캠퍼스에는 학교 증축공사장에서 나온 돌이 산더미처럼 쌓여 있어, 학생들이 돌을 던지지 않고 그냥 놓기만 해도 가속이 붙은 트럭에서는 총알이 될 판이었다. 트럭마다 비명소리가 터져 나왔다. 용하는 차가 멈칫하는 사이 뛰어내려 샛길로 달렸다. 그런데 공교롭게도 우마차가 골목을 가로막고 있어 소 등을 타고 넘을 수밖에 없었다. 막 등을 타려는 순간 머리가 떵하면서 몸이 길바닥으로 무너졌다. 얼마나 지났을까, 누가 몸을 흔들었다. 눈을 떠보니 여대생이었다.

　"다치셨군요."

　용하는 앰뷸런스에 실려 경찰병원 응급실로 이송되었다. 밤에는 내무부장관과 경찰청장이 위문 차 입원실에 들러 침상에 위로금을 놓고 나갔다. 열흘 만에 퇴원한 용하는 남들처럼 가족의 보호도 받지 못한 채 혼자 쓸쓸히 귀가했다. 집안에 들어서니 애나는 대낮인데도 얼근히 취한 몸으로 혼자 춤을 추고 있었다. 경음악 소리가 요란했다. 용하가 방바닥에 앉을 때까지 애나는 계속 춤만 추었다.

　"안 보여?"

애나가 몸을 흔들며 소리쳤다.

"뭐가?"

"이 인간 돌았군. 소리 나는 저게 안 보여?"그제야 윗목에 놓인 낯선 전축이 용하의 눈에 들어왔다. 언뜻 보아 고급품인 듯한 그 전축에서는 지르박곡이 터져 나오고 있었다.

"오빠가 사주셨어. 오늘 집에 왔다 가셨거든."

애나는 배실배실 웃었다. 용하는 오빠가 다녀갔다는 말이 잘 이해되지 않았다. 그처럼 성진모 회장에 대한 존재를 까맣게 잊어온 터였다. 애나가 오빠에 대한 말을 한참 지껄인 뒤에야 겨우 "오빠라니?" 하고 그나마 건성으로 물었다.

"처남도 몰라?"

애나가 역정을 냈다. 용하는 개똥을 밟았을 때의 낭패감만큼이나 처남이란 말이 구접스러웠다.

"징그러운 인간. 그래, 계집의 하나뿐인 혈육도 잊고 살아?"

"미안해."

용하는 최소한의 예의를 갖추었다. 좋든 싫든 같이 사는 여자의 형제를 잊어온 것이 미안했다.

공군참모총장실에 몰래 숨어든 일등병

공군 입대시험에 합격한 용하는 대전 유성에 있는 공군기술교육단 항공병학교에 정식으로 입교했다. 머리를 깎고 제식훈련에 들어간 지 일주일쯤 지나서였다. 일과를 마친 생도들이 저녁을 먹고 내무반에서 쉬고 있는데 갑자기 조명탄이 터지고 스피커로 비상집합 명령이 떨어졌다. 환한 조명탄 불빛에 연병장은 대낮처럼 밝았다.

"남침을 자행한 인민군은 서울을 정복하고 어느새 유성을 지나 만두고지까지 접근하고 있다. 여러분들은 비록 훈련병이지만 위난에 처한 조국을 위하여 용감히 전투에 임해주기를 바란다. 앞으로 영점오초 내로 연병장 집합!"

전 훈련병들은 무장을 갖추고 선착순으로 연병장에 집합했다. 완전무장을 갖춘 집합으로는 눈부신 동작이었다. 활주로 건너편 A지구 쪽에서도 조명탄이 작렬했다. 적이 벌써 만두고지에 다다른 모양이었다. 하지만 훈련병들은 두렵기는

커녕 이제 구국전선에 뛰어든다는 강렬한 모험심이 치솟아 가슴이 벅찰 지경이었다. 참으로 지루하던 내무반 생활이 아니었던가. 만날 엎드려뻗쳐 기합에다 청소와 관물함 정리에 진저리를 쳐야 했는데 전쟁터에 나가 싸운다니 사뭇 어깨에 힘이 솟았다. 자신이 자랑스럽기도 했다. 전투는 군인의 멋. 용하는 입을 꽉 다문 채 출전에 대비했다.

중대원 전원이 연병장에 모이자 지휘관이 연단에 올라갔다. 어떤 작전 명령이 떨어질까 바짝 긴장되는 순간이었다. 어디로 진군해서 어디에서 적군과 교전하게 될지 숨 가쁜 찰나였다. 그런데 연단에 올라선 중대장의 입에서 엉뚱한 명령이 떨어졌다.

"지금부터 노래자랑을 실시한다."

와아아! 연병장에 박수 소리가 진동했다.

"그러면 그렇지, 설마……."

"남침 소식도 못 들었는데 언제 대전까지 내려왔을라구."

여기저기서 안도의 숨이 터져 나왔다. 구대(소대)별로 가수를 뽑았다. 3구대에서는 용하가 뽑혔다. 가수들은 차례차례 지명에 따라 연단으로 올라갔다. 용하는 〈대관령 길손〉을 구성지게 불러 우렁찬 박수를 받았다. 대표 가수의 노래가 끝나자 사회자는 지방별로 지목을 바꾸었다. 첫 번째 가수는 서울치였다. 서울치는 경상도치에게, 경상도치는 전라도치에게, 전라도치는 충청도치에게, 충청도치는 강원도치에게, 강원도치는 경기도치에게, 경기도치는 제주도치에게 마이크를 넘겨주었다. 그러자 이북(북한)치가 소리쳤다.

"집어치우라우! 이거이 오락회네? 간나들!"

그제야 사회자는 지명 누락을 사과하고 이북치 가수를 연단에 세웠다. 마이크를 잡은 가수가 소리쳤다.

"이북치들은 숫자가 적으니께니 박수를 크게 치라우!"

그렇게 밤은 즐거웠다.

오락회를 치르고 일주일쯤 지나서였다. 이번에는 아침에 완전무장으로 집합하라는 명령이 떨어졌다. 단체기합인가 짐작했는데 기합치고는 서두는 기색이 없었다. 아무래도 심상찮은 명령이었다.

"아침부터 와카노?"

"아침부터 오락회 열랑가?"

"오락회만 열다 제대하면 좋겠는디."

연병장에 집합한 생도들이 여기저기서 수군거렸다. 집합이 완료되었는데도 지휘관은 아직 나타나지 않았다. 한참만에야 다시 스피커에서 명령이 하달되었다.

"해체하라! 완전무장만 갖추고 내무반에서 대기하라!"

생도들은 투덜거리며 도로 내무반으로 돌아왔다. 그때 또 명령이 하달되었다.

"제군들은 어떠한 일이 있어도 동요하지 말고 지시대로만 행동하기 바란다. 함부로 떠들지 말고 입을 조심해라. 의심나는 점이 있어도 묻지 말고 복무에만 충실해라. 여러분들은 군인임을 명심하고 명령에만 복종하기 바란다. 이상!"

내무반이 점점 술렁대기 시작했다. 생도들은 무슨 일이 벌어진 것만 같아 몹시 궁금했다. 바늘귀만큼의 짐작도 할 수 없는 캄캄한 궁금증이었다.

"도대체 무슨 일이지?"

서울 출신이 먼저 입을 열었다. 그러자 여기저기서 사투리가 튕겨나왔다.

"내사 알갔나. 암튼 집합 없고 편하니까네 좋다마."

"인민군들이 쳐들어오다가 졸고 있는 것 아녀?"

"맞당게, 전쟁허다 보믄 몸이 지칭께로 졸리기두 허것제."

"말들 조심하라우. 머이가 터질 징조디? 기러티?"

그들은 벌렁벌렁 마룻바닥에 누우며 계속 잡담을 늘어놓았다. 아무 지시도 없고 영내는 조용하기만 했다. 그렇게 서너 시간이 지났을까, 스피커에서 이상한 말이 흘러나왔다. 아마 라디오를 틀어주는 모양이었다.

"포고령…… 혁명공약…… 기아선상에서 허덕이는 민생고를 시급히 해결하고……"

"저 소리가 뭐꼬?"

"뭐가 터지긴 터진 모양인디."

생도들은 하나둘 스피커 주위로 몰려들었다. 1961년 5월 16일 점심 무렵이었다.

*

3개월 동안 혹독한 군사훈련을 마친 용하는 기상 특기를 받고 곧장 통신전자학교에 입학했다. 그곳에서 4개월 동안 일기예보 실습과정을 마친 후에야 서울 대방동에 있는 공군본부 중앙기상부로 발령이 났다. 일등병 계급장을 달고 짐을 꾸린 용하는 동료 두 명과 함께 대구로 내려가 7항로보안단에서 신고를 마쳤다. 그때 안내를 맡았던 부사관이 중앙기상부로 배속된 3명에게 반가운 소식을 전해주었다.

　"너희들은 여의도비행장까지 수송기를 타고 갈 텐데 잠시 부산 수영비행장을 거치게 된다."

　용하는 처음으로 공군이 되었다는 자부심이 느껴졌다. 활주로에는 어스름이 깔리고 있었다. 수송기에 오르니 거의가 장교들이고 졸병은 용하 일행뿐이었다.

　중앙기상부는 정부기관인 국립중앙관상대에 정보를 제공해줄 정도로 기술 수준이 월등했다. 일기예보는 전투기의 비행과 직결된 중요한 업무여서 미군의 지원을 받고 있었다. 기상부에서 사용하는 용지도 거의가 미군용이었다. 예보과 소속인 용하는 글 잘 쓰는 필력을 인정받아 중앙기상부장(공군대령)과 함께 관상대로 출퇴근하다시피 했다. 기상부장은 박정희 국가재건최고회의 의장이 구상중인 '인공강우' 계획의 통계업무를 담당하고 있어 가끔 청와대에 들르기도 했다.

　그처럼 부대장의 신임을 받으면서도 용하는 의가사제대를 내비칠 수 없었다. 공군은 지원병이라 의가사제대에 해당 되지 않았다. 규정에 위배되는 의가사제대를 성사시키려면 최

고사령관인 참모총장의 인정이 우선이었다. 초가집도 없어 뿔뿔이 헤어진 노부모에 대한 연민과 그런 부모를 걱정하는 자식의 효심을 참모총장이 공감하지 않고는 규정을 극복할 수 없는 사안이었다. 용하는 부모 걱정에 몸이 마를 지경이었다. 외아들인 탓에 늙은 부모를 의탁할 곳도 없었다. 부여 누나네가 있지만 시부모를 모신 탓에 오래 의탁할 수 없는 처지였다. 겨울 추위가 기승을 부릴 때였다. 용하는 외출을 틈타 헌병이 보초 서고 있는 참모총장실에 몰래 숨어들었다. 총장실의 위용에 가위눌린 몸을 부동자세로 버티며 경례를 올렸다.

"공군일병 김용하, 참모총장님께 용무 있어 왔습니다. 제가 국방의 의무를 필하는 대신에 역시 대한민국 국민인 제 노부모님이 기아선상에 놓여 있습니다."

김구 선생의 아들인 김신 공군참모총장은 어이없는 표정을 짓다가 군종감(대령)을 불러 용하의 처지를 살피라고 지시했다. 군종감은 용하를 군종감실로 데려가 자초지종을 캐물었다. 이듬해 상병으로 진급되자 곧 제대 명령이 떨어졌다. 참모총장 직권으로 용하의 참담한 처지를 배려했던 것이다. 부대원들은 의가사제대를 성사시킨 용하를 귀신이라며 부러워했다. 3년 복무 기간을 1년 반 만에 마친 셈이었다.

중앙기상부에서 제대신고를 마친 용하는 제대복을 입은 채 용산역에서 부산행 군용열차를 탔다. 부산 서면에 있는 공군40보급창 수송대에서 근무하는 동기생 현무를 찾아가는 길이었다. 여비를 아끼려고 군용열차를 탔지만 당장 끼니가 걱정이었다. 용하는 바지 주머니에 손을 넣어 제대비를 만지작거렸다. 의가사제대여서 그나마 반액도 안 되는 650원. 파고다 한 갑이 35원이니 담배 스무 갑 값도 안 되는 돈이었다. 지난여름에 실시한 화폐개혁 이전의 환으로 치면 6,500환인 셈이었다.

이튿날 아침 초량역에서 내린 용하는 국수로 요기하고 수정동 쪽으로 걸어갔다. 가파른 산언덕에는 판잣집이 즐비했다. 헌무의 셋방은 판자촌 복판에 있었다. 40보급창 수송대 운전병으로 근무하는 헌무는 군용 휘발유를 빼돌린 돈으로 방을 얻어 간호사인 미스 진과 외출 때마다 함께 지내고 있었다.

"기어이 제대했네예. 참 장하니더."

미스 진은 용하의 의가사제대를 대단한 일로 여기는 모양이었다. 좁다란 방안에는 여인의 향기가 설핏했다.

"친구는 근무 중이겠군요."

"아입니더, 곧 올낍니더. 용하 씨가 제대해 올끼라고 이틀 품을 미리 메웠지라예."

미스 진이 말한 이틀 품이란 이틀 분의 도둑질을 의미했다.

용하가 헌무와 친하게 된 동기는 항공병학교 시절 헌무의 연애편지를 대필해주었기 때문이다. 용하가 글을 써주면 헌무는 자기 필적으로 정서하곤 했다. 그래서 헌무의 주먹은 늘 용하의 울타리가 되어주었다. 입대하기 전 부산에서 밀수업에 종사한 헌무의 주먹은 오달지기로 소문나 있었다.

"용하에게 손대는 놈 있으모 이빨을 왕창 빼뿌릴 끼라. 알갔제?"

용하네 내무반에는 서울 역전에서 놀던 서울파와 부산 역전에서 놀던 부산파가 각축을 벌이고 있었는데 헌무와 친하게 지낸 용하는 자연히 서울파의 미움을 사게 되었다. 서울파 두목은 용하에게 종종 압력을 넣곤 했다.

"너는 서울서 학교 다녔는데 부산놈과 어울리냐? 그렇게 배알이 없어?"

"학교로 따지자면 부산에서도 중학교를 다녔거든."

"부산? 충청도놈이 더럽게 많이 쏴다녔네."

"너 애인 있어? 애인 있으면 너한테도 연애편지를 대필해 줄게."

"알겠다. 너하고 친해지려면 깔치가 있어야겠구나."

그날 밤이었다. 취침점호를 마치고 침대에 누우려는데 서울파 두목이 용하를 살며시 밖으로 불러냈다. 그의 손에는 플래시가 들려 있었다. 내무반 밖으로 빠져나온 서울파 두목은 눈에 띄지 않도록 용하를 콘센트 구석으로 데려갔다. 용하는 주먹세례를 받을지 몰라 마음이 조마조마했다.

"이것 좀 읽어봐."

두목이 호주머니에서 편지지를 꺼내 용하에게 내밀며 플래시 불을 켜주었다. 마음이 놓인 용하는 의기양양한 자세로 편지지를 펼쳤다.

사랑하는 복금 씨. 세월은 유수와도 같이 흘러 어느덧 춘삼월이 지나고……

"야, 이런 글은 안 돼. 이런 글은 '부모님전 상서上書'에나 맞

는 투라고. 젊은 깔치한테 보내는 편진데 산뜻해야지. 그리고
입대한 지 얼마나 됐다고 벌써 세월이 유수처럼 흘렀냐."

"그럼, 어떻게 써야 산뜻한 거지?"

"그걸 말로 설명할 순 없고, 내가 초안을 잡아줄 테니 네 글
씨로 다시 써봐."

"고맙다, 암튼 헌무가 실속 있는 놈야. 너하고 일찍 사귀었
으니 얻어들은 게 많을 거라구. 원래 밀수쟁이라 눈치가 빠르
지. 서울놈들은 겉만 약지 속은 맹하거든."

서울두목은 연방 주절거리며 용하에게 다정히 손을 내밀
었다. 그 이튿날부터 용하의 주선으로 헌무와 서울파도 친한
사이가 되었다.

"이 신발이 용하 꺼지러?"

문밖에서 헌무의 걸걸한 목소리가 들려왔다. 미스 진이 방
문을 열자 헌무는 한 발짝에 문턱을 넘어들어와 용하의 어깨
를 툭툭 치며 반가워했다. 그의 손에는 누런 봉투가 들려 있
었다.

"다섯 깡 선금 받았지러. 늬가 온다카이 제대파티 열 돈 준
비했는기라. 부산에만도 우리 동기생이 스무 명 넘는다이."

다섯 깡은 휘발유 다섯 통을 의미했다.

"성의는 고맙지만 내 처지에 파티는 과분하니 생략하자."

"미친놈, 늬 처지가 어떻다 말고? 도둑질을 했나 사기를 쳤
나? 나맨크로 험한 놈도 큰소리치고 사는데 와 처지처지 하

노? 늬 인자부터 정신 바짝 차려얀데이. 잘사는 길이모 나맹크로 도둑질도 하고 사기도 치고 밀수도 해얀데이. 늬처럼 점 잖게 살다카는 만날 고생만하다 죽는 기라. 이 세상이 어떤 세상인지 아나? 늬처럼 착한 놈 몬 살고 나처럼 악한 놈 잘사는 게 이 세상인 기라. 알갔제?"

"헌무 네가 악한 사람이냐? 너는 악한 척하는 거야, 위악적 으로 살아가는 것뿐이라고. 한마디로 멋을 부리는 삶이라고 볼 수 있어."

"늬놈의 자슥 유식한 말이 매력은 있지만서도 난 무식해서 먼 말인지 모르갔다. 암튼 기죽지 말고 맘 단단히 묵으레이. 그라고 자리를 잡을 때까정 여기서 자거레이. 미스 진은 당분 간 기숙사에서 지낸다 캤다. 그라고 늬 외출복이 없을 테니까 네 내 양복을 입고 나가레이. 알제?"

헌무는 밤에 정식으로 외출하겠다며 밖으로 나가 군화를 신었다.

애나를 만나다

 용하는 헌 무의 양복을 입고 일거리를 찾아나섰다. 우선 외
판업소를 찾아갔다. 치마나 양복 주름을 잡는 화공품 취급업
소였다. 교복 따위를 다림질할 때 뿌리면 줄이 빳빳해져 멋지
다는 것이다. 사무실은 고관입구 골목에 있었다. 그곳에서 입
사 수속을 마치고 곧바로 외판에 나섰다. 먼저 가까운 경남여
고를 찾아갔다. 고관입구에서 수정시장을 지나 샛길로 접어
들자 흙길이 햇빛에 녹아 질퍽거렸다. 벌써 점심때가 훨씬 지
난 모양인지 배가 고팠다. 여고에 도착한 용하는 학생들의 눈
에 잘 띄는 교문 앞에 좌판을 벌였다. 하지만 거들떠보는 학
생이 없었다. 수업이 끝나고 학생들이 쏟아져나올 때도 누구
하나 눈여겨보지 않았다. 지나가는 학생들에게 교복을 멋지
게 다려 입으라고 선전했지만 겨우 고개만 돌려볼 뿐이었다.
해가 기울 무렵에야 늦게 귀가하던 여학생 서너 명이 다가와
에멜무지로 물었다.

"그 병에 든 게 뭔교?"

"네네, 교복 다리는 화공품인데요. 한번 다리면 스커트 줄이 항상 빳빳합니다. 이거 한 병이면 일 년 내내 쓸 수 있죠."

"정말 줄이 지워지지 않능교?"

"그럼요, 나는 거짓말을 못합니다."

"누가 아제한테 거짓말한다 캤능교."

"처음 장사라 아직 말이 서툴러서……."

"변명은 그만하고예, 혹시 옷이 삭지 않능교?"

"안 삭습니다. 걱정 마세요."

"처음 장사라 카면서 우째 삭는지 안 삭는지 아능교. 그라고, 교복에 너무 멋부리모 후라빠라고 욕먹심더. 다음번에는 필요한 물건을 팔러 오소."

"고맙습니다."

"안 팔아주는데 머가 고맙능교. 이 아제 참 어리숙하네."

학생들은 그냥 돌아가는 게 미안한지 고개를 까딱거렸다. 점심도 굶은 채 온종일 그냥 서 있는 게 지겹던 용하는 그나마의 반응을 보여준 깐깐한 학생들이 되레 고마웠다. 그녀들의 말마따나 안 팔릴 물건 같았다.

다른 일자리를 물색했다. 잠자리도 옮기기로 했다. 애인을 만나야 하는 헌무의 입장을 생각하면 죄를 짓는 것만 같았다. 새로 구해둔 잠자리는 판자촌 입구에 있는 순댓국집이었다. 순댓국을 사먹으러 가끔 들렀는데 주인아줌마가 잠잘 곳이 없으면 자기네 가게에서 자라고 했던 것이다.

잠자리를 마련한 용하는 날마다 신문에서 사원 모집 광고란을 뒤져보았다. 마침 라디오를 팔러다닐 외판원을 모집한다는 광고가 났다. 서둘러 남포동 업소로 찾아갔다. 길거리에 있는 금성대리점이었다. 라디오는 전기용과 트랜지스터 T-604 등이었다. 전축은 아직 생산되지 않았다.

장사는 이튿날부터 시작되었다. 라디오를 일수로 팔고 한 대당 수당으로 받는 몇 푼이 보수였다. 용하는 한 대라도 더 팔 욕심에서 남보다 일찍 출근하고 늦게 퇴근했다. 어서 셋방을 얻어야 부모님을 모실 수 있었다. 초가집도 없어 불목하니와 더부살이로 뿔뿔이 헤어져 지내는 부모님을 생각하면 하루가 급했다. 애나를 만난 것은 그 무렵이었다.

가랑비가 내리는 여름날이었다. 그날도 용하는 라디오를 팔기 위해 T-604 트랜지스터를 메고 서면 일대를 뒤지고 다녔다. 약방, 쌀집, 정육점, 미장원을 거쳐 양장점에 들렀을 때였다. 영업시간인데도 세 명의 아가씨들이 둘러 앉아 막걸리를 마시고 있었다. 그중 술기운이 벌건 아가씨가 검지손가락을 깝죽대며 용하를 불러들였다. 용하가 술좌석으로 다가가자 아가씨가 빙글거리며 말을 걸었다.

"비오는 날인데도 장사하러 다니능교?"

"쉴 수 없는 처지라서……."

"하루에 몇 대나 파능교?"

"공치는 날이 태반이고, 어쩌다 한 대를 파는 게 고작이죠."

"현찰로예?"

"아닙니다. 일수로 팝니다. 하루에 백 원씩……."

그때였다. 셋 중에서 가장 나이 들어 보이는 아가씨가 말했다.

"앞으로 우리가 많이 팔아줄 테니 오늘은 여기서 술이나 마셔요."

용하는 라디오를 많이 팔아준다는 말에 그녀가 천사처럼 보였다. 용하를 곁에 앉힌 그녀는 술잔을 내밀었다. 다른 두 아가씨는 용하에게 봉을 잡았다며 연거푸 술을 따라주었다.

"언니가 이쁘지예? 여기 사장님이라예. 성애나 사장님 하모 서면 일대서 모르는 사람이 없는 기라요. 이제 매일 친구들을 불러 라디오를 팔아줄 긴데 댁은 머로 보답할 기요?"

"쓰잘데없는 소리 말고, 오늘은 늬네들이 팔아주거라."

성애나가 허풍스럽게 분위기를 살려주었다. 두 아가씨들에게 매수를 권유한 애나는 용하에게 두 아가씨를 소개했다.

"이 후라빠들은 모두 착한 요조숙녀들인데 나 때문에 타락했죠. 술도 배우고 춤도 배우고."

"언니는 와 숭한 말을 하능교. 타락이 뭔교. 우리가 언니한테서 세상살이를 배운기라요."

두 아가씨는 품품한 웃음을 날리고 나서 용하에게 당장 계약서를 쓰자며 라디오를 들고 살펴보았다. 크기가 목침만한 T-604는 한국에서 처음 생산된 트랜지스터였다.

"전기 대신 건전지로 쓰는 라디오는 처음이라 인기가 좋습니다. 금성사에서는 앞으로 전축도 만든다고 합니다."

용하의 어줍은 설명에 아가씨 하나가 나무라는 투로 말했다.

"부산서는 트랜지스터를 자랑하모 안 되니더. 일제가 널브러졌어예. 일제는 주먹맨크로 쪼맨한 트랜지스터도 있는데 국산품을 애용하자는 뜻에서 팔아주는 거라예."

"고맙습니다."

"고맙단 말은 우리보다 언니한테 하소."

용하는 수금 때문에 매일 애나를 만나야 했다. 애나가 아가씨들의 불입금을 대납해주고 있었다. 그 핑계로 거의 매일이다시피 용하는 술집에 끌려가야 했다. 어느 때는 남포동 맥주홀에서 춤도 추어야 했는데 애나는 스텝을 요령 있게 리드했다. 용하는 군대시절 동료한테서 기본 스텝을 배운 적이 있었다.

"그래도 숙맥은 아니네요."

블루스곡이 나오자 애나는 용하의 허리를 껴안고 몸을 밀착시켰다.

"스텝을 모르면 그냥 몸을 흔들며 서 있기만 해요."

애나가 용하의 품속에 파고들었다. 용하는 그녀의 두툼한 감촉이 좋았다. 사타구니가 달아올랐다.

"거길 압박해 주모 좋지예?"

애나는 사투리로 속삭이며 일부러 용하의 살을 자극했다. 용하도 사투리로 받았다.

"그놈이 오래 굶었잖은교. 그래서 썽을 내는 기라요."

"농담도 잘하네요. 언제 부산 말을 배웠죠?"

"여기서 중학교를 다녔거든요."

"부산서 학교를 다녔다고요? 어디요?"

"부산중학교."

"거긴 부산서 제일가는 일류학굔데 어떻게 그 학교를 다녔어요? 지지리 못사는 시골 촌뜨기가?"

용하는 가출 내력을 숨기고 싶었다. 하지만 애나가 캐묻는 바람에 부산에 온 내력을 대충 털어놓았다.

"대전역에서 상행선을 탔으면 서울로 갔을 텐데 하행선을 타는 바람에 부산에 오게 되었죠. 초량역에서 내려 구내매점 먹거리를 바라보는데 주인아줌마가 착하게 생겼다며 김밥을 챙겨주고 집에 데려갔어요."

"기막힌 인연이네요."

"고마운 분이시죠. 지금은 서울로 이사하셨지만."

"어쨌든 어린 나이에 가출했다는 얘기네요?"

"부모님이 묵인하신 가출이었죠. 초등학교를 1등으로 졸업한 외아들이 산에서 나무하는 꼴이 가슴 아프셨던 거죠."

"그런데 어떻게 해서 부산중학교에 들어갔나요?"

"주인아줌마가 부산중 교사인 동생을 시켜 입학시킨 거예요."

"착실한 소년이라 주인 눈에 들었겠죠."

애나는 부산중학교를 나온 용하가 자랑스러웠다. 그날 밤 애나는 침실에서 용하의 몸을 껴안고 소원이 뭐냐고 물었다. 실컷 읽고 쓰는 게 간절한 소망이라고 대답하자 아무 걱정 말고 소원을 풀라고 말했다. 용하는 애나의 몸을 아스러지도록 껴안아주었다. 드디어 자신의 운명에 햇살이 비치는가 싶었다. 애나가 더없이 고맙고 아름다웠다. 그래, 이제 나는 마음

놓고 공부할 수 있어! 위대한 작가가 될 수 있어!

　애나는 두 칸짜리 전세방을 얻어놓고 용하에게 동거를 요구했다. 용하는 기꺼이 애나의 요구를 받아들이고 부모까지 모셨다. 부모에게 며느리의 효도까지 바치고 싶었다. 하지만 날이 갈수록 애나는 책상만 끼고 사는 용하의 모습에 숨통이 막혔다. 돈 버는 방법이나 처세술 같은 책을 좋아할 줄 알았지 철학서와 문학서만 끌어안고 지낼 줄은 미처 몰랐다.
　"지금이 어느 땐데 그런 케케묵은 책에만 매달리지? 지금은 바쁜 시대라구. 정부에서도 기아선상에서 헤어나자고 외치잖아? 어서 속을 차려야 오빠한테 신임받고 출세할 것 아냐?"
　애나는 용하를 책과 분리시킬 대책을 세워야 했다. 그 귀신 같은 책은 즐거운 잠자리마저 빼앗곤 했는데 껴안고 뒹굴어야 할 시간에 책상머리에 앉아 있으니 환장할 노릇이었다. 애나의 대책은 빠르게 결정되었고 간단히 처리되었다. 용하가 서점에 간 사이 애나는 책을 마당에 모아놓고 불을 질렀다. 책 타는 냄새를 맡으니 속이 시원했다. 애나는 양장점도 처분했다. 허울뿐인 양장점이었다. 소녀시절에 가출하여 부산까지 흘러온 애나는 양장점에서 기술을 익히면서 돈을 모아 업소까지 차렸지만, 군인이었던 오빠가 출세한 사실을 알고부터 허영에 빠졌던 것이다.

성진모 회장이 부산에 내려온 김에 잠시 동생한테 들렀다. 그의 첫인상은 반짝거리는 눈빛 말고는 점잖은 신사풍이었다. 성 회장은 방바닥에 앉지도 않은 채 용하에게 취미부터 물었다. 용하는 거침없이 독서라고 대답했다.

"그럼, 자네 희망이 뭔가?"

"저는 평생 책을 읽고 글을 쓸 겁니다. 그게 제 체질입니다."

"사업에는 취미가 없나 보지?"

"남자로서 사업도 해볼 만하지만 제 체질은 바꿀 수 없습니다."

"사업도 해볼 만하다고? 사업이란 게 자네 말처럼 한번 건드려보는 건 줄 아나? 사업이란 죽음과의 싸움야. 모든 학문을 총동원하고도 성공하기 힘든 게 사업이라고. 과학, 철학, 문학까지 총동원해도 힘들다 그 말야. 그런데 간단한 말로 해볼 만? 자넨 가난하게 살았다면서 고생을 안 해본 모양이지? 진정한 고생이 뭔지를 모른단 말야. 바로 자네의 그 흐물흐물한 사고방식이 우리 민족성이랄 수 있어. 그걸 깨버리자는 게 우리가 일으킨 혁명의 목적일세. 그러니 자네도 이제 눈을 똑바로 떠. 흐리멍텅하게 구석방에서만 놀지 말고. 알겠나?"

"……."

"왜 대답을 않는 거지? 애나 남편 되기 싫은가?"

"침묵도 대답일 수가 있습니다."

"자넨 역시 까다롭군. 요즘 불평분자들의 말투가 꼭 이렇거든. 큰일이네. 애나 네가 고생 좀 하겠구나."

성 회장은 홱 몸을 돌려 밖으로 나갔다. 그의 승용차 뒤를 여러 대의 검은 차가 뒤따랐다.

오빠가 다녀간 후로 애나의 술주정이 부쩍 늘었다. 애나는 술이 취할 때마다 용하의 부모를 죄인처럼 닦달했다. 불행의 원인을 늙은 부모 탓으로 돌렸다. 하지만 부모는 애나를 고마운 며느리로 여겼다. 자식과 함께 살게만 해준다면 어떠한 학대도 감수할 마음이었다. 애나가 고함을 치며 행패를 부려도 쥐 죽은 듯이 고개만 숙일 뿐이었다.

"이제 부산서 썩을 수밖에 없어. 네 탓 말고도 웬수같은 늙은이들 땜에 오빠가 더 실망했을 거라구. 그것도 모르고 서울서 연락오기만 기다렸으니, 씨팔!"

"실망시켜 미안해. 자기는 처음부터 나를 잘못 짚은 거야. 자기가 생각했던 것만큼 나는 똑똑하지도 근실하지도 못해. 또 오갈 데 없는 부모님을 길바닥에 버릴 수도 없고. 그러니 헤어지는 게 좋겠어. 당장 부모님 모시고 나갈게."

"뭐야? 나가겠다고? 네 몸이니까 네 멋대로 처분하겠다? 천만의 말씀. 너는 내 소유물이란 걸 잊어선 안 돼. 내가 왜 너와 사는 줄 아니? 네가 불쌍해서 그래."

애나는 울기까지 했다. 용하는 애나의 그 울음이 두려웠다. 눈물은 자칫 관용과 연민의 정을 유발시키기 십상이었다. 그런데 애나는 고맙게도 그 감정을 깨뜨려주었다.

"비천한 자식! 네가 나를 울려?"

애나는 부모에게도 막말을 내뱉었다.

"저 거지떼를 뭣 땜에 내가 책임져야 하지?"

두 노인은 방구석으로 피하며 덜덜 떨었다.

"죄송하구먼, 이 천덕꾸러기들을 용서해줘."

어머니는 두 손을 앞자락에 모으고 몸을 잔뜩 웅송그렸다. 그것이 한 가정을 이루어 사는 길인 줄 알았다. 따로따로 헤어져 살기에 너무 지친 부모는 자식 곁에 붙어 있는 것만으로도 복에 겨웠다. 얼마나 그리워한 가정이었던가. 남들처럼 한집에서 오붓이 살고 싶었던 그 목마름이 용서해 달라고 없는 죄를 토해내게 했던 것이다. 용하는 부모의 그런 저자세가 답답했다. 애나가 외출하고 없는 틈을 타 두 노인을 설득했다. 언필칭 세뇌공작인 셈이었다.

"절대 기죽지 마세요. 애나가 악쓰면 같이 악을 쓰란 말예요. 자꾸 기죽어 지내니까 더 무시당하죠."

"무시당하면 워뗘. 그 애가 남이여? 우리를 먹여살리는 은인인디 그런 텃세는 감수해얄 것 아녀?"

"은인은 무슨 은인예요. 그런 못된 인간한테 생전 천대받고 사실래요? 뭐가 무서워 생으로 죄인이 되냔 말예요. 어머니 아버지가 죄인이세요?"

"있는 죄면 워뗗구 없는 죄면 워뗘. 말로 빌면 워뗗구 손으로 빌면 워뗘. 자식과 함께 밥걱정 없이 살 수만 있다면 무릎 꿇고라두 빌 심정인디."

"뭐라고요? 무릎 꿇고 빌면 어떠냐고요? 그년이 그렇게 무서워요? 그년이 없어도 우리끼리 잘 살 수 있어요."

"너 그게 뭔 말버릇여. 그년이 뭐여. 워째 그런 쌍말을 하는 겨?"

"시어머니에게 씨팔 소리 하며 물바가지 던진 년인데 욕 못할 게 뭐예요. 암튼 그년은 며느리가 아니라고요. 우리와 아무 상관없는 여자예요. 그년과 곧 헤어질 거예요. 지금 헤어질 대책을 세우는 중예요."

"헤어지다니? 그런 소리 당최 말어. 그 애가 워째서 며느리가 아녀. 암쪼록 그 애를 착하게만 보구 참어야 복 받는 법잉겨. 모다 하늘 뜻여. 너는 참고 살어야 하는 팔자로 태어났응게."

"쳇. 그런 년과 지내는 게 무슨 하늘의 뜻예요. 그런 쓸데없는 생각 마시고 지랄하면 떳떳이 맞붙어요. 제까짓 게 감히 어른한테 주먹질하겠어요?"

"주먹질해도 고스란히 맞을 거구먼. 자식하구만 함께 살게 해준다면 머리칼이 뜯긴들 뭔 상관여. 여태까지 뿔뿔이 헤어져 살다가 겨우 붙어살게 됐는디 또 헤어지자는 거여?"

용하는 참을 수밖에 없다고 생각했다. 그 대신 독립을 결심하고 애나 몰래 외판을 다시 시작했다. 하지만 태풍이 부산을 쓸어버린 데다 외판 업소가 우후죽순처럼 생겨나는 바람에 공치는 날이 많았다. 용하가 자살을 결심하고 태종대 자살바위에 오른 것은 그 무렵이었다.

바위에 올라 먼 수평선을 바라보던 용하는 눈을 질끈 감았다. 고통은 몇 초 동안이다. 몇 초만 지나면 자유로울 수 있게 된다. 어서 몸을 던지자! 용하는 바위 끝으로 성큼 다가섰다. 절벽 아래에는 사나운 파도가 포말을 날리고 있었다. 몸을 던졌다. 하지만 발이 떨어지지 않았다. 부모님의 모습이 스쳤던 것이다. 순간, 피식 웃음이 나왔다. 죽을 자유마저 없는 자신의 처지가 숫제 웃음을 자아내게 했다.

자살을 포기한 용하는 바위에서 내려와 버스 종점으로 걸어갔다. 주차장에는 어둠이 쌓이고 있었다. 버스가 출발하자 졸음이 밀려왔다. 그때 버스 천장에 매달린 스피커에서 안내방송이 연거푸 반복되었다. 육군 장교 모집과 경찰관 모집에 대한 안내방송이었다. 반가운 소식이었다. 어디를 지망하든 합격만 되면 끼니 걱정을 덜 수 있었다. 하지만 두 군데 중 어디를 택할지가 문제였다. 아무리 장교라 해도 다시 군생활을 하면 제대가 힘들 성싶었고 경찰생활은 욕먹는 직업이라 망설여졌다. 고심 끝에 사표가 수월한 경찰직을 택했다. 아무 때고 형편이 되면 사표 내고 다시 작품 창작에 매달릴 작정이었다. 용하는 애나 몰래 서류를 갖추어 응시했다. 필기시험은 무난히 통과했지만 신체검사에서 체중이 문제였다. 몸이 영양실조로 빼빼 말라서 기본체중인 55킬로그램를 채우는 게 걱정이었다. 신체검사는 경남고등학교 강당에서 실시되었다. 팬티만 입고 줄을 서서 검사를 받는데 예상한 대로 체중 코너에서 걸리고 말았다. 54.2킬로그램이었다. 군의관이 용하의 궁둥이를 손바닥으로 탁 치며 소리쳤다.

"물마시고 와!"

용하가 딱해보였는지 불합격보다는 물을 먹여 체중을 채워주기로 작정한 모양이었다. 강당 복판에는 물통이 놓여 있었다. 용하는 커다란 양은 대접으로 세 대접을 퍼마시고 체중계에 올랐다. 54.7킬로그램이 되었다. 군의관은 "한 번 더!" 하고 소리쳤다. 이번에는 두 대접을 마셨다. 세 그릇은 도저히 마실 수 없었다. 물이 목구멍까지 찼는지 더 들어가지 않았다. 체중계의 침이 겨우 54.9킬로그램에서 간들거렸다. 군의관은 용하의 엉덩이를 치며 "합격!" 하고 소리쳤다.

순간 용하는 머리가 삥 도는가 싶더니 제자리에 쓰러지고 말았다. 누가 용하의 뺨을 톡톡 쳤다. 군의관이었다.

"오줌을 쌌으니 괜찮아."

정신이 들자 벌떡 일어났다. 팬티에서는 오줌이 질질 흘렀다. 졸도할 당시의 기분이 묘했다. 용하는 물에 빠져 죽는 예행연습을 한 셈이었다. 다음에는 시력검사, 청각검사, 항문검사가 이어졌지만 용하의 몸은 체중 말고는 하자가 없었다.

합격통지서를 받고도 애나에게는 그 사실을 숨겼다. 이제 지옥탈출이 가능해졌다. 고함소리와 손톱의 공포에서 벗어나 잃어버린 꿈과 심오한 사유세계를 되찾을 것이다.

나는 언제 거룩한 몸이 돼보지?

　애나와 차명구 부장의 밀회는 점점 빈번해졌다. 용하는 그
들의 밀회가 고마웠다. 어서 차명구와의 사이가 깊어져 자기
곁을 떠나주는 게 소원이었다. 애나는 그런 용하를 두고 "질
투도 못하는 바보자식"이라며 시비를 걸었다. 그때마다 용하
는 바보처럼 웃기만 했다. 애나는 그렇게 배실거리는 용하가
아니꼬웠다. 질투는 고사하고 아내의 타락을 바라는 용하의
무관심에 분노가 치솟았다. 애나가 원래 차명구와의 밀회를
표면화시킨 것도 용하로 하여금 질투심을 유발시키기 위함
이었는데 남의 일처럼 여기고 있으니 속이 뒤집혔다. 애나는
점점 술주정이 늘고 악다구니의 질이 달라졌다.
　"뭐에 홀렸어도 보통 홀린 게 아니셔. 효정이년 귀신이 씐
모양이지?"
　출동을 마치고 밤늦게 돌아온 용하에게 애나는 술 취한 목
소리로 시비를 걸었다.

"또 왜 그래? 몸이 떡이 된 사람한테."

"너만 고단한 게 아니라 나도 고단하다구. 너는 육체적으로 고단하지만 난 정신적으로 고단하니 더 죽을 맛이지. 오늘은 실컷 마셔봤어. 너한테 무슨 귀신이 씌었는지 이제 알았거든."

"기분 좋게 놀다왔으면 어서 잠이나 자."

용하는 건성으로 대꾸하며 몸을 씻으러 밖으로 나갔다. 몸을 씻고 방으로 들어와 침대에 누우려 하자 애나가 팔을 낚아채며 소리를 질렀다.

"일어나! 할 얘기가 있어!"

"내일 일찍 출동야. 고단한데 어서 자야지. 할 얘기가 있으면 나중에 하자고."

"출동이 나한테 뭔 상관야. 나한테 필요한 건 지금 너와 싸우는 거야."

"그냥 앉아 있을 테니 어서 말해봐. 싸울 일이 뭔지."

용하는 하품을 하며 침대모서리에 앉았다.

"효정이년 편지를 모두 태웠어."

용하는 못 들은 척했다.

"꿀려?"

"꿀리다니? 꿀리는 것 좋아하네. 일기장을 뒤진 모양인데 뭐 별난 게 적혀 있었나?"

용하는 일기장을 뒤진 애나의 월권행위가 비위 상했다. 사내의 비행을 뒤지는 것도 그런 짓을 할 만한 여자가 해야 이치에 맞았다. 건방지게 아내 행세를 하다니.

"일기에 이렇게 적혀 있던데. 나는 이제부터 허수아비로 살아갈 수밖에 없다. 참 기가 막혀."

"내가 허수아비로 살아간다는 게 왜 기가 막혀? 그건 내 자유야. 그리고 네가 그걸 왈가왈부할 필요 없잖아? 머나먼 옛날 역사일 뿐인데."

"좋아. 옛날 역사라고 치자. 그런데 그년 편지를 왜 여태까지 보관해 왔지?"

"이런이런, 고교시절 첫사랑 편지도 질투 대상인가? 성애나를 만난 후로는 과거도 깨끗이 잊어라 그 말인가?"

"그래."

"좋아 잊어버리지. 그 대신 조건이 하나 있어. 너도 나를 잊어줘."

"호호호. 그것 참 말 되네. 아주 더러운 조건인데 그래."

"그러니 헛소리 말고 잠이나 자자고. 나 피곤한 사람이니까."

"그래. 잡시다. 나는 더 피곤하니까. 더럽지만 할 수 없지 뭐. 내가 필요해서 데리고 사는 사내니까…… 시팔, 난 언제 거룩한 몸이 돼보지?"

"거룩한 몸이라니? 갑자기 그게 뭔 소리야?"

"오늘 나는 드디어 거룩한 몸을 껴안았다. 일기에 그렇게 써 있던데? 효정이년 몸뚱아리를 껴안고 그렇게 읊었겠지?"

"자세히도 읽었군. 하지만 몸뚱아리가 아니라 무덤을 껴안고 그런 말을 했을 거야. 그나저나 성애나도 충분히 거룩한 몸이 될 수 있어."

"어떻게?"

"죽으면 돼. 효정이처럼 죽기만 하면 거룩해질 수 있어. 숨이 끊어진 네 몸을 껴안고 내가 그렇게 외칠 거라고. 효정이 무덤을 안고 그랬듯이 말야. 효정이도 인간이었는데 죽으니까 바로 거룩한 존재가 되더라고. 정말야. 내 눈에 그렇게 보였어."

"혼자 놀고 있네."

애나는 벌떡 일어나 담배를 피워 물었다.

"오늘도 차 부장과 춤췄어. 그 사람 춤솜씨가 대단하던데."

애나는 용하의 무관심을 흔들어보고 하다못해 욕이라도 듣고 싶어 계속 지껄였다. 하지만 용하는 멍하니 천장을 바라보며 "잘했어" 하고 말을 흘렸다. 애나는 그런 사내가 얼빠진 정신병자로만 보여 아찔했다. 그래서 용하의 무관심을 흔들어볼 요량으로 옷을 훌훌 벗어 던지며 의미 있는 자태를 꾸몄다. 애나의 육체가 매캐한 불빛 속에서 흐느적거렸다.

"내 몸 어때?"

팬티만 걸친 애나가 몸을 뒤틀며 말했다. 그래도 용하가 멍하니 앉아있자 애나는 더 요염한 자세로 다가갔다. 용하는 요염하게 접근해 오는 애나가 두려웠다. 그건 어찌할 수 없는 불가항력의 도전이었다. 곁으로 다가온 애나는 살며시 용하의 몸을 껴안았다.

"신나게 해줘. 부산에서처럼."

애나가 붉은 입술을 내밀어 용하의 입술에 댔다. 용하는 술내 묻은 그녀의 숨결이 싫었지만 피할 도리가 없었다.

"세상이란 그냥 살아가는 거야."

용하는 맥없는 말을 흘리며 침대에 누웠다. 어느새 애나의 숨소리가 거칠어지고, 온 신경에 물기가 젖어들었다. 애나는 배고픈 짐승의 허기처럼 용하의 몸을 삼킬 듯 덤벼들었다. 용하는 차근차근 그녀의 몸을 더듬기 시작했다. 허벅지를 더듬고, 가슴을 더듬고, 하얀 목 언저리를 더듬을 때였다. 갑자기 애나의 눈이 뻥 열리고 동공이 불규칙하게 움직이더니 입술이 벙그레 열렸다.

"왜 그러지?"

"……?"

"왜 죽이려는 거지?"

"뭐야?"

"그건 죄악 중의 죄악이라구."

"도대체 무슨 말을 하는 거야!"

"내 목을 졸랐잖아?"

"닥쳐!"

용하는 애나를 쏘아보며 몸을 일으켰다. 애나는 누운 채 용하를 바라보았다.

"너는 지금 중환자야. 나를 죽이고 싶어 환장했다구."

"하기야 무슨 대책이 있긴 있어야겠는데……."

"네가 차고다니는 권총 있잖아."

"말이 많군."

"말이 많은 게 아냐. 네가 나를 싫어하는 건 이해해. 하지만 현실적으로 살아갈 수도 있잖아."

"또 사표 내라는 말인가?"

"출세하기 싫어? 그렇게 소심한 영웅야? 가난한 자기한테 가장 필요한 조건이잖아?"

"내게 필요한 건 돈이 아냐. 그건 부차적인 거라고. 그래서 내 몸을 헐값에 팔 수 없다는 거지."

"지금도 그냥저냥 살고 있잖아? 앞으로도 그럴 수밖에 없을 테고. 그러니 밑져야 본전 아냐?"

"기왕지사 호강이나 해봐라 그거군. 하지만 나한테는 그런 비위가 없어."

"그래서 출신을 무시할 수 없다니까. 구차하게 자란 인간들은 구질구질한 생각밖에 모른단 말야. 밝은 세상을 어둡게만 보고."

용하는 화를 삼키려고 지그시 눈을 감았다. 인간은 본시 미련한 구석이 있어 인간일진대 애나가 좀 미련만 했더라면……

용하는 이따금 무덤 속에 들어 있는 애나를 상상하곤 했다. 죽어 있는 애나라면 진실하게 느끼고 사랑하리라는 공상에 사로잡혔던 것이다. 용하는 애나의 무덤 앞에서 통곡하는 자신의 모습을 상상할 때마다 눈시울을 적시곤 했다.

"나는 죽어서 뱀이 될 거야!"

애나가 갑자기 단호한 표정을 지었다.

"뱀이 되어 네놈을 물어뜯을 거라구. 네놈이 산속으로 달아나면 산속으로, 땅속으로 달아나면 땅속까지 쫓아다닐 거야. 만약 네놈이 딴 년과 놀아나면 징그럽게 복수할 거라구. 어떻게 복수하는지 알아? 독사가 되어 년놈의 몸뚱아리를 친친 감고 물어뜯을 거라구. 그러니 함부로 까불지 마!"

용하를 닦달한 애나는 뱀에 대한 사연을 털어놓았다. 애나가 아홉 살 때였다고 했다. 바닷가 고향마을에는 모래톱이 길게 누워 있고, 그 끝자락에는 해당화 숲이 우거져 있었다. 초여름으로 접어들 무렵의 어느 화창한 날이었다. 열여섯 살 나이답지 않게 성숙했던 언니는 평소 좋아하던 동네 총각을 만나러 모래톱을 걸어가고 있었다. 언니의 이마에서는 땀방울이 송골송골 피어났다. 그렇게 서둘러 걸어가던 언니는 걸음을 멈추고 탐스런 해당화꽃을 몇 송이 꺾었다. 총각에게 바칠 꽃이었다. 그때 발목에 섬뜩한 통증이 느껴졌다. 영락없이 가시에 찔리는 감촉이었다. 하지만 가시에 찔린 게 아니었다. 잔뜩 움츠린 채 혀를 날름거리는 독사 한 마리가 눈에 띄었던 것이다.

"총각이 언니를 업고 달려왔어. 언니는 이미 죽어 있었지. 지금도 그때의 모습이 눈에 선해. 언니의 풀어진 몸뚱이와 총각의 질린 얼굴. 어머니는 기절하고 아버지는 아무 말없이 먼 산만 바라보다가 갑자기 뒤란에서 낫을 들고 왔어. 총각은 아버지의 눈치를 채고 후딱 도망쳤지만 그때부터 아버지는 더 포악해졌고 어머니를 모질게 닦달했지. 언니가 그렇게 된 것도 모두 어머니 탓으로 돌렸던 거야. 어머니는 아버지가 세 번째 남자였거든."

용하는 살포시 애나의 손을 잡아주었다.

성진모 회장에게서 만나자는 연락이 왔다. 용하는 처음으로 성 회장의 회사를 찾아갔다. 내키지 않은 발길이지만 거절할 수 없었다. 비서의 안내를 받으며 회장실에 들어서니 성 회장이 반갑게 맞아주었다. 인사치레가 끝나자 성 회장은 용하를 조용한 술집으로 데려갔다.

"단도직입적으로 말하겠네. 하나뿐인 내 혈육인데 자네들을 호강시켜주는 건 내 의무야. 그러니 어서 우리 회사에 들어오게. 상무 자리도 좋고 전무 자리를 차지해도 좋네. 그러다가 사장이 되고 나중에는 아주 내 업체를 맡으란 말야. 남매간인데 아까울 게 뭐겠나. 그러니 서둘러 애나와 결혼식을 올리세."

"말씀은 고맙지만 저는 경찰직이 생리에 맞습니다."

용하는 경찰직이 생리에 맞는다는 평계로 성 회장의 제안을 정중히 거절했다. 애나와의 결혼이 전제된다면 어떠한 행복조건도 받아들일 수 없었다.

"그까짓 게 무슨 희망이 있는가. 더구나 자네는 말단인데 언제 출세하겠어."

"저는 출세를 생각해본 적이 없습니다. 맡은 소임만 다할 뿐이죠."

용하는 거짓말을 했다. 출세에 대한 욕망이라면 숫제 공상에 가까울 정도였다. 서른다섯 살까지 저축해서 생활 기반을 다진 다음에 사표를 내고 소설에 매달린다. 그래서 불후의 명작을 써서 카뮈처럼 사십대에 노벨문학상을 받고, 만약 사십대에 안 되면 이십 년쯤 늘려 잡아 육십 대까지는 기어이 노벨문학상을 받는다. 그처럼 용하의 인생은 육십 대에 승부를 걸고 있었다.

"도저히 사표는 낼 수 없습니다. 말씀드린 대로 저는 경찰 업무가 생리에 맞거니와 나중에 제 뜻을 세울 터전이기도 합니다. 그리고 경찰은 자유민주주의의 보호벽입니다."

의미가 있건 없건, 이치에 맞건 안 맞건 그냥 입에서 흘러나오는 대로 지껄인 변명이었다.

"자넨 내 당부를 그런 식으로 거절하는군. 애나의 말대로 자넨 역시 남이야!"

성 회장은 손바닥으로 식탁을 탁 쳤다.

"죄송합니다."

"죄송하면 다야? 남의 처녀를 버려놓고 이제 책임지기 싫다?"

"죄송합니다."

"또 죄송? 너 누굴 약올리는 거야?"

"지금 제가 드릴 수 있는 말씀은 그 말밖에 없습니다."

"이 자식 안 되겠군. 더 이상 할 얘기가 없다구? 임마, 못 살겠으면 못 살 이유를 대얄 것 아냐? 뚜렷한 이유를 대야 이해를 하고, 이해를 해야 포기할 것 아냐! 그러니 조리 있게 이유를 대라구. 너희들 업무도 육하원칙에 입각해서 처리하잖아 임마!"

성 회장의 몸이 떨렸다. 용하는 제발 그가 때려주기를 바랐다. 주먹으로 맞아 코피가 터진다면 얼마나 신선한 위로인가.

"말을 냇가로 끌고갈 수는 있지만 억지로 물을 먹일 수는 없습니다."

"너 이제 보니 독한 놈이구나!"

성 회장은 주먹을 꽉 쥐었다. 하지만 주먹을 사용하지는 않았다. 숨소리가 거칠어졌다. 완력을 참는 모양이었다. 그는 용하를 데리고 술집을 나와 다방으로 들어갔다.

"내가 왜 주먹을 참는지 아는가?"

다방에 들어와 마주앉자 성 회장의 목소리가 부드러워졌다.

"모릅니다."

"제발 그런 식으로 대답하지 말게."

용하는 정말 모른다고 재차 대답하려다 참기로 했다. 진짜 모르는 사실을 두고 왜 그런 식으로 대답하느냐고 나무라는 성 회장의 의미 있을 성싶은 말에 대한 성의였다.

"자네가 맘에 들어서 그래."

성 회장은 창밖을 내다보았다. 용하는 그의 말이 길어질까 봐 오금이 저렸다. 그가 애나의 오빠만 아니어도 말 상대가 될 수 있다고 생각했다. 진정으로 자기를 좋아하는 낯빛, 그 서글픈 듯한 낯빛이 용하의 마음을 움직였다. 하지만 참으로 나누기 싫은 대화였다.

"자네가 왜 내 맘에 드는지 아는가? 이유는 딱 한 가지야. 자네와 통할 수 있어서 그래. 통할 수 있다는 말은 게임 상대가 된다는 말이거든. 나는 미지근한 사내는 딱 질색야."

"형님은 저를 잘못 보신 겁니다. 저는 비열한 인간입니다. 누구와 맞붙어 대거리할 만큼 용기 있는 사내가 못 됩니다."

용하는 처음으로 형님이란 호칭을 썼다. 그 친족호칭은 자기에게 보여준 그 신임에 대한 보답이었다.

"형님이라 불러줘 고맙네. 그리고 자네는 비열한 게 아냐. 그런 척할 뿐이지. 그 위악이 내 맘에 드는 거구."

"그래서 용기가 없다는 겁니다. 야비한 거죠."

"야비? 그건 야비가 아니고 기교야. 자네의 진실과 겸손을 보여주려는 기교 말이네. 하지만 그 기교가 책임에서 벗어나려는 편리한 수법이기 땜에 부도덕한 거지. 몰론 그 책임이 자네 혼자 짊어져야 할 책임은 아니지만."

"솔직히 말해서 성원 엄마는 책임이 없습니다. 성원 엄마의 시도를 제가 받아들일 수 없었던 거죠. 제 체질 탓입니다. 어떤 행복조건으로도 성원 엄마를 거부할 수밖에 없는 그 체질 말입니다. 남들이 행복이라고 여기기 쉬운 그 고통스런 체질 말입니다."

"아아……!"

성 회장은 긴 숨을 내쉬었다. 그는 용하의 얼굴을 똑바로 바라보았다. 용하가 그 고통을 즐기고 있다는 데에 절망감이 느껴졌던 것이다.

탱고는 어려운 춤이죠

"이젠 내가 못 따라갈 정돈데요. 탱고는 어려운 춤인데."

차명구가 맥주잔을 채우며 애나를 추켜세웠다. 무수한 담홍색 빛방울이 홀 안에 술렁거렸다. 그것들은 가을바람에 흩날리는 단풍잎 같았다. 애나는 술잔을 들어 단숨에 비웠다. 목줄기를 타고 흐르는 액채의 싸늘한 감촉에 기분이 한결 가벼워졌다. 그녀의 눈에 비친 차명구의 모습은 가지고 놀기에 좋은 노리개였다.

"정말로 내 춤솜씨가 늘었나요?"

"늘다마다요. 우리의 만남이 일곱 번짼데 만날 때마다 애나씨 솜씨가 달라요."

"일곱 번째요? 참 정확하시네요. 나는 첫 번짼지 열 번짼지 도통 헷갈리는데요. 그렇게 정확하시니까 오빠가 차 부장님을 아끼시나 봐요."

애나는 빈 잔을 내밀었다. 손까지 덧싸며 술을 따르는 차명구의 뜨거운 감촉이 신경을 타고 온몸으로 번졌다. 오늘 밤 아주 쥐버릴까? 그런 생각이 들자 애나의 얼굴에 저절로 미소가 번졌다. 차명구는 애나의 그 뜻 모를 미소가 궁금하면서도 "미스 성의 미소가 신비스러워요"라고 야지랑을 떨었다.

"미스 성이 뭐예요. 나는 엄연히 유부녀고 애엄마예요."

애나는 얼굴을 찡그리고 나서 금방 어리광스런 목소리로 이런 말을 보냈다.

"어느 미친놈이 자신을 야, 너, 놈, 개새끼로 불러달라고 했거든요. 그게 마음 편하다나요. 그러니 차 부장님도 나를 야, 너, 미친년으로 불러주세요."

차명구는 "미, 친, 년" 하며 손을 애나의 허벅지 위에 올려놓았다. 처음 접근해보는 시도였다. 그만큼 자신감이 들었다. 성진모 회장의 말이 떠올랐던 것이다. 지난 주말이었다. 그날 밤 성 회장네 응접실에는 회장 부부와 차명구 셋이 오붓한 여가를 즐기고 있었다. 성 회장이 술 한잔하자며 차명구를 집으로 불렀던 것이다.

"자네는 우리 애나를 어떻게 생각하나?"

느닷없는 질문이었다. 술 한잔하자고 부를 때만 해도 긴히 의논할 회사일 정도로 생각했는데 참으로 뜻밖의 질문이었다. 차명구가 대답을 못하고 망설이는 사이 성 회장 부인이 말을 보냈다.

"솔직히 말씀드려서 회장님은 차 부장님을 내 식구로 만들고 싶어하세요. 그만큼 차 부장님을 신임하는 거죠."

성 회장은 군대시절부터 차명구를 가장 신임해 온 터였다.

차명구는 결혼 초에 상처한 삼십대 중반의 홀아비로서 근면 성실한 데다 딸린 자식이 없어 더욱 다행이었다.

"갑작스런 말씀이라……."

차명구는 가슴이 두근거렸다. 성 회장의 가족이 된다는 것은 자기의 팔자가 바뀌는 거나 다름없었다.

"별다른 뜻이 아냐. 그냥 가족적인 분위기에서 물어본 거야."

성 회장은 말꼬리를 흐렸다.

"애나 씬 모든 걸 갖춘 여성입니다. 암튼 아까운 분입니다."

"아깝다니?"

"제 말씀은 지금 고통을 겪고 있는 것 같은데, 편안하고 즐겁게 받들어져야 될 분이다 그 말씀이죠."

"그 애는 부족한 게 많네."

"애나 씨는 사려와 덕성이 갖춰진 분인 걸요. 미모 또한 그것들에 어울리고요."

"자네가 그 애 성품을 어찌 그리 잘 아는가?"

"저에게도 그만한 안목쯤이야……."

"내가 오라비로서 그 애 처지를 어떻게 해결해주면 좋겠다고 생각하나?"

"현재의 가정이 원만히 이뤄져야죠. 그분이 선택한 남편이니까요."

차명구는 일부러 남편이란 말을 강조했다.

"남편?"

"……."

"몰래 도망친 작잔데?"

성 회장은 양주잔을 들어 냉큼 입 속에 털어넣었다.

"사실 애나 씨는 아직 어립니다."

차명구는 목소리를 매끈하게 다듬어냈다. 어리다는 말은 애나의 동거 사실을 모두 눈감아주겠다는 뜻이었다. 하지만 성 회장의 다음 질문은 칼날처럼 예리했다.

"어리다는 말은 이해의 뜻인가 관용의 뜻인가?"

차명구는 허리를 꼿꼿이 세워 앉았다. 그는 한참 동안 대답을 망설이다가 상관에게 보고하듯 목소리를 높였다.

"이해와 관용까지를 포함한 운명의 뜻입니다. 제 아내가 죽은 사실을 이해나 관용으로 성명할 수 없는 것과 마찬가지죠."

이때다 하고 성 회장은 다그쳤다.

"만일 자네가 지금 아내감을 구한다면 불장난을 저지르고 있는 애나도 의중에 둘 수 있겠는가? 농담 같은 소리지만."

"회장님의 말씀이 농담이 아니시길 바랍니다."

"정말 그래?"

성 회장은 차명구의 손을 조용히 잡아주었다. 차명구는 대답을 삼간 채 성 회장의 손을 꼬옥 쥐었다.

애나는 빈 잔을 차명구에게 내밀며 간드러진 목소리로 "채워주세요"라고 말했다. 오늘밤 잔뜩 취하고 싶었다. 아무렇게나 몸을 굴리고 싶었다. 하지만 그 짓이 기껏 용하가 소망

하는 타락이란 데에 맥이 빠졌다. 복수할 길이 없다는 데에
더욱 화가 났고 더욱 술탐을 부렸다.

"세 병 더!"

애나는 손가락 세 개를 펴보였다. 테이블 위에는 빈 맥주병
만 널려 있었다. 차명구는 애나의 술탐이 보기 좋았다. 애나
의 몸은 취할수록 더욱 무너지기 쉬울 테고, 그래야 소유할
수 있었다. 조건이 얼마나 좋은가. 성 회장은 자기와의 결합
을 바라고 있고 동거 중인 사내는 여자와의 결별을 고대하고
있잖은가.

"차 이사님."

애나는 모처럼 차명구에게 촉촉한 어조로 말했다.

"정말 취하셨군요. 저는 이사가 아니고 부장입니다. 그렇게
놀리시면 안되죠."

"놀리는 게 아녜요. 곧 그렇게 되실 거예요, 이사님으로."

사실이었다. 차명구는 곧 이사로 승진될 것이었다. 애나는
벌써 오빠의 마음을 읽고 있었다.

"차 이사님."

애나가 다시 불렀다.

"네에."

"난 손해 볼 짓만 하며 살아온 여자예요. 조심하며 살 걸 그
랬나봐요. 내 맘만 믿고 살아왔는데……."

애나의 몸이 차명구에게 쏠렸다. 차명구는 애나의 어깨를
포근히 감싸주었다. 애나는 용하의 육체적 배신에 복수하고
싶었다. 호텔은 가까웠다.

*

애나가 차명구와 자고 돌아온 다음 날이었다. 그날 용하는 고려대학교 카니발 행사장에 나갔다가 자정이 넘어서야 집에 돌아왔다. 그런데 집 주위에 주민들이 웅성거리고 관할 파출소 직원 하나가 나와 있었다. 식구들은 보이지 않았다. 불길한 예감이 들었다. 직원은 용하를 보자 팔목을 끌고 침침한 옆골목으로 데려갔다.

"통금 직전이었죠. 차도에 사람이 죽어 있다는 신고를 받고 뛰어가 봤더니 길가에 어느 젊은 새댁이 쓰러져 있더군요. 술 냄새가 지독했어요. 처음에는 술 취한 여자가 차에 치여 죽은 줄 알았죠. 확인해 보니 사모님이셨죠. 그래서 얼른 방범대원 등에 업혀 집에 데려다 뉘었어요."

"솔직히 말해주쇼. 그때 어떤 짓을 합디까? 조용히 업혀 가진 않았을 텐데."

용하의 말에 직원은 위로하는 투로 말했다.

"업혀가는 동안은 아무 일 없었어요."

"아뇨, 분명 떠든 소리가 있었을 거요."

"철저히 타락할 거야. 타락, 타락, 그 말만 자꾸 되풀이했죠. 그런데 왜 차도에까지 나가셨을까요?"

"그래야 내가 창피를 당하죠."

직원은 고개만 갸우뚱거렸다. 직원과 주민들을 돌려보낸 용하는 방문을 걸어 잠그고 술내가 풍기는 애나 곁으로 다가

갔다.

"이유가 뭐지? 왜 그런 행패를 부렸지?"

"궁금해 할 것 없어. 특별한 이유도 없고. 그저 그냥 추태를 부리고 싶었을 뿐이야. 내 몸이 기어이 더러워졌구나 생각하니까 슬펐던 거구, 그래서 버린 몸 아무렇게나 굴리고 싶었을 뿐이야."

"몸을 버리다니?"

"춤을 추다가 딴 남자와 잤거든."

애나는 시무룩한 표정을 지었다. 용하는 무슨 말을 해줄까 망설이다가 끝내 입을 다물었다. 적당한 말이 떠오르지 않았다.

"누구와 동침했는지 궁금하지 않아?"

"그런 거에 관심 둘 만큼 한가한 내가 아니잖아."

"못된 인간! 아무리 정 없는 계집이라지만 그렇게 말할 수 있어? 이 세상에서 그렇게 말하는 사내는 너뿐일 거야. 잔인한 놈!"

"그럼 외간 남자와 동침했다고 말하는 계집에게 누구와 살을 섞었냐고 물어보란 말야? 그렇게 쓸개 빠진 사내가 있겠냐고?"

"당신 화내는 모습이 참 멋지네. 질투해 줘서 고마워, 그 질투를 받고 싶어 일부러 거짓말을 해봤거든."

"거짓말? 그럼 지금까지 차명구와 아무 일 없었다는 거야?"

"어머 되게 질투하시네. 너무 멋있어. 자기한테 그런 질투

받고 싶어 환장한 년인데."

"얼버무리지 마, 다 알고 있으니까. 내 직업이 뭐야. 남 눈치 보는 게 내 직업이잖아. 당신 얼굴에 다 쓰여 있어. 물론 나한 테는 고마운 불륜이지만."

"불륜? 호호호…… 불륜이란 내가 누구의 아내란 뜻이잖 아? 그러니까 당신이 나를 아내로 여긴다는 뜻이지. 불륜을 저지른 아내, 그렇게 생각하는 거지? 역시 당신은 속이 깊은 남자라구. 겉으론 나를 부정하면서 속으론 아내로 여기니까. 역시 당신은 내 남편이야."

"그걸 불륜으로 생각하지 마. 우린 서로 우리의 악연을 즐기자고. 그럼 낼 출근해야 되니 어서 자도록 해."

용하는 먼저 자리에 누웠다. 어쩐지 기분이 좋았다. 무슨 희망의 징조가 보일 듯싶었다. 그 희망이란 애나가 차명구와 더욱 가까워질 거라는 기대였다.

그런데 다음 날부터 애나의 태도가 갑자기 정숙해졌다. 외출도 삼가고 살림도 알뜰히 챙겼다. 시부모에게도 예의를 지키고 잘 모셨다. 용하는 그녀의 달라진 모습이 생경하면서도 우선 집안이 평화롭다는 데에 마음이 놓였다. 출동도 주춤했다. 월남파병동의안과 한일협정비준동의안이 국회에서 통과됨에 따라 극도로 악화된 시국이 대학생들의 매국외교賣國外交 일당국회—黨國會 화형식과 무장군인 고려대 난입사건을 계기로 고비에 이르자 드디어 서울지구에 위수령이 발동되었던 것이다.

집안의 평화는 중부경찰서로 발령을 받은 뒤로도 계속되

었다. 하지만 용하는 그 평화가 불안했다. 언제 애나의 성깔이 발기할지 모를 일이었다. 마치 폭풍전야와도 같은 고요랄까. 애나는 용하를 놀리기라도 하려는 듯 "내 고운 행실이 티껍죠?" 라고 뜻 모를 농담을 던졌다.

오대五大 사회악과 서민주의 정신

　데모가 소들해지자 이번에는 경찰이 오대 사회악 단속에 돌입했다. 폭력, 밀수, 마약, 도벌, 절도 등 다섯 가지 범죄를 뿌리 뽑는다는 취지에서 각 경찰서별로 등수제가 채택되었다. 경찰서 수사 담당 부서는 물론 각 파출소별로도 건수가 배당되었다. 직원들은 비번도 반납한 채 밤낮으로 검거에 나섰다.

　을지로통의 대형 도매업소와는 대조적으로 청계천 고물상가에는 각종 공구와 자동차 부속품, 전기 기기나 전화선에 이르기까지 중고품을 취급하는 업소가 많아 장물 또한 흔했다. 그래서 절도범 특별단속 기간만 되면 도둑을 잡기 위해 직원들이 너도나도 청계천을 뒤졌다.

　"제발 도둑 같은 도둑을 잡아와. 손쉽게 잡지 말고 수사해서 잡으라구. 군것질하려고 쇳동가리 하나 슬쩍한 걸 어떻게 수갑 채우겠는가. 물론 자네들 탓만은 아니지. 형식적인 건수

주의로만 근무를 평가하는 차트행정이 더 문제니까."

직원들의 눈이 파출소장에게 쏠렸다. 큰일 날 소리 하고 있다는 눈빛들이었다. 오대 사회악 단속은 날이 갈수록 치열해졌다. 하지만 산림을 벌채해먹는 도벌범 단속은 서울경찰에게는 별로 해당되지 않았다. 특히 중부서 관내의 산은 남산 한쪽뿐인데 어느 누가 감히 남산의 소나무를 베어 먹겠는가. 그런데 단속이 막바지에 접어들 무렵 신참 직원이 도벌범 하나를 잡아왔다. 시골티 나는 노파였다.

"이 할머니가 도벌범이라고?"

소장이 물었다.

"예, 저겁니다."

신참의 책상 옆에는 허름한 보따리 하나가 놓여 있었다. 그 보따리에는 애기 팔뚝만한 팽나무 고목 한 그루가 삐죽 고개를 내밀고 있었다. 구부러진 줄기마다에는 잎사귀가 오보록이 매달려 있는데 언뜻 보아 분재 같았지만 자연산이 틀림없었다. 소장은 "어디서 캤죠?" 하고 노파에게 물었다.

"시골서유."

"시골 어디서요?"

"우리 동네 앞산유."

"할머니 말씨가 충청도 같으신데 그 먼 데서 저걸 캐왔나요?"

"아들네한티 오는 길에 캐왔는디유. 서울 양반들이 이런 걸 좋아한다구 혀서 여비나 벌까 하구유."

파출소장은 터져 나오는 웃음을 억지로 참으며 직원의 얼굴을 바라보았다. 신참은 어색한 자세로 멍청히 서 있기만 했다. 소장은 노파가 알아듣지 못하게 직원의 귀에 대고 말했다.

"자네 모습이 꼭 일본 순사 같군. 울타리감으로 솔가지 몇 개를 꺾어온 자네 할아버지나 아버지를 도벌범이라고 문초했던 그 지독한 일본 순사 말이네. 내 말 알아듣겠나?"

그제서야 직원은 얼굴에 어색한 미소를 매달았다. 맞은편 소내근무석에 앉아 있던 용하도 터져 나오는 웃음을 억지로 참았다.

"헌디, 워쩌자구 날 여기루 데려왔대유?"

드디어 노파가 따지고 들었다. 용하는 노파에게 보따리를 챙겨주고 조심스레 내보냈다. 노파를 돌려보낸 뒤에야 파출소장은 신참 직원에게 연행 장소를 물었다. 직원이 명보극장 앞에서 데려왔다고 대답하자 소장은 "진짜 적발할 참였나?" 하고 물었다.

"죄송합니다."

"죄송할 거야 없지. 그것도 위법은 위법이니까. 다만 운영의 묘를 먼저 생각해야한다는 거네."

잠시 침묵을 지키던 소장은 갑자기 용하에게 경찰정신이 무엇이냐고 물었다. 용하가 정의라고 대답하자 소장은 정의가 맞다면서 이런 말을 보탰다.

"옳은 것 편에 서고 옳은 것을 옹호하려는 정신. 그런데 그 정신에는 자주성과 서민성이 축을 이뤄야 된다고 생각하네. 자주성은 바로 민주주의 정신으로 책임과 창의의 모태가 되고 서민성은 인본주의 정신이랄 수 있는데 봉사와 희생의 모태가 되지. 그럼 그 두 정신이 경찰관의 행동에 어떤 작용을 한다고 생각하는가?"

소장은 다시 용하에게 물었다. 용하는 생각나는 대로 간단히 답변했다.

"자주성은 진실을 보는 눈을 갖게 하고 서민성은 참사랑을 느끼게 하지 않을까요?"

"자넨 나하고 통하는 게 있군."

소장은 감탄 어린 눈빛으로 용하를 바라보았다. 용하는 소장이 존경스러웠다. 하지만 그 노틀 소장은 단속기간이 끝나기가 무섭게 후미진 파출소장으로 좌천당했다. 단속 건수가 파출소 중에서 최하위를 맴돌았던 것이다. 웬만한 잔챙이는 훈방조치하다 보니 입건 건수가 적을 수밖에 없었다.

*

밤이 깊어지자 두 개의 촛불이 켜진 제사상 앞에는 적막이 자욱했다. 성진모 회장 부부는 미국에 출장 중이어서 유일한 혈육인 애나 혼자 어머니 제사를 모셔야 했다. 애나는 그 단출한 제사가 어머니와의 추억을 반추할 수 있어 좋았다. 그 추억 속에는 늘 파도가 넘실거렸다. 상여는 바닷가를 지나가고 있었다.

"늬는 울지도 않나? 독한 년!"

상여 뒤를 나란히 따라가던 아버지가 열두 살배기 딸의 머리를 쥐어박았다. 애나는 아버지의 입에서 나는 술 냄새가 역겨웠다.

"아부지가 죽인 어무인데 왜서 내가 우노."

애나가 아버지에게 탁 쏘아붙였다.

"요 가시나가 몬 하는 말이 없다이. 왜서 내가 죽였단 말가. 지 발로 걸어가 빠져 죽은 거 아이가."

"어무이가 왜서 물에 빠졌노. 매맞기 싫어 빠졌제."

"딴 사내캉 눈이 맞았는데 패지 말라꼬?"

"아버지가 맨날 술 마시고 패니까네 그랬잖은교. 내사 아버지가 밉소."

그렇게 쏘아붙이고 애나는 엉엉 울었다. 애나는 어머니를 따라 죽었으면 좋겠다고 생각했다. 팍 죽어버리면 되레 아버지가 슬퍼하리라 여겨졌다. 죽어뿌릴 끼라! 팍 죽어서 아버지를 울리고 말 끼라. 어무이를 죽이고도 한 번도 울지 않고 술만 퍼마신 아부진데, 난 꼭 죽어뿌릴 끼라!

"늬도 조심하거래이. 어매년을 닮아 눈매가 헤실대니까네."

애나는 생김새도 그렇거니와 하는 짓이 어머니를 빼다박았다. 말재간도 마찬가지였다. 아버지가 애나를 미워하는 것도 그 때문이었다. 눈을 똥그랗게 뜨고 또박또박 말대꾸하는 어린 딸이 살쾡이처럼 밉상이었다.

아버지는 어머니가 죽은 뒤에야 손에서 매를 놓았다. 하지

만 그때부터 아버지는 이상해지기 시작했다. 매일 바닷가에
나가 맥없이 거닐곤 했다. 파도가 사나울 때면 덩실덩실 춤을
추기도 했다. 어머니가 죽고 반년이 지난 어느 여름날이었다.
그날도 아버지는 잔뜩 술에 취한 채 아침부터 바닷가를 얼쩡
거렸다. 애나가 다가가자 아버지는 밀려오는 파도를 보며 실
성한 사람처럼 지껄였다.

"저기 늬 어매가 오고 있데이. 느그 어매가 올라카모 바다
가 저래 지랄떠는 기라."

"저게 무신 어무인교, 파도지예."

"늬 눈엔 어매가 파도로 보이나? 숭한 년!"

"아버지가 숭하제 으째 내가 숭한교. 파도를 어무이로 보는
아버지 눈이 삐었지러."

"아이다. 늬 어매가 덩실덩실 춤을 추며 오는 기라. 그런데
마이다, 으째 늬 어매가 저리 많노. 바다가 막흔 늬 어맨 기
라."

"아부지요……."

애나는 울음을 쏟아놓았다. 아버지가 가여웠던 것이다. 얼
마나 어머니가 보고 싶으면 저렇게 헛소리를 할꼬……. 애나
는 아버지의 팔을 잡고 오래오래 울었다. 하지만 아버지는 딸
의 울음소리를 외면한 채 멍한 눈으로 바다만 바라보았다. 그
러고 나서 아버지도 며칠 뒤에 바다에 빠져 죽었다.

애나는 제사 음식을 그냥 둔 채 제사상 앞에 누웠다. 지금
제사 음식을 먹고 있는 어머니의 환영과 함께 바다에 묻히고

싶었다. 조용한 거실은 파도가 아우성치는 바다였다. 애나는
제사상에 대고 하소연하듯 물었다. 어머니! 왜 바다에 몸을
던졌나요? 나보다 바다가 더 좋았나요? 애나는 솟구치는 눈
물을 꾹꾹 눌렀다. 어머니 앞에서 눈물 흘리는 모습을 보여주
고 싶지 않았다.

"늬는 눈물을 조심해얀데이. 무신 말인지 알제?"

"저절로 나는 눈물을 우쩨 참노."

"빙신. 늬도 내 팔자 되고 싶나?"

어머니는 철 무른 애나를 껴안고 또 눈물을 흘렸다. 오히려
어머니는 우는 게 재미있었다. 우는 것이 몸에 힘을 보태주곤
했다.

"나 맨크로 울음보가 크모 살고 싶은 맘이 그만큼 작아지
는 기라. 살고 싶은 맘이 작아지다 보모 죽을 수밖에 없잖나.
알갔제?"

애나는 어머니의 그 말이 늘 가슴에 맺혔고, 이따금 용하
때문에 흘리는 눈물이 구접스럽게 여겨지곤 했다. 다시는 용
하 앞에서 울지 말아야지! 애나는 입을 앙다물었다.

미국 출장을 마치고 돌아온 성 회장은 모처럼 애나와 진지
한 대화를 나누고 싶었다. 보름 가까이 미국에 머무는 동안
회사일보다 애나 일이 더 선명히 떠올랐던 것이다. 저녁상을
물린 거실에는 성 회장, 올케, 애나 세 식구가 소파에 둘러앉
아 있었다.

"나도 깜짝 놀랐다. 너에 대한 현실이 그처럼 요동칠 줄이야……."

먼저 성 회장이 입을 열었다. 애나는 긴장을 풀려고 일부러 창밖을 내다보았다. 바위, 오엽송, 주목, 대나무 등을 조화 있게 조경한 정원에는 어스름이 깔리고 있었다.

"부산에서 너를 찾았을 때 미처 네 장래문제를 생각 못한 게 원망스럽구나. 너를 찾은 것만도 반가웠고 또 혁명 초기여서 네 결혼문제는 생각할 겨를이 없었다. 일단 너를 찾은 것만으로도 안심이 되었고 장래문제는 천천히 계획을 세울 참이었니라."

성 회장은 아내에게 시선을 준 채 잠시 숨을 돌렸다.

"솔직히 그때는 차 이사를 염두에 둘 수도 없었다. 너도 알겠지? 세상에 하나뿐인 여동생인데 어찌 홀아비를 신랑감으로 생각했겠느냐. 나는 너를 다시 곱게 다듬어 시집보낼 참이었어. 공부도 더 시키고 교양도 길러 본때 있는 신붓감으로 만들 참이었지. 네 출중한 인물과 내 막강한 힘에다 배움 하나만 곁들인다면 영부인감인들 못 되겠냐. 그런데 네가 이 꼴이 되었구나. 나는 가장 귀한 재화를 잃은 셈이다. 애나야, 하지만 늦지는 않다."

"그래요, 아가씨 나이는 겨우 스물일곱이에요. 늦처녀라 생각하면 돼요. 더구나 그쪽에서 살자고 치근덕대는 게 아니고 헤어지자고 애태우는 편이니 불행 중 다행이죠. 그 사람은 아무것도 없으면서 콧대만 높아요. 방금 오빠도 말씀하셨듯 아가씨가 뭐가 아쉬워 평생 꿀리고 사냔 말예요. 그 남자는 보

나 마나 가뭄에 오그라든 오이처럼 심보가 곧지 못할 거예
요."

올케는 자리에서 일어나 홈바로 가서 양주와 안줏거리를
챙겨왔다. 성 회장이 숙면을 위해 습관적으로 마시던 술이었
다.

"애나야, 너도 알다시피 오빠는 앞으로 너와 할 일이 많다.
사업은 물론 정치판에서도 클 수 있어. 그래서 사람이 아쉬운
거다. 내가 네 신랑감에게 관심을 쏟는 것도 그 때문인데 차
명구 같은 사람을 만난 건 홍복이다. 그는 사람도 좋지만 사
업 면에서도 뛰어난 자질을 지녔어. 극복의지나 처리능력이
강하고 포착력과 분석력이 빠른 사람이다. 그에 비해 용하 그
작자는 비현실적이고 엉뚱한 데가 있어. 사업이나 정치에서
비상식적인 행동이야말로 금물인데 파격적인 삶만 추구하고
있잖니. 그래 두 사람에 대한 내 평가를 어떻게 생각하니?"

성 회장은 넌지시 애나의 속내를 떠보았다.

"오빠는 차 이사를 잘못 보고 계세요. 그 사람은 개성이 없
어요. 그 사람의 획일성은 숨이 막힐 지경이에요."

"비뚤어진 눈이 바로 선 물체를 곧게 볼 수 있겠니?"

성 회장은 애나의 말을 용하에게 홀린 사시 탓일 거라고 일
축해 버렸다.

"용하 씨를 포기하려는 제 노력이 헛수고임을 깨달았어요.
그 사람을 잊으려고 마음을 먹을수록 점점 더 깊이 빠져들어
요. 그이가 더욱 큰 산으로 보이고 그리움이 더해갈 뿐예요.
그이를 잊는다는 건 죽음보다 더 감당하기 힘든 고통이에요.

숫제 의식을 마비시키고 싶어요."

"그래서 술만 마시는 거냐?"

"맑은 정신으로는 못 배기겠는걸요."

"도대체 네가 그 작자한테 미치는 이유가 뭐냐? 솔직히 말이나 해봐라."

"아무것도 아녜요. 그냥 좋을 뿐예요. 느낌이 좋고 사람이 신선해요."

"신선하다니? 네가 그 작자를 신선하다고 느끼는 것은 그가 모자라기 때문야. 너는 모자란 것에 길들여졌어. 허점 있는 인간을 멋으로 보는 네 눈이 잘못된 거라구. 그동안 집을 나가 함부로 살아온 탓이다. 오빠 밑에서 엄격하게 교육을 받았다면 차 이사 같은 사람을 멋지다고 느낄 텐데."

"저는 생긴 대로 살래요."

"뭣이 어째? 이년 이제 못하는 말이 없구나. 너 정말 내 말 안 들으면 의절할 줄 알아."

"오빠 너무 잔인하세요."

"잔인? 너 이제 보니 나한테도 불만이 있는 모양이구나. 좋아, 그놈과 헤어지지 않으면 나하고 끝장인 줄 알아."

"심려를 끼쳐 죄송해요."

애나의 눈에서 눈물이 쏟아졌다.

"미안할 게 어딨냐. 네가 행복해야 나도 행복해지는 것 아냐. 이 오빠 아무리 출세한들 네가 불행해지면 무슨 재미로 웃고 살겠니. 물론 첫정을 느낀 사람인 데다 어린 자식이 있는데 어찌 마음을 쉬 돌리겠냐만 인생을 깊이만 볼 게 아니라

넓게도 봐야 한다. 시대가 변했으니 하는 말이다. 너는 가장 개방적인 여자 같은데 왜 그리 구석진지 모르겠구나."

*

박정희 대통령이 미국 방문을 마치고 귀국했다. 미국은 월남에 전투부대 파병을 종용해야 될 입장이어서 존슨 대통령은 박 대통령에게 성대한 환영식을 베풀었고, 웨스트포인트 육군사관학교와 케이프 케네디 우주기지를 방문했을 때도 극진한 대접을 받게 되었다. 특히 웨스트포인트에서의 환송에서는 큰 감명을 받았다. 사관생도들이 일제히 모자를 벗어 하늘에 던졌던 것이다.

경호경비를 마친 용하는 좌천된 파출소장과 이별주를 마시고 밤늦게야 집에 돌아왔다. 마음 맞는 소장과 단둘이 회포를 풀고 나니 기분이 상쾌했다. 하지만 집안에 들어서니 방안이 난장판이었다. 방바닥에 땅콩, 노가리, 센베이과자 따위의 마른안주가 흩어져 있고 맥주잔이 깨진 채 나뒹굴고 있었다. 침대에 누워 자는 애나의 발치에 성원이 웅크린 채 잠들어 있었다. 용하는 조용히 비를 들어 대충 치우고 마루 쪽으로 걸어갔다. 그때 애나의 날카로운 목소리가 발길을 세웠다.

"나보다 더 취했군. 그래, 취한 김에 오늘 밤 끝장을 내자구."

"제정신이야? 애가 유리조각을 밟기라도 하면 큰일이잖아?"

"어쭈, 지금 새끼 걱정하게 됐니? 요놈아! 딴 사내 몸을 껴안았는데도 불륜이 아니라고? 서로 악연을 즐기자고? 네놈이 얼마나 날 무시하면 그 따위 말을 씹었겠어."

애나가 용하의 가슴을 치며 대들었다. 성원이가 울음을 터뜨리자 안방으로 들어온 어머니가 얼른 품에 안았다. 애나의 악다구니는 점점 더 기승을 부렸다.

"바람피는 여편넬 질투도 못하는 요 병신아! 제발 날 때려봐라, 밟아보란 말이다. 요놈아!"

용하에게 욕을 퍼댄 애나는 이번에는 시어머니한테 "애기 내려놔!"하고 소리쳤다. 며느리에게 주눅이 든 어머니가 손자를 안은 채 그냥 떨고 서 있기만 하자 와락 달려들어 성원이를 낚아챘다.

"애 몸에 손때 묻히지 마! 지저분한 인간들!"

애나는 낚아챈 애를 방바닥에 거칠게 내려놓으며 어머니를 노려보았다. 어머니는 참다못해 입을 열었다.

"내가 뭘 잘못했다구 그렁겨? 손자 안아보는 것도 쥔감?"

"어쭈, 이젠 말대꾸를?"

"너무 사람을 무시하면 죄받는 법여."

"죄? 당신네가 인간이라고 죄받아?"

"내가 인간이 아니면 뭐여?"

"사람 탈을 썼다고 다 인간은 아니지."

그때 용하의 주먹이 허공을 갈랐다. 애나는 입가에 피를 흘리며 계속 악을 썼다.

"비천한 자식! 그래도 자존심은 챙기겠다 이거지?"

용하는 이번에는 책상다리를 분질러 치켜들었다. 그때였다. 아버지가 용하 앞을 가로막으며 애나에게 타이르듯 말했다.

"아가, 늬가 참아라. 늬 속이 허해서 그렁겨. 모다 용하놈 잘못인디."

"비키세요! 저 자식한테 맞아 죽을래요. 내가 죽으면 제 놈도 죽겠죠."

"아가 늬가 참아야 한다. 원래 밥량을 못 채우면 눈앞이 어지러운 법인디 늬는 그 허기를 참을 수 있는 여잔겨. 나는 늬 착함을 아느니라. 용하한티 살이 껴서 그렇게 지발 늬가 참거라."

"나를 구슬리지 마세요, 구질구질하게."

"구슬리는 게 아녀. 늬 괴로운 맘을 생각헝게 가슴이 쓰려서 그렁겨. 저놈이 자꾸 늬를 악쓰게 만들잖남."

"시시한 소리 말고 비키세요!"

애나가 옆으로 떠밀자 아버지는 비틀거리다가 주저앉았다.

"으윽!"

용하는 입술을 깨물었다. 책상다리를 다시 치켜들었다. 하지만 애나 대신 다른 것들을 부숴나갔다. 전축, 침대, 화장대, 장롱 할 것 없이 차례차례 부숴나가는데 이마에서 불꽃이 튀고 혀끝이 찝질했다. 애나가 요강을 내던졌던 것이다.

용하는 책상다리를 방구석에 던지고 뛰쳐나갔다. 그처럼 애나의 행패를 참아낸 것은 용하의 심층 깊은 곳에서 울부짖는, 어쩌면 네년도 피해자일지 모른다는 양심의 통곡 때문이었다. 라디오 세 대를 팔아먹겠다고 애나의 유혹에 빠진 자신을 짓밟고 싶었다. 하지만 애나에 대한 그런 관용은 대신 어머니를 미치게 했다. 이튿날부터 어머니의 시선이 겉돈다 싶었는데 하느님, 부처님, 신령님을 찾다가 며칠이 지나고부터는 헛소리를 지껄이기 시작했다.

"히히힛! 히히힛! 우리 며느리 덕에 굶지 않고 호강혀."

어머니는 흥겹게 콧노래를 부를 때도 있었다. 고향에 내려가던 날에도 어머니는 콧노래를 부르며 덩실덩실 춤까지 췄다. 동네 사람들은 어머니가 며느리한테 효도 받아서 그럴 거라며 늘어진 팔자를 부러워했다.

"원래 심성이 고운 분이라 고생 끝에 낙이 온 거여."

"용하 처남 되는 사람이 대단한 권력자라며?"

동네 사람들의 칭송이 자자할 때마다 어머니는 노래 후렴처럼 이렇게 자랑하곤 했다.

"내 아들 팔자 피라구 신령님이 점지하신 며느리구먼. 두꺼비 같은 손자두 나줬응게 복덩이 며느린겨."

애나가 집을 나갔다. 시어머니가 실성하자 양심에 찔린 모양이었다. 용하는 애나의 조용한 가출이 고마웠다. 성원은 이웃집 아줌마가 돌봐주었다. 하지만 아빠의 출근길을 막고 떼

쓰는 바람에 애를 데리고 출근하는 경우도 허다했다. 파출소에서는 사환이 돌봐주었다. 때로는 파출소 근처의 여관집 아줌마가 돌봐주기도 했다. 용하는 비번날에만 집에서 자식과 함께 지낼 수 있었다. 그런데 애나가 집을 나간 지 일주일 만에 성원이를 잃어버렸다. 바깥에서 놀고 있던 애가 없어진 것이다. 온 동네를 뒤져봤지만 허사였다. 용하는 근무도 팽개친 채 애를 찾는 데만 미쳐 지냈다. 애를 잃어버린 지 삼 일째 되는 날에야 애나한테서 파출소로 전화가 걸려왔다. 애를 데리고 있으니 어서 위자료를 챙겨 찾아가라고 했다.

"그래, 위자료를 어떻게 처리하면 좋겠어? 사정을 잘 알고 있을 테니……."

"간단해. 대한민국 땅을 모두 살 만한 돈이면 돼."

"제발 애를 무기로 삼지 마라. 그 애가 누가 낳은 새끼냐. 바로 네 뱃속에서 나온 쓰레기야. 네 속에서 나온 새끼가 이쁘겠냐? 그나저나 버릴 참였는데 네가 꾸려갔다니 천만다행이다. 고맙다."

용하는 일부러 억탁을 부렸다. 자식에 대한 애착을 보이면 더 극성을 부릴 게 뻔했다.

정보과 사무실에서 난동을 피운 애나

한 해가 밤새 쌓인 눈 속으로 묻혀버렸다. 용하는 방세가
싸면서도 중부서 출퇴근이 용이한 금호동으로 이사했다. 신
길동 집은 성진모 회장이 장만해준 집이어서 어서 떠나고 싶
었다. 애나가 성원을 데리고 금호동으로 찾아온 것은 이사하
고 한 달쯤 지나서였다.

"시집을 가려면 자식이 거추장스러울 테니……."

애나는 간단히 한마디를 던지고 곱게 돌아섰다. 용하는 언
제 만날지 모를 애나에게 진정 어린 정표를 보였다. 우선 택
시를 불러 대문 앞에 대기시켰고, 짐을 택시 안에 실어준 다
음 차에 오르려는 애나를 끌어당겨 가슴 깊이 껴안아 주었다.
그러자 애나는 빙그레 웃으며 이런 말을 했다.

"살아서 이별하는데 껴안아줬으니 죽어 이별할 땐 함께 죽
어줄래요?"

용하는 모처럼 애나에게 조그마한 애정이 느껴졌다. 그만

한 보잘것없는 애정인데도 용하는 흥분한 나머지 "잘 지내!" 하고 외쳤다. 택시가 사라진 휑한 공간에 서 있게 되자 용하는 어이없게도 외로움이 느껴졌다. 미처 예상치 못한 일이었다.

떠나는 것은 곧 죽음이다. 애나는 이제 죽은 것이나 다름없다. 나는 애나의 무덤에 꽃을 바쳐야 한다. 아름다운 애나, 착한 애나, 깨끗한 애나……. 용하는 자고 있는 성원에게도 거룩한 엄마를 노래했다. 성원아, 네 엄마는 흑장미처럼 아름다웠다. 네 엄마는 정열적으로 살고 싶어 했고, 항상 꿈을 이루려 했고, 또한 그 꿈을 부숴버리는 멋도 지녔느니라.

애나와 헤어지고 며칠 뒤에 정보과로 발령이 나자 용하는 성원이를 혼자 둘 수 없어 여관방 하나를 구했다. 주인아줌마가 용하의 딱한 처지를 알고 여관에 딸린 구석방 하나를 내주었던 것이다. 직원들도 협조해주었다. 하지만 태반은 사환이 돌봐주었다. 그는 성원이를 데리고 충무로 영화사 골목이나 공터에서 놀아주었다. 판자촌이 철거된 그 공터에는 대형 건물이 들어설 예정인데 건물 이름은 세운상가였다.

국회에서 김두한 의원이 사카린밀수사건을 응징한다며 국무총리를 비롯한 각료들에게 오물을 투척한 사건이 발생하자 정국이 어수선했지만 용하는 오랜만에 정서적 안정을 누릴 수 있었다. 업무 중에도 기분이 맑은 데다 용하의 천성인 해학도 되살아났다. 사무실에서도 구성진 농담이 술술 나왔다. 종합상황실 업무도 금방 익숙해졌다. 정보과 근무를 시작하고 두 번째로 상황실 근무에 차출된 밤이었다. 각 계에서 차출된 근무자들은 모두 군복 차림이었는데 앞으로 치를 대통령선거와 국회의원선거로 긴장감이 팽팽한 시기였다. 깊은 밤에 울리는 전화벨소리도 음산한 여운을 남기곤 했다. 그때였다. 긴장을 풀고 싶어서인지 경비계 소속 총각 직원이 걸쭉한 한마디를 내뱉었다. 상황실장이 화장실에 간 사이였다.

"경찰이 여당 성향일까 야당 성향일까 그것이 문제로다."

"어느 놈이 경찰을 여당이래?"

덩치가 큰 수사계 직원이 보고철을 정리하며 맞장구를 쳤다.

"그럼, 겉으론 여당이고 속으론 야당이다 그 말인가?"

용하도 그들의 말에 끼어들었다.

"여당이든 야당이든 알 바 아니지만 데모 터져서 나 얼굴 돌 맞으면 장가도 못 가. 형들은 마누라 있으니까 별 걱정 없겠지만."

"그런데 말야, 동국대 놈들 의리는 있더군. 학생회 간부들과 약속한 것 말야, 정말 교내서 끝내고 말았으니 어느 정도 지켜준 셈 아냐?"

용하의 말에 경비계 직원이 따지고 들었다.

"정보형사들은 너무 낭만적이어서 탈야. 형들이 헛짚었다가 당하는 건 우리들이거든."

"이 사람아 경비계 직원만 경찰이고 우리는 남인가? 나도 얼굴에 다섯 바늘 꿰맨 사람야."

"그 바람에 형은 표창장 받았잖아?"

"그럼 자네는 아주 죽어서 훈장을 받지 그래. 미친 사람."

용하가 웃자 경비계 직원이 따라 웃었다. 그때 전화벨이 요란하게 울렸다. 파출소에서 걸려온 경비전화였다. 수사계 직원이 먼저 수화기를 집어들었다.

"뭐라고? 그래서? 병원에 데려갔음 됐잖아. 뭐라고? 빨갱이가 어떻다고? 알았어. 정보담당을 바꿔줄게."

그는 수화기를 용하에게 건네주며 또 자살이라고 투덜거렸다. 용하 역시 부루퉁한 얼굴로 수화기를 건네받았다. 의자에 앉은 채 잠시 졸아볼까 했는데 자칫 현장답사를 해야 될 판이니 지겨운 전화였다.

"편히 쉬기는 글렀군."

통화를 끝낸 용하는 한마디를 내뱉고 밖으로 나갔다. 초여름인데도 밤바람은 아직 서늘했다. 그는 점퍼의 지퍼를 올리고 지프차에 올랐다.

"이겁니다."

파출소에 도착하자 직원이 유서부터 내밀었다. 유서를 받아든 용하는 몇 줄을 읽다 말고 투정을 부렸다. 소내 근무자가 신참이어서 수사계로 연락하면 될 일을 유서에 적힌 빨갱이 어쩌고 한 어휘 때문에 과잉반응을 보인 모양이었다.

"버스차장의 신고를 받고 탑승해 보니 통통한 아가씨가 좌석에 누워있더군요. 먼저 아가씨의 맥을 짚어보고 급한 김에 택시를 불러 병원으로 직행했죠. 그런데 말이죠, 의사가 태연하더라고요. 빨리 와서 위세척이라도 해줄 줄 알았는데 옆방에서 간호원들과 잡담만 하데요. 어떻게 화가 치미는지 고함을 쳤죠. 사람이 죽어가는데 뭘 하냐고. 그랬더니 되레 의사가 화를 내데요. 지금부터는 의사 소관이니 놔두고 돌아가라고요. 만약 죽기만 하면 그 의사 쪼인트를 깔 거예요."

"폭력배로 몰리고 싶어? 의사는 뭔가 판단을 하고 그랬겠지."

"그나저나 유서에 빨갱이 딸로 태어난 게 슬프다고 썼던데……."

"그야 뻔하지. 사랑하던 남자가 막상 결혼하자니까 부역자 딸과 결혼하면 앞길이 막힐까 봐 뒤로 뺀 거지 뭐."

사실이 그러했다. 병원에서 치료받고 깨어난 다음날 서은지라고 이름을 밝힌 그 아가씨는 자살 사유를 묻는 용하에게 그 때문이라고 실토했다. 부역사실은 신원조회에 있어 가장 중요한 조사사항인데 용하는 마치 자기가 그녀 아버지의 '요시찰인명부'를 만들기나 한 것처럼 미안해했다.

"어젯밤 깨어났을 때 제일 먼저 느낀 감정이 뭔지 아세요? 저 자신에 대한 분노였어요. 죽으려 했던 자신이 미웠던 거죠. 약아빠진 세상에서 혼자만 미련했으니……."

"그 남자에게도 사정이 있었겠지."

"제 업보에 대해서는 이해해요. 그 사람의 인간성이 밉고 그런 남자에게 정을 바친 게 부끄러울 뿐이죠. 좌익운동에 몸을 바쳤던 아버지께도 불효를 저지른 못난 자식이고요."

"아가씨의 분노를 이해는 해. 하지만 그 남자는 친인척의 부역사실에 불이익을 당하는 그런 시대에 살고 있는 사람야."

"다시 말씀드리지만 저는 그 남자의 인간됨을 따지는 거예요."

"그럼 나도 다시 말하지만 그는 이 시대에 살고 있는 사람이야. 알겠어?"

"부역사실에 불이익을 당하는 시대라고 해서 비열해도 괜찮다는 말씀인가요?"

"비열한 게 아니고 약한 거겠지. 그리고 내 말은 그 남자의 허약함을 옹호하는 게 아냐. 아가씨가 이해의 폭을 넓히라는 것뿐이지."

"하지만 저는 분노해야만 돼요. 분노해야만 새로 태어날 수 있죠. 그러지 않고는 영원히 패배자일 수밖에 없어요."

"이 아가씨 착한 줄 알았는데 이제 보니 악바리군."

"형사님은 꼭 바보 같아요. 그런 분이 형사생활하시는 게 이상해요."

"바보는 형사질 말라는 법 있나?"

용하는 멋쩍게 웃어주었다. 서은지는 치료를 마치고 퇴원한 뒤에도 경찰서로 용하를 찾아왔다. 그녀는 자기를 친절히 대해준 용하를 오빠라고 부르며 따랐고 집에 찾아와 성원이를 데리고 놀아주곤 했다. 고향인 금산에서 고등학교를 졸업한 서은지는 '빨갱이 딸'이란 사시斜視를 피해 어머니와 함께 서울로 떠났다. 구멍가게를 차린 어머니 일을 돌보며 야간대학에 다니던 서은지는 은행 직원과 약혼식까지 치르게 되자 행복한 꿈속에 젖어 지냈다. 그런데 약혼자는 나중에야 여자 아버지의 부역사실을 알고 일방적으로 파혼해버렸던 것이다.

"그깟 일로 약을 먹었단 말야?"

용하가 시큰둥한 농담을 던졌다.

"저를 무척 아껴준 사촌언니도 저와 같은 처지를 당했거든요."

"그럼 작은아버지도?"

"아버지와 함께 처형되셨어요."

어느새 서은지의 눈자위에 물기가 젖어들었다. 포승이 질러진 채 끌려가는 아버지 형제의 모습이 어렴풋이 떠올랐던 것이다.

*

서독 뤼프케 대통령이 4박 5일의 일정으로 한국을 방문하는 바람에 용하는 며칠 동안 장충동 영빈관으로 숙소경비를 나가야 했다. 성원은 당분간 서은지가 맡기로 했다. 그녀는 매일 옷을 빨아 갈아입히고 먹는 것도 때를 맞추어 챙겨주었다. 성원의 때깔이 하루하루 달라졌다.

영빈관 경비를 끝낸 다음 날 용하는 서은지와 성원을 데리고 남산에 올라갔다. 남산공원은 일요일이지만 한산한 편이었다. 용하는 서은지와 성원의 정다운 모습을 바라보다가 한강 쪽으로 시선을 돌렸다. 바로 산 아래에 모교가 보였다. 10:1의 경쟁을 뚫고 입학한 용산고등학교. 그 친구들은 모두 어디에 있을까. 시골 촌놈이라고 무던히 아껴주던 학우들이 었다.

"무슨 생각을 그렇게 하세요?"

곁에 다가온 서은지가 미소 띤 얼굴로 물었다.

"학교 생각."

"저와 함께 놀러 온 것이 마뜩찮나요?"

"성원이처럼 껴안아줘야만 정표가 되나?"

용하는 손으로 서은지의 어깨를 어루만졌다. 서은지가 민망한 표정을 지었다. 용하는 분위기를 바꾸려고 이승만 대통령 동상이 서 있던 자리를 가리키며 이화장梨花莊에 들렀던 이야기를 꺼냈다. 양자養子 이 교수 부부의 안내를 받아 프란체스카 여사의 거처인 한옥으로 들어갔을 때였다. 프 여사는 용하를 다정한 악수로 환영했다. 솜털처럼 보드라운 손이었다. 그때 이 교수는 용하를 영어로 내 친한 친구My kind friend라고 소개했는데 그 순간 용하는 언짢은 기분이 들었다. 대통령 영부인이 기본 한국어도 모르다니. 한국어에 능통해서 남편이 올바른 정치를 하도록 내조했더라면 지금도 남산에 이승만의 동상이 서 있을 게 아닌가. 왜 우리는 아쉬운 역사만 주무르며 살아야 하는가? 왜 우리는 존경스러운 초대 대통령을 지니지 못하는 걸까?

"참, 그 남자도 초대 애인이었다지?"

용하는 불쑥 서은지의 마음을 그런 농담으로 흔들어보았다.

"그래서 제 영혼은 벌레가 파먹은 셈이죠."

"이 사람, 개떡 같은 소리 하는군. 얼마나 사랑했길래 영혼이 벌레먹었다고 거창한 말을 하는 거야. 냉정히 뜯어봐. 그 은행원과의 사랑이 과연 영혼에 상처를 입을 만큼 위대했는지를. 바보는 사랑 아닌 것을 사랑으로 착각하기 쉬워. 더구나 그 남자는 연좌제가 두려워 파혼까지 한 소인배였잖아."

서은지는 아무 말 없이 허리 숙여 성원이를 꼬옥 껴안았다. 해가 중천을 넘자 찬바람이 불었다. 용하는 서둘러 택시를 잡았다. 애나가 정보과 사무실에서 난동을 피운 것은 그 후 이틀이 지나서였다.

퇴근 무렵이었다. 밖에서 근무를 마치고 사무실에 돌아오니 동료들의 시선이 용하에게 쏠렸다. 이상했다. 근무 중에 실수한 것도 없는데 웬일일까? 용하는 눈을 두리번거렸다. 직원들은 아무도 먼저 입을 열려고 하지 않았다. 이상한 낌새를 채고 당황한 용하를 반장이 복도로 불러냈다.

"자네 애가 지금 숙직실에서 자고 있네."

용하는 성원이가 숙직실에서 자고 있다는 말을 듣자 먼저 서은지가 떠올랐다. 돌봐주던 애를 왜 하필 정보과에 맡겼을까? 용하는 서은지가 무슨 일을 저질렀는지 그게 궁금했다. 그런데 반장이 먼저 서은지란 여자가 누구냐고 물었다.

"사건 처리하다 만난 여잔데 지금 애를 돌봐주고 있죠."

"그 여자가 팔을 다쳤어, 심하진 않지만."

"네? 어쩌다요?"

"애 엄마가 입으로 물었다네. 경찰서로 유인해서 애를 빼앗고 물었다는 거야. 이럴 때일수록 침착하게나. 일이 묘하게 벌어졌지만 어쩜 자네한테 전화위복이 될지도 모르니까. 아가씨는 치료를 시켰으니 걱정 말게."

반장이 담배를 피우며 전해준 이야기는 대충 이러했다. 첩보를 써내고 퇴근을 준비하던 직원들은 잠시 이야기꽃을 피웠다. 이야기의 주종은 곧 닥쳐올 선거와 북한 중앙통신 부사장 이수근의 판문점 위장귀순사건이었다. 곧 실시될 대선에서는 공화당(박정희)과 신민당(김대중)의 득표율이 얼마나 될지를 점쳤고, 이수근의 정체와 위장귀순 경위도 큰 관심거리였다. 그때 복도가 시끄러워지고 느닷없이 사무실 문이 열리면서 술 취한 젊은 여자가 비틀거리며 들어왔다. 그녀는 서너 살짜리 애를 데리고 들어와 다짜고짜 고함을 질러댔다.

"김용하! 이새끼 어서 나와. 너 당장 안 나오면 메가지를 비틀 거야!"

여자는 그런 소리를 반복해서 몇 차례 질러댔다. 그래도 당사자가 나타나지 않자 애를 사무실 바닥에 팽개치고 앞에 놓인 책상을 탕탕 쳤다. 처음에는 어이없는 꼴을 구경만 하던 직원들이 사태의 심각성을 깨닫고 여자를 포위했다. 그녀는 비틀거리며 연방 욕사발을 퍼부었다. 그녀의 비틀거리는 모습이 꼭 트위스트 춤을 추는 꼴이었다.

"내가 떠나니까 사랑한다고? 미친놈! 떠나면 예쁘고 붙어 살면 밉고. 되게 미친놈!"

여자는 또 책상을 탕탕 쳤다. 그 모습을 보고 있던 반장이 소리쳤다.

"뭣들하고 있어, 어서 끌어내지 않고."

하지만 직원들은 어떻게 손을 써야 할지 머뭇거리기만 했다. 아무리 이해 못할 짓이라 해도 동료의 아내인 듯한 여자를 함부로 다룰 수는 없었다. 또 타이른대서 공손히 날개 접을 여자도 아니었다.

"내 말이 안 들려? 어서 쫓아내라니까 뭐해!"

반장이 또 고함을 쳤다. 그래도 직원들은 여전히 꾸물대기만 했다. 그때 밖에 나갔던 문 형사가 들어왔다. 용하와 친하게 지내는 그는 소란 피우는 여자가 애나임을 직감하고 얼른 숙직실로 끌고 갔다. 창피스러워 밖으로 끌어낼 수도 없는 노릇이어서 우선 조용히 가두려 했다. 문 형사를 본 적이 없는 애나는 숙직실에서도 이불과 베개를 팽개치며 소란을 피웠다. 그녀는 가끔 헛웃음을 치기도 했다.

"김용하, 그 자식이 뭐랬는지 아세요? 내가 떠난다니까 사랑한대요 글쎄. 그 자식은 찬란한 이별인 줄 알았겠죠. 잠시 전열을 가다듬기 위한 후퇴작전인 걸 몰랐겠죠. 제깟 놈이 똑똑해봤자 내 머리를 따라오겠어요? 병신! 인간적으로 대해주니까 안 되겠어. 본때를 봬줘야 정신차리겠지!"

"아주머니, 조용하세요."

문 형사는 애나를 처음 보는 셈이지만 용하한테 자주 이야기를 들은 터라 구면이나 진배없었다.

"조용하라고요? 조용할려면 뭐러 여길 와요?"

"가정일은 집에서 따져야지 직장에 와서 이러심 안 되죠."

"형사님 성함이 누군진 모르지만 되게 순진하시네. 용하란 놈은 쥐새끼 같아서 말로는 안 통해요. 그놈은 고집이 더럽다고요. 우리 오빠가 누군지 아세요? 이름만 대면 다 아는 분이라고요. 그런데 용하란 놈은 그 어른 말도 무시한다니까요. 참 웃기는 놈이죠. 체중이래야 오십오 키로밖에 안 되는 삐삐가 참 웃긴다고요. 그 자식은 깡으로 조져야 돼요. 알겠어요? 하지만 그 자식도 나는 못 당하죠. 내가 어리숙하게 떠나는 척했더니 그놈이 날 택시에 태워주며 무슨 말을 했는지 아세요? 내 모습이 찬란하다는 거예요. 미친놈!"

"아주머니, 이제 그만 진정하시고 돌아가세요. 애가 지쳐 있어요. 잘못하면 병나겠어요. 저 어린 게 무슨 죄가 있습니까."

"저 찌꺼기 따위 병나면 어떻고 뒈지면 어때요. 저것 팔자도 이미 싹수가 노랗다구요. 될 대로 되라죠 뭐."

"왜 그런 말씀을 하십니까. 김 형사는 자식을 위해 사는 사람 같던데요."

"흥, 까불지 말라죠. 새끼 위해 사는 놈이 새끼 깐 에미를 구박해요? 그렇잖아요? 나는 제깟 놈보다 새끼를 백배는 더 사랑한다고요. 그런데 그놈이 내 새끼를 혼자 차지하려고 꾀를 부리거든요. 아마 딴 년을 에미 삼아주려고 그럴 거예요. 그 빨갱이 딸년 말예요. 그래서 이빨로 물어뜯었죠. 형사님, 새끼는 깐 에미가 키워야 되겠죠?"

"……."

"내 말이 글렀나요? 왜 대답을 않죠? 형사님도 나 같은 계집은 집어치워야 된다고 생각하세요?"

"아뇨, 옳은 말씀입니다. 자식은 마땅히 낳은 에미가 키워야죠."

문 형사는 맞장구를 쳐주었다. 맞장구를 쳐주는 것이 애나를 빨리 내보내는 방법이라고 여겼다.

"그 봐요, 형사님도 도리에 맞는 말씀을 하시는데 용하란 놈은 왜 속을 못 차리는지 도통 모르겠어요. 동료분들이 그놈 맘을 돌려줄 수 없을까요? 하기야 부모 말도 안 들을 놈이지만요. 부모는 내 편이거든요. 암튼 용하 그 새끼는 별종이라고요. 어떨 때 보면 꼭 넋 빠진 놈 같아요. 말끝마다 우주와 별 이야기만 지껄이거든요. 온 하늘에 있는 별들을 저 혼자 독차지한 놈 같다고요. 애 이름에도 글쎄 별의 뜻이 들어 있잖아요. 그 놈은 별만 좋아하다 뒈질 놈예요. 별 미친놈!"

"하지만 김 형사는 누구보다 열심히 사는 사람입니다."

"아녜요, 그놈이 지껄이는 별은 종자가 다를 거예요. 하늘에 떠 있는 별이 아니라고요. 아마 그 별은 귀신일지 몰라요. 난 그 귀신을 잘 알아요. 그 빌어먹을 귀신이 용하란 놈을 미치게 하고 있을 텐데……."

"귀신이라뇨?"

"그년일 거예요. 효정이년 귀신이 맞아요."

"효정이가 누군데요?"

"그놈 첫사랑인가 지랄인가 미친년이 있었다는데 일찍 뒈졌대요."

"그럼, 이만 돌아가시죠."

"형사님, 술 한잔 사주실래요? 술이 깼거든요."

"지금은 근무 중이니 나중에 오시면 사드리죠. 오늘은 그만 돌아가세요."

"그런데 형사님은 왜 그렇게 점잖으세요? 좀 뻣뻣해야 내가 신나게 떠들 텐데 비빌 언덕이 없잖아요? 형사님은 고급 사기꾼인가 봐. 혹시 용하란 놈보다 더 지독한 사기꾼 아녜요?"

애나는 피식 웃었다. 문 형사도 가볍게 웃어주었다.

"김용하 그 자식은 유식한 척해서 지랄이야. 인간이 왜 그리 돼먹었는지 몰라요. 인간이 수더분해야 붙는 게 있을 텐데 왜 그리 깐깐한지 몰라요. 그 자식이 그럴 줄은 미처 몰랐어요. 그래서 사람은 치러봐야 안다잖아요. 그 인간을 처음 봤을 때는 어리숙하니 사람 좋게 생겼더라고요. 몸에서 매력도 흐르고요. 그래서 꿰찼더니 글쎄 그런 맹충이 땜에 눈물 흘릴 줄 누가 알았겠어요. 시팔……."

"김 형사는 사람이 너무 맑아서 그래요. 아주머니의 착한 맘을 모를 리 없을 겁니다."

"맑다고요? 까탈스런 것도 맑은 건가요? 그러고저러고 형사님은 왜 저를 울리는 거죠? 나 울고 싶어 환장한 년인데. 정말 사람 미치게 하시네. 그럼 가볼게요."

애나는 벌떡 일어났다. 성원은 어느새 숙직실 이불 위에 쓰러져 잠들어 있었다.

"깨우지 마세요. 헤어지는 마당이니 새끼는 필요없다고요."

애나는 신을 신고 성큼성큼 사무실을 가로질러 걸어갔다.

"아주머니, 애를 데려가셔야죠."

문 형사가 애나의 뒤에 대고 소리쳤지만 애나는 들은 척도 않고 복도로 나갔다. 문 형사가 애를 데리고 가라며 계속 애나를 쫓아가려 하자 반장이 문 형사의 앞을 막았다.

"놔둬, 그 정도만 해도 수고가 많았네. 애는 애비보고 챙기랄 테니 이불이나 덮어주게."

반장의 말을 귀담아들은 문 형사는 도로 방으로 들어가 성원을 포근히 덮어주었다.

"정말 헤어질 참인가?"

반장이 용하에게 힘주어 물었다. 용하는 아무 대꾸 없이 한참 동안 침묵을 지키다가 "예" 하고 간단히 대답했다.

"아주머니의 괴로운 모습이 안돼 보였어."

"모두가 제 운명이죠."

"그분의 운명도 있잖은가?"

"다른 방도가 없어요."

"자네가 마음을 돌릴 수도 있잖아. 한번 미쳐보라구. 미쳐버리면 애정 따위를 의식 않고도 살아갈 수 있어. 아주머니는 자네를 파면시키려고 일부러 소란을 피운다는데 얼마나 자네를 생각하면 저러겠는가. 그러니 미쳐서 그냥 살아보란 말야. 처남 덕으로 출세도 해보고. 인생살이 뾰족한 것 아니니까."

"고마운 말씀입니다. 하지만 미치기가 쉽지 않죠. 아주 의식을 지워버리면 모를까."

"정 안 되면 할 수 없는 노릇이지. 그럼 애를 데리고 어서 집에 가봐."

반장은 용하의 등을 쓰다듬어주었다. 용하는 잠든 성원을 업고 사무실과 복도를 지나 경찰서 현관을 빠져나왔다.

애나의 소동 소문은 경찰서에 쫙 퍼졌다. 그 바람에 상관들이 용하의 처지를 깊이 이해해주었다. 애나는 소동을 벌임으로써 용하를 매장시키고 결국 사표를 쓰게 할 요량이었지만 되레 미움만 사게 되었다.

가짜 사표를 받은 징계위원회

징계위원회는 회의실에서 열렸다. 위원은 각 과의 과장이 맡았고 위원장은 부서장급인 경무과장(당시에는 경무계장. 경감)이 맡았다. 위원장을 중심으로 양쪽으로 보안과장, 경비과장, 수사과장, 정보과장이 앉고 한 쪽에 입회감찰과 용하가 앉았다. 징계사유는 경찰관 품위 실추와 서은지와의 통간 건이었다.

"그동안 여러 번 징계위원회에 참석할 기회가 있었지만 오늘처럼 징계받을 사람을 두둔하는 징계는 처음이네. 하지만 어디까지나 징계는 징계이니 만큼 절차를 밟아야 되므로 자네도 성의껏 답변해주기 바라네."

회의가 열리기 전에 위원장이 분위기를 잡았다. 다른 위원들은 어서 회의를 끝내고 싶어하는 눈치였다.

"뻔한 일인데 빨리 끝내도록 합시다."

수사과장이 싱거운 말을 던졌다. 그러자 위원장이 입회감찰에게 회의 진행을 지시했다. 감찰이 진정사항에 대한 조사 내용을 읽고 용하의 진술이 이어졌다. 용하의 진술은 차분하면서도 호소력이 있었다. 모처럼 만에 가슴이 뻥 뚫리도록 토해내고 싶었다.

"모든 것이 제 잘못입니다. 또한 아무리 악처라 한들 제 치부를 드러내는 노릇일진대 어찌 떳떳이 말씀드릴 수 있겠습니까마는…… 그래서 냉정하지 못하고 그런 여자의 유혹에 빠져든 자신만을 책망하며 아픈 세월을 참아왔습니다마는……."

"유혹이라니?"

징계위원장이 자세를 고쳐 앉으며 캐물었다. 징계사유와 하등 관계없는 질문인데도 용하는 애나와 만나게 된 동기에 초점을 맞추어 진술하기로 마음먹었다. 부산에서 라디오 외판원 생활을 하던 시기의 상황부터 진술하기 시작했다. 그래야 애나를 만나게 된 동기, 즉 오늘 징계를 받게 된 근본 원인을 규명할 수 있기 때문이었다.

"그럼, 어째서 애를 뱄는가?"

용하의 진술을 듣고 난 위원장이 아픈 곳을 찔렀다. 용하는 모순된 자기 논리에 일순 당황했다. 애정 없는 여자를 임신 시키다니. 좀처럼 입이 열리지 않았다. 그 침묵을 보안과장이 깼다.

"도덕적인 책임감도 느끼지 못했다는 말인가? 자네 심정부터가 아예 아내로 여기지 않았는데 어느 여잔들 악을 쓰지 않겠는가. 그리고 애정이 없는데도 통정해 왔다면 깨끗이 헤어지든지 운명으로 여기고 살든지 해야 될 것 아닌가?"

"자자 골치 아픈 얘기는 그만하고 징계사유만 밝히도록 하지. 여기는 도덕강습소가 아니니까."

수사과장이 어서 단락을 짓고 싶다는 듯 회의 진행을 재촉했다. 그러자 위원장이 자세를 고쳐 앉으며 말했다.

"참작할 사유가 될 것 같아 묻겠는데, 자네 처와 헤어지게 된 직접적인 동기는 뭐지?"

용하는 말하기 싫어 침묵을 지켰다. 그러자 직속상관인 정보과장이 대신 설명해주었다.

"사회 통념상의 상식으로는 도저히 이해할 수 없는 패악한 일이어서 이 사람이 말을 못하는 것 같습니다. 나도 처음에는 그 말이 믿어지지 않았지만 그 여자가 사무실에 찾아와 하는 행패를 보고 유추할 수 있었죠. 간단히 말해서 손주가 보고 싶어 시골에서 올라온 시어머니에게 술 취한 며느리가 물바가지를 씌웠다는 사실입니다. 더구나 시아버지가 손자를 안으면 머슴살이한 더러운 손으로 애를 만지지 말라고 소리쳤다는 거야……."

회의실에 무거운 적막이 쌓였다. 위원들은 말끄러미 용하를 바라볼 뿐이었다.

"제가 그렇게 만들었습니다. 제가 그녀의 존재 자체를 부정한 데서 온 일시적인 정신분열 현상으로 여길 뿐입니다."

"그래서 어쨌나?"

수사과장이 흥분한 어조로 물었다.

"참았습니다."

"자네 아주 못난 사내구먼. 그런 걸 그냥 놔둬?"

"그 여자가 술에 취해서 잘 때 간단히 죽일 수 있었습니다. 하지만 4만 경찰의 명예에 먹칠을 할까 봐 차마 목을 조르지 못했던 것입니다."

겨우 말을 마친 용하는 고개를 푹 숙였다. 잠시 또 침묵이 흘렀다. 용하의 입장을 옹호하던 수사과장과 정보과장은 숫제 창밖으로 시선을 던져둔 채 멍하니 앉아 있었다.

"지난 일은 그렇다 치고 다음 진정사유는 뭐지?"

경비과장이 바쁘다며 회의 진행을 재촉했다. 아까 회의 벽두에 감찰 측에서 개요를 설명한 상정 안건은 남편의 가정 소홀 문제와 서은지와의 통간 문제였는데 가정 소홀은 경찰 업무가 대개 그러하듯 한창 시위가 무성할 때라 징계 논란의 가치조차 없는 사유였고 나머지 통간 문제가 이제부터 논의될 안건이었다.

"두 번째 진정서에는 '현직 경찰관이 빨갱이 딸과 통간 중'이라고 적혀 있는데 감찰조사 결과 혼인빙자는 무혐의로 드러났지만 자네의 마지막 진술을 들어보기로 하지."

위원장이 용하의 시선을 피한 채 좌중을 둘러보며 말했다. 용하는 의자에서 일어나 몸을 꼿꼿이 세우고 말했다.

"위원님들께서 아시다시피 서은지와 만나게 된 것은 그녀의 자살미수사건을 제가 맡았기 때문입니다. 그 후 서은지는 제 애를 돌봐주러 들렀을 뿐이지 절대 불륜관계는 없었습니다."

"또 정을 통했음 어때."

수사과장이 농담조의 말을 꺼내자 잠시 회의장에는 웃음
꽃이 피었다.

"그런데 자네 처가 집요하게 파면을 요구하는 저의가 뭔
가?"

　수사과장이 이번에는 애나의 의도를 캐물었다.

"한마디로 처갓집 덕을 보며 살라는 압박이었습니다."

"그거야 고마운 일 아닌가?"

"솔직히 말씀드려서……."

"저 사람은 거기에 대해서 실토하기가 뭐하니 내용을 잘
아는 내가 대신 설명하죠."

　정보과장이 대신 말을 받았다.

"결론부터 말하자면 김 형사는 죽어도 그 여자와 평생 살
수 없다는 겁니다. 만나게 된 동기도 그렇거니와 애를 갖게
된 것도 어쩌다 보니 임신하게 되었고 올가미에 걸려든 형국
이 된 거죠. 그렇다고 노부모를 모시고 어린 것까지 딸린 데
다, 댕동 불알만 찬 형편이어서 함부로 사표를 낼 수도 없고."

"그러니까 여자 측에서는 김 형사를 온전히 자기 식구로
옭아매기 위해서 처갓집 그늘 속에 묶어두자는 거고, 김 형사
는 아무 때고 헤어질 속셈이니 그건 싫다 그거군."

"그렇다고 볼 수 있지. 오빠 되는 사람이 혁명주체세력으로
굉장한 사업체를 가지고 있는데 저 사람은 그 여자와 사는 조
건이라면 황금방석도 싫다는 거야."

"정말 그렇다면 이번 처리 문제가 심각한데……."

　이번에는 보안과장이 끼어들었다.

"심각할 것도 없어."

정보과장이 보안과장의 말을 받아넘기며 동정론을 폈다.

"다른 위원님들이 모두 동정적이어서 참고 있었습니다만 나는 이 사람을 징계에 회부한 것부터가 잘못이라고 생각합니다. 한마디로 김 형사는 솔직하고 의리 있고 유능한 직원입니다. 그동안 정보형사로서의 실적은 대단합니다. 그리고 징계 결과를 결정해 놓은 마당에 재론할 필요가 있습니까? 모두 시간 낭비죠."

"알았소, 정보과장은 너무 열 올리지 마쇼. 우리가 부하 잡아먹는 귀신은 아니니까."

웃음 띤 얼굴로 분위기를 눙친 위원장은 용하 쪽을 보며 나무라듯 결론을 내렸다.

"우선 자네는 좋은 상관들을 만난 줄 알게. 그거에 대한 보답은 충실히 근무하는 것뿐이네. 이번 징계에서 자네 부인의 처사가 어떻든 간에 마땅히 중징계를 당해야 했네. 함부로 살아온 자네의 자업자득이지. 공무원에게는, 특히 업무가 거칠면서도 예민한 구석이 있는 우리 경찰에는 공동으로 엮어나가야 할 창조적인 운명이 별도로 있는 법이네. 거기에 충실히 동참했기 때문에 자네는 상관으로부터 인정을 받았다지만 자신의 운명을 개척하는 데는 아직 서투른 것 같네. 세상살이에는 양심과 뜻만으로는 스스로를 지탱하기 힘든 함정이 많다는 걸 명심하게. 자네의 딱한 형편을 감안해서 훈방하기로 이미 합의를 보았네만 한 가지 조건이 있네. 법적으로 혼인신고를 마쳐야 된다는 거네. 자네의 고충은 이해하지만 공인의 신분으로서 어찌할 도리가 없네. 사실 여자 측에서도 그걸 요구할 자격이 있네. 그 여자가 패악해진 것도 자네의 태도 때문 아닌가."

갑자기 분위기가 굳어졌다. 혼인신고란 말에 용하는 등골이 오싹했다. 그런 분위기의 숨통을 수사과장이 걸걸한 목소리로 열어주었다.

"혼인신고, 때려치워. 밥맛없는 여자와 어떻게 살겠어. 품원가 지랄인가 땜에 징계 먹으면 아주 옷 벗어버리지 뭐. 나도 이젠 이 생활이 지겹네."

"저 사람부터 징계해야겠군."

위원장이 수사과장에게 농담을 던졌다. 본래 징계위원회 분위기는 엄숙하기 마련인데 이번 용하의 문제만은 이미 다 내막을 알고 오히려 용하의 입장을 변호해주기 위한 요식행위에 불과했다. 용하는 상관들의 그런 배려가 고마웠다.

"다른 대책이 없을까요?"

정보과장이 위원장에게 차선책을 주문해보았다.

"이러면 어떨까. 저어……."

수사과장에게 묘안이 있는 모양이었다.

"여자가 보는 앞에서 의원면직으로 사표를 쓰게 하고 쥐도 새도 모르게 다른 데로 전출시킨다?"

"비밀을 어떻게 보장하죠?"

입회감찰 측의 말이었다.

"경무과에서 당분간 인사기록 카드를 빼버리지 뭐."

"나중에 사실이 들통나면 누가 책임지게? 근거서류는 다른 상급 관청에도 있는데."

위원장이 고개를 모로 흔들었다.

"그건 불가능한 일입니다."

감찰 측에서도 있을 수 없는 일이라고 잘라 말했다.

"사표를 내겠습니다. 상사님들께 누를 끼칠 수도 없거니와 그런 여자에게 자식을 맡길 수도 없습니다."

얽힌 매듭을 풀기 위해서는 그 방법밖에 없다고 용하는 생각했다. 하지만 그 말을 하고 나자 눈앞이 캄캄했다. 부모와 성원의 퀭한 얼굴이 떠올랐던 것이다. 그동안 배곯음에 너무 지쳐온 용하였다.

"하여튼 호적에 올리게 하면 이 사람은 영영 불행해집니다. 그러니 수사과장의 말에 관심을 가질 수밖에 없습니다."

정보과장이 허리를 펴며 말했다.

"징계 장소가 아니라 역적모의 장소군. 정보과장이 계속 시나리오를 써봐."

경비과장이 농담조로 받았다.

"아까 수사과장 말대로 여자가 보는 앞에서 사표를 쓰고 동해안 같은 지방으로 전출시키면 될 것 같애. 그런 데서 삼사 년만 감쪽같이 숨어 지내면 그동안 무슨 결판이 나고 말 거야. 원래 바람기가 있는 여자라 얼마 못 가서 사내가 생길 테고, 오히려 이쪽을 거추장스럽게 느낄 때가 올지도 몰라. 그렇게 감이 무르익으면 살짝 따먹기만 하면 돼. 그리고 자네는 책을 좋아하니까 한가한 바닷가에서 공부나 하지 뭐."

"맞아, 세월이 약이지."

"한 인생의 행과 불행이 달린 문젠데 머리를 짜보자구. 이런 음모는 죄가 아니니까."

위원장은 아무 말 없이 위원들의 말을 듣고만 있었다. 업무와 인정 사이에서 이러지도 저러지도 못하고 괴로워하는 모습이었다. 확실한 매듭을 바라는 감찰 측에서는 머리만 갸우뚱거렸다. 아무래도 책임 소재가 따른다는 눈치였다. 그 눈치에 정보과장이 못을 박았다.

"모든 책임을 지고 내가 직접 인사기록카드를 뺄 테니 감찰은 사표나 받아둬. 그리고 시골보다는 부산 정도의 도시로 전출시킵시다."

"하여튼 회의일지나 작성해 두지."

위원장은 감찰 쪽에 한마디를 던지고는 밖으로 나갔다. 용하는 고개를 숙였다. 느닷없이 눈물이 쏟아져 내렸다.

"실컷 울어. 울고 나서 기분이 개운해지거든 나하고 소주나 마시자구."

위원들 중 맨 마지막으로 회의장을 빠져나가던 정보과장이 격정에 들먹이는 용하의 어깨를 다독거려주었다.

다음 날 감찰 측은 애나를 입회시켜 놓고 용하의 사표를 받았다. 감찰반장이 애나에게 사표를 꼭 받아야 되냐고 되물었지만 그녀는 끝내 고개를 끄덕거렸다.

"그럼, 도장을 찍게."

감찰이 애나의 표정을 살피며 용하 앞으로 사직서를 내밀었다. 용하는 도장을 찍었다.

"이제 사표를 수리한 이상 당신들끼리 싸우든 살든 우리가 상관할 바 아뇨."

용하에게서 서명날인을 받은 감찰이 애나에게 들려준 마지막 말이었다. 어찌되었건 용하는 애나가 사라지는 것이 기뻤다. 이제 자식을 오염된 애나의 늪에서 건져낼 수 있게 되었다.

부산으로 도망친 가여운 짐승

밤에 서울역을 출발한 경부선 열차는 해가 떠오를 무렵에
야 부산역에 도착했다. 용하는 차창 밖으로 희미하게 드러난
시가지를 보며 혼자 중얼거렸다. 나를 품어주고 키워주고 괴
롭혔던 부산은 이제 아무 말이 없구나. 부산중학교에 다닐 때
만 해도, 제대복을 입고 초량역에 내렸을 때만 해도 부산은
손짓하며 내게 말을 걸었었지. 부산은 네 체질에 맞는 땅이
다. 하지만 이제 부산은 바다만큼이나 육중한 입을 다문 채
대화를 거부했다.

역전에 있는 식당에서 아침을 먹고 대신동 쪽으로 택시를
몰았다. 경찰청에 들러 신고부터 하는 게 순서였다.

신고를 마치니 이미 동부산경찰서로 발령이 나 있었다. 경
찰청장실에서 근무하는 고향친구의 배려인 듯싶었다. 오후
에는 숙소를 구하러 다녔다. 마침 여관집 주인이 방을 그냥
주겠다고 간청하는 바람에 숙소는 쉽게 해결되었다. 그 여관

에는 깡패들이 들끓어 경찰관 투숙을 원했던 것이다.

그런데 투숙하고 며칠이 지나서였다. 한밤중에 불량배 대여섯 명이 들어와 소란을 피우고 주인에게 금품을 요구했다. 잠에서 깨어난 용하는 얼른 옷을 입고 밖으로 나가 신분을 밝혔다. 하지만 불량배들은 별로 당황하는 기색도 없이 되레 공격 자세를 취했다.

"보소, 당신이 머요? 함부로 까불다가 큰코다치오. 내 말 아요? 잔말 말고 고이 잠이나 자소."

주먹들은 눈알을 빙빙 돌렸다. 용하는 당장 팔을 비틀어 수갑을 채우고 싶었지만 역부족이었다. 그렇다고 뒤로 물러설수도 없는 노릇. 서울이라면 "이 새끼들 모두 밧줄로 옭기 전에 어서 꺼져!" 하고 엄포라도 놓겠는데 섣불리 손댔다가는 창피를 당하기 십상이었다. 서울에서는 경찰관 신분을 밝히면 그 자리에서 도망치거나 떼거지로 몰려 있다가도 슬슬 길을 열어주기 마련이어서 큰소리를 칠 수 있는데 부산 깡패는 감각이 무뎠다.

"나 자성대(범일동)파출소에 새로 부임한 직원야. 말 안 들으면 내일 혼날 줄 알아."

용하는 상대방이 성깔을 세우지 않을 만큼의 감정 조절로 한번 슬쩍 밀어보았다. 그러자 주먹들은 관할 직원이란 말에 차마 덤비지는 못하고 "씨팔, 더러버서!" 하고 욕을 퍼부어대며 마지못해 자리를 떴다. 이튿날 아침 용하는 출근하자마자 동료 직원에게 그들의 은신처를 묻고 단속할 것을 제의했다. 그런데 그 직원의 말이 묘했다.

"그냥 두소. 그것들 손댈 짬이 어딨능교."

용하는 꼭 적지에 와 있는 기분이었다. 그 직원이 아군으로 보이지 않았다.

"이봐요. 명색이 경찰관이, 그것도 내 관할 불량배에게 수모를 당했는데 참으라고? 그래가지고 앞으로 어떻게 단속하겠소."

용하는 불쾌감을 누르지 못하고 따졌다. 객지에서 처음 시작하는 근무라 웬만한 텃세쯤은 진작에 각오했지만 참을 일이 아니었다.

"꼭 조져야 직성이 풀리겠능교?"

"당연하잖소. 나 개인의 자존심 때문이 아니잖소. 우리 전체의 자존심이 달려 있는 문젠데, 불량배조차 말을 안 듣는 판에 업무를 제대로 처리할 수 있겠소?"

"좋시더, 이따 함께 나가봅시더. 개새끼들, 어느 노므 짓이노. 메가지를 확 뿌지뻘라."

저녁 무렵이었다. 사복으로 갈아입은 직원은 수갑을 뒤에 꿰차고 앞장을 섰다. 용하는 뒤를 따랐다. 불량배들의 소굴을 파악하고 있는 모양인지 직원은 시장 골목과 대선소주 옆 창고 등 몇 군데를 뒤지다가 문현동 로터리에 있는 당구장을 찾아갔다. 당구장은 이 층에 있었다. 입구에 서서 구석을 살피던 직원은 용하에게 눈짓을 했다. 구석 당구대에서 서너 놈이 공을 치고 있는데 때깔이 곱지 않은 상판들이었다.

두 직원은 천천히 그들 쪽으로 걸어갔다. 그리고 곁에 가자마자 한 놈씩 덜미를 챘다. 주먹들은 순순히 나무의자에 앉았다.

"느그들 우리 직원한테 까불었다제? 어느 노므 짓이고? 쌔끼!"

직원은 앞뒤 안 가리고 구두 뒤축으로 한 놈의 발등부터 찍었다. 슬리퍼를 꿰찬 발등이 금방 벌게졌다. 용하는 덜컥 겁이 났다. 서울 같으면 어림없는 짓이었다. 펜으로 얽어야지 구두 뒤축으로 뭉갰다가는 폭행으로 고소당하기 십상이었다.

"느그들 안 불끼가? 잉? 새끼!"

이번에는 구둣발로 다른 놈의 정강이를 걷어찼다.

"즈는 잘 모르니더."

"모른다꼬? 늬 참말이제 잉?"

직원의 구둣발이 하늘로 치솟았다. 어느 부위가 요절날 판이었다. 그때 발등 찍힌 놈이 "데려올끼요, 데려올끼요"하고 손을 비볐다.

"늬 속이모 우째 되는공 알제?"

"야."

"그라믄 이따 오는 기다. 알갔제?"

"야."

"이 새꺄, 대답이 그게 머꼬?"

주먹 한 대가 턱으로 날아갔다.

"야야, 틀림없심더. 퍼뜩 데려올랍니더."

불량배들은 곱송그리며 대답했다. 직원은 앞장서서 휑 당구장을 나왔다. 밖으로 나온 직원은 곧장 파출소로 돌아왔다. 용하는 그 뒤를 따랐다.

"저리 안 조지모 씨도 안 먹힌다이. 부산놈들 짠물 먹어 을 마나 드센지 아요?"

파출소에 돌아온 직원이 냉수를 마시며 한 말이었다.

"그렇다고 아무 데나 때려 상처를 내면 속 썩을 일이 생길 텐데."

"아이요, 부산놈들은 시시한 매 맞고 고소 안 하요. 그기 부 산 사내 의린 기라."

그는 껄껄껄 소리 내어 웃었다. 꼭 태풍이 쓸고 간 자리 같 았다.

*

한 가지도 남아 있는 게 없었다. 남편도 없고, 자식도 없고, 사랑도 없고, 희망도 없었다. 온 천지가 텅 빈 허허한 공간이 었다. 아무것도 쥐어지지 않는 공간.

정말 용하와 헤어진 걸까? 정말 우리는 남남이 돼버린 걸 까? 그럼 용하가 다른 여자와 살 수 있다고? 다른 여자와 애 도 낳을 수 있고? 안 되지!

거실 천장이 빙빙 돌았다. 모든 가구들이 방 안에 둥둥 떠 다녔다. 몸이 뭐에 작신 얻어맞은 기분이었다. 애나는 오빠의 말이 귀에 들리지 않았다. 하지만 성 회장은 계속 자상한 말 로 동생을 타일렀다. 이번에야말로 애나를 차명구와 엮어줄 좋은 기회였다.

"네 맘이 괴로운 건 안다. 그래서 오빠는 네 행동을 두고만 봤어. 이젠 깨끗이 끝난 일이다. 좀 더 시간이 지나면 네 맘도 가라앉을 거야. 당분간 여행이라도 다녀오너라. 차 이사에게 특별 휴가를 내주마."

"고마워요. 하지만 여행갈 맘은 없어요. 그냥 서울에서 지낼래요. 요즘은 기분도 좋아졌어요."

애나는 기분이 좋아지긴커녕 날이 갈수록 더 미칠 지경이었다. 하지만 오빠에게는 그런 내색을 숨겨야 했다. 자청해서 불행을 자초한 게 아닌가. 어떤 명분으로도 관공서에 들어가 행패를 부린 것은 정당화될 수가 없었다. 그것도 남편이 근무하는 경찰서에서.

"그런데 오빠……."

성 회장은 애나의 얼굴을 빤히 쳐다보았다. 서녘으로 기우는 저녁 햇살이 거실 바닥에 깔려 있었다. 그 햇살 한 가닥이 애나의 앞자락에서 스멀거렸다.

"저어, 그 사람 아무래도 이상해요. 아무래도 직장을 그만 둔 것 같지 않아요. 예감이 그래요. 오빠가 확인해 주실 수 있어요?"

"사표 내고 수리하는 게 애들 장난인 줄 아니? 더구나 징계까지 먹었는데 직장을 그만둔 게 아니라구? 도대체 무슨 소릴 하는 거야? 암소리 말고 차 이사와 여행이나 다녀와."

"오빠, 차 이사는 너무 약해요."

"매력이 없다는 거냐? 차 이사가 얼마나 사내다운데?"

"매력이란 진실해야……."

"뭐라고? 차 이사가 너를 얼마나 아끼는데 그런 생각을 해."

"그런 척할 뿐이죠."

"편견 때문이다. 네 눈이 차 이사의 참모습을 보지 못하고 있어."

성 회장은 한숨을 내쉬었다. 빌어먹을 년이 어째서 오빠의 의도에 따라주지 않는 걸까. 뺨을 한 대 올려치고도 싶었다. 하지만 참아야 했다.

"이참에 나가 살래요. 더 이상 오빠를 괴롭히고 싶지 않아요. 오빠가 알아보시지 않으면 제가 다녀보겠어요."

"어디를 다녀본다는 거지?"

"상급관청요."

성 회장은 입을 벌린 채 눈만 끔벅거렸다. 고함이 목구멍에까지 차올랐지만 겨우 참았다. 마음을 돌려보려고 집에 붙들어놓았는데, 집을 나가게 되면 차명구와의 성사는 그르치기 십상이었다.

"너 솔직히 의논해 보자. 그래, 만약 알아봐서 그놈이 다른 데서 근무하고 있다면 어쩔 참이냐. 그토록 싫어하는 놈을 찾아가 같이 살겠다는 거니? 그놈이 살아주지도 않겠지만. 네가 찾아가면 정말 사표 내고 도망칠 것 아냐? 상관들도 더 이상 묵과하지 않고 파면 조치할 텐데, 그러면 영영 이별이잖아."

사실 성 회장은 용하의 근무처를 알고 있었다. 용하의 사표

수리가 미심쩍다 싶어 경찰청(치안국)에 알아본 결과 부산경찰청(부산경찰국) 전출 사실을 확인했던 것이다. 그러니 용하를 계속 부산 같은 먼 곳에 있게 하고 서울에다 의상실이라도 차려주면 애나의 마음이 돌아설 게 아닌가.

성 회장은 또 이런 생각도 해보았다. 서울에서 징계위원회가 열렸을 때 용하를 선처해준 징계위원들의 비행을 꼬투리로 삼아 일을 확대시키는 일이었다. 하지만 그것은 명예롭지 못한 짓이었다. 부하 직원의 앞날을 위해 선처해준 상관들의 덕행을 비행의 빌미로 삼는다면 점잖지 못한 짓이었다. 만약 그게 경찰사회에 소문이라도 퍼지는 날이면 자기 체면이 깨지기 십상이었다. 그래서 성 회장은 애나가 그걸 빌미 삼아 소란을 피울까 봐 되레 걱정하고 있는 중이었다.

"내가 상급 관청에 알아보마."

성 회장은 못 이기는 척하고 애나의 마음을 달래주었다.

성 회장으로부터 용하의 소식을 전해들은 애나는 분김에 몸이 오갈들 지경이었다. 감쪽같이 속이고 부산에서 태평하게 근무하고 있는 그 배신을 생각하니 치가 떨렸다. 아무리 자기가 싫어도 그렇게 감쪽같이 숨을 줄은 몰랐다. 애나는 용하도 괘씸하지만 용하를 몰래 빼돌린 서울의 상관들이 더 원망스러웠다.

"모두 그냥 두지 않을 거예요."

소파에 앉아 있던 애나가 벌떡 일어나며 분통을 터뜨렸다. 성 회장이 애나의 팔을 잡아 자리에 앉히며 조용히 타일렀다.

"네 분통은 이해한다. 그렇다고 함부로 떠들면 되레 불리할 수가 있으니 조심하고 오빠에게 맡겨. 그때 상관들의 소행은 명분이 서는 일일 수도 있으니 함부로 떠들다간 되레 창피만 당하기 십상이다. 관공서를 찾아가 행패를 부린 게 잘못야. 그런 행패를 부리고도 동정을 살 수 있겠어? 그러니 참고 달리 궁리를 해야 할 거다."

"제가 창피당할 게 뭐가 있겠어요. 쫓아가 죄 물어뜯는 거죠 뭐."

"네 입장만 생각하니? 오빠 창피당하는 건 상관없고?"

성 회장은 역정을 냈다.

"오빠 말씀대로 할게요."

"침착해라, 절대 직접 만나지 마. 다시 말하지만 네가 나타나면 당장 사표를 던지고 도주할 거다. 그냥 멀리 두고 서울에서 네 할 일만 해, 곧 일거리를 마련해 줄 테니."

애나는 후욱 한숨을 내쉬었다. 당장 쫓아가 머리칼을 쥐어뜯고 싶은데 찾아갈 수 없다니……. 그래 할 수 없지. 오빠의 말이 맞아. 내가 나타나면 사라질 거야. 이번에 사라지면 영영 못 만날지 몰라. 그 동안에는 세상 어디에 있는지 그것만 알아도 숨통이 트일 것 같았는데. 참아야 돼. 참아야 하고말고.

하지만 오빠의 선처만을 무작정 기다릴 수는 없었다. 오빠는 그냥저냥 날짜만 끌면서 차명구와 가까이 지내도록 유도할 게 뻔했다. 어떻게 하지? 애나는 조바심이 났지만 그닥 서둘지 않아도 될 일이었다. 그 짐승이 어느 골짜기에서 서식하고 있는지를 알았으니 마음을 편안히 먹고 조심조심 몰아서 우리에 가두기만 하면 될 일이었다. 그 짐승이 노하지 않도록, 느긋이 실컷 먹고 잠이나 자도록 먹을 음식물이나 넉넉히 넣어주면 그만이었다.

그럼 어떻게 가둔다? 가둬 둘 우리를 무엇으로 만든다?

애나는 며칠 동안 용하를 가둬 둘 방안을 모색해 보았다. 잠도 자지 않고, 오빠에게 눈치 채이지 않도록 우리 만드는 방법을 치밀히 연구해 보았다. 그리고 연구를 거듭한 끝에 현명한 판단을 내렸다. 우선 진정서부터 낼 작정이었다. 진성서를 내어 잔뜩 겁을 준 다음에 곧바로 오빠 몰래 부산에 내려간다. 만약 오빠가 알고 그 짐승을 도망치게 하면 큰일이니 몰래 살금살금 부산으로 내려가 감찰을 만난다.

애나는 감찰의 위력을 이용하면 잘 풀릴 것만 같았다. 감찰을 만나 인간적으로 사정해서 가두는 방법을 연구할 작정이었다. 지금 부산에서 마음 놓고 풀을 뜯어먹는 짐승이 놀라지 않게 다스리는 방법.

애나는 용하를 산에서 풀 뜯어먹는 짐승으로 비유하자 사뭇 자비심마저 들었다. 얼마나 놀랐을까? 얼마나 내가 두려웠으면 몰래 도망쳤을까? 애나는 용하를 꼬옥 껴안아주고 싶었다. 어미가 새끼를 품안에 끼듯 용하를 고이 보듬어 안고 머리라도 쓰다듬어주고 싶었다. 그 어리고 연약한 짐승을 품에 안고 자장가라도 불러주고 싶었다.

아내가 무서워 멀고 먼 곳으로 도망친 가여운 짐승…….

144

드디어 애나는 부산으로 향했다. 진정서를 낸 지 닷새 뒤였다. 기차를 타러 가는 그녀의 발길은 상쾌했다. 비록 그리운 얼굴을 만나보지는 못할망정 이제 손아귀에 쥐어진 상태이니 마음이 놓였던 것이다.

그래, 그까짓 것 함께 안 살면 어때. 우리에 가두고 구경만 해도 될 일. 애나는 그런 여유마저 생겼다. 모처럼 자식 생각도 떠올랐다. 하지만 성원은 만날 수가 없었다. 부여는 찾아갈 수 없는 땅이었다. 얼굴을 들고 찾아갈 수 없는 치외법권 지역이었다. 무슨 낯으로 시누이네 집을 찾아갈 수 있단 말인가. 시부모에게 너무 잘못했지. 그 잘못만큼 벌을 받아 마땅해……

애나는 창밖을 내다보며 자식의 모습을 떠올려보았다. 하지만 성원의 모습이 좀처럼 떠오르지 않았다. 어떻게 생겼더라? 코도 예쁘고 눈도 예쁘고, 입도 예쁘고, 귀도 예쁘고, 손도 발도 예뻤는데…….

네가 어미에게 반항하는구나. 그래도 너를 낳은 엄만데, 너를 제대로 키우지는 못했을망정 너를 낳기 위해 피를 쏟은 엄만데…….

애나는 떠오르지 않는 자식의 모습이 안타까웠다. 마치 예쁜 모습을 어미에게 보이지 않으려는 반항처럼 여겨져 섭섭하기도 했다. 그리고 그 서운한 감정은 이내 용하에 대한 증오심으로 변했다. 하지만 그 증오심이 그녀의 생명력인 동시에 즐거운 낙이라는 데에 새삼 놀라야 했다. 그처럼 애나는 고통에 길들여지고 있었다.

강릉경찰서 유치장은 대용교도소

개정된 경찰복이 지급되었다. 미국식을 닮은 복장이라고 했
다. 흉장은 사색하는 겸양의 상징으로 고개 숙인 독수리를 새
겼고 넥타이는 핀을 끼우게 되었다. 특히 웃옷자락을 괴춤 속
으로 집어넣고 어깨띠 없는 까만 가죽혁대를 두르게 되어 있
어 간편하고 멋있어 보였다. 옷감도 고급스러웠다. 새 옷으로
갈아입은 직원들은 사진관에 가서 기념사진을 찍기도 했다.

용하는 옷을 몸에 맞게 줄여 입었다. 가뿐한 몸으로 근무하
게 되어 기분이 상쾌했다. 그런데 그 기분이 채 가시기도 전
에 예상했던 일이 벌어졌다. 제7대 국회의원선거가 끝난 다
음날이었다. 동래고등학교 강당에서 밤새 개표장 경비업무
를 마치고 돌아오니 감찰실에서 급한 전화가 걸려왔던 것이
다.

"여자가 또 말썽을 부렸네."

용하는 곧장 감찰실로 달려갔다.

"자네의 사표를 이상히 여기고 여기저기 상급 관청을 뒤졌다는 거야. 그래서 부산 전출이 들통난 거지. 암튼 일이 복잡하게 됐네."

감찰이 애나의 진정서류를 내밀었다. 용하는 무엇보다 서울 상관들의 체면이 걱정되었다. 사표를 수리한 것처럼 꾸며서까지 부하 직원의 장래를 걱정해 준 서울 상관들. 용하는 어떠한 일이 있어도 그분들에게 누를 끼치지 않겠다고 결심했다.

"여자한테 어떻게 해주면 되겠습니까?"

용하는 허탈한 심정으로 물어보았다.

"이런 방법을 써보면 어떨까. 누이 좋고 매부 좋은 방법 말이네. 저어 혼인신고만 해놓고 별거하란 말야. 사실은 애엄마가 다녀갔는데 그걸 바라는 눈치였어. 끝내 남자가 싫어하면 동거는 안 해도 좋으니 자네와 인연만 끊어지지 않게 해달라는 거야."

"다른 건 몰라도 혼인신고만은 안 됩니다. 그냥 사라지겠습니다."

"서울 상관들이 다치게 됐는데도 상관없다 그건가?"

"그 일도 제가 사표를 내고 사라지면 깨끗해질 겁니다."

"깨끗해져? 그 여자가 뭐랬는지 아나? 만약 자네가 사라지면 그분들을 시켜 찾도록 하겠다는 거야. 그 여자는 이런 말도 했네. 자네가 사표 내고 사라질 때 진짜 마지막인 줄 알았다는 거야. 입술을 얼마나 깨물었는지 피가 철철 흘렀다는 거야. 세상이 온통 까맸다는 거야. 모든 걸 다 죽이고 싶었다는

거야. 자네와 떼어놓은 모든 조건들을 다 불질러 태우고 싶었
다는 거야. 인간이면 인간을 태우고 돈이면 돈을 태우고 운명
이면 운명을 태우고 싶었다는 거야."

그때 애나의 눈은 초점을 잃었고 입술은 까맣게 타 있었다
고 감찰은 말을 덧붙였다. 칼침을 맞을지 몰라 말을 조심했다
며 감찰은 뿌연 웃음을 짓기도 했다.

"어떤 대안으로도 징계위원님들 괴롭히는 일은 막아야 합
니다."

용하는 단호한 목소리로 말했다.

"역시 자넨 멋있는 사내야. 애나란 여자가 미칠 만도 하지."

"저는 지난번 징계위원회 석상에서 위원님들의 배려심을
보고 처음으로 제 직업에 애정이 느껴졌습니다. 정말 이 직장
에 오래 남고 싶습니다. 그게 지금 사표를 보류하고 싶은 이
유 중 하나입니다."

"잘 생각했네. 아까도 말했지만 그 여자와 정 살기 싫으면
얼마든지 차선책이 생길 테니 너무 걱정 말게나."

감찰은 용하에게 손을 내밀었다. 용하는 그 손을 잡고 옥죄
었다.

동부산경찰서에서 인사를 마친 용하는 짐을 챙겨 부산역
으로 갔다. 푸른 동해바다를 상상하니 강원도 발령이 싫진 않
았다. 열차에 오르자 몸이 나른했다. 이제 기차는 삼랑진과
대구를 지나 대전에 도착할 테고, 그곳에서 호남선을 갈아타
고 논산에서 내리면 먼동이 틀 텐데, 거기서 버스를 타고 부

여에 내려 은산 쪽으로 가는 버스를 타면 된다. 누나네 집에
는 아침나절에야 도착했다.

"이게 얼마만이여?"

대문을 열고 들어서는 동생을 보자 누나는 반색을 하며 다
가왔다. 그 소리에 사랑채에서 부모님과 성원이 뛰쳐나왔다.
성원은 아빠 품에 안기며 엉엉 울었다. 얼마나 보고 싶던 아
빠였을까. 저녁을 먹을 때도 성원은 아빠 곁을 지켰다. 용하
는 부모님에게 강원도 전출 사실을 알리고 부임 날짜가 촉박
해서 내일 일찍 떠나야 한다는 말도 덧붙였다. 아버지는 아무
걱정 말고 근무에만 충실하라고 일렀다.

"자리가 잡히는 대로 모시러 올 거예요."

누나에게 몰래 부모 생활비를 전해준 용하는 성원이를 데
리고 일찍 잠자리에 들었다. 그리고 날이 새자 성원이가 깨기
전에 집을 나와 규암까지 걸어갔다. 거기서 택시를 타고 부여
터미널에 도착해서 논산행 버스를 탔다. 논산역에서는 서울
행 호남선 완행열차를 타기로 했다. 급행열차는 두어 시간을
기다려야 하니 우선 완행을 타고 가다가 급행과 만날 지점에
서 갈아타면 그만이었다. 완행은 느릿느릿 달리는 데다 역에
정차하는 시간도 제멋대로여서 서울에 언제 도착할 지 모를
일이었다. 어느새 개찰구에는 긴 줄이 서 있었다. 용하는 무
임승차여서 개찰시간을 기다릴 필요 없이 미리 신분증만 보
이고 플랫폼으로 나갔다. 좌석은 텅 비어있었다. 한참 후에야
승객들은 자리를 잡으려고 달려왔다.

용산역에서는 내리자마자 곧장 시내버스를 타고 마장동

버스터미널로 향했다. 어스름이 깔리고 있었다. 춘천행 버스는 자주 있는 편이었다. 용하는 신분증만 보이고 미리 버스에 올랐다. 어서 경찰청에 들러 신고를 마쳐야 했다. 춘천에 도착하자마자 곧장 강원경찰청에 들러 인사 담당부서를 찾아가니 모두 퇴근하고 숙직 근무자만 남아 있었다. 사정을 알리고 발령 난 곳을 알아보았다. 부임지는 지망한대로 강릉경찰서였다. 기왕 지방으로 좌천된 이상 못 가본 동해안에 호감이 생긴 데다 되도록 서울과 멀리 떨어져 있고 싶었다.

춘천에서 원주행 버스를 탄 용하는 밤이 이슥해서야 강릉행 야간열차를 탈 수 있었다. 기차는 달빛이 자욱한 산협 속으로 파고들었다. 기분이 달뜨기 시작했다. 무슨 환상 세계로 빨려드는 기분이었다. 기차는 계속 힘차게 계곡을 뚫고 달렸다. 태백 능선을 향해 숨차게 달려온 기차는 철암과 통리역을 지나 내리막길로 접어들었다. 가파른 내리막길을 지그재그로 전진 후진하면서 흥정역을 내려온 기차가 도계역과 북평역을 지나 동해안을 끼고 달릴 때는 어느새 햇살이 차창으로 스며들었다.

"바다!"

용하는 동해바다를 손에 쥐려는 듯 창밖으로 팔을 내밀었다. 푸르다 못해 검어진 바다, 너르다 못해 하늘을 삼키는 바다. 용하는 바다를 보며 바다에 미쳐갔다.

분명 미쳐갔다. 그 미침은 바로 새로운 삶의 모습이었다. 기차를 타고 산협을 달리면서 상상했던 그 희미한 새 삶의 모습, 그게 무엇인지 자세히는 몰라도 파도와 어울리는 삶이란 데에 우선 마음이 들떴다. 열차는 점심 무렵에야 강릉에 도착했다.

경찰서는 시내를 지나 서편 언덕 아래에 있었다. 도로보다 높은 위치였다. 십여 미터의 비탈길을 오르자 정문이 나타나고 넓은 마당 오른편으로 본 건물과 유치장 건물이 나란히 붙어 있었다. 정문 바로 옆에는 구내매점이 있고 맞은편 마당 좌측에는 단층 구내식당이 있는데 점심을 준비하는 모양인지 굴뚝에서는 연기가 송골송골 피어올랐다. 연기가 흘러가는 언덕바지에는 법원과 검찰청사가 있었다. 용하는 먼저 경무과를 찾았다.

"부임 날짜가 하루 늦었군요."

발령통지서를 내밀자 경무과 직원이 살펴보고 꺼낸 첫마디였다.

"부여 고향에 맡겨둔 애를 돌봐주고 오느라 늦었습니다."

"근무지는 유치장으로 결재났습니다. 당분간 거기서 고생하면 곧 좋은 데로 선처될 거니 참고 견디세요."

직원이 귀띔해주었다. 용하는 낯선 간수직 근무가 당혹스러웠지만 한편 호기심이 들기도 했다. 도스토예프스키도 옴스크 감옥생활이 작품창작에 영향을 끼쳤잖은가. 그는 살인범 같은 잔혹한 죄수들에게서 아름답고 진실된 영혼을 발견했던 것이다. 숙소는 임시로 경찰서 마당가에 있는 구내식당으로 정했다. 근무처와 숙소가 붙어 있는 셈이었다.

*

　출근 첫날 수사과에 들러 과장, 계장, 직원들에게 부임 인사를 했다. 유치장은 수사과 소속이었다. 직원들의 표정이 서먹서먹했다. 지방에 근무하는 경찰관으로서는 부럽기 그지없는 서울인데 무슨 이유로 좌천되었을까 하는 표정들이었다. 큰 사고를 쳤을 거라고 생각하는 모양이었다.

　"잘해보쇼."

　"힘들 거요."

　"놀러온 셈 쳐요."

　시큰둥한 인사치레였다. 같은 국가공무원인데도 좀 배타적인 분위기가 느껴졌다.

　"날 따라와요."

　얼굴색이 까무잡잡한 경사가 용하에게 손짓했다. 유치장 책임 반장이었다. 그를 따라 사무실 뒷문으로 나갔다. 사무실과 유치장은 십여 미터의 회랑으로 연결되어 있었다. 반장은 잠시 회랑에서 발길을 세우고 용하의 마음을 달래주었다.

　"유치장 직원들 태반이 신참인데 우선 조장을 맡아줘요. 갑부 을부 각각 네 명씩인데 갑부 조장은 일 년간 근무하다 이번에 교동파출소 차석으로 발령이 났소. 당신도 일 년쯤 고생하면 묵호지서 같은 좋은 데로 발령이 날 거요. 묵호는 외항선이 닿고 밀수품도 많아요. 솔직히 말해서 냄새나는 유치장 근무를 누가 좋아하겠소. 그래서 근무자들이 말도 잘 안 들어요. 당신은 서울서 험한 일을 많이 겪어봤을 테니 이해하고 실수 없이 근무해줘요."

"열심히 해보겠습니다."

"저 안에 있는 죄수들은 인간적으로 대해주면 안 되오. 공연히 인정으로 대해줬다가는 큰코다치오. 저것들은 어떤 수단을 부려서라도 당신을 이용하려 들 거고 자칫 잘못하면 약점을 잡고 흔들 테니 절대 죄수를 유순하게 대해줘선 안 되오. 사나운 짐승이라고 생각하면 될 거요. 어쩜 간수를 죽이고라도 도주할 방법을 모색할지 모르니까. 그럼 급한 대로 몇 가지 주의사항을 가르쳐줄 테니 명심해 들어요. 우선 인원을 철저히 파악하도록 해요. 아침저녁으로 점호할 때마다 명패대로 잘 확인하고 되도록 수감자의 얼굴을 파악하도록 해요. 다음은 서로 내통을 못하도록 감시를 철저히 해요. 특히 목욕이나 면회시킬 때, 또는 검취檢取나 재판받으러 호송할 때 눈여겨보고 말소리를 잘 살펴요. 식사시간에도 조심할 게 있소. 수저 숫자를 파악하는 일이오. 수저 동가리로 칼날을 세워 사고를 내거나 자해할지 모르니까 조심해요. 단체로 난동을 피울 경우도 있소. 그러니 미리 정보를 입수하고 방마다 한 명쯤 통할 놈을 만드는 게 좋을 거요. 하여튼 규정만 잘 지키면 별 탈 없을 테니 그리 알고 항상 냉정을 잃지 말도록 해요."

주의사항을 강조한 반장은 유치장 철문을 노크했다. 안에서 근무자의 문고리 여는 소리가 들리고 출입문이 열렸다. 반장은 용하를 유치장 안으로 들여보내고 수사과 사무실로 돌아갔다.

안으로 들어서니 숨통을 틀어막는 악취가 밀려왔다. 꼭 송장 썩는 냄새였다. 속을 뒤트는 그 악취 때문에 도저히 유치장 근무를 견뎌낼 것 같지 않았다. 더구나 감방 철창마다 용하를 바라보는 300여 명의 죄수들이 흡사 지옥의 악귀 같다 싶어 등골에 소름이 돋기도 했다. 그들은 낯선 틈입자인 용하를 질 좋은 먹이나 되는 양 눈독을 들였다. 하지만 그런 갈등도 잠시일 뿐, 쉬 설명할 수 없는 어떤 야릇한 마력이 용하의 마음을 끌어당겼다. 그 마력이란 어둠침침한 철책 안의 죄수들에게서 풍겨 나오는 섬뜩한 무섬기였다. 뒤헝클어진 머리칼들 하며 뜸 들어 부스스해진 몰골과 거기에 눌어붙어 데굴거리는 흉물스런 눈알들이 사람의 것이 아닌 마치 악귀의 그것 같다 싶어 무섬기를 느꼈던 것인데 그 무섬기가 괴상한 힘이 되어 머뭇거리는 용하를 유혹했던 것이다. 참으로 이상한 힘이었다. 색다른 중력세계에서나 응용될 무슨 물리적 에너지랄까. 하여튼 그 힘이 정신을 맹맹하게 홀렸다.

용하는 조심조심 근무석 쪽으로 걸어갔다. 긴 복도를 따라 20여 개의 감방이 엮여 있고 그 복도 중간쯤에 책상이 놓여 있었다. 책상 위에는 유치인명부가 놓여 있는데 전임 조장으로부터 간단한 근무 요령을 들었다. 대충 설명을 끝내자 그는 손을 잡아주며 친절을 베풀었다. 새 부임지로 떠날 사람이었다.

"여기도 사람 사는 곳이니 너무 낙담하지 말아요."

"고마워요. 곧 익숙해지겠죠."

"나도 처음에는 긴장이 되었지만 이 사람들과 일 년을 지내고 나니 마음이 이상해졌어요. 솔직히 말해서 정이 들었다 랄까, 이 사람들은 자기네들의 추한 모습을 이미 드러낸 때문 인지 솔직한 점이 많아요. 되레 바깥사람보다 순진해 보일 때 가 있어요. 어리석기도 하고요. 어리석으니까 걸려들었겠지 만."

"죄수들에게 동정적이군요."

"동정이 아니라 현실을 보는 내 시각이 변했다는 게 옳을 거요. 암튼 이 사람들이 가해자로만 느껴지지 않거든요."

"너무 감상적인 게 아닐까요. 환경의 적응이랄까. 그런데 냄새가 지독하네요."

용하는 말머리를 돌렸다. 머쓱해진 조장은 한번 웃음을 지 어보이고는 밖으로 나갔다. 그는 나가면서 의미 있는 한마디 를 던졌다.

"여기는 향수를 뿌릴 수 없거든요."

유치장 구조를 살펴보기 위해 용하는 복도를 따라 걸었 다. 먼저 근무석 맨 좌측 방으로부터 우측 끝까지 20개의 방 을 차례로 둘러보기로 했다. 1호에서 16호까지는 일반 감방 이고 17호는 소년수방, 18호는 독방, 19호와 20호는 여죄수 방이었다. 방 크기에 따라 다르지만 대개 한 방에 10명부터 20명까지 수감되어 있는데 그들은 용하가 철책 앞을 지날 때 마다 인사도 하고 웃어보이기도 했다. 어떤 방에서는 와 하고 소리를 치기도 했다. 마치 권투시합에서 승리한 챔피언에게

보내는 그런 환호였다. 용하는 정말 챔피언답게 손을 흔들어
보였다.

"멋있군, 참신하게 생겼어."

"저런 사람이 더 까다롭더라."

그런 말들을 들으며 차례로 살펴가자 감방이 낯익게 되었
다. 18호 독방을 지나 여감방 앞에 이르러서는 30여 명의 여
수들이 상냥한 눈웃음과 손짓을 보내주는 바람에 숫제 기분
이 달뜰 정도였다. 하지만 그런 기분은 젖먹이를 안고 철창
안에 갇힌 한 젊은 여죄수의 모습이 눈에 띄는 순간 금세 사
라지고 말았다. 그때 앞줄에 앉아 있던 삼십대 초반의 간통범
이 간드러지게 흔들었다.

"첨 뵙네요. 서울서 오셨다죠?"

용하는 깜짝 놀랐다. 서울에서 전출 온 걸 알고 있다는 사
실이 이상했다. 어떻게 부임 첫날부터 그런 비밀을 알았을
까?

"강릉이 좋대서 왔소. 그런데 내가 서울에서 온 걸 어떻게
알았죠? 정확히 말하면 부산서 왔소만."

"정보망이 그쯤 돼야 통치할 수 있잖아요? 제 성은 홍이라
고 해요. 이름은 마담이고요. 성과 이름을 합쳐 부르기도 해
요. 홍 마담, 어감이 부드럽죠? 하지만 성깔머리는 더럽게 사
나워요. 대가리로 철책을 받을 때도 있고 수틀리면 단식도 불
사하죠. 그런 저를 국민들은 빵장으로 뽑아주었고 지금 잘 따
르고 있어요."

"이제 더 소개할 게 없습니까?"

"제 약점을 잡아서 팰라고요?"

"감히 통치자를 어떻게 팹니까?"

"하여튼 우리 같은 쓰레기 인생을 긍휼히 여겨주세요."

"나도 유치장에 들어와 있으니 똑같은 쓰레기요. 암튼 서울 촌놈 잘봐주쇼. 강릉 사람 인심 좋다는 소문을 들었는데 어쩐지 으스스합니다."

"흥, 저렇게 겸손 떠는 어른치고 편한 사람 없더라."

"난 표리가 부동한 사람이오. 그럼 편히들 앉아 쉬어요."

용하는 부드러운 말로 받아주었다. 하지만 얼굴 표정은 냉정하게 다듬었다. 차가운 인상을 주기 위해서였다. 따뜻한 인상을 주었다가는 자칫 유혹에 빠지기 십상이었다. 용하는 마음을 다잡았다.

강릉경찰서 유치장은 교도소나 진배없을 만큼 규모가 컸다. 강릉시를 비롯하여 고성군, 속초시, 양양군, 명주군, 삼척군 등 강원 동부지역에서 모인 삼백여 명의 수용자 수로 보나 수감자의 유형으로 보나 교도소와 다름없었다. 간수 근무자의 기능면에서도 그러했다.

서울, 춘천 등지로 죄수들을 압송하려면 열 시간에서 열서너 시간 가까이 비포장길을 달려야 되기 때문에 죄수들을 그냥 유치해 두었던 것이다. 수용자 계층도 기결수, 미결수, 소년수, 여수 그리고 공소 이전의 피의자와 심지어 경범까지 두루치기로 모아 놓아서 교도소도 아니고 유치장도 아닌 명칭이 좀 애매한 대용교도소代用矯導所였다. 죄명 또한 시시한 절도나 폭행부터 살인, 강도, 강간, 방화 등 강력범에다 공갈, 사기, 횡령 등 얌체범, 세금을 포탈한 경제사범, 집총을 거부한 병역사범, 태백산맥 나무를 잘라먹은 산림범, 심지어 간첩, 무장공비까지 각양각색이었다.

유치장의 내부 구조도 일반 교도소와 거의 비슷했다. 감방과 복도 사이는 휜히 들여다보이는 철창으로 칸막이가 되어 있고 각 감방 철창에는 출입문과 쥐구멍만한 배식구가 뚫려 있는데 그 배식구 옆에는 수도꼭지가 솟아 있어 식수와 청소용 따위의 허드렛물을 조달해 주었다. 세면이나 목욕은 복도 맨 끝에 별도로 마련된 욕실에서 단체로 실시했다.

감방과 마찬가지로 복도와 철책으로 칸막이 된 욕실 내부는 일반 목욕탕처럼 중앙에 냉수가 철철 넘치는 대형 욕조가 있고 몸을 담글 수 없는 규정 때문에 빙 둘러서서 바가지로 물을 퍼내 써야 했다. 자살 따위의 사고 방지를 위해 샤워 꼭지를 벽면에 시설할 수 없는 데다 목욕 시간이 제한돼 있어 많은 인원이 바글댈 때는 서로 물을 퍼 쓰려고 늘 아귀다툼이 벌어졌다.

감방 하나씩 차례로 목욕을 시키는 동안 요령이 없는 작자는 때를 밀지도 못하고 맹물만 뒤집어쓴 채 그냥 나와야 될 판이었다. 일분이라도 더듬거렸다가는 감시자에게 손바닥으로 등짝을 얻어맞기 일쑤였다. 찰싹찰싹 손바닥 매를 맞으면서도 물 한 바가지라도 더 끼얹고 싶어 안달하는 죄수가 태반이었다. 어느 죄수는 숫제 사타구니에 비눗물을 묻힌 채 쫓겨날 판이었다. 다음 차례가 옆방 탈의실에서 발가벗은 채 대기하고 있었다. 어쩌다 인심 좋은 간수는 마지막 적선하는 셈치고 손수 물을 떠서 사타구니에 끼얹어주는 경우도 있기는 하지만 성깔이 까탈스럽거나 갓 부임한 신출내기 간수는 막무가내로 규정만을 지켰다.

"좆 먼저 닦는 법도 몰라?"

간수들의 꾸중은 대개 그러했다. 사실 먼저 물을 댈 부분은 사타구니였다. 추운 겨울이나 더운 여름이나 가릴 것 없이 밤마다 손때 묻히는 곳은 거기였다. 더구나 여수들의 허벅지를 봤을 경우 남자들은 더 음탕한 기분을 느끼기 마련이었다. 여수들은 대개 사타구니를 사리지 않고 벌렁 누워 있거나 개중에는 노골적으로 단웃음을 보내기도 했다.

이튿날은 비번이어서 용하는 처음으로 경포대를 찾아갔다. 여름철인데도 바닷가는 한산했다. 동해안을 통틀어 서울 피서객은 한 명도 없었다. 경포해수욕장에도 서울을 비롯한 외지 사람은 한 명도 없었다. 바닷가는 어디서든 멱을 감을 수 있어 해수욕장이란 호칭부터가 없었다. 한국에서는 부유층이 찾아가는 대천해수욕장이 유일하게 호칭을 달고 있을 정도여서 서울 사람들은 거의가 한강 백사장에서 피서를 즐겼다.

지금은 철창신세 비운의 여수女囚란다

간수 근무를 시작한 지 한 달쯤 지나 언도공판이 있는 날이었다. 단체 호송 업무를 맡은 용하는 죄수 27명을 묶어 법정까지 호송해야 했다. 비번 직원의 지원을 받아 공판장에 나갈 죄수들을 복도로 꺼내 압송 준비를 했다. 그들 중에는 중학생 또래의 앳된 소년범 네 명도 끼여 있었다. 전신주에 올라 전선을 끊어다 팔아먹은 특수절도였다. 전선도둑은 당국의 특별한 관심사여서 참작의 여지가 없었다.

죄수들 중에는 육십 대 초반의 사기범도 한 사람 끼여 있었는데 유독 엄살을 잘 떠는 영감이었다. 그는 유치장 문밖으로 나오자 오줌이 마렵다며 발을 동동 굴렀다.

"모두 포승을 질렀으니 법정까지 참아요."

용하가 냉정하게 말했지만 영감은 계속 까탈을 부렸다.

"그걸 누가 모르우, 오줌보가 터지는 걸 어떡하란 말야?"

"그래서 포승 지를 때 미리 싸랬잖아요"

"할 수 없군. 바지에 싸야지, 시팔!"

용하가 포승을 풀고 수갑만 채운 채 화장실로 데려갔다.

"이젠 사기를 치지 마세요. 노후에 편히 쉬셔야죠."

"내가 일부러 사기 치는 거요? 사회가 그렇게 만들었잖소. 그래서 버릇이 된 걸 어쩌란 말요. 암튼 앙탈을 부려서 미안하오."

영감은 변기 앞에 서서 일부러 천천히 지퍼를 열고 오줌을 누기 시작했다. 하지만 오줌발이 없었다. 억지로 서너 방울 짜냈을 뿐이었다. 일부러 꾀병을 냈던 것이다.

"이렇게 해서라도 바깥공기를 더 쐬야 살지 정신이 돌아버리겠소. 그러니 조장님이 이해해 줘요."

영감은 연방 헤헤거렸다. 용하가 역정을 냈다.

"노인네라 마지못해 봐주지만 다시 이런 짓을 하면 몇 배 고통을 줄 테니 조심해요."

"조장님이 변소로 데려갈 줄 알고 객기를 부려본 거요. 미안하오, 다신 안 그러리다."

조장이 변소에 데려갈 줄 알았다는 말에 용하는 속으로 미소를 지었다. 자기를 무름하게 봤다는 말인데, 하지만 이제부터는 경찰 3대 사고 중의 하나인 도주사고를 예방하기 위해 엄격한 근무규정에 따라야겠다고 마음을 다졌다.

법원은 경찰서와 바로 이웃하고 있어 호송이 편했다. 검찰청과 한 건물 안에 있었다. 재판이 있는 날은 청사 마당이 부산했다.

재판은 오후 늦게야 모두 끝났다. 점심때부터 흐려지기 시작하던 날씨는 해가 기울면서 기어이 비가 내렸다. 용하는 비를 맞으며 죄수들을 챙겨 유치장으로 호송했다. 죄수들을 유치장에 데려와 풀어놓자 감방마다 술렁대기 시작했다. 재판 결과를 놓고 저마다 이야기꽃을 피웠던 것이다. 누구는 변호사를 잘 써서 집행유예를 받았고 누구는 변호사를 잘못 써서 형량을 무겁게 받았다고 투덜대는가 하면 미리 점 처두었던 사람의 형량을 놓고 그 결과를 분석하는 짓궂은 죄수들도 있었다. 그들은 저녁 식사가 배달될 때까지 계속 잡담을 늘어놓았다.

저녁밥은 구내식당 종업원들이 비를 맞으며 날아왔다. 통째로 퍼온 음식을 차례대로 감방 복도에 놓고 양재기에 밥과 국을 따로 퍼서 철책 속으로 건네주었다. 밥은 콩과 보리를 섞은 잡곡밥이었고 반찬은 시래기 된장국과 통조림 한 가지지만 죄수들은 이마에 땀을 흘리며 덜꺽지게 먹어 치웠다. 그나마 음식이라고 트림하는 죄수들도 있었다.

식사가 끝나자 감시근무에 들어갔다. 용하는 일호 쪽으로 먼저 갔다가 데스크가 있는 중앙부를 지나 여감방 쪽으로 걸어갔다. 여기저기서 인사가 덜꺽졌다. 개중에는 이것저것을 부탁하는 죄수들도 있었다. 그들의 부탁은 일상생활의 건의 사항부터 연락사항이나 변호사 선임에 대한 자문까지 다양했다. 심지어 애인과의 불화 문제에 대한 신세타령 등 인간적인 대화를 요구하는 죄수들도 있었다. 그들은 그렇게 간수에게 말하고 싶은 게 많았다.

"어서 오세요, 홀아버님."

19호 앞에 이르자 홍 마담이 간드러지게 인사를 했다. 다방 마담 출신인 그녀는 전에도 횡령으로 들어온 적이 있어 별이 두 개째였다. 하지만 별이 하나라고 고집을 부렸다. 횡령은 전과로 수긍하지만 간통은 범죄가 아니라고 했다. 횡령의 별은 수치스런 별이지만 간통의 별은 영광의 별이란 것이 그녀의 지론이었다. 다시 말해서 법보다 더 구속력이 강한 사랑의 흔적이기 때문이라고 했다. 간통죄는 수치나 징벌의 고통을 초월하는 순교자적인 희생이라고 으스대는 판이었다.

"사랑하는 사이의 통정을 어찌 매도하는지 모르겠어요."

홍 마담은 그렇게 지껄인 적이 있지만 며칠 내로 합의가 이루어져 풀려날 거라던 그 며칠이 일 년이 지나도 풀리지 않고 지금은 묵은돼지가 되어 방장에까지 이른 것이다. 그녀는 어구상을 하는 어느 유부남과 눈이 맞아 몰래 동거생활을 해오다 남자의 아내에게 들통났던 것이다.

"저도 서울에서 왔어요. 고향이 서울이거든요."

"왜 여기까지 흘러온 거요?"

"물길 따라왔죠. 고기는 물에서 놀아야 하니까요."

"물은 서울이 더 좋잖소?"

"설악산에 놀러왔다 그분을 만난 거예요."

그분이란 간통으로 함께 걸려온 남자를 말했다.

"빨래 좀."

갑자기 홍 마담이 간드러진 목소리로 알랑거렸다.

"규정 시간에 빨도록 해요."

"그것 땜에 그래요."

"그게 뭔데?"

"이봐요, 결혼 전과자가 그것도 몰라요? 아드님도 있다면서요?"

홍 마담이 하얀 이를 드러내며 웃었다. 용하의 몸이 순간 움찔했다. 죄수들은 간수의 신상을 귀신처럼 알아낸다지만 어떻게 혼자 살고 있으며 자식이 있는 걸 캐냈는지 놀라울 정도였다.

"나는 멘스하는 여자와 살아본 적 없어요."

"그럼, 애는 어찌 낳노?"

"무위자연에서 그냥 생성한 거지."

"여자가 낳은 게 아니면…… 그럼 동정남이 낳은 자식?"

홍 마담은 또 하얀 이를 드러내며 웃었다.

"그럼 이따 시간을 내줄 테니 그때 빨아요."

용하는 홍 마담의 편의를 봐주기로 하고 발길을 돌렸다. 그때 본적이 충청도인 접대부 출신의 절도범이 방장한테 점수를 따보겠다고 수작을 부렸다.

"지금 당장 편의를 봐주시면 안 돼유? 숙녀한티 그런 편의도 못 봐줘유? 우리 언니 을마나 이뻐유? 맘도 갈대꽃처럼 연허구유."

"얘, 나서지 마. 방정맞게시리 누가 널더러 비행기 태달랬어?"

홍 마담이 눈꼬리를 치켜올렸다. 고참은 신참이 간수와 애기하는 걸 은근히 꺼렸다.

"얼래 참, 언니는 왜 공연시리 화낸대유?"

"요게 깐죽거려?"

"언니 편을 들어서 한 말인디 워째서 그 말이 깐죽이래유?"

"요년 봐라, 감히 누구한테 말대꾸야?"

"아아니, 당신이 별스런 사람인감유? 당신이나 내나 새장에 갇히긴 매일반이디."

"요게 쌍!"

간수 앞에서 차마 때리지는 못하고 홍 마담은 사지를 부르르 떨었다.

"그만들 그쳐요."

용하가 조용히 타일렀다.

"쳇, 저런 도둑년이 있는데 충청도를 양반고지라고? 내 참 기가 막혀."

"뭐유? 당신은 서울 사람잉게 남의 서방하구 붙었수?"

"히야, 요년 봐라. 못하는 말이 없네. 좋아, 내가 참지. 그 대신 너 이따 보자!"

그 말에 절도범 아가씨는 금세 얼굴이 파랗게 질리며 "죄송하게 됐슈"하고 싹싹 빌었다. 며칠 전 그 아가씨가 입감되던 날 밤 멋도 모르고 홍 마담 앞자리에 앉았다가 머리채가 뜯긴 적이 있었다. 물론 그런 폭행은 당연히 간수가 제지해야 되겠지만 오랜 전통에 근거한 그네들의 불문율을 몇몇 간수의 감시로 제지하기는 힘든 일이었다. 햇돼지는 묵은돼지한테 실컷 얻어맞고도 감히 일러바치지 못했다. 그날 밤에도 아이고 죽겠네 아이고 죽겠네 하는 비명을 듣고 간수가 달려갔을 때는 모두 누워 잠든 척했고 그 절도범 아가씨 역시 아무 말 없이 누워서 헝클어진 머리칼만 만지작거렸다. 눈 깜짝할 사이에 그렇게 수습해 놓았던 것이다.

사실 그쯤의 피해로서 그네들은 원망을 품지 않는다. 그만큼 그네들은 한정된 환경 속에서 포기라고 하는 새로운 생활방식을 익혀갔다. 그들은 점점 행복이란 어휘가 낯설어지고 고통이란 투박한 어휘에 익숙해져 가는 것이다. 여수들이 무심히 흥얼거리는 노랫소리만큼이나 투박한 어휘.

풀잎사귀 매만지며 사랑을 했었건만
지금은 철창신세 비운의 여수란다
누가 오라 여기 왔나 누가 가라 여기 왔나
십구호야 이십호야 하얀 내 집 여감방아

용하는 홍 마담을 빨래터로 보내주며 그 절도범 아가씨를 구박하지 말라고 타이르고 옆방으로 향했다.

"조장님."

이십호 쪽으로 두어 발짝 옮겼을까. 홍 마담이 또 용하를 불러세웠다.

"이십호 빵장한테서 인사 받아 본 적 있으세요? 입이 너무 무겁다죠?"

홍 마담이 얼굴에 짓궂은 미소를 띠었다.

"인사 받아 본 적 없소."

"조심해요. 아무래도 보통 여자가 아닌 것 같아요. 가족이 면회와도 한 번도 만나준 적이 없고 변호사 선임도 거절했대요. 이십호 사람들도 그녀가 변소에 가는 걸 아무도 못 봤대요 글쎄. 아마 모두 잠든 새에 살짝 다니나 봐요. 또 머리 빗는 걸 한 번도 본 사람이 없대요. 그런데도 늘 감은 머리처럼 정결하잖아요? 우리 방을 지나치면서도 한 번도 눈을 준 적이 없어요. 대학 나온 티를 내는 건지 원. 암튼 무서운 여자예요. 그러니까 사람을 칼로 찔렀겠죠."

이십호 방장은 사랑하는 남자를 칼로 찌른 상해범이었다. 그 젊은 상해범은 모든 수감자의 눈길을 끌었는데 그녀가 복도를 지나게 되면 유치장은 온통 탄성과 휘파람 소리로 떠들썩했다.

"유치장에 선녀가 나타났군."

"살결이 이슬방울보다 더 투명해."

"저 여자 몸에선 향기가 풍긴다며?"

말은 꼬리를 물었다. 그녀는 이미 신비스런 존재로 꾸며지고 있었다. 어제 그 상해범이 검찰청 검취를 받기 위해 불려나갈 때였다. 복도를 걸어가는 그녀의 모습을 보며 8호실 엽기살인범 청년과 지난번 오줌 소동을 벌였던 사기범 영감이 입방아를 찧었다.

"저 여자 몸에서 빛이 나죠?"

"뭐라구? 무슨 빛이 난다는 거야?"

"저것 보세요, 주위가 환하잖아요?"

"이 사람 돌았군."

"제가 돌은 게 아니라 영감님 눈에 때가 껴서 안 보여요. 그러니 사기를 그만 치시고 눈을 깨끗이 씻으세요."

"자넨 사람을 죽여서 눈이 밝아졌나? 아무리 봐도 보통 계집인데 무슨 얼어죽을 빛이야? 낯짝도 아랫볼이 처져 고집이 쎄겠는걸."

두 죄수의 이야기를 듣고 있던 용하는 혼자 빙그레 웃었다. 마치 환상과 현실이 칼싸움하는 만화 같은 장면이 연상되었던 것이다. 용하가 그 상해범에게서 내막을 들은 것은 검취를 받으러 감찰청으로 호송할 때였다.

"저는 그 남자를 인간으로 여기지 않아요."

포승이 질린 채 언덕길을 걸어가던 상해범이 조용히 입을 열었다.

"동거하고 반년쯤 지나서였어요. 외박을 자주 하던 남자는 일 년이 가까워질 무렵 아주 잠적해버리고 말았어요. 제 여고 동창이기도 한 부잣집 외동딸과 몰래 결혼하여 미국으로 이민 갈 수속까지 밟았던 거죠."

동창과의 불륜관계를 전혀 모르고 있던 상해범은 남자의 본처라고 하는 애엄마를 수소문해서 찾아갔다. 그녀는 산동네 단칸셋방에서 두 살짜리 딸과 살고 있었다. 기미 긴 얼굴이 여인의 고통스런 지난날을 말해주었다. 생김새부터가 온순하고 착해보였다. 본처를 만나본 상해범은 먼저 자신을 책망했다.

"저는 철저히 불행해지고 싶었어요. 임신한 아내를 팽개치고 잠적해 버린 그런 야비한 인간을 사랑한 저 자신을 철저히 파괴하고 싶었어요. 그 남자를 동해안 호텔로 데려가 약과 물컵을 내밀었죠, 하지만 그 남자는 끝내 죽어주지 않았어요. 약봉지와 물컵을 침대 머리맡으로 치우며 저를 껴안더군요. 섹스로 제 맘을 풀어주려는 수작이었죠. 그래서 과도로 옆구리를 깊숙이 찔렀죠."

과학수사연구소의 시체 해부대

아침에 근무를 교대하고 구내식당으로 가던 용하는 정보과 사무실이 술렁거리는 걸 보고 기웃거렸다. 하지만 직원들의 얼굴만 보일 뿐 사무실 구석에는 아무것도 보이지 않았다. 도대체 무엇을 보며 웅성대는 걸까?

"비루먹은 당나귀 같군."

"꼭 살쾡이 같은데."

사무실을 빠져나오며 직원들이 수군거렸다. 보안과 직원과 경무과 직원이었다. 용하가 누구 보고 하는 말이냐고 묻자 들어가 보라고 말했다. 손목에 수갑이 채워진 그 이상한 동물은 정보과 사무실 뒤쪽으로 칸막이 된 구석 의자에 앉아 있었다. 도저히 인간이랄 수 없었다. 수세미 같은 머리털, 경계하는 눈초리, 표독스런 이빨이 영락없는 야수였다. 무장공비는 말만 들었지 직접 보기는 처음이었다. 그런데 그 공비 때문에 용하는 엉뚱한 일에 매달려야 했다. 참으로 얼토당토않은 업무였다. 잡혀온 공비가 상부로 이첩되고 나서 정보과장이 용하를 자기 사무실로 불렀다.

"공비 체포에 대한 시나리오를 써보게."

정보과장은 큰일을 지시받은 듯 흥분한 어조로 말했다.

"저보고 시나리오를 쓰라고요?"

"한 달 내로 써야 돼."

그동안 책을 많이 읽고 글을 쓴다는 소문이 경찰서 내에 파다하게 퍼지는 바람에 용하를 실력 있는 작가쯤으로 여기는 모양이었다.

"상부에 제출할 거니까 아주 중요해. 내용은 대충 이런 거야. 이번에 민간인이 공비를 잡은 내용을 사실대로 쓰되 그것이 우리 경찰의 철저한 반공교육의 실적임을 내세우고, 또 남으로 침투하는 무장공비를 우리 경찰이 철통같은 방어태세로 대응하고 있다는 내용을 함께 부각시키란 말야."

"글쎄요, 그런데 한 번도 써본 적이 없어서……."

"수사과장 말이 자네가 소설을 쓴다는데, 암튼 한 달 여유를 더 줄 테니 두 달 내로 써봐."

정보과장은 막무가내로 지시했다. 용하는 우선 그날로 시내 서점에서 《시나리오 작법》을 한 권 사다가 읽었다. 원고지에다 써보기도 했다. 유치장 근무 시간도 줄여주는 특혜 덕분에 하루의 태반을 시나리오 쓰기에 매달렸다. 어쨌든 작품을 꾸려내야 했다. 주제는 정해진 것이어서 주민에 대한 반공의식 고취와 공비의 검거 과정을 묘사하면 될 것 같았다.

날짜가 지날수록 용하는 차츰 작품 속에 빠져들었다. 상부로 이첩된 무장공비가 어서 돌아오기만을 기다렸다. 그를 만나 검거될 당시의 자세한 경위와 심정을 알아보고 싶었다.

눈보라치는 이른 아침이었다. 옥계지서 관내(지금은 강릉시)에 있는 외딴 숯막집에서 주인아낙은 아침을 장만하러 부엌으로 나갔다가 거적문을 여는 순간 놀라운 광경을 목격하고 조심조심 방으로 되돌아갔다. 군복 차림의 한 사내가 아궁이 앞에 쭈그리고 앉아 졸고 있었던 것이다. 아낙은 귓속말로 남편에게 "공비!" 하고 속삭였다. 남편은 얼른 옷을 주워 입고 작대기를 들고 부엌으로 몰래 들어가 공비의 목덜미를 쳤다. 그때 작대기를 설맞고 눈을 뜬 공비는 품에 지니고 졸던 권총을 꺼내 남편인 숯막 사내에게 주었다. 그런데 사건은 숯막 사내가 붙잡은 것으로 결론이 났다. 체포논리가 성립되었던 것이다. 하지만 용하는 이해할 수 없는 상황이었다. 맨손으로 대항해도 장정 열 명은 거뜬히 때려치울 무장공비가 권총을 쏘지 않고 그냥 넘겨주다니.

용하는 자수를 입증하고 싶었다. 분명 숯막 사내가 막대한 보상금을 노리고 허위진술한 게 틀림없었다. 그런데 정작 무장공비 자신이 자수가 아니라고 극구 부인하는 바람에 사건은 묘하게 꼬였다.

"내래 자수한 기 아니야요."

당사자가 그렇게 부인하는 데다, 검사의 신문 중에 '밥보자기 사실'이 확인되는 바람에 체포논리는 더욱 힘을 얻게 되었다. 숯막에 침입한 공비가 솥뚜껑을 열어보니 보리밥 한 그릇이 있었다. 한 그릇을 다 먹고도 배가 고플 텐데 반 그릇만 먹고 나머지 반 그릇은 베보자기에 싸서 부뚜막에 올려놓았다. 산속에 숨어 있는 동료에게 가져다주려는 밥이었지만 식곤증에 그만 졸게 되었다.

하지만 용하는 끝까지 사실을 규명하고 싶어 왜 권총을 빼주었는지에 집착했다. 참으로 불가사의한 일이었다. 혹 비몽사몽 중에 빼준 건 아닐까? 그렇다면 그 몽환의 세계는 어떤 세계였을까? 용하의 추리는 거기에까지 미쳤다. 용하는 시나리오의 클라이맥스를 어머니의 은장도와 결부시켰던 것이다.

무장공비는 꿈속에서 어린 시절 어머니의 은장도를 가지고 놀다가 어머니가 다친다고 꾸중하며 손을 내밀자 은장도를 드렸는데 그 순간 작대기로 목덜미를 맞게 되었다. 그러니까 권총을 숯막 사내에게 준 것이 아니라 어린 자식이 다칠까 봐 걱정한 어머니에게 은장도를 드린 셈이었다. "아가 손 다칠라, 이리도오" 하고 손을 내밀 때 무장공비는 비몽사몽 중에 권총을 어머니의 손, 즉 숯막 사내의 손에 놓은 꼴이 되었다.

용하의 시나리오는 그런 식으로 클라이맥스를 장식했는데, 무장공비 스스로 자수논리를 포기하는 바람에 체포논리가 유지되고 말았다. 하지만 그 무장공비가 왜 권총을 쏘지 않고 숯막 사내에게 그냥 주었는지는 아직도 규명되지 못하고 있다. 징역 3년형을 치르고 나온 무장공비는 북에 두고 온 처자식을 그리워하다가 일찍 세상을 떠났는데, 그가 끝내 체포논리를 주장한 것도 사실은 북한의 가족을 위해 보호막을 치는 몸부림이었다.

전국적으로 데모가 극성이었다. 1967년도 제7대 국회의
원선거 당시의 부정행위를 규탄하는 학생데모였다. 각 대학
교와 고등학교는 무기한 휴교 조치를 당했고, 야당은 선거무
효를 주장하고, 여당은 대통령(총재)의 특별지시로 여당후보
로 당선된 8군데의 의원을 제명시켰는데 제명된 의원들은
계속 검찰의 수사를 받고 있었다. 중동전쟁과 중국(당시에는
中共)의 수소폭탄 실험으로 세계가 시끄러운 판국에 경향각
지에서는 무장공비 출몰로 양민이 학살당해 민심이 흉흉했
다. 지난달 중순에는 경북 청도에서 무장간첩이 나타나 그들
중 5명이 사살되었고 경찰관도 4명이나 순직했다. 하지만 강
릉은 조용했다.

용하는 유치장 근무를 시작하고 처음으로 압송 출장을 가
게 되었다. 직원 4명이 죄수 9명을 춘천교도소까지 압송하는
일이었다. 죄수를 포승으로 묶어 직행버스 터미널에 모인 것
은 이른 새벽이었다. 수사과장이 직접 터미널까지 나와 걱정
해 주었지만 용하는 죄수를 압송하며 대관령을 넘어본다는
재미에 달떠 버스가 어서 출발하기만을 기다렸다. 과장의 걱
정은 버스가 출발할 때까지 계속되었다.

"절대 졸지들 말고 무슨 일이 있어도 포승을 풀어주지 말
게. 화장실에 갈 때도 꼭 감시자와 연결 수갑을 채우도록 하
고 오줌을 자주 뉘면 안되니 물을 많이 먹이지 말아. 그리고

죄수들을 창 쪽으로 앉히되 혹 유리창을 깨어 난동을 부리거나 자해할지 모르니 되도록 주위 환경을 활용해 봐. 버스 기사와 차장 아가씨는 물론 근처 승객들에게도 눈치껏 미리 협조를 얻어두란 말야. 자네들 손목을 자르고 도주할지 모르잖은가? 특히 아침을 먹어야 하는 평창에서 각별히 조심하도록. 모든 게 유비무환, 대통령 말씀이시네."

주의를 마친 과장은 그래도 미심쩍은지 수갑 열쇠는 교도소에서 빌려 쓰라며 자기가 챙겼다.

"도시락도 버스에서 함께 먹게나."

과장은 버스가 시동을 걸자 마지막 한마디를 덧붙였다. 버스는 정시에 출발했다. 먼동은 텄지만 시내는 아직 어스름이 깔려 있었다. 차가 성산을 지날 때쯤에야 길이 훤히 트이고 대관령 비탈길을 오를쯤에야 차창으로 햇살이 스며들었다. 아흔아홉 굽이라는 대관령길. 흙먼지를 날리며 달려온 버스는 차츰 기력을 잃어갔다. 한 시간 반쯤을 기어올라서야 겨우 마루턱에 올라섰다. 해를 업고 정상에 오른 버스는 다시 어둠이 깔린 서쪽 방향으로 내리막길을 달릴 참이었다. 정상은 여남은 발짝을 사이하여 낮과 밤이 그어져 있었다.

고갯마루턱에서 숨을 돌린 버스는 횡계 분지를 달리기 시작했다. 그제야 태백능선에 햇살이 비치고 울창한 송림이 드러났다. 버스가 평창에 도착하자 차에서 내린 승객들은 각자 식당을 찾아갔다. 기사와 차장도 자기네 단골집을 찾아갔다. 간수들은 버스 안에서 죄수들과 함께 준비해 간 도시락으로 아침을 때우고 차례로 화장실 용무를 보게 했다.

"한 대씩 피워."

화장실에서 용무를 마친 죄수들에게 담배 한 개비씩을 빼주었다. 긴장감을 풀어주기 위해서였다. 담배를 받아 쥔 죄수들의 눈에 생기가 돌았다. 죄수에게 있어 담배는 보약이나 진배없었다.

춘천교도소에는 오후 두 시쯤에 도착했다. 무사히 죄수를 인계한 직원들은 춘천 시내에서 각자 갈 길을 택해 헤어졌다. 갈 곳이 없는 용하는 강릉으로 돌아가기 위해 원주행 버스를 탔다.

춘천 출장을 다녀오고 나서 닷새 뒤에 인천으로 출장갈 일이 생겼다. 인천 출장이면 서울은 으레 거치게 되어 있어 용하는 신이 났다. 이번에는 출장 기간도 길었다. 인천에서는 소년원의 사내아이 하나와 여자아이 하나를 압송하면 되고 서울에서는 잠시 과학수사연구소에 들러 검사물을 건네주고 나면 자유시간이었다.

인천소년원을 거쳐 과학수사연구소에 들렀을 때는 이미 퇴근시간이 지난 후였다. 연구소 업무는 끝난 상태여서 숙직자가 검사물을 인수했다. 살인사건 피해자의 위액과 여자 질액이 든 유리병 두 개였다. 검사물을 사환이 챙겨다 두었다. 나이가 스물두세 살쯤 됨직한 청년이었다. 용하는 해부실을 구경하고 싶은 호기심에 사환의 뒤를 따랐다. 밤이라 그런지 으슥한 기분이 들었다. 복도를 지나 해부실에 들어서자 알코

올 냄새가 진동했다. 실내 한복판에는 해부대가 누워 있고 벽
밑으로 갖가지 실험물과 사람의 각종 뼈를 담은 진열 상자가
즐비했다. 시체 저장용 냉장고를 열 때는 김 같은 냉기가 스
며나왔는데 그 뿌연 김이 꼭 죽은 사람의 영혼 같았다. 시체
는 칸칸마다 들어 있었다.

"시신이 꼭 버려진 옷 같아요."

사환이 묘한 말을 했다. 꽤 심심한 모양이었다. 하기야 만
날 찢기는 살을 보니 그럴 만도 했다

용하는 냉동 시체를 구경하고 나서 선반에 놓인 유리병 속
의 갖가지 내장을 살펴보았다. 그중에서도 소문에 듣던 백백
교 서 주교의 머리와 어느 요정 마담의 질이 든 유리 상자가
흥미를 끌었다.

용하는 해부대로 다가가 물을 틀어보았다. 사방에서 수십
개의 가느다란 물줄기가 솟아나왔다. 용하는 거기에 눕고 싶
었다. 죽은 자신의 시체를 해부하고 싶은 충동이 일었다. 해
부를 통해 자신의 존재 이유를 규명하고 싶었다.

"여기에 한번 누워보세요. 기분이 어떤지."

사환이 또 짓궂은 말을 했다. 주검, 그것은 분명 버려진 옷
이었다.

과학수사연구소에서 업무를 마친 용하는 택시를 타고 동
대문서로 달렸다. 미리 약속한 대로 홍기평을 만나 간단히 우
정만 나누고 막차로 돌아갈 작정이었다.

"우리 집으로 가세. 마누라가 반가워할 거야."

홍기평은 용하를 만나자 자기 집에 가자고 졸랐다. 용하가

사양했지만 저녁상을 차려놓은 상태라며 고집을 부렸다.

"나도 아주머니를 뵙고 싶군."

정말이었다. 용하는 홍기평의 아내에게서 밥을 얻어먹고 싶었다. 그녀의 알뜰한 솜씨에서 가정의 맛을 느껴보고 싶었다. 홍기평을 따라 택시에 올랐다. 집은 용두동에 있었다. 아담한 보금자리였다. 현관에 들어서자 홍기평의 아내가 반색했다.

"지금도 제가 윌리엄 홀든처럼 생겼습니까?"

용하는 농담으로 인사치레를 대신했다.

"지금은 경찰관 얼굴을 닮았는데요."

"경찰관 얼굴은 특별한 게 있나요?"

"모두 로버트 미첨 얼굴 같죠."

"로버트 미첨 얼굴이 어떤데요?"

"꼭 자다 깬 얼굴 같잖아요? 경찰관은 항시 수면부족 상태라 그렇죠."

홍기평의 아내는 빙그레 웃었다. 용하와 홍기평도 덩달아 웃었다. 그들은 밤늦게까지 술을 마셨다. 강릉행 막차는 청량리역에서 11시 출발이었다. 홍기평은 용하가 서울에서 근무하기를 바랐지만 용하는 강릉 생활이 마음에 든다고 우겼다. 사실이었다.

차명구와 즐겁게 지내라고?

팔월에 접어들자 더위가 더욱 기승을 부렸다. 매일 시간을 아껴 밤낮으로 읽고 쓰기에 매달렸다. 차츰 문학적인 정서에 젖어들었다. 용하는 밥걱정을 덜어준 경찰직이 고맙고, 자신의 꿈을 이루게 해줄 강원도로의 좌천이 고맙고, 창작의욕을 고취시킨 유치장 근무가 고맙고, 밤마다 공부방으로 써온 수사과 사무실이 고마웠다. 그리고 소식이 없는 서울 애나의 침묵이 고마웠다. 동해바다를 향해 행복하다고 외치고 싶었다.

교동 셋집을 나와 시내 쪽으로 걸어갔다. 후텁지근한 방안을 피해 책을 들고 경찰서로 가는 중이었다. 8만 명의 인구를 거느린 강릉에는 일기불순, 물가불순 등 다섯 가지 불순이 있다지만 용하가 볼 때는 소박하면서도 현대적인 멋을 추구하는 개방된 도시였다. 도포를 입고 제사를 올리는 양반 티에서부터 바닷가에서 머릿단을 풀고 재즈를 트는 첨단 유행까지 모두가 촌스럽지 않은 야릇한 매력을 풍겼다.

오늘은 휴일이라 경찰서가 조용했다. 용하는 마당가 정원에 서 있는 플라타너스 그늘 속에 앉아 이보 안드리치의 장편소설 《드리나강의 다리》를 읽다가 비어있는 수사계 사무실로 들어가 책상에 원고를 펴놓았다. 그때였다. 갑자기 일반전화 벨소리가 울렸다. 용하는 무심결에 수화기를 들었다. 그런데 어이없는 목소리였다.

"어머, 당신이 받네. 그럴 줄 알았어, 공휴일이라 빈 사무실에서 글 쓸 줄 알았지."

용하는 얼른 전화를 끊었다. 귓속에서 애나의 목소리가 벌레처럼 스멀거렸다. 그때 또 전화벨이 울렸다.

"이제 나도 문화정책을 쓰기로 했어요. 일제시대에도 삼일운동이 일어난 후로 문화정책을 썼다잖아?"

용하는 개떡 같은 소리 말라고 소리쳤지만 어쩐지 강릉에 찾아올 것만 같아 마음이 불안했다. 그 불안감을 씻어내려고 용하는 어머니를 무기로 삼았다.

"기왕 올 거면 빨리 와. 어머니 노망기가 부쩍 심해졌거든. 부여에서 모셔올 때도 열차에서 똥을 지렸어. 어서 와서 어머니 똥수발 좀 해줘."

"대단한 공갈이군. 그러니 강릉에 가면 나 혼자 배배 말라 비틀어질 거다, 그 말이군?"

"해석 나름이겠지. 하지만 분명한 것은 여기는 당신이 살 수 없는 곳이야. 조용한 석양과 수평선과 모래톱만 존재하는 곳이라 생존이 어렵다는 거지."

"그만 공갈쳐. 나도 석양과 수평선과 모래톱을 좋아할 날이 있을 테니."

"그만 끊어!"

용하는 자신의 비장한 무기를 애나도 지닐 수 있다는 말에 얼른 전화를 끊었다. 안 되지. 너는 줄곧 악다구니를 퍼부어대야 한다. 너는 술과 춤을 즐겨야 하고 돈과 권력의 단맛에 흠뻑 젖어야 한다. 용하는 코를 팽 풀었다. 또 전화벨이 울렸다.

"걸지 말랬잖아!"

용하는 버럭 소리를 내질렀다. 하지만 애나는 능청맞은 목소리로 비나리쳤다.

"여보, 당신 옷을 사가려고 하는데 입고 싶은 옷이 뭐죠?"

"옷이고 지랄이고 제발 여보 소리 집어쳐!"

"왜 자꾸 화만 내세요?"

"날 놀리는 거야?"

"부부간에 놀리다뇨? 성원이 옷은 여러 벌 샀어요. 전축도 샀고요. 당신 옷만 사면 된다구요."

미칠 노릇이었다. 전화기를 박살내고 싶지만 성질을 누르며 타이르듯 말했다.

"정말 오고 싶으면 오라구. 내가 널 죽이나 안 죽이나 어서 와보라구!"

"야 이놈아, 내가 그렇게 싫니? 그래, 지금은 안 가고 나중에 갈 테니 그동안 재밌게 놀아라."

말은 그렇게 해도 애나는 강릉행 준비를 서둘렀다.

*

애나는 손가방과 새로 산 성원이 옷만 들고 갈 작정이었다. 짐이라야 휴대용 전축과 성원이 옷이 전부였지만 가전제품은 거추장스러워 도로 치웠다. 용하의 옷은 안 입을 게 뻔해서 사지도 않았다.

날마다 찾아가 보고 싶었던 강릉. 오빠 성진모 회장의 눈치 때문에 참아온 반년이었다. 애나로서는 감당하기 힘든 시간이었다. 성 회장은 아직도 애나와 용하와의 혼인신고 사실을 모르고 있었으며 차명구와의 결합을 기정사실로 여겨왔다. 성 회장은 집요하게 애나를 설득해 왔다.

"차 이사 얼굴이 요즘 맑아졌더라. 그 사람 표정이 꼭 날씨 같아. 네가 잘해주면 청명하고 네가 불퉁스럽게 굴면 구름이 낀단 말야. 그런데 요즘은 늘 쾌청한 날씨더라. 회사에서 업무처리가 펄펄 날거든."

애나는 오빠가 귀가하기 전에 떠나고 싶었다. 청량리에서 밤차를 탈 계획이었다. 짐을 챙겨 현관 밖으로 나온 애나는 정원을 질러 대문 쪽으로 다가갔다. 그때 대문 밖에서 자동차 멎는 소리가 들렸다. 인기척으로 보아 외출한 올케가 돌아오는 모양이었다. 애나는 무슨 핑계를 댈까 잠시 망설이다가 대문을 열었다.

"외출하려고요?"

차에서 내린 올케가 물었다.

"강릉에 다녀오려고요."

"강릉?"

올케의 얼굴이 굳어졌다. 하지만 금방 표정을 풀고 나중에 떠나라며 애나의 소매를 끌었다. 무슨 수를 써서라도 강릉에 못 가게 하는 것이 남편의 뜻이었다. 애나는 올케의 뒤를 따라 도로 집 안으로 들어갔다.

"오빠와 의논했어요?"

"미처 말씀 못 드렸어요."

"미처라뇨? 날마다 만나는 오빤데 말씀드릴 기회가 없단 말예요? 오빠와 의논도 없이 그렇게 무작정 떠나면 어떡해요. 또 차 이사 입장은 뭐고."

"제가 그 사람한테 책임질 일이 뭐가 있어요?"

"책임질 일이 없다고? 고모 멋대로 사는 세상인가요? 고모가 왜 이 지경이 됐죠?"

"저는 남편이 있는 몸예요."

"남편이 있다고? 헤어진 사내도 남편인가요?"

"우린 헤어지지 않았어요. 엄연히 법적인 부부라고요."

애나는 자존심을 지키기 위해 비밀을 털어놓았다.

"법적이라뇨?"

"혼인신고를 했다고요."

"그게 무슨 말야?"

"그이가 부산에 있을 때 신고했어요. 자기가 직접 서류를 준비해서 도장을 찍었다고요."

"오빠도 알아요?"

"모르세요."

"기가 막히는군. 그런데도 여태 아무 말 없이…… 암튼 좋아요. 그것도 고모 문제니까. 하지만 강릉 가는 일만은 오빠를 만나보고 가세요."

애나는 힘없이 고개를 떨구었다. 강릉행을 포기한 애나는 밤이 되어서야 밖으로 나갔다. 차명구와 들렀던 술집에서 혼자 조용한 시간을 보내고 싶었다. 홀은 한가로웠다.

"두 병."

애나는 카운터 쪽에 대고 두 손가락을 들어보였다. 카운터에 몸을 기대고 서 있던 웨이터가 서둘러 술병과 마른안주를 챙겨왔다.

"오늘은 왜 혼자 오셨죠?"

"차 이사는 퇴물이라 집어치울 작정야."

"지체도 높고 훌륭한 분이시던데요."

"하지만 내가 진짜 좋아하는 남잔 따로 있거든."

"여기에 모신 적 있으세요?"

"그 인간은 서울에 있지 않고 강원도 바닷가에 살아. 순 뱃놈이라구. 그것도 뗏마 한 척 없고 무식해 터진 비렁뱅이 뱃놈."

"여사님은 참 재밌는 분이시네요. 큰 회사 중역을 마다하고 가난한 뱃사람에게 반했다, 하기야 세상 거꾸로 살아보는 것도 재밌겠죠. 그래야 저 같은 놈들도 출세할 기회가 올 거구요."

"그 뱃놈은 총각과 생각이 정반대되는 놈야."

"암튼 삼각관계인 셈이네요."

"삼각이 아니라 직선꼴이지."

"네?"

"나는 그 뱃놈 발을 물었고, 지체 높은 중역님은 내 발을 물었고, 그 뱃놈은 아무것도 안 물고 제멋대로 대가리를 쭉 빼고만 있지. 아주 기막힌 놈야."

"진짜 그러시다면 그 뱃놈, 아니 그 뱃사람한테 호감이 가는데요."

"총각이 호감을 가져도 괜찮을 인간이지."

애나는 혼잣말처럼 중얼거렸다.

"여사님도 존경할 분이네요."

"존경? 왜지?"

"뱃사람을 진짜 사랑하니까요."

"뱃놈을 사랑하는 게 별난 일인가? 총각은 그런 선입견을 버려. 의식에 때가 껴서 그래."

자리에서 일어난 애나는 팁을 두둑이 쥐어주고 밖으로 나갔다. 일부러 비틀거려보았다.

"개새끼! 차명구와 즐겁게 지내라고? 개만도 못한 새끼!"

애나는 용하가 있는 강릉 쪽을 향해 욕을 퍼부었다.

"그런 걸 왜 진작 말하지 그랬니. 그까짓 게 뭐가 대단한 고민거리라고 숨겼어 그래. 오빠가 혼인신고 사실을 알면 혼낼 줄 알고? 호적이야 나중에 지우면 되니까 신경쓰지 마라."

성 회장은 얼굴에 미소까지 매달았다. 그 무사기한 표정은 얼마든지 참고 기다리겠다는 여유였다. 어떻게든 차명구와 성사시킬 작정이었다. 이제는 용하가 체질적으로 싫었다. 용하가 애나를 싫어하는 것이 고마울 정도였다.

"차 이사를 곧 전무로 승진시켜야겠다. 너희들이 결혼했을 경우를 상상해 봐라. 얼마나 호화롭고 희망적인 삶이겠니. 그동안 너는 용하 그 작자한테 너무 찌들려왔어."

성 회장은 어린애를 어르듯 동생의 머리를 쓰다듬었다. 애나는 줄곧 입을 다문 채 오빠의 말을 들어주었다.

"애나야, 너 당분간 미국에 가 있어라. 거기에 우리 사무실이 있으니까 잘 돌봐줄 거다. 바깥바람을 쐬며 기분을 바꿔보라고."

성 회장은 애나를 미국으로 보내놓고 차명구를 잠시 뒤 딸려보내 동거시킬 작정이었다. 차명구의 애를 갖게 되면 모든 게 끝날 것이었다. 호적은 그때 가서 정리하면 그만이었다.

애나는 오빠의 말에 반론을 제기할 부분이 많았지만 아무런 대꾸도 하고 싶지 않았다. 차라리 죽어버릴까 하는 생각이 들기도 했다. 죽어서 용하의 가슴속에 애정을 심어주게 된다면 그보다 더 큰 보람이 없을 것이었다. 용하는 죽은 나를 사랑한댔잖은가.

죽음이 떠오르자 애나는 가슴이 뿌듯했다. 어떤 거룩한 제의祭儀에 임하는 기분이었다. 하지만 용하가 다른 여자와 히히덕거리며 잘살게 되면 그 죽음은 한갓 우스갯짓에 불과했다.

그럼 동반자살?

애나는 이를 사려물었다.

*

아침부터 면회자들이 계속 몰려왔다. 금세 면회실 근처가 시장바닥처럼 번다했다. 꼭 잔칫날을 연상시켰다. 면회날이면 죄수들은 면회 오는 사람이건 안 오는 사람이건 들뜨기는 마찬가지였다. 용하 역시 면회날이 싫지는 않았다. 각처에서 온 각양각색의 면회자에게서 새로운 인간마당을 엿볼 수 있어 좋았다. 면회 오는 사람들은 대개 고기 같은 영양가 높은 음식을 장만해 왔는데 그것을 받아먹는 죄수들의 모습이 연민과 웃음을 자아냈다.

면회 오는 사람들은 음식을 풀어놓으며 울기가 일쑤였다. 하지만 죄수들은 가족이야 울건 말건 우적우적 배부터 채웠다. 면회시간이 5분이어서 함께 울었다가는 정성들인 음식이 제 구실을 못했다. 그래서 면회자가 이야기할 동안 재소자는 먹으면서 들었다. 더구나 제한된 시간에 식사를 마치고 담배를 피우게 하는 요령은 경험자 가족만이 가능했다.

이십대 중반의 젊은 새댁이 폭력으로 들어온 남편을 면회 왔다. 그녀는 매주 면회 오는 바람에 요령이 능숙했다. 미리 보따리를 풀어들고 있다가 호명이 되면 즉각 남편 앞 면회대에 음식을 넣어준다. 사내가 닭다리를 거의 뜯을 무렵이면 얼른 담배를 꺼내 피워문다. 그리고 남편이 식사를 끝내자마자 불붙은 담배를 밀어넣고 또 한 개비를 꺼내 불붙일 준비를 한다. 남편의 담배가 거의 타들어가면 자기 입에 물린 담배에 불을 댕길 참이었다. 그 사내는 아내와 정다운 대화를 나누기보다 담배 한 대를 더 피우는 게 실속있는 면회였다.

"이러다 내가 담배 배우겠어요."

세 개비 째를 넣어주며 새댁이 빙그레 웃었다. 용하도 그 모습을 보며 너붓이 웃었다. 면회 시간이 끝나자 이렇게 물었다.

"자넨 담배 피우기 위해 면회 오라고 했는가? 집안 소식은 한마디도 묻지 않고 담배만 피우다 헤어지니 말야. 남들처럼 울고불고는 못할망정."

"그게 가장 실속 있는 면회죠. 골치 아픈 집안 소식 안 들어 좋고 일주일 굶은 담배를 피우니 정신건강에 좋고요."

"철저한 이기주의자군."

"이기주의자가 아니라 실은 가족을 위해 여기에 들어와 있걸랑요."

"유치장살이가 가족을 위하는 짓이라니?"

"부모형제 모두 제가 여기 들어와 있는 걸 바라니까요."

"어지간히 속을 썩인 모양이군. 그럼 아내도 좋아하는가?"

"아까 얼굴색을 보셨잖아요? 사내가 철창 속에 갇혔는데도 생글생글 웃잖아요? 음식과 담배는 얼마든지 대줄 테니 제발 오래오래 썩어라 그런 표정이죠."

"예끼 이 사람아, 새댁이 자신의 모습을 보고 웃었겠지. 젊은 여자가 한복 입고 담배 피는 꼴을 보니 웃음이 안 나겠어?"

용하는 그 폭력범에게 알밤을 한 대 쥐어박았다. 면회가 끝날 무렵부터 간간이 떨어지던 빗방울은 밤이 이슥해지자 소나기를 몰고 오고, 소나기는 마침내 뇌성을 몰고 와 온 감방을 쑤셔댔다. 쿠루루 쾅 하고 뇌성이 울릴 때마다 감방 여기저기서 와와 하고 탄성이 튀어나왔다. 죄수들은 귀를 째는 뇌성에서 공포가 아닌 자유를 느꼈다. 그들은 번쩍번쩍하는 우레조각을 손에 쥐려는 듯 철책 틈으로 팔을 내밀어 휘저었다.

그때였다. 갑자기 6호실 쪽이 소란스러웠다. 용하가 달려가 보았다. 이십대 초반의 살인범이 칼날처럼 날선 수저동강이로 덩치 큰 폭력범을 공격하고 있었다. 철문을 열고 살인범을 꺼낸 용하는 수갑을 채워 수사계로 데려갔다. 살인범은 아직도 분을 삭이지 못하고 씩씩거렸다. 용하는 엎드려뻗쳐를 시키고 걸레 자루로 엉덩이를 사정없이 두들겨팼다. 살인범은 "조장님 매는 얼마든지 맞겠습니다!" 하고 울먹였다. 평소 용하가 아껴주던 죄수였다. 어머니의 약점을 잡아 겁탈하고 재물까지 강취한 총대의 목을 철길에 걸쳐놓고 깔려죽게 한 그 엽기살인범에게 폭력범이 빨갱이 자식이라고 시비를 걸었던 모양이다.

진리포구임검소와 206전투경찰대 창설

유치장 근무가 끝나고 해안초소 근무를 맡게 되었다. 용하
로서는 유치장 근무가 가장 의미 있고 추억 어린 근무였다.
유치장은 진정한 죄가 무엇인지를 깊이 성찰케 하는 곳이었
다.

새로 발령받은 곳은 명주군 사천면 진리포구였다. 한가한
부서에서 공부할 시간을 벌기 위해 선택한 좌천이지만 황량
한 기분은 어쩔 수 없었다. 경찰서 관할 중 가장 후미진 진리
포구 근무를 자원하자 서장은 100여 명의 직원이 모인 조회
석상에서 용하를 칭송해주었다. 모두 묵호지서, 주문진지서,
강릉 시내 파출소를 원하는데 파도소리만 우글거리는 해변
근무를 택한 용하를 청백리의 귀감으로 삼은 모양이었다.

용하의 근무 정위치는 진리마을 뒷섬과 공동묘지 사이에
위치한 772해안초소였다. 왼쪽 해변을 따라 영진모래톱과
멀리 주문진항이 보이고 오른쪽으로 꺾어돌면 부락민들이

풍어제豊漁祭를 올리는 당산이 있고 멀리 경포대 해수욕장이 보였다. 모래톱 위에 이엉으로 지은 게집 같은 초소 앞에는 해구(물개)들이 올라앉는 작은 해달바위가 있고 뒤쪽 언덕 너머 마을 입구에는 외딴 초옥 한 채가 서 있었다. 용하는 그 집 뒷방 두 개를 월세 500원에 세 얻어 가족의 거처를 마련했다. 작은방은 아버지와 어머니가 쓰고 큰방은 용하와 성원이와 조카딸이 쓰기로 했다. 방바닥은 왕굴자리였고 벽은 흙벽이어서 헌 책장으로 대충 도배했다. 전기가 들어오지 않아 램프를 켜야 했지만 애나와 살던 서울의 기와집보다 훨씬 오붓하고 마음 편한 보금자리였다. 더구나 파도가 넘실대는 바다가 가까이에 있었다. 램프를 켜놓은 분위기도 책을 읽고 사색하기에 안성맞춤이었다.

해안초소 근무는 단순했다. 밤에만 두 명씩 짝지어 경계근무를 서기 때문에 낮에는 집에서 온종일 공부할 수 있어 좋았다. 감시근무는 바닷가에 초소가 있다는 전시효과에 불과하지 500m 간격으로 지어진 초소 간의 거리로 보아 간첩이나 무장공비 침투를 막기에는 너무 어설펐다. 그곳으로 간첩이나 무장공비가 언제 올지도 모르거니와 영원히 안 올지도 모른다. 감시근무가 필요없는 낮에는 초소에서 개다리소반을 책상 삼아 책을 읽고 글을 쓸 수 있어 좋았다.

하지만 향토예비군이 창설되자 해안 감시가 차츰 긴장되어 갔다. 경찰이 맡고 있던 해안 초소는 철수되고 대신 군대가 봉쇄 임무를 맡았다. 곧 해안을 따라 철조망이 쳐진다고 했다. 경찰은 포구나 항구에서 선박 임검만 하게 되었다. 용하도 진리포구에서 선박 임검관으로 잔류하게 되어 임검소가 있는 포구로 이사했다. 새로 세든 곳은 포구에서 가장 오래된 고풍스런 기와집 사랑채였다. 집 뒤로는 산이 병풍을 두르고 앞에는 바다가 트여 있어 마음에 드는 방이었다.

임검소 소장인 용하의 업무는 어선 통제와 해안 경비 말고도 향토예비군 훈련 감독이 추가되었다. 낮과 밤을 가리지 않고 강도 높은 훈련이 계속되었다. 더구나 진리포구는 강원도 표준방위촌으로 선정되어 무기고가 세워지는 바람에 밤에도 보초병을 감독하느라 잠을 설치곤 했다. 무기고에는 통신장비나 총기류 말고도 수류탄이 입고된 상태였다.

"막흔 사람 죽이는 무기를 둔다카이 큰 일이제."

"우리 서방 총 메고 술 주정하모 우짜노."

"조심해야제, 수류탄 까모 끝장인 기라."

부녀자들의 걱정이 태산 같았다. 정부에서도 민간인에게 처음 무기를 지급하는 상황이어서 신경을 곤두세웠다. 매스컴에서도 사고에 대한 우려가 자주 거론되었다. 해안 경비를 담당한 군부대와의 업무 협조도 용하의 소관이었다. 어민의 생계를 돌봐주려는 용하의 입장과 해안 경비를 위해 어민의 생활을 제재할 수밖에 없는 군과의 갈등 소지를 조화롭게 풀어가야 했다. 그중에서도 향토예비군과 현역과의 마찰을 해소시키는 업무가 중요했다. 그처럼 주민 생활에 대한 용하의 배려를 온 부락민은 애정으로 보답했다. 무슨 회식거리만 생기면 용하를 불러냈다.

"문어 존 거 삶을 테니까네 점심 때 공회당에 들리소. 봄에 화전놀이 몬 간 게 아쉬버서 그냥 공회당서 놀기로 했심더."

"제가 끼면 분위기가 깨질 텐데요."

"와 그런 말씀을 하시니꺼. 즈그는 소장님을 엄청 좋아하니더. 맨날 우리 어민 땜에 애쓰시잖능교."

용하 역시 진리부락에 대한 보은을 잊지 못하는 처지였다. 포구로 이사 오기 직전에 돌아가신 아버지 장례식에 온 부락민이 자진해서 일을 치러주었던 것이다. 바쁜 화포(미역)철인데도 부락민들은 장례일 하루를 출어금지일로 정하고 모든 향토예비군이 장례에 참석하여 분야별로 일을 맡았다. 1분대는 상여를 메고 2분대는 봉분을 만들고 3분대는 나머지 잡일을 돌보는 식이었다. 심지어 일반경찰인 사천지서에서는 진리 1, 2구에서 부식을 걷었는데 고추장과 된장을 비롯한 반찬거리가 한 리어카가 넘을 만큼 양이 많았다. 고향에서는 누나와 사촌을 비롯한 일가친척이 한 명도 도착하지 않았다. 전보는 쳤지만 부여에서 강릉까지 오는 데만 이틀이 걸릴 테니 아예 기다리지도 않았다.

발인제는 간단히 상여 앞에서 술잔과 절을 올리는 걸로 끝냈다. 상주라야 용하 한 사람뿐이었다. 눈먼 어머니는 마지막 떠나는 영감의 상여를 더듬더듬 만져보며 목 놓아 울었고 어린 성원이도 덩달아 울었는데 용하는 대책 없이 그 모습을 바라볼 수밖에 없었다. 제사가 끝나자 어머니만 남겨둔 채 상여는 집을 떠나 바닷가 공동묘지로 향했다. 상여 뒤에는 외아들 용하와 네살배기 손자 성원이가 따랐다. 그 초라한 상행喪行

만큼이나 구슬픈 상여소리에 용하의 눈물은 가실 새가 없었다.

"이제 가면 언제 오나, 허이 허이 허이 허이……"

또 한 차례의 격한 오열이 용하의 가슴을 저몄다. 파란 허공에서 펄럭이는 앙장이 눈먼 노처老妻를 남겨둔 채 이승을 떠나는 아버지의 애달픈 몸짓으로 여겨졌다.

"소장님 팔자도 어지간하구마. 실컷 우소! 이때 안 울고 언제 울겠능교."

예비군 소대장이 용하의 손을 잡고 위로해주었다. 상행에 참여한 예비군들 중에는 상주의 딱한 처지를 이해하고 소맷자락으로 눈물을 훔치는 대원도 여러 명이었다. 장지는 영진 해변에 있는 모래톱 공동묘지였다. 야트막한 묘지 언덕 너머에서 들려오는 파도소리가 슬픔에 젖어 있는 묘역을 흔들어 댔다. 숫제 그 멍청한 파도소리가 용하의 마음을 달래주었다. 영원한 파도소리처럼 말없는 죽음도 영원할 것이었다.

*

각 도에 중대 단위의 전투경찰대가 하나씩 지방경찰청 직속 부대로 창설되었다. 강원도의 206전투경찰대도 춘천에 있는 강원경찰청 직속이지만 강릉경찰서에 중대본부를 두고 있었다. 대원은 차출할 때부터 실력, 체력, 학력 등을 고려한 정예 요원으로 편성되었으며 전적으로 해안업무만을 맡았는데 자부심이 대단했다.

초대 중대장 계급은 2급지 경찰서장과 동일한 경감인데 (1급지 서장은 총경), 중대장은 서울 일류대학을 나온 학자풍의 지성과 인품을 지닌 간부였지만 업무 처리에는 냉정했다.

"자넨 노벨상을 받는 작가가 꿈이라지만 매사에 주도면밀해서 206분대장으로 뽑은 거야. 새 계급 편제가 실시되면 분대장은 한 계급 오를 테니 근무에 모범을 보이도록. 분대장은 진급을 전제로 해서 뽑은 거니까 분대장의 위상은 엄정해야돼. 새 직제는 순경과 경사 사이에는 경장이, 경감과 총경 사이에는 경정이, 경무관 위로는 치안감, 치안정감, 치안총감이 생길 텐데 군대 직제와 비슷할 거야."

회식자리에서 중대장이 귀엣말로 한 정담이었다. 그는 이런 말을 보탰다.

"가장 무식한 것은 가장 순수한 것이며 가장 자의식적이 아닌 생활이 양심적인 생활이다. 타고르의 《비노디니》에 나오는 말이지."

용하는 중대장의 말을 곱씹었다. 왜 하필 타고르의 작품에 나오는 말을 꺼냈을까? 동양인으로서는 최초로 노벨문학상을 받은 타고르. 하기야 그럴지 모른다. 자의식이 강하면 아집에 갇힐 테고, 그리되면 자신을 되돌아볼 여백이 생기지 않는다. 양심은 스스로 반성하는 자성自省에만 존재하기 때문이다. 그런 생각이 들자 용하는 더욱 순수해져야겠다는 생각이 들었다. 박자부지博者不知랄까, 자신의 지식을 스스로 비워버리는 깊은 성찰 말이다.

한 달가량 주문진임검소장 대행을 마친 용하는 다시 진리 임검소장으로 복귀되었다. 주문진항을 비롯하여 큰 항구에는 처음으로 해양경찰의 해상경비정이 배치되었다. 임검소 업무와 중복될 정도로 해양경찰과의 관계는 일반 경찰서와의 관계보다 더 밀접했다. 경비정 정장艇長도 항상 임검소 직원들과 어울려야 했다. 새로운 체제가 잡히자 용하는 모처럼 휴식을 즐겼다. 강릉극장에서 유현목 감독의 〈막차로 온 손님들〉을 감상했다. 새로운 전위적인 작품이라고 해서 보았던 것이다.

"소장님이 다른 데로 떠나신다는 소문을 들으니까네 우린 애비 없는 자식맨크로 맥이 빠졌디랬시우."

"군대도 더 쌀쌀히 구는 것 같고, 이렇게 다시 만나니까네 이산가족 상봉 기분이래요."

용하를 반기는 정담이 여기저기서 튀어나왔다. 무기고 준공식 날에는 온 동네가 축제분위기였다. 본대 중대장을 비롯하여 진리 1, 2구 예비군 2개 소대 병력 90여 명이 모인 자리에서 멍게, 해삼, 삶은 문어와 시루떡을 차려놓고 예비군 소대장이 먼저 제를 올렸다. 향토예비군이란 말이 낯설고 동네 한복판에 M2칼빈과 수류탄 등을 보관할 무기고가 생겼으니 자못 긴장되는 순간이었다. 행사장에는 아녀자, 노인, 애들 할 것 없이 죄 모여서 그 낯선 행사를 지켜보았다.

"저기다 총이랑 폭탄을 숨기나?"

"하머, 겁나제."

"그 총 갖고 해구 잡으모 쓰겄제."

"머시라? 공비 잡으란 총 갖고 왜서 해구 잡노."

온종일 술에 절어 사는 어부들의 손에 살상무기가 쥐어진 다는 사실이 주민들에게는 걱정거리였다. 무기고에 총기와 탄약이 저장되고 열흘쯤 지나서였다.

자정 무렵 집에서 누워 쉬고 있는데 무기고를 경비하던 향 토예비군 근무자가 허겁지겁 달려와 군인들에게 총기를 빼 앗겼다고 보고했다. 올 것이 오고 말았구나. 보나마나 군인 복장으로 위장한 무장공비가 틀림없었다. 용하는 즉시 전투 복장을 갖추고 집을 나섰다. 용하의 공식 직함인 분대장은 권 총, M2칼빈, 잭나이프, 무전기, 쌍안경, 나침판 등을 착용해야 했지만 우선 총과 잭나이프만 챙겨서 무기고 쪽으로 달려갔 다. 무기고 앞 통로를 차단하고 있던 바리케이트는 한쪽으로 치워져 있었다. 근처에서 "하나 둘 하나 둘" 하고 구령소리가 들려왔다. 용하는 조심조심 그쪽으로 다가갔다. 어두컴컴한 마을 복판 도로에서 완전무장한 군인들이 주민 20여 명에게 토끼뜀을 시키고 있었다. 벌써 적군이 부락을 점령한 모양이 었다. 용하는 이미 죽은 목숨이었다. 하지만 이판사판이었다. 순간 이상한 용기가 솟구쳤다.

"여기 지휘관이 누구야?"

용하는 앞에총을 한 사병에게 지휘관을 물었다. 사병은 저 쪽에 서 있는 중위를 가리켰다. 안면이 있는 중대 부관이어서 우선 마음이 놓였다. 공비가 아니라는 생각이 들자 용하의 목 소리는 더 높아졌다.

"이게 무슨 짓이오!"

용하는 부관에게 다그쳤다. 그 낯익은 중위는 중대장이나 소대장과는 달리 성격이 거친 장교였다.

"무슨 법적 근거로 입초 근무 중인 예비군의 무기를 빼앗고 주민을 기합 주는 거요? 이 책임을 어떻게 감당할거요?"

용하는 사안의 중대성을 알리고 입초 예비군에게서 빼앗은 소총 2정을 반환하고 기압 받는 주민들도 어서 해산시키라고 요구했다. 그제야 부관은 주민을 풀어주었다.

"총기는 왜 돌려주지 않는 거요?"

용하는 강릉 본대 숙직으로 즉각 보고하고 싶었지만 사건이 확대되면 군과의 유대관계에 흠이 될까 봐 계속 부관을 설득했다. 그때 갑자기 공회당 마당에 세워진 망루에서 비상 사이렌이 울리고 무전기에서는 "무기고를 사수하라!"는 목소리가 튀어나왔다. 예비군 소대장이 다급한 김에 임의로 사이렌을 울리고 강릉경찰서로 급보한 모양이었다. 사이렌이 울린 지 20여 분만에 60여 명의 향토예비군이 출동했다. 술 취한 채 잠을 자다 깬 어민들의 동작으로는 기적 같은 일이었다. 상황이 급박하게 돌아갔다. 예비군들은 "영차! 영차!"를 연호하며 군대와 맞섰다. 실탄을 장전한 현역과 빈총을 든 예비군이 대치하여 일촉즉발의 위기 상황이 벌어졌다. 더구나 술이 덜 깬 예비군들은 겁 없이 총알이 없는 노리쇠를 후퇴시키며 완력을 과시했다. 용하는 우선 예비군에게 침착할 것을 명령하고 현역에게는 발포하지 말라고 소리쳤다.

"향군은 실탄이 없으니 절대 쏘지 말라! 발포하면 사고가 터진다!"

그제야 위급한 상황을 파악했는지 장교들은 부하들에게 총을 내리라고 명령하고 용하에게 총기를 돌려주었다. 그때 사천 쪽 둑길에 불빛이 보였다. 비포장인데도 차량의 속도가 빨랐다. 강릉에서 출발한 차량이었다. 지프에서 경찰서 정보과장과 군 방첩대장이 중대장을 데리고 내렸다. 용하가 대략 상황 개요를 설명하자 무기고 앞마당에 집결한 예비군과 주민들에게 중대장이 공개 사과했다.

"어떤 처벌도 달게 받겠습니다."

중대장은 용하와 자주 만나는 사이였다. 그 착실한 중대장은 부관 탓에 징계를 먹을 판이었다. 새로 부임해온 부관은 '따끔한 맛'을 보여주기 위해 해변에서 밤바람을 쐬고 있는 주민들을 잡아다 기합을 줬던 것이다.

이튿날 아침 용하는 주민 대표 5명을 데리고 경찰서 서장실을 찾아가 사실대로 보고했다. 그 자리에는 군 연대장(대령)도 합석하여 군경이 주민을 설득하고 사과하는 걸로 사건은 마무리되었다. 그런 와중에서도 서장과 전투경찰대장은 용하의 예비군 교육실적에 큰 관심을 표명했다. 술에 취해 잠자던 향토예비군 60명이 20분 만에 출동했다는 데 대단한 성과라고 칭찬했다. 그만큼 창설 초기의 향토예비군에 대한 관심이 높았던 것이다. 군대의 사과와 경찰의 설득으로 서장실의 분위기는 밝아졌다. 그런데 사건은 용하도 모르는 사이 복잡하게 얽히고 있었다. 주민 대표들이 몰래 강릉 주재 기자실을 찾아가 사건을 폭로했던 것이다. 이튿날 여러 일간지에 진리 사건이 대서특필로 보도되었다. 어느 일간지는 임검소장이 격투 끝에 총을 빼앗았다고 어이없는 내용을 보도했다. 군경 상부에서 전화가 쇄도했다. 경찰 측에서는 서장 선에서만, 군 측에서는 연대장까지만 알고 무마하기로 합의한 사건이 모든 중앙 일간지에 크게 보도되었으니 일이 걷잡을 수 없을 만큼 커졌던 것이다. 용하는 군경 상부 지휘관들에게 사건이 침소봉대되었노라고 설득하기에 바빴다. 이미 부관과 소위는 군법회의에 회부되어 홍천으로 압송되었고, 직속상관인 중대장과 대대장도 징계를 당했다고 한다. 용하를 찾아온 어느 고급장교는 용하에게 이런 말을 했다.

"청와대 각하께서는 사건보다 20분 동안에 60명의 향군이 잠을 자다가 출동했다는 데에 더 관심이 크십니다."

보통군법회의에서 검찰관이 피해조서를 받기 위해 용하를 찾아왔다. 용하는 그에게 부관도 자기의 경비업무에 충실하다보니 실수를 저질렀고 소위는 불찰을 알면서도 부관의 명령에 따를 수밖에 없었으니 선처를 바란다고 했다. 검찰관은 참작하겠노라고 대답했다. 그 후 한 달쯤 지나 제대복을 입은 청년이 임검소로 용하를 찾아왔다. 알고 보니 부관과 함께 구속당했던 소위였다. 그는 용하에게 말씀을 잘해줘서 고맙다고 인사차 찾아왔던 것이다. 가슴 아픈 일이었다.

드디어 강릉으로 떠나는 애나

애나는 서둘러 짐을 챙겼다. 오빠나 올케가 들어오기 전에
어서 떠나야 했다. 잠시 거실 바닥에 서서 주위를 휘 둘러보
고 밖으로 나왔다. 마당에 나와서도 잠시 정원을 멍하니 바라
보았다. 마지막 작별이란 데에 오빠의 집이 추억 어려 보였
다. 이미 하늘에는 저녁노을이 번지고 있었다.

청량리역에 도착한 애나는 차명구에게 전화를 걸었다. 오
랫동안 몸을 섞어온 사람에 대한 마지막 성의였다. 차명구는
애나의 전화를 받자 당장 만나자며 안달했다. 보나마나 강릉
에 갈 것이 뻔했다. 며칠 전만 해도 자기 품속에서 용하와의
호적정리를 약속한 그녀였다. 아무리 못 믿을 게 품속 다짐이
라지만, 차명구는 처음으로 강한 질투심이 느껴졌다.

"갑자기 무슨 일로 떠나는 거요?"

"아무 일도 아니니 너무 깊이 생각 말아요. 곧 돌아올게요."

"하여튼 나를 만나보고 떠나도록 해요."

차명구는 애나가 수화기를 내려놓을까 봐 마음이 조마조마했다.

"시골에서는 장거리전화가 힘들 테니 돌아와서 전화드릴게요."

전화를 끊은 애나는 손목시계를 들여다보았다. 열차시간은 아직도 멀었다. 급행열차 이등실 차표를 예매하고 술집을 찾아가 맥주를 주문했다. 차명구의 목소리가 왜 다급했을까? 왜 만나자고 안달했을까? 내 목소리에서 불길한 예감이 느껴져서일까?

깡말랐으면서도 당찬 몸매와 재빠른 동작, 번쩍이는 눈동자와 깔끔한 이마…….

애나는 차명구의 모습을 떠올리며 피식 웃음을 지었다. 차명구가 귀여웠다. 죽은 아내를 그리워하면서도 눈곱만치도 내색하지 않는 그의 겉도는 듯한 눈빛. 애나는 차명구가 귀엽게 여겨지자 눈에 보이는 모든 것이 정다워 보였다. 기지개를 켰다. 그녀는 죽음을 생각한 후로 자신이 멋지다는 생각이 들었다.

어서 가자. 어서 강릉에 가서 멋진 사내의 품속에 안겨 멋지게 죽자!

애나는 자리를 박차고 일어났다. 플랫폼에 도착하니 이미 밤 열차가 대기하고 있었다. 차는 11시 정시에 출발했다. 옆자리는 아직 비어 있었다. 의자가 폭신했다. 졸음이 왔다. 그녀는 지그시 눈을 감고 잠속에 빠졌다. 하지만 금방 눈이 떠졌다. 홍익회 회원의 "보리차 사려" 소리가 잠을 깨웠던 것이다. 보리차 한 병을 샀다. 보리차로 갈증을 풀고 창밖을 내다보았다. 기차는 어둠 속을 달리고 있었다. 기차가 달릴수록 어둠은 점점 짙어져갔다. 계곡이 깊어졌다. 그리고 계곡이 완만해지면서 시야는 밝아지고 이내 환한 불빛이 몰려왔다. 원주였다.

차가 멎자 두어 명의 승객이 이등실로 들어왔다. 그들 중에서 한사람이 애나 쪽으로 다가왔다. 신사풍의 그 중년 사내는 애나의 옆자리에 앉았다. 애나는 몸을 창 쪽으로 사려주었다.

"저 때문에 비좁게 가시겠습니다."

굵직한 목소리였다.

"당연히 앉으셔야 될 자린 걸요."

애나는 자기의 말이 좀 길었다는 생각이 들었다. 침묵을 지킬걸. 아니면 고개만 끄덕거릴걸. 얼굴이 넓고 몸집이 펑퍼짐한 생김새로 보아 오지랖이 넓은 사람 같은데, 오지랖이 넓으면 말이 많을 거고 말이 많으면 침묵의 시간이 깨질 텐데…….

"저는 강릉까지 갑니다. 댁은 어디까지 가시나요?"

아니나다를까, 사내는 자리에 앉기가 무섭게 말을 걸어왔다. 그의 두툼한 입술에는 침이 촉촉했다.

"강릉요."

"강릉에 사시나요?"

애나는 미간을 찡그리며 서울에 산다고 간단히 대꾸해주었다.

"저는 강릉에 살고 있습니다. 고향은 원주고요. 잠시 고향

집에 들렀다가 돌아가는 길입니다. 제 병원이 강릉에 있거든요. 강릉은 초행이신가요?"

"네."

애나는 창밖을 내다보았다. 창유리에 반사된 머리칼이 헝클어져 보였지만 머리칼을 그냥 둔 채였다.

"강릉은 참 아름다운 곳이죠. 낭만이 깃든 곳이고요."

"……."

"혹 무슨 일로 가시는지 물어봐도 실례가 안 될까요?"

애나는 줄곧 입을 다물었다. 대꾸하기도 싫었지만 대답할 말거리도 없었다. 무엇이라고 대답한단 말인가. 남편과 자식을 만나러 간다고? 아내는 의당 남편과 자식 곁에 있어야 되는데 어디에 있다가 이제야 찾아간다고 대답한단 말인가? 애나는 간단히 바람 쐬러 간다고 대꾸했다.

"서울에서 바람 쐬러 가기엔 너무 먼 곳인데요."

남자는 여자의 소극적인 태도에 기분이 상했는지 삐딱하게 받았다. 애나는 계속 침묵을 지킬 수가 없음을 알았다. 남자가 계속 말을 걸어올 게 뻔했다.

"기분에 따라 멀고 가까울 수가 있죠."

애나도 퉁명스럽게 받았다. 하지만 그런 불퉁한 목소리를 기다렸다는 듯 남자는 새삼스레 예의를 갖추었다.

"저는 남기춘이라고 합니다."

애나는 이름을 밝힐까말까 하다가 참았다.

"선생님은 참 이야기를 좋아하시나 봐요."

"저도 침묵을 즐기는 사람입니다. 이야기를 나누고 싶어

좀 수다를 떨었죠. 선생님의 얼굴에는 비원이 깃들어 있거든
요."

"네?"

"제발 내 침묵을 깨주쇼 하는."

"여자를 많이 상대해 보셨나 봐요. 하지만 저에 대한 분석
은 오판이었어요. 전 몹시 피곤해서 잠을 자고 싶거든요."

애나는 도로 눈을 감았다. 그녀는 오래오래 눈을 뜨지 않았
다. 창으로 밀려드는 바람소리와 기차 바퀴의 리드미컬한 마
찰음에만 귀를 팔며 점점 잠속으로 빠져들었다.

기차가 영주역에 도착한 것은 자정 무렵이었다. 영주에서
는 두 시간 반가량의 대기 시간이 생겼다. 중앙선을 영동선으
로 갈아타는 시간이었다. 새벽 세시까지 기다려야 했다.

"함께 나가 밤참이라도 드실까요?"

멍하니 앉아 있는 애나에게 남기춘이 말을 걸었다. 애나는
못이기는 척 뒤를 따라나섰다. 밖에는 안개가 자욱했다. 청량
리에서 마신 술 탓인지 속이 쓰렸다. 따스한 국물 생각이 간
절했다. 통금시간인데도 역전 주위는 행인들의 발길이 번다
했다. 차를 갈아타는 환승역이어서 승객들의 편의를 봐주는
모양이었다. 자정이 넘어서인지 식당은 텅 비어 있었다.

"오늘은 선생님과 동행하는 바람에 유객을 면했군요."

"남자는 편리한 데가 많네요."

"여자는 더 편리하죠. 보호해줄 남자가 즐비하니까요. 더구
나 선생님처럼 미인이라면 더욱 그렇죠."

남기춘은 빙긋이 웃고 나서 말을 보탰다.

"강릉에 바람 쐬러 간다는 건 거짓말이죠? 혼자 놀러다닐 리도 없고요."

"그럼 뭐하러 갈 것 같아요?"

콩나물국물에 속이 풀어지자 애나는 한결 기분이 가벼워졌다. 진짜 의사라면 사기꾼은 아닐 테니 말벗이 되어줘도 괜찮다는 생각이 들었다.

"보나마나 애인을 만나러 가실 텐데…… 그런데 서울 여자가 강릉 애인을 만나러 간다는 게 좀 이상하고……."

"참신한 추측이 아니군요. 그런 생각은 누구나 할 수 있죠. 전공이 궁금한데요."

머리가 둔하시군요, 라고 농담조로 받으려다 애나는 교양 티를 내기 위해 전공을 물었다.

"좀 별난 분야여서……. 산부인과입니다."

"어머, 그래서 여잘 많이 상대했군요."

"원래 산부인과 의사는 여자를 싫어하죠. 나 역시 마찬가지고요. 선생님 같은 미인이라면야 예외지만. 그나저나 이름을 밝히기 싫으신가 봐요."

"애나예요. 성애나."

"세련된 이름인데요."

식대를 지불한 남기춘은 애나를 앞세워 밖으로 나왔다. 애나는 영주의 밤거리가 낯설었다. 삼척이 고향이지만 그녀의 행선지는 주로 삼척 남쪽이었다. 울진, 포항, 부산이 낯익은 도시였다. 새벽 세 시 정각이 되자 열차는 출발했다.

늬년을 패죽일라꼬 낫으로 안 찍은 기라

애나네 집은 동네 맨 위턱에 자리잡은 함석집이었다. 다섯 살 때부터 살아온 그 집은 흙을 메주처럼 주물러 쌓아 만들었다 해서 토담집으로 불렸다. 논밭 한 자락 없는 주정뱅이 어부지만 아버지는 동네 궂은일을 도맡아 치러주는 마음씨 착한 어른으로 통했다. 다만 술이 취할 때는 아내를 패는 거친 사내로 돌변했다.

어머니는 어촌 아낙답지 않게 살결이 맑고 솜씨가 고왔다. 말재간도 버들가지처럼 나긋나긋했다. 붙임성이 좋고 눈치가 빨랐다. 어머니의 그 재기는 점점 요기로 변해갔다. 물고기 비늘처럼 해뜩거리는 어머니의 웃음은 뭇 사내의 간을 녹이고도 남았다. 아버지가 세 번째 남자인데도 또 다른 사내와 눈이 맞은 것이다. 언니가 뱀에 물려 죽고 몇 해가 지나서였다.

언니가 죽자 바람기가 잡힌 듯싶던 어머니는 세월이 지나면서 차츰 끼가 동하기 시작했다. 우선 얼굴 화장부터 달라졌다. 비린내 나는 그물을 만질 때나 고기를 고무함지에 이고 삼척 시장에 나갈 때나 어머니는 늘 짙은 화장으로 얼굴을 다듬었다. 어머니의 그런 몸치장은 동네 아낙들의 입방아감이 되곤 했다.

"짠물 만지는 팔자가 얼굴에 분가루 쥐어발라 머하노?"

"뱃놈 계집도 여자다이. 비린내 나니꺼러 더 쥐어발라야제."

어머니는 아낙들의 빈정거림을 시원하게 날려버렸다.

"아무캐도 바람났나부다."

"바람들모 시원해 좋지러."

"아랫도리 아주 벗고 다니거라, 속살 벌겋게."

"싫다, 나는 너그들맹크로 써커먼 뱃놈 때 안 묻힐란다. 허연 양복 때 묻혀야제."

"읍내 어느 양복쟁이캉 눈이 맞았노? 장사치나? 아니모 월급쟁이나?"

"장사치고 월급쟁이고 막흔 쓸어먹을란다."

"어메, 느그 서방이 불쌍타. 그 썰한 대가리를 어데다 문지를꼬?"

"늬 꺼나 대주거라."

어머니는 입꼬리를 구기며 배실거렸다. 어머니가 시장에 갈 때는 옷차림도 화사했다. 그녀의 생선은 난전에 풀어놓기가 무섭게 팔렸는데 항상 본전치기로 넘겼던 것이다. 이익금은 다른 데서 보충했다. 그러니까 생선장사는 읍내 나들이 핑계에 불과했다. 어머니는 생선을 팔자마자 여관방으로 숨어들곤 했다. 여관에서는 사내가 기다리고 있었다. 한동네에 사는 어협 총대였다. 초등학교 오학년 때던가, 애나는 그들이 여관에서 나오는 모습을 보고 얼른 골목으로 피한 적이 있었다. 그때부터 애나는 어머니가 시장에 갈 때마다 여관을 유심히 살피게 되었다.

날이 갈수록 애나는 어머니와 총대의 여관 출입을 자주 보게 되었고 골목 담에 기대서서 두 남녀가 방에서 치를 일을 상상해 보는 짓이 재미가 되다시피했다. 어쩜 아버지와 그러하듯 어머니는 총대와도 그런 짓을 할 게 틀림없었다.

애나는 아버지와 어머니의 방사를 자주 보아왔었다. 육중한 아버지의 몸과 호리호리한 어머니의 몸이 요동칠 때마다 어머니는 신음소리를 흘려내곤 했는데 달 밝은 밤이면 더욱 선명하게 드러났다. 그래서 달밤이면 건넌방 미닫이문을 빠끔 열어놓고 그 틈새로 방사를 엿보곤 했다.

"이거를 딴놈한테 주모 죽여뿔릴 끼다. 알갔제?"

아버지는 끙끙대다 말고 어머니를 윽박질렀다.

"걱정 말고 어서 쎄게나 누르소."

"하모 하모."

달빛에 비친 아버지의 얼굴에서는 땀이 흘렀다. 애나는 그런 상상을 하며 여관 골목에서 망을 보곤 했다. 그러던 어느 날 총대와 팔짱을 끼고 걸어가는 어머니와 맞닥뜨리고 말았다. 하필 애나가 숨어 있던 골목으로 지나갔던 것이다. 그날 애나는 총대로부터 용돈을 두둑이 받았는데 일은 그 며칠 뒤에 터졌다.

달 밝은 밤이었다. 어머니의 낌새를 눈여겨온 아버지는 밤에 화장을 하고 나가는 어머니의 뒤를 밟았다. 고샅길을 몰래 빠져나간 어머니는 모래톱으로 숨어들었다. 그때 모래톱 너머에서 기침소리가 들려왔다. 총대였다. 아버지는 도로 집으로 달려가 낫을 들고 왔다. 아버지의 낫은 달빛을 받아 퍼렇게 빛났다. 풀 위에서 한몸이 되어 뒹굴고 있던 두 남녀는 아버지의 발자국소리에 놀라 알몸인 채 도주했다. 하지만 어머니는 몇 발짝 뛰다가 주저앉고 말았다. 어머니는 아버지의 발 아래에 쭈그린 채 부들부들 떨기만 했다. 낫을 치켜든 아버지의 손도 떨렸다. 어머니의 등짝과 엉덩이에는 달빛이 스멀거렸다. 아버지는 어머니의 몸을 바라보다가 윽 하고 낫을 모래에 찍었다.

이튿날 총대는 두툼한 돈뭉치를 들고 아버지를 찾아왔다. 아버지는 그 돈으로 매일 술을 마셨다. 술이 잔뜩 취한 아버지는 어머니를 두들겨 팼다. 어머니의 몸은 독사 껍질처럼 멍이 들어갔다.

"늬년을 패죽일라꼬 낫으로 안 찍은 기라."

술 취한 아버지는 하얀 이를 까내며 히히히 웃었다.

"차라리 낫으로 찍어 죽이소."

"편하게 죽일 순 없지러. 이까(오징어)처럼 말려 죽여야제."

아버지는 술값이 떨어지면 낫을 들고 총대를 찾아갔다. 그때마다 아버지의 손에는 돈뭉치가 쥐어졌다. 아버지는 그 돈으로 술을 마시고 또 어머니를 팼다. 그렇게 두어 달쯤 지났을까. 어머니는 매를 이기지 못하고 집을 나갔다. 아버지는 끼니를 굶은 채 술만 퍼마셨다.

"이년을 갈기갈기 찢어 죽일 끼다."

아버지는 그렇게 어머니를 원망했지만 속마음은 그게 아니었다. 그토록 원망스럽던 아내였지만 막상 사라지고 나니 속이 녹아들었다. 창자가 녹고 머리가 썩고 팔다리가 마비되는 것만 같았다. 숨통을 트려고 바다로 나갔다. 원망스럽던 바다가 이제는 슬픈 바다가 되었다. 모래톱에서 두 다리를 뻗고 그물을 다듬던 아내의 모습이 신기루처럼 가물거렸다.

내가 너무 지랄떨었지러…….

아버지는 자기 가슴을 쥐어뜯었다. 바다에 몸을 던진 건 아니겠제. 맘이 독하니꺼 죽을 여자가 아니다야…….

그렇다면……?

아버지는 어촌계로 달려갔다. 마침 총대 혼자서 서류를 만지고 있었다.

"네 놈 혼자 있으이 잘 됐다."

"왜 또 찾아왔노."

"왜 또?"

"이제 나도 더는 몬 참겠다. 늬놈 술값 대주다가이 살림 작파하겠구마."

"이놈아, 헛소리 말고 솔직히 대."

"멀 솔직하란 말이가."

"나, 오늘은 무슨 일 벌지 모른다카이."

"또 낼 죽일 거나? 네놈 말 대로면 나 천 번은 더 죽었을 기

라. 참말이지 네놈 시다바리하기 인자 지겹다. 그라이 죽이든 살리든 늬 멋대로 해라."

"어데다 숨겼노?"

"머라꼬?"

"어데다 숨겼노 말이더. 이 쳐죽일 놈아!"

"늬 지금 먼 소리 하노?"

"있는 곳만 대주모 늬놈하고 깨끄이 끝낼 테니까네 퍼뜩 대주라마."

"멀 대주라 말이가? 말을 할라모 똑똑히 하거래이."

"늬 끝까지 입 다물 끼가? 애나 에미를 어데 숨가났는가 끝까지 모른다 할 끼가?"

"인자 알갔다."

총대는 잠시 침묵을 지키다가 말을 이었다.

"늬 내 말 잘 듣거래이. 솔직히 말해서 나 느그 마누라캉 상대한 거 정말 후회한다카이. 그러니까네 다신 날 결부시키지 말거라. 내 진심이니까네 지발 그 일로 날 찾지 말란 말이더. 알갔나? 그라이 암 소리 말고 따라 온나."

총대는 아버지를 술집으로 데려갔다. 두 사람은 아무 말 없이 술만 마시다가 총대가 먼저 입을 열었다.

"어데로 갔는공 짐작이 안 가나?"

"먼데만 안 갔으모 좋겠다만……."

"삼척에 아는 사람 없나? 아줌씨 친척이나 친구 말이더."

"없구마."

"울진은?"

"게도 없구마."

"좀 더 기다려보거라. 자식을 두고 먼 데 갔겠노. 그라고 인 자 정신 차리래이. 맨날 두들겨 패는데 어느 여자가 배기겠 노."

"내가 미쳤능기라……."

애나 아버지의 눈자위에 눈물이 맺혔다. 총대가 아버지의 빈 잔에 술을 채웠다.

"실컷 취해서 푹 자거래이. 내일 내캉 삼척부터 뒤지자. 술 집마다 뒤지모 무슨 낌새가 채지갔제."

"술집?"

"게 말고 아줌씨 갈 데가 어디겠노."

총대는 아버지의 어깨를 툭툭 치며 자리에서 일어났다. 아 버지는 멍하니 앉아 달빛이 깔린 바다를 바라보았다. 총대의 말을 듣고 나니 마음이 좀 가벼워지는 것 같았다.

이튿날 두 사람은 버스를 타고 삼척으로 달렸다. 총대의 예 측은 정확했다. 아홉 번째 뒤지던 술집에서 애나 어머니를 찾 아낸 것이다.

"어서 돌아들 가소. 맞아 죽어도 여기서 죽을 거라요."

"머 하노. 어서 빌지 않고."

총대가 아버지를 나무랐다. 아버지는 슬그머니 아내의 손 을 잡아주었다. 그 손을 아내가 벌레를 털어내듯 쳐내버렸다.

"징그런 손을 어데다 대노."

"미안하구마. 어여 집에 가자."

"미안? 웃기고 있네. 돌아갈라모 왜서 내뺐겠노."

"애나도 엄마를 찾고 있는기라."

"이 판국에 새끼가 먼 상관이나. 수작 떨지 말고 어서 꺼지소."

"애나 엄마, 이만 고정하고 돌아갑시더."

"총대님은 와 나미 일에 껴드능교."

"아줌씨 없으모 애나 아범 죽습니더."

"죽든 살든 총대님이 먼 상관인교. 저 인간 죽어쁘리모 내사 훨훨 날끼요."

"자자, 내가 대신 빌테니까네 그만 돌아갑시더. 머하노, 어서 모시지 않고."

총대가 눈짓을 주자 아버지는 아내의 팔목을 잡고 늘어졌다. 그 사이 총대는 주인 여자가 건네준 옷보따리를 들고 앞장섰다. 골목을 빠져나온 총대가 뒤를 돌아보니 어머니는 마지못해 남편 손에 끌려오고 있었다.

멋진 동반자살

용하는 아침 일찍 마을 입구 쪽으로 걸어갔다. 성원을 애나의 오염에서 보호하기 위해 미리 동구 밖으로 나가 결전을 치를 각오였다. 전화 내용대로라면 어젯밤에 청량리역을 떠났을 테니 새벽 두 시쯤에는 영주, 동틀 무렵이면 묵호, 강릉역에서는 택시를 탈 테니 아침나절이면 진리포구에 도착할 것이었다. 주막거리에서 애나를 기다리면서도 용하는 지금껏 그녀를 돌려보낼 궁리만을 생각했다. 만나면 무슨 말부터 꺼낼까? 혼인신고를 마쳤으니 어떤 태도로 나올까? 2년 가까운 세월이 흘렀는데 그동안 어떻게 변했을까?

애나는 예정시간에 도착했다. 택시에서 내려 활개치며 걸어오는 흰옷 차림의 여자는 분명 애나였다. 용하는 애나의 몸놀림부터가 구역질났지만 그녀는 빙그레 웃기까지 했다. 용하는 아무 말 없이 앞장서서 한가한 방파제 쪽으로 걸어갔다.

"왜 왔지?"

방파제에 도착해서야 뒤돌아선 채 불퉁하게 물었다. 보지 않아도 그녀의 생김새는 뻔했다. 헌칠한 키에 미끈한 콧날이며 언뜻 보기에는 수려해 보이지만 째진 눈매의 매서운 서슬, 악쓰기에 알맞은 얄팍한 입술, 생각만 해도 속이 메스꺼웠다. 애나와 단둘이 있다는 사실부터가 역겨웠다.

"집에는 왜 안 데리고 가는 거죠?"

애나가 주위를 두리번거리며 물었다.

"집에는 못 가. 성원이 앞에 갑자기 나타나지 마. 이제 그 애한테 싸우는 꼴 보여줘선 안돼. 그리고 그 애는 지금 아파."

"어떻게 아픈데요? 많이 아픈가요?"

성원이 아프다는 말에 애나가 다급한 목소리로 물었다. 용하가 그런 건 묻지 말라며 단호한 태도를 보이자 애나가 목소리를 높였다.

"엄연히 내가 에미예요. 이젠 정식 부부가 됐으니 싸우지 말자구요. 그나저나 근처에 다방 같은 곳 없어요?"

"이런 곳에 다방이 어딨어? 여기가 조용해 좋아."

"부산에서 곧장 이리 왔나요?"

"그런 건 왜 물어?"

"당신 서울 상관들 배짱 한번 좋데요. 사표 냈다고 속이고 몰래 따돌리다니."

"배짱이 아니라 애정이야. 짐승한테 물려가는 부하를 구해주려는 애정."

"내가 짐승인가요?"

"늙은 부모야 그렇다 치고, 어린 자식을 생각한들 그처럼 잔인할 수 있어? 내가 파면당하면 당신 오빠네에 붙어 살 줄 알고?"

"나를 이렇게 만든 사람은 누군데?"

"이렇게 만들어? 원래 바탕이 그랬잖아?"

"우리 싸우지 말아요. 나도 지쳤어."

"나는 계속 싸우고 싶어. 여기서는 할 일이 없어 심심하거든."

"애는 잘 크나요?"

"애 얘기는 꺼내지 마. 길바닥에 팽개친 애잖아?"

용하는 홱 고개를 돌려 애나를 쏘아보았다. 애나는 용하의 퍼런 서슬에 주눅이 들었는지 입을 다물었다. 그전 같으면 내 속에서 나온 새낀데 왜 못 꺼내냐고 으르렁댔을 텐데.

"말해봐. 좋은 사내를 놔두고 왜 예까지 찾아온 거지?"

"충청도 놈, 서울 놈 조져봤으니 이번엔 강원도 놈을……."

"그럼, 차명구 말고 또 있어?"

"차 이사는 이제 신물이 나요. 그래서 다른 사내를 낚으려고 강원도에 온 거예요. 그러지 않고 내 미친 몸을 어디에 의지하겠어."

"잘했어, 정말 잘했어. 제발 누구한테든 미쳐줘."

"여기 와봤자 안 받아줄 걸 알면서도 발길이 말을 듣지 않데요."

애나의 목소리는 풀이 죽어 있었다. 용하는 그 꾸며낸 가냘픈 목소리가 징그러웠다.

"그렇게 내가 싫으세요?"

"사정했잖아. 눈물을 흘리면서까지 애원했잖아. 날 놓아달라고. 그런데도 기어이 찾아와?. 제발 날 풀어줘. 안 떠나면 사표 내고 성원이와 사라질 테니."

"알았어."

애나는 간단히 대답하고 포구 쪽으로 걸어갔다. 그녀는 한계를 느꼈다. 도저히 바위 같은 용하의 마음을 깰 수 없음을 깨닫게 되자 슬프다 못해 허탈감이 느껴졌다. 온몸에서 힘이 빠졌다. 사천을 향해 둑길을 걸어가던 애나는 발길을 멈추고 둑길 풀숲에 주저앉았다. 흐린 시야 속에서 바다가 안개처럼 야울거렸다. 그녀는 그 뿌연 바닷속에 용하와 함께 묻히고 싶었다.

사천에 도착한 애나는 편지지와 봉투를 사들고 우체국을 찾아갔다. 우체국 나무의자에 앉아 성원에게 당부하고 싶은 말을 적었다. 십육절 모조지 세 장이 넘는 글이었다. 감정을 죽여 성원에게 써나간 그 글의 끝부분은 엄마에 대한 용서와 아빠에 대한 사랑을 강조했으며 그 용서와 애정을 통해 성숙한 자식이 되기를 바란다고 썼다. 자랑스러운 자식이 되라는 간절한 정성이 담긴 편지였다. 애나는 유서의 끝에 오빠 성진모 회장에게 할 말을 추가로 몇 자 적어두었다. 용하를 이해해주라는 내용을 적고 성원이 대학에 들어가 세상사를 이해할 나이가 되었을 때 유서를 보여주라고 부탁했다. 오빠에게 유서를 부치자 마음이 한결 가벼워졌다. 큰일을 끝마친 기분이었다. 마치 필생의 위업을 이룩한 기분이었다. 애나는 산과 바다를 껴안아주고 싶었다.

용하는 애나가 떠나자 집에 돌아왔다. 잠든 성원의 부스스한 몰골이 이미 네 살짜리다운 귀염성을 잃어가고 있었다.

그래, 어서 죽어다오!

사랑하는 자식이 죽지 않기를 바라는 상식은 이제 자식의 죽음을 곱게 맞이하려는 정성에 재를 뿌리는 동티가 될 뿐이었다. 성원의 티 없이 맑은 몸에 애나의 체취가 묻게 될 바엔 차라리 죽어 없어지는 성원이 훨씬 자식다웠다. 애나가 성원을 무릎 위에 앉혀놓고 내가 널 낳아준 어미라고 느물거릴 적에 그녀의 추한 모습이 성원의 가슴팍에 찍히는 것만으로도 성원은 오염된 자식이 되고 만다.

밖에는 갯바람이 불었다. 바람결이 몰고 온 갖가지 소리들이 음험한 여운을 풍겼다. 뒤란 대숲 쓸리는 소리, 문풍지 울리는 소리, 그런 소리들에 섞여 간헐적으로 들려오는 으슥한 파도소리…….

성원은 여전히 죽은 듯 퍼져 누워 있었다. 아주 그 모양새로 굳어버릴 것만 같았다. 아가 하고 불러봐도 대꾸가 없었다. 장난감을 쥐여줘도 지르르 흘릴 뿐 손가락 하나 까딱하지 않았다. 아프면 아프다고 투정이라도 부릴 게지, 울기라도 할 게지, 어린애는 아플 때 짜증을 내고 울기 마련인데 애티 한 점 없이 점잔 빼는 꼴이 잔밉기도 했다. 원래 재잘거리길 좋아하던 놈인데, 헤프게 아빠를 부르던 놈인데, 하루에도 수십 번씩 불러보던 흔하디흔한 그 아빠를 오늘은 단 한 번도 불러주지 않았다.

용하는 자식이 서먹해졌다. 이제 성원은 품속의 자식이 아니었다. 아빠의 뜨거운 정으로도 도저히 붙잡을 수 없는 생소

한 모습이 되어 아빠의 품속을 빠져나가는 먼 데의 자식이었다. 용하는 멍청해졌다.

"아빠아."

맥없이 앉아 있던 용하는 반사적으로 허리를 폈다. 순간, 방안에는 긴장이 감돌았다.

"왜서?"

"저어⋯⋯."

"말해봐."

"저어⋯⋯."

"어서 말해봐."

"저어⋯⋯ 나한테 엄마 만들어도오. 그쟈?"

용하는 성원을 포근히 껴안고 곁에 누웠다. 성원은 몸을 모로 틀어 아빠를 껴안으며 얼굴을 품속에 묻었다. 이윽고 용하의 가슴에 온기가 젖어들었다. 성원의 눈물이 배어들었던 것이다.

용하가 잠을 깬 것은 한 시간 반쯤 지나서였다. 허전한 기분이 들어 누운 채 방안을 둘러보았다. 곁에 누워 있어야 할 성원이 보이지 않았다. 퍼뜩 정신을 가다듬고 밖으로 나갔다. 마당에도 없었다. 혹 구멍가게에 간 건 아닐까 싶어 고샅길을 달렸다. 구멍가게에도 없었다.

"제 엄마캉 여기로 지나갑디더."

가게주인의 말이었다.

"엄마라뇨?"

"내가 성원 엄마를 모를까베?"

가게주인은 왜 능청을 떠나는 듯 배시시 웃었다. 오싹 소름이 돋았다. 애나가 되돌아온 모양이었다. 용하는 서둘러 바닷가 쪽으로 달렸다. 예상한 대로였다. 성원은 애나와 함께 방파제를 거닐고 있었다. 용하는 다급한 김에 성원을 불렀다. 그놈은 아빠를 보자 달려왔다. 달려오면서도 애나가 서 있는 뒤쪽을 자꾸 돌아보았다.

성원을 데리고 집에 돌아와 조카딸을 다그쳤다. 조카딸은 애나가 찾아와 잠깐 애를 보고 가겠다기에 밖으로 데리고 나왔다고 해명했다. 용하는 에미를 만나본 성원의 모습이 불길해 보였다. 무엇에 오염된 것만 같았다. 성원의 오염 상태가 궁금해서 그놈에게 넌지시 물어보았다.

"아까 그 여자가 누구나?"

"아줌마라 카더라."

"참말로?"

"그으래. 서울 아줌마라 카더라."

이놈이 거짓말을 해? 이놈이 벌써 언구럭을 떨어? 용하는 조심스레 캐물었다.

"혹…… 엄마라고 안 하던?"

"내 엄마는 없댔잖나, 이 바보야."

"맞아! 우리 성원이 말이 맞고말고지. 아빠는 바보야."

용하는 성원을 꼬옥 껴안아주었다. 성원을 껴안은 채 애나가 알지 못할 오염되지 않은 땅을 생각해보았다. 몰래 떠날 수밖에 없었다. 그는 조카딸에게 성원을 잘 보라고 단속하고 나서 다시 밖으로 나갔다.

애나는 방파제 입구 정박장에 서서 어부들의 그물 작업 모습을 멍하니 바라보고 있었다. 아까 용하와 헤어지고 사천까지 갔다가 도로 택시를 타고 진리로 내려왔던 것이다. 용하는 부락민들의 이목을 피해 애나를 데리고 모래밭 농막으로 갔다.

"더러운 인간!"

애나를 농막 안으로 밀어넣으며 소리쳤다.

"맘대로 해요. 죽이든 살리든 나는 여기를 뜨지 않을 테니까. 나도 여기가 좋아요. 당신만큼 바다와 고독을 즐길 줄 안다고요."

"그러니까 서울에 안 가겠다 그거지?"

"그래요."

"좋아, 그럼 내가 떠나지!"

용하는 벌떡 일어났다. 서둘러 농막 밖으로 나가려 했다. 그때 애나가 용하의 옷소매를 잡았다.

"앉아봐요, 내가 떠날 테니."

"너한테 다시는 안속아. 정말야. 이번에 사표 내면 죽는 날까지 나를 찾을 수 없을 거야. 다른 사내와 결혼해서 호적을 지우고 싶거든 내가 행방불명된 걸로 처리해버려."

"이제 나도 다시는 찾아오지 않을 거예요. 서울에 가자마자 차 이사와 결혼할래요. 우린 결혼 내락이 돼 있어요. 오빠네도 그렇게 알고요."

애나가 팔을 끌어당기자 용하는 마지못해 자리에 도로 앉았다. 애나는 멍하니 바다를 바라보았다.

"그 대신 한 가지 요구가 있어요. 여기서 당신과 하루만 지내게 해주세요. 성원이는 다시 안 봐도 괜찮아요."

"뭘 수작이지?"

"다른 뜻이 아녜요. 이번에 떠나면 당신과 마지막이에요. 호적도 정리할 거예요. 그러니 우리의 인연을 끊는 마당에 하루만이라도 당신과 행복하게 지내고 싶어요. 내 마지막 소원이에요. 당신이야 지겨운 하루겠지만."

금세 애나의 눈자위에 눈물이 맺혔다. 용하는 그 눈물을 홈쳐보았다.

"여기서 기다려, 외출 허락을 받아야 되니까."

용하는 먼저 농막을 나가 강릉 본대로 전화를 걸었다. 금세 근무지 이탈을 허락받았다. 조카딸에게 성원과 집일을 맡기고 애나와 함께 사천 쪽으로 걸어갔다. 거기에서 시간을 보내다가 해가 지면 주문진으로 가서 여관에 들어가 잠을 자고 날이 새면 떠나보내면 그만이었다.

"저어, 고단한데 잠깐 쉬게 해주세요. 어젯밤 기차에서도 한숨 못 잤어요."

사천 면소재지에 도착하자 애나가 게슴츠레한 눈으로 말했다. 용하는 애나의 말뜻을 알아차렸지만 오늘 하루만은 그녀의 뜻에 따라주기로 마음먹었다. 버스를 기다리는 동안 마침 강릉 쪽에서 달려오는 택시를 잡아타고 주문진에 도착하여 여관을 찾았다. 해변가에 새로 지은 깨끗한 여관이었다. 앞장서 여관에 들어간 용하는 침대 밑 방바닥에 앉아 창밖에 비친 파란 하늘을 바라보았다. 뒤늦게야 맥주와 오징어를 사들고 방에 들어온 애나는 두 개의 컵에 맥주를 채웠다. 금방 맥주 두 병이 비워졌다. 취기가 오른 애나는 화장실에 들어가 한참만에야 알가슴을 드러낸 채 나와 용하에게 다가갔다.

"이게 뭔 짓이야!"

하지만 애나는 요염한 미소를 흘리며 어리광을 부렸다.

"내 몸 아름답죠? 한 군데도 구겨진 데가 없잖아요? 누구나 내 몸을 탐낸다구요. 당신 한 사람만 빼고는."

용하는 거침없이 달려드는 애나의 몸을 완력을 쓰지 않고 는 밀쳐낼 수가 없었다. 애나의 숨소리가 점점 더 거칠어졌다.

"제발 한 번만 껴안아줘요."

애나는 단말마 같은 신음소리를 토해냈다. 숫제 통곡이나 진배없는 그 처연한 목소리에 취해 용하의 몸은 풀어지기 시 작했다. 용하는 애나의 마지막 욕망을 채워주겠다는 정성으 로 육체 깊숙이 파고들었다. 다시 한 번 애나의 몸이 경련을 일으켰다.

"여보, 사랑해요. 당신을 영원히……."

애나의 목소리는 숫제 통곡이나 진배없었다. 용하는 그 찐 득찐득한 목소리가 역겨웠지만 그 소리를 들어주는 것 역시 그녀에 대한 마지막 임무인 듯 조용히 고개를 끄덕거렸다. 애 나의 신음소리는 계속되었다. 뜨거운 열정이 식으면서 침묵 이 흘렀다. 태풍이 쓸고 간 폐허처럼 방안은 조용했다.

"마지막 행복이겠죠?"

용하의 몸이 풀어지자 애나가 속삭이듯 예의를 차렸다.

"우린 운명을 겸손히 받아들여야 돼."

"그건 당신이 만든 운명이죠."

"아냐, 내가 내 운명을 만들 순 없어. 그것은 인간 능력 밖이야."

"그 말은 변명이에요, 당신 자신과 날 위로하기 위한. 하지만 그 변명이 싫진 않네요. 어쨌든 우리의 불행에 원인 규명은 있어야 되니까요."

용하는 일어나 옷을 주워 입고 밖으로 나갔다. 해는 태백의 능선 위로 기우는 중이었다. 모래톱과 바다에 뿌려진 햇살은 수평선과 어우러져 장엄한 분위기를 풍겼다.

옷을 챙겨 입은 애나는 창밖 바다를 바라보았다. 햇빛이 반짝이는 해 질 녘의 바다가 편안해 보였다. 어머니의 품속처럼 안온한 바다. 애나에게 어머니의 죽음은 어슴푸레한 기억으로 남아 있을 뿐이었다.

애나는 어머니가 바다에 빠져 죽었다고는 여겨지지 않았다. 그렇게 어머니의 죽음을 자살이 아니라고 믿고 싶었다. 하지만 마을 사람들은 어머니의 시신을 바닷가에서 떠메어 왔다. 물에 젖은 어머니의 주검은 아름다운 모습이었다. 편안히 잠자는 듯한 얼굴 모습이며 젖은 치마저고리 아래로 투명하게 내비친 육체의 곡선은 그 시신을 떠메어가던 꽃상여만큼이나 곱고 육감적이었다.

애나는 바다가 두렵지 않았다. 오히려 정답게 보였다. 사랑하는 이와 함께 묻힐 바다였다. 애나의 몸에는 슬픔이 촉촉하게 젖어들었다. 애나는 그 슬픔이 좋았다. 그 슬픔은 바로 환희였다. 그 풍성한 슬픔 속에 아주 잠겨버리고 싶었다. 그것이 용하를 영원히 소유하는 방법이었다. 밖으로 나온 애나는 용하의 어깨에 머리를 기대며 말했다.

"멋있는 바다죠? 저기에 우리의 불행을 쓸어 묻고 싶군요. 우리의 마음을 정갈하게 닦아내자구요. 당신 말마따나 우리의 불행은 운명일지 모르죠."

"서로를 위해서 바람직한 일이지. 하지만 나는 불행이란 말이 맞지 않다고 봐. 굳이 이름을 붙인다면 시련이랄까. 더 큰 것을 성취하기 위한 몸앓이쯤으로 여기는 게 좋을 것 같애. 나는 이 시간 당신의 행복을 빌고 있어. 그전에도 그랬고. 제발 차 이사와 행복해지길 바래. 그게 당신과 나와의 인연에 보답하는 최고의 정성이야. 아니 포원이랄 수도 있지."

"당신은 무엇으로 행복해지겠다는 거죠?"

"다른 상대적인 조건은 없어. 있을 수도 없고. 다만 당신이 행복해지면 내 양심이 편안해진다는 것뿐이지."

"양반이시군요."

애나는 시큰둥하게 받았다. 그리고 말을 덧붙였다.

"나 뱃놀이 좀 시켜줘요. 잠시라도 좋아요. 놀다가 해가 지면 강릉에 가서 밤차를 탈래요."

"바다에 나가면 추울 텐데……."

"괜찮아요. 날씨가 얼마나 따스해요. 하늘도 맑고 뱃놀이하면 너무 멋지겠어요. 뗏마를 하나 빌려요. 뱃놀이로 우리의 마지막을 장식해요."

용하는 애나와 함께 여관을 나와 한가한 어촌을 찾았다. 가까운 포구에 두어 척의 뗏마(전마선)가 한가롭게 매여 있었다.

그것들은 미풍에 나부끼는 나뭇잎처럼 잔잔한 파도에 하느작거렸다.

용하가 뱃사람과 흥정하는 사이 애나는 뗏마를 유심히 바라보았다. 그것들은 마치 상여처럼 보였다. 어머니를 태워가던 꽃상여. 허공에서 펄럭이는 상여의 앙장은 하늘을 훨훨 날고 싶어하는 어머니의 영혼 그것이었다.

"공짜로 빌려준다는 걸 술값으로 몇 푼 줬어."

용하는 뗏마 한 척을 골라놓고 말했다. 애나는 그 수고에 미소로 보답했다.

"어서 타. 한 시간 내로 돌려줘야 돼."

용하가 먼저 배에 오르며 재촉했다. 고무신짝처럼 작은 배는 애나가 올라타자 뒤뚱거렸다.

"중심을 잡고 앉아."

용하가 노를 잡으며 조심시켰다. 애나는 배 중간쯤에 용하와 마주보고 앉았다.

"후미에 앉아야 편한데 그래."

"당신과 가까이 있고 싶어 그래요. 자리도 여기가 더 편하고."

애나가 고집을 부렸다. 용하는 할 수 없다는 듯 눈을 멀리 주며 노를 젓기 시작했다. 애나는 아무 말 없이 용하의 노 젓는 모습을 물끄러미 바라보았다.

"이런 배를 많이 타봤을 것 아냐? 원래 고향이 바닷가라며?"

노를 저어 방파제를 빠져나올 즈음 용하가 수평선에 눈을 준 채 말을 걸었다. 그동안 애나의 과거사를 들은 적도 없고 물은 적도 없었다. 어촌에서 어린 시절을 보냈고 삼척에서 고 등학교를 졸업한 후 객지로 떠났다는 말을 들은 게 고작이었 다. 알 필요도 없는 그녀의 과거였다. 하지만 지금은 그 과거 가 궁금했다. 아마 헤어진다는 그 여유스러움이 마지막 호기 심을 자극한 모양이었다.

"나한테는 그런 고향이 없어요. 낚싯배를 타보는 것도 첨예 요."

애나의 목소리가 갑자기 싸늘해졌다. 그녀의 시선 역시 수 평선을 좇고 있었다. 저녁 햇살이 애나의 얼굴을 붉게 물들였 다. 침묵이 흘렀다. 이따금 노 젓는 소리만 철썩거렸다. 노를 저을 때마다 두 사람의 몸이 돛대처럼 기우뚱거렸다.

"나를 가엾게 여긴 적이 있으세요?"

"있고말고지."

"연민은 애정말 마찬가지라던데……."

애나는 혼잣말처럼 중얼거렸다. 용하는 연민과 애정이 다 름을 설명해주려다 애나의 눈길을 보고 참았다. 그녀의 시선 은 수평선에 머물고 있었다. 그 시선이 몹시 떨렸다. 애나는 육중한 슬픔 덩어리가 가슴을 비집고 기어오르자 얼른 고개 를 숙였다. 지금 이 순간에는 보이고 싶지 않은 눈물이었다. 넓디넓은 바다에 몸을 맡기고 경건한 마음으로 바다의 소리 만을 듣고 싶었다.

"당신이 추구하는 세계를 막연하게나마 동경해보고 싶어 요. 그 세계의 형체가 보이지 않아도 좋고, 그 세계의 의미를 몰라도 좋고, 그 세계의 향기를 맡지 못해도 좋아요. 당신처럼 그렇게 보고 생각하고 느끼는 척만 해도 나는 너무 행복해요."

얼마나 엄숙한 순간인가. 이 순간을 위해 반항해왔고 울어왔고 무수히 자신의 몸을 죽여온 게 아닌가.

"당신도 죽고 싶을 때가 있었나요?"

애나가 침묵을 깼다.

"있었지."

용하는 시큰둥하게 받았다. 애나의 입에서 나온 죽음이란 말이 낯설고 어색해서였다.

"어느 때 죽고 싶었죠?"

"글쎄⋯⋯."

용하는 애나의 질문에 여전히 시큰둥한 목소리로 대답했다.

"꼭 듣고 싶어요. 대답해주세요."

"아마 부산에서 굶을 때 하고 성원이가 아파 누웠을 땔걸."

"성원이가 아플 때 뭘 느꼈는데요?"

"차라리 저놈이 죽었으면 하고⋯⋯."

"뭐라고요?"

"정말야."

"성원이를 그처럼 사랑하면서요? 성원이를 당신 생명이라고 말했잖아요?"

"그러니까 온전히 소유하고 싶어서지. 깨끗한 내 자식으로 말야."

애나가 무슨 말인지를 몰라 한참 생각하는 사이 용하는 한 마디를 더 보탰다.

"오염되지 않은 내 자식을 만들고 싶어서였어. 동정남에서 태어난 자식 말야."

그제야 용하의 말뜻을 이해한 애나는 하늘이 뱅그르르 돌았다. 아찔한 현기증이었다. 네가 그토록 나를 싫어하다니! 애나는 용하의 얼굴을 말끄러미 바라보았다. 너무 이질스러운 얼굴이었다. 애나는 그 낯선 인간을 죽이고 싶었다. 그래서 몸을 던져 용하의 몸을 껴안고 쓰러졌다. 눈 깜짝할 사이였다. 용하는 애나에게 허리를 껴안긴 채 물로 빠졌다. 넘어지는 반동에 의해 빈 배는 저쪽으로 밀려 기우뚱거렸다. 애나는 물에 빠져서도 포옹을 풀지 않았다. 용하는 연방 발로 물속을 휘저으며 애나의 부둥킨 가슴을 밀쳐냈다. 하지만 포옹은 완강했다. 애나의 얼굴에 야릇한 미소가 번졌다. 함께 죽음을 맞이하려는 욕망의 기미랄까. 용하는 주먹을 들어 수면 위로 날렸다. 애나의 코에서 피가 흘렀다. 순간 애나의 눈에서 불길 같은 분노가 타올랐다. 용하는 애나의 얼굴을 물속에 처넣었다. 그제야 몸이 자유스러워짐을 느낀 용하는 얼른 헤엄을 쳐 배를 잡았다. 애나는 저만치에서 허우적거리고 있었다. 그녀의 머리가 두어 차례 물속에 잠기는 모습을 보고도 용하는 조용히 제자리에서 발헤엄만 쳤다.

몇 초가 지났는지 시간은 알 수 없었다. 얼굴까지 물에 잠긴 채 허우적거리던 애나의 몸이 물속으로 잠기기 시작했다. 그제야 물속으로 파고든 용하는 자맥질을 서둘러 애나의 몸을 수면 위로 떠올렸다. 시간으로 보아 충분히 살릴 수 있다는 자신감이 들었다.

애나를 껴안고 배 곁으로 헤엄쳐온 용하는 한 팔로 배 후미를 잡고 다른 한 팔과 다리로 애나의 몸을 들어올렸다. 애나의 몸이 배 바닥으로 굴렀다. 배에 오른 용하는 애나의 몸을 엎어놓고 숨을 터주었다. 토해낸 물은 얼마 되지 않았다. 애나의 생기를 확인한 용하는 자신의 젖은 옷을 짜서 애나를 덮어주고 모래톱 쪽으로 노를 저었다. 애나의 두 눈에서 눈물이 흘러내렸다. 그 조용한 눈물에 석양이 젖어들었다.

멀리 어촌이 보였다. 마을도 석양에 물들고 있었다. 배가 정박장에 닿자 용하는 애나의 몸을 부축해 일으켰다. 애나는 배 안에 뒹구는 핸드백을 챙겨들었다. 그녀는 뭍에 오르자 부축해주는 용하의 손을 뿌리쳤다. 걸을 수 있겠느냐고 물어도 아무 대꾸 없이 혼자 모래톱 쪽으로 걸어갔다. 애나의 다리가 조금 흔들렸다. 옷도 아직 축축히 젖어 있었다. 용하가 뒤를 따르며 타일렀다.

"여관에 들어가 쉬도록 해."

"……."

"잘못하면 병 나. 어서 여관에 들어가자고."

"……."

애나는 앞장서 계속 걸었다. 그처럼 침묵을 지키며 정처없이 길을 걸어갔다. 용하는 점점 멀어져가는 애나의 뒷모습을 멍하니 서서 바라보았다. 그녀가 걸어가는 쪽 멀리에는 짙푸른 해송 숲이 길게 뻗어 있었다.

나는 비굴한 사내다!

애나는 나보다 훨씬 훌륭한 인간이다!

인간이 죽음을 결심하기는 쉬워도 그걸 실천하기는 힘들기 때문이다. 나를 패배시킨 애나의 그 용기가 아름답다. 애나는 순수하다. 그런 여자한테서 나는 왜 애정을 느끼지 못하는 걸까?

*

역시 남이었다. 같이 죽어줄 남자가 아니었다. 비참한 패배였다. 복수! 애나는 복수를 생각하니 숫제 마음이 편안했다. 복수를 재미로 치면 그만이었다. 애정과 소유욕의 갈등에서 벗어나 단순하고 감각적인 상황에 자신을 팽개치자 홀가분한 마음이 들었다. 택시를 타고 강릉에 도착한 애나는 다방에 들어가 남기춘에게 전화를 걸었다. "어어 미스 성, 거기가 어디요?" 남기춘은 반색하며 금방 찾아가겠다고 말했다. 애나는 다방 구석자리에 앉아 지그시 눈을 감았다. 포근한 잠자리에 빠져드는 기분이었다. 그런 안온한 기분에 젖어들고 보니 자살 소동이 어처구니없게만 여겨졌다. 애나는 용하의 체취와 말투가 역겨웠다. 용하가 사용하는 추상적인 어휘들이 징그러웠다. 옷에 묻은 먼지를 털어내듯 애나는 용하에 대한 모든 상념을 털어냈다.

"피곤하신 모양이죠?"

낯익은 목소리였다. 깜빡 졸은 모양이었다.

"어머 언제 오셨어요?"

"방금 왔소. 잠을 깨워 미안해요. 조는 모습이 선녀 같았어요."

"선녀가 자는 걸 봤어요?"

애나의 기분이 한결 가벼워졌다. 깜빡 존 게 정신을 맑게 해준 모양이었다.

"딴 여잔 줄 알았어요. 너무 황홀한 모습이어서."

"농담이 심하네요. 암튼 기분 좋아요."

"재밌는 일이 있었던 모양이죠?"

"실은 애인과 싸웠어요. 싸우다가 함께 바다에 빠졌어요. 동반자살하려고."

"이제 보니 미스 성도 농담꾼이네요. 나하고 통하겠어요. 그런데 무슨 일로 강릉에 오셨죠?"

"혼자 바람 쐬러 왔댔잖아요."

"서울에서 골치 아픈 일이 있었나 보죠?"

"올케와 싸우고 집을 나왔어요."

"오빠가 뭘 하시는데요?"

"건달이죠. 아무 직업 없이 놀고먹는데 제 장사 밑천까지 집어 썼어요. 그래서 그 돈을 조르다가 올케와 싸운 거죠. 죽을 때까지 오빠와 안 만날 거예요. 여기서 일자리를 알아봐야겠어요."

애나는 자신의 거짓말이 너무 자연스러운 데에 놀랐다. 자연스런 거짓말도 자살미수 탓일까?

"미스 성이 무슨 장사를 했는데요?"

"의상실."

"자세한 얘긴 나중에 하고 우선 나갑시다."

두 사람은 밖으로 나갔다. 먼저 횟집에서 저녁을 먹고 경포대로 택시를 몰았다. 나이트클럽에서 춤을 추고 호텔방으로 돌아왔을 때는 늦은 밤이었다.

"부인이 기다리지 않아요?"

애나는 처음으로 남자의 아내를 생각했다.

"난 언제나 자유요. 가족은 원주에 있거든요. 내일 방부터 얻을 테니 강릉에 머물도록 해요. 의상실도 연구해봅시다."

남기춘은 여자의 몸을 다루는 솜씨가 능숙했다. 손길이 부드럽고 따스했다. 우직스럽게 덤비는 차명구의 완력이나 예의치레에 불과한 용하의 건성과는 감촉부터가 달랐다. 애나는 지그시 눈을 감았다. 육체의 가치를 새삼 깨닫게 되자 남기춘의 겸손한 손길이 마음 깊이 다가왔다. 애나는 처음으로 용하의 이기심에 혐오감이 느껴졌다. 애나의 몸이 점점 달아올랐다.

이튿날 남기춘이 방을 얻었다. 비어 있는 방이어서 금방 입주할 수 있었다. 아담하고 깨끗한 방이었다. 주위 경관도 좋았다. 창밖으로는 강릉 시가지가 한눈에 내려다보였다. 주방과 화장실도 따로 쓸 수 있었다. 부엌살림도 대충 준비했다.

"부족한 게 많을 텐데 그때그때 사도록 해요. 오늘 따라 당신 모습이 더 아름답구려."

남기춘은 애나를 대뜸 당신이라고 불렀다.

"원장님은 생활감각도 섬세하네요."

"사람이 한세상 산다는 건 일상생활의 연속 아니겠소. 그나저나 오늘부터는 원장이란 말 대신 당신이라고 불러줘요. 당신을 이렇게 빨리 신임하고 사랑할 줄은 미처 몰랐소."

"나 때문에 환자가 떨어지면 어떡죠?"

"망하면 더 신나지. 아버지가 부자신데 뭐."

"망나니군요."

"도덕은 너무 우중충해요. 난 밝게 살고 싶소. 그동안 너무 지겹게 살아왔거든. 도덕적으로 말요."

"부인을 사랑했으니까 애를 둘씩이나 낳았겠죠. 그 테두리를 벗어나면 후회가 따를 텐데요?"

"제발 후회스러웠으면 좋겠소. 지겹게 살아왔듯 지겹게 후회하고 싶으니까."

"결국 나와 오래 못 살 거라 그 말이군요. 지금 하는 짓이 겁나세요?"

남기춘이 입술로 얼른 애나의 입을 막았다. 애나는 자기에게 얽매일 남자 같지 않아 마음이 놓였다.

"왜 그런 말을 하는 거요?"

남기춘이 정색하며 물었다.

"미래보다 현재를 즐기자는 말예요. 그리고 내 몸만 사랑해 주세요."

애나가 덥석 남기춘을 껴안았다. 그녀의 살에 강물이 흘렀다. 슬픈 강물이었다.

울진·삼척 무장공비침투사건과
주문진임검소 사건

용하가 다시 진리포임검소장으로 부임하고 나서 서너 달이 지나 울진·삼척무장공비침투사건이 터졌다. 120여 명의 무장공비가 침투하여 전투가 벌어졌던 것이다. 용하는 무기고 경비병력을 십여 명으로 늘리고 진리 1, 2구 변두리 취약지구마다 참호를 팠다. 경계근무도 두 사람씩 짝을 지어주었다. 어민들에게도 일몰 후의 해안 출입을 통제하고 배 위에 놓아두던 노와 키도 숨기도록 했다. 공비의 해상 탈출을 막기 위해서였다. 또 군부대와도 긴밀한 연락망을 구축해 놓았다. 하늘에는 밤마다 조명탄이 터져 태백계곡이 대낮처럼 밝았다. 공비들은 밤에만 나타나고 낮에는 숨어지냈던 것이다.

날짜가 지나면서 전투가 치열해졌다. 공비 사살 숫자도 하루가 다르게 불어났다. 아군 사상자도 늘어났다. 헬리콥터에서 내리는 유격대를 가랑잎 속에 숨어 있던 공비들이 쏘아대기도 하고 밤에 보초를 서던 아들이 화장실에 간 아버지를 쏘기도 했다. 보도가 통제되는 바람에 자세히는 알 수 없지만 사망자가 부지기수라는 소문이 파다했다. 대관령 너머에서는 무장공비가 일가족을 참살했다는 소식도 들려왔다. 그중에는 철없는 열 살짜리 어린이도 끼어 있다고 했다. 이름은 이승복, 가슴 아픈 소식이었다.

용하의 업무는 점점 늘어났다. 다른 지역 예비군까지 지원나오는 바람에 4개 소대를 통솔하게 된 데다 철저한 입출항 검색에 쉴 틈이 없었다. 예비군에게도 정식으로 실탄이 지급되었다. M1소총에는 24발씩, M2칼빈에는 30발씩 배당했다. 마을에 무기와 실탄까지 지급되자 신문과 방송에서는 총기사고 위험에 대한 보도가 연일 이어졌다.

날씨가 추워지면서 양미리가 잡히기 시작하자 용하는 더 바빠졌다. 외지 선박이 몰려와 북적대는 바람에 업무가 더 늘었다. 해가 지면 작업을 중단시켜야 되지만, 늦게 돌아온 양미리 배에서 고기를 퍼내리고 바닷가에 불을 피워 탕을 끓여 먹는 어민들을 무조건 모래톱에서 쫓아낼 수는 없었다. 매일 해가 지면 모래톱에서 작전준비를 해야 할 군인들을 설득해서 어민 단속을 지연시키는 일도 보통 어려운 게 아니었다. 강릉 본대에서는 무전으로 전투상황을 수시로 알려주고 있는데 벌써 적 사살이 수십 명에 달한다고 했다. 군경예비군 합동작전은 큰 성과를 거두고 있지만 공비를 완전 소탕하기에는 아직 멀었다. 공비는 어디에 숨어 있는지 가늠하기조차 힘들었다. 얼마나 훈련을 잘 받았는지 가랑잎에 몸을 감추는

동작이 두더지보다 빨랐다고 한다. 그래서 주민들은 대낮에
도 함부로 집 밖에 나오지 못했다.

용하가 집에 들어가지 못하자 성원은 아예 무기고에 나와
아빠와 함께 잤다. 어린 자식과 함께 전투를 하고 있는 셈이
었다. 집에서 밥을 먹을 때도 수류탄을 차고 먹었다.

11월 21일부터는 전국적으로 주민등록증이 발급되었다.
시민증, 도민증이 주민등록증으로 통일된 것이다. 그런데 주
민등록증이 발급되고 나서 4개월쯤 지나 이웃 주문진임검소
에서 무장공비침투사건이 터졌다. 밤이 깊었을 때였다. 국군
복장을 한 괴한 4명이 임검소에 들어와 시비를 걸었다.

"경찰관 근무 태도가 이게 뭐야!"

육군 대위 복장의 괴한이 잠시 누워 쉬는 염 순경에게 소리
쳤다. 염 순경은 근무수칙을 어긴 적도 없거니와 무엇보다 군
인이 감독자처럼 굴었다는 데에 자존심이 상했다. 그는 그 장
교와 따지기 위해 일어났다. 그때였다. 하사관 차림의 괴한이
칼을 목에 댔다. 이내 염 순경의 등에는 별 모양의 칼자국이
찍혔다. 빨치산 표시라고 했다. 염 순경의 숨이 끊어지자 괴
한들은 이번에는 열댓 살 된 임검소 사환을 밧줄로 묶어 결박
해 두고 주민등록증을 탈취해서 방파제 쪽으로 도주했다. 사
환은 뒤로 묶인 끈을 손목에 피가 나도록 시멘트벽 모서리에
비벼댔다. 그가 끈을 풀고 주문진지서에 알리고 나서야 비상
이 걸리고 경찰과 예비군이 방파제 쪽으로 출동했다. 까만 바

다 저쪽에 무엇이 어른거렸다. 토벌대는 일제히 그쪽에 대고 사격했다. 그쪽에서도 응사해 왔다. 피아간에 사격이 계속되다가 한참 뒤에 저쪽에서 사격을 멈추었다. 바다는 조용했다.

이튿날 방파제 너머 바다에는 고무보트 한 척만이 떠 있을 뿐 괴한들의 행적은 묘연했다. 우선 고무보트를 건져왔다. 보트에는 총구멍이 여러 군데 나 있었다. 구멍을 때우고 다섯 명 무게의 모래부대를 실었다. 한 명은 고무보트에 남아있던 공비였다. 그것을 도로 바다에 띄워놓고 방파제에서 사격을 해보았더니 보트는 한쪽으로 기울면서 모래부대가 바다로 가라앉았다.

힌트를 얻은 경찰서장은 잠수부를 동원해서 바다 밑을 뒤졌다. 저인망어선 갑판에서는 잠수부에게 공기를 넣어주기 위한 펌프질이 한창이었다. 그 모습을 보며 아낙네들이 떠들어댔다.

"펌프질도 전투나?"

"하모, 전투 맞제."

"우리 신랑 펌프질 잘 하니까이 훈장 받겠네."

"하모 하모. 그래야지."

"느그 신랑도 물속에서 큰 공 세우고 있는 기라."

"그러니까네 우리 신랑은 잠수복 입고 전투하누마."

"오늘은 느그 신랑이 잇질인 기라. 낼 서울서 장관들이 몰려온다카이 칭찬이 자자할거구마."

"꼭 공비 시체를 건져야 텐데."

"하나만 건져도 신문 방송에 크게 날 거구마."

드디어 군인 복장을 한 시체 한 구를 바다 속에서 건져올렸다. 그리고 이어서 네 구가 차례로 올라왔다. 무장간첩들이었다. 그들의 얼굴과 팔다리는 뼈만 남아 있었다. 옷으로 가려진 부분 말고는 모두 고기가 뜯어먹었다. 뼈에는 골뱅이가 다닥다닥 붙어 있어 근처 어민들은 한때 골뱅이를 먹지 않았다.

그리고 보니 1968년은 숨가쁜 해였다. 1월 21일 북한 124군부대의 청와대 습격사건이 터지자 예비군이 창설되고, 11월에 울진·삼척 무장공비침투사건이 터지고, 이어서 주민 등록증을 강취하려는 주문진임검소습격사건이 터진 것이다. 용하는 주문진임검소 소장 업무를 임시로 대행하게 되었다. 전임소장은 문책을 당하여 공석 중이었다.

*

공동묘지는 바닷가 소나무 숲 사이에 있었다.

"저깁니다."

안내자가 애나에게 손가락으로 시아버지의 산소를 가리켰다. 소나무 사이로 새 봉분 하나가 내비쳤다. 애나의 발걸음이 멈칫거렸다. 다리가 떨렸다. 애나는 손에 들린 제물이 약소하다는 생각이 들었다. 사과와 오징어와 소주 한 병, 불효를 탕감받기에는 너무 용렬한 제물이었다. 하기야 제물을 차에 가득 싣고 온들 마음이 편안하겠는가.

"수고하셨습니다, 그만 돌아가시죠. 다시 말씀드리지만 임 검소장님한테는 비밀로 해주세요."

산소 앞에 이르자 애나는 안내자에게 지폐 두어 장을 내밀 었다. 길을 안내한 청년은 장례식 때 산역을 맡았던 예비군이 었다. 안내자가 돌아가자 애나는 봉분 주위를 둘러보았다. 새 로 입힌 뗏장에서 잔디가 파릇파릇 살아나고 있었다. 애나는 잔디를 매만지기도 하고 잔디 틈새에 낀 잡풀을 뽑아내기도 했다. 그런 정표를 통하여 지난날의 불효를 용서받고 싶었다.

봉분을 돌고 난 애나는 제물을 차려놓고 예를 올렸다. 절을 마치자 무릎을 꿇고 앉아 고개를 숙였다. 공동묘지 언덕 너머 에서 파도소리가 들려왔다. 그 철썩거리는 소리에 섞여 시아 버지의 목소리가 들려오는 것만 같았다. "너는 원래가 착한 애니라. 네 속이 허해서 그럴 거구먼. 용하 그애한테 살이 껴 서 그러니 네가 참거라."

"아버지……."

애나는 처음 불러보는 아버지란 호칭이 어설프지만 자꾸 불러서 익숙해지고 싶었다.

"아버지, 아버지……."

두 손으로 무덤의 흙을 움켜쥐었다. 그리고 석양에 물든 두 줌의 흙을 모아 입술에 댔다. 그렇게라도 시아버지의 음성을 가까이 듣고 싶었다. 아주 그 음성을 몸에 지니고 싶었다. 애 나는 오래오래 입에서 흙을 떼지 않았다. 뺨을 타고 흐르는 눈물이 흙 속으로 젖어들었다. 그녀는 눈물 젖은 흙을 봉분에 뿌리고 나서 자기의 체온을 함께 묻어두려는 듯 손바닥으로 정성껏 봉분을 다독거렸다. 숲속 어디에서 산새소리가 들려왔다.

"아버지, 용서해주실 거죠? 그러실 거죠?"

애나는 산새소리가 들리는 숲속을 바라보며 거듭 거듭 애소했다. 그 애소에 익숙해진 애나는 이번에는 숲속에 대고 어리광을 부려보았다.

"아버지, 저는 친아버지한테도 어리광을 부려본 적이 없거든요."

바다에서 어스름이 밀려왔다. 갈맷빛 계곡이 까맣게 물들고 있었다. 아버지 산소에 앉아 망연히 새소리에 젖어 있던 애나는 묘역을 떠나면서 여남은 발짝을 옮기다 말고 뒤를 돌아보곤 했다. 봉분이 솔숲에 가려진 뒤에야 발길을 재촉했다.

진리포구에 도착했을 때는 태백능선 멀리에 달이 떠오르고 있었다. 애나는 용하가 근무하는 임검소와 무기고를 피해 당산 쪽으로 걸어갔다. 집 안은 조용했다. 애나는 몰래 울안으로 들어섰다. 창호지 문살에는 전등 불빛이 배어들어 있었다. 살금살금 발소리를 죽여 방문에 귀를 모았다. 성원이와 할머니의 목소리가 들려왔다.

"아빠가 총으로 꿩을 잡아준댔다."

"그려 그려."

"토끼도 잡아준댔다."

"그려 그려."

"해구도 잡아준댔다."

"그려 그려. 헌디 해구가 뭐랴?"

"물개라 카더라."

"땅개는 봤지만 물개는 첨인디."

"이 바보야, 그것도 몬 봤나."

"우리 성원이는 똑똑형게 봤구먼. 할미는 바보라 못 본 거여."

"할무이는 왜서 만날 신령님, 하눌님, 부처님만 찾나?"

"늬 에미 어여 오라구."

"엄마는 어데 있나?"

"서울."

"왜서 엄마를 오라카나. 아빠가 알모 야단 아이가."

"우리 며느린 복덩인겨. 부잣집 며느링게 우린 배 안 곯아."

"아빠가 돈 막흔 버는데 왜서 배곯나."

"늬 애빈 늬 에미가 있어야 성공한다구. 늬 애빈 물고기구 늬 에미는 물잉게 늬 에미가 있어야 성공혀."

"그게 먼 소리나?"

"물고기가 물 읎으면 못 살잖여?"

"내사 먼 소린지 모르겄다. 할무이는 왜서 이상한 말만 하나."

"히히히……."

"할무이는 왜서 미쳤나?"

"내가 위째 미쳐, 히히히……."

치매 노인과 어린 손자와의 대화를 엿듣던 애나의 뺨에 눈물이 흘렀다. 그녀는 숨을 돌리기 위해 하늘을 올려다보았다.

내가 죽일 년이지!

애나는 뛰다시피 걸어서 집을 떠났다. 택시 쪽으로 걸어가던 그녀는 발길을 무기고 쪽으로 돌렸다. 무기고에는 불빛이 환했다. 예비군들이 총을 든 채 일렬로 서 있고 용하가 그 앞에 서서 뭔가를 지시하고 있었다. 무기고 곁으로 다가가는 애나에게 택시기사가 서둘러야 한다며 통금시간을 환기시켰다. 그때였다. 인기척을 느낀 용하가 반사적으로 권총에 손을 대며 "누구요?" 하고 수하했다. 애나는 후딱 담 모퉁이로 몸을 숨겼다. 다시 수하를 하며 접근하자 애나는 두 손으로 얼굴을 가리고 제자리에 주저앉았다. 순간 용하의 발걸음이 자지러졌다.

"이럴 수가⋯⋯."

용하는 말도 잊은 채 멍청히 서 있기만 했다. 애나는 성원이가 보고 싶어서 찾아왔다고 변명했다. 그동안 보름에 한 번 꼴로 찾아왔다는 말도 했다. 달빛을 받은 애나의 얼굴에는 자조와도 같은 미소가 묻어 있었다. 용하는 밤이슬이 차다며 애나를 무기고 숙직실로 불러들였다. 방이 따뜻했다.

"지금 강릉에 살고 있어요. 동거 중이에요."

용하는 아무 말 없이 애나의 얼굴을 바라보았다.

"기차에서 만난 남자죠. 의산데 꽤 치근덕댔어요."

"언제부터?"

"지난 번 여기 왔을 때부터 쭉 눌러 있었어요."

"그럼, 서울에는 안 가고?"

"유서를 써 보냈는데 무슨 낯으로 돌아가요."

"유서라니?"

"죽는 마당에 그 정도는 마무리를 지어야죠. 성원이와 오빠에게 몇 자 써서 우편으로 부쳤어요. 성원이가 컸을 때 읽도록 오빠 편지에 동봉했죠. 당신이야 함께 죽을 테니 글로 남겨둘 필요가 없고."

"뱃놀이하자고 꼬드긴 것도 각본대로였군."

"그럼요."

"하지만 각본치고는 유치했어. 그 각본에 놀아난 나는 더 유치했지만."

"호호호, 내가 껴안고 물에 빠질 때 그 당황하던 모습…… 참 멋있데요."

"그런 경황 중에 내 얼굴을 살펴봤단 말야?"

"그걸 노리고 한 짓인데. 도도한 당신이 어떤 표정을 짓나 살펴보려고."

"가짜 자살 소동이었다고? 하지만 진짜 죽었을지 모르잖아."

"내가 바보예요? 당신의 수영실력을 모를까 봐?"

"나야 살아난다지만 당신은 죽을 것 아냐. 항상 죽기를 바란 여자니까 살려줄 리도 없을 테고."

"호호호, 저러니까 바보지. 자기 맘도 모르는 바보. 그래 당신이 나를 죽도록 놔둘 사람 같아요? 당신은 죽음을 무릅쓰고라도 나를 건져줄 사람이라고요."

"그나저나 정말 유서를 써 보냈다면 오빠가 놀라셨을 텐데."

"별걱정을 다하네. 언제부터 그런 예의를 차렸죠? 암튼 오

빠 걱정을 해줘 고맙네요. 여태 송장 찾으러 오지 않는 오빠
지만요."

애나는 거짓말을 했다. 성 회장이 편지를 받고 걱정할까 봐
바로 전화를 걸어주었던 것이다. 오빠, 나 살아 있으니 아무
걱정 마세요. 앞으로는 절대로 자살 소동 벌이지 않을 거예
요. 그렇게 너스레를 떨었던 것이다.

"까불지 말고 어서 서울로 돌아가."

"사랑하는 사람과 동거하는데 까분다고? 그 남자는 아주
인격자예요. 당신 같은 악당이 아니라구. 이제 당신 같은 인
간은 보기도 싫어졌어. 내가 동거하고 있으니 속으로 고소하
죠?"

"진짜 동거하고 있다면야 고맙고말고지."

"그럼 농담인 줄 아세요? 도도한 인간!"

홱 문을 열고 밖으로 나온 애나는 달빛이 뿌연 고샅길을 걸
어갔다. 고개를 숙인 채 걸어가는 애나의 뒷모습을 바라보던
용하는 한숨을 내쉬었다.

거진임검소장과 불법어로 묵인 사건

    용하가 정식으로 거진임검소장 발령을 받은 것은 성탄절 하루 전이었다. 공비소탕작전도 시들해질 무렵이었다. 거진은 군사분계선과 어로저지선이 놓여 있어 대통령이 찾아올 만큼 긴장이 고조된 지역이다. 해군, 해양경찰, 군 방첩대 등이 주둔하고 KBS, YBC 같은 방송사와 중앙 일간지 특파원들이 상주할 만큼 첨예한 지역이라 지서장 계급도 2급경찰서 서장 계급과 동급이었다. 전국적으로 파출소장이나 지서장 계급이 경사였는데, 경감 지서장인 일급 지서는 거진을 비롯하여 육군훈련소가 있는 논산, 미군부대가 많은 동두천 등 특별 지역 몇 군데뿐이었다.

    206전경대 거진 분대의 관할은 휴전선 아래 첫 동네인 마차진에서부터 거진항 아래 초도리까지였다. 해안선 길이로 따지면 군대의 대대 관할구역보다 길었는데 그 안에 있는 항구나 포구의 선박 입출항 업무를 취급했다. 거진임검소는

206부대 관할 중에서 가장 복잡한 어항이었다. 명태 어장 때문인데, 겨울철 성어기에는 연평도와 흑산도에서까지 가족을 동반하여 몰려오는 바람에 어선과 인구가 두세 배로 늘어났다.

　용하는 일곱 명의 직원을 감독하며 전국에서 모여든 300여 척의 어선을 통제하고 경찰서와 지서, 해양경찰, 해군과 방첩대, 방송사와 신문사 기자들, 그리고 지방민들과 조화를 이뤄야 했다. 직함도 분대장, 대장, 임검소장 등 다양했다. 기자들은 분대장이란 공식 명칭을, 군인이나 해경은 대장님, 어민들은 소장님이라고 불렀다. 용하의 복장은 워커에 계급장도 없는 전투복 차림이었다. 말단 계급이면서도 직책상 거진항의 목줄인 항구를 장악하고 있어 업무가 복잡했다. 심지어 거진과 관계있는 정치인들도 용하를 만나고 싶어 했다. 주민을 비롯한 모든 시선이 용하에게 집중되는 바람에 살얼음판을 걸어가는 긴장 속에 하루를 보내야 했다. 거진의 주민 태반이 이북 출신인 데다 납북 어민이 많아 임검소 직원들도 항상 긴장 상태여서 업무가 거칠었다. 심지어 지시를 어기고 출항하는 어선에는 발포도 서슴지 않았다. 항구는 밤낮없이 북적거렸다. 입항하는 배, 출항하는 배, 고기를 푸는 배, 어구나 음식물을 싣는 배, 명태를 운송하는 사람, 내장을 뜨는 아낙네들, 싸우는 사람, 술 취한 사람 등. 시내의 모든 상가는 술집이 차지했고 명색이 시장이란 곳이 상품 거래처라기보다 숫제 주점 집단촌이었다. 낮에도 술, 밤에도 술, 통행금지 시간만 빼고는 하루가 온통 술천지였다. 술집도 서울의 고급

요정을 뺨칠 정도로 비싸고 화려한 집이 많았다. 톨스토이는 《전쟁과 평화》에서 "삶은 신이다. 삶을 사랑한다는 것은 신을 사랑하는 것이다. 가장 곤란하고 가장 큰 법열은 죄 없이 받는 고통 속에서 이 삶을 사랑하는 것이다"라고 썼는데, 그 삶이 지금 이곳의 삶과 어떤 관계인지 그게 답답했다. 진리항에서는 용하의 인간적인 처신이 확연히 색깔을 드러낼 수 있었지만 거진항은 달랐다.

구하기 힘든 셋방을 얻어놓고 이사를 서둘렀다. 그런데 이삿짐을 옮기는 중에 조카딸이 "외숙모 되시는 분이 찾아왔어요" 하고 비밀을 털어놓았다.

"외숙모라니?"

"성원 엄마 되시는 여자분……."

"뭐야? 너 그게 뭔 소리야?"

"죄송해요. 저도 호칭을 어떻게 불러야 할지 몰라서……."

"다시는 외숙모니 성원 엄마니 그 따위 호칭 쓰지 마. 알지?"

"네."

"그 여자는 우리와 아무 상관없는 여자야. 그러니 그냥 '그 여자'라고 불러."

"네."

"그건 그렇고, 언제 왔었어?"

"그저께 왔는데, 저만 살짝 불러내서 외삼촌이 어디서 근무하는지만 물었어요. 그래서 거진에 계시다고만 했어요."

"그랬더니?"

"알겠다고 하며 금방 떠났어요."

"성원이도 만나지 않고?"

"네. 잠깐 들렀다며 서둘러 떠났어요."

"다른 말은 않든? 어디서 왔는지……."

"아뇨."

"너 그 여자가 절대 성원이를 만나지 못하게 해. 나 없을 때 찾아오면 금방 내게 연락하고. 알지?"

용하는 조카딸에게 거듭 다짐했다. 집안에서 일어난 일도 절대 알려주지 말라고 일렀다.

이사를 마치니 업무에 전념할 수 있었다. 무엇보다 어부 피랍이 문제였다. 바다에서는 거리 감각이 둔해서 어부들이 명태가 잘 잡히는 북쪽으로 올라가다 보면 어느새 어로저지선을 넘어서게 마련이었다. 바다에서는 몇 킬로미터가 몇 백 미터로 보이는 데다 거진 앞바다에서는 온종일 잡아야 될 어획량을 원산 앞바다에서는 한두 시간에 잡을 수 있어 어선들은 기를 쓰고 저지선을 넘었다. 그래서 북한 경비정들은 손쉽게 배를 채갈 수 있었다. 용하는 처음 유치장 근무를 시작할 때 귀향한 납북자를 수감하는 것이 이상했다. 서울 같으면 운동장에서 환영대회를 열어줄 텐데 구속이라니. 하기야 엄정한 의미에서는 납북이 아니라 월북인 셈이었다.

"북한 장전항에서 출동한 경비정들은 까맣게 올라오는 남쪽 어선들을 내쫓을 지경이래요. 그중 몇 척만 끌고 가서 호텔 같은 초대소에서 극진히 대접해주니 마음이 어떻겠어요.

평생 호텔 구경은커녕 서울 구경도 못해본 어부들이 태반인데, 자연히 북한에 호감을 갖게 마련이죠."

직원들의 말이었다. 거진항 실정을 어느 정도 파악하자 용하는 관할구역 순시에 들어갔다. 먼저 두 명의 직원이 선박을 통제하고 있는 대진항을 찾았다. 최전방 포구인 마차진 바로 다음 포구가 대진항이었다. 가랑비가 내리고 있는 어판장에 도착하니 임검소에서 십 대 초반의 사환이 달려나왔다. 용하는 사환이 실토한 술집을 찾아갔다. 방에서 개다리소반을 놓고 술에 취한 두 대원이 전투복만 입은 채 젓가락으로 장단을 치며 배호의 〈누가 울어〉를 부르고 있었다. 용하는 큰 소리를 칠까 하다가 성질을 죽이고 얼굴을 내밀었다. 그러자 두 대원은 비틀거리며 일어나 나란히 서서 경례를 붙였다.

"분대장님 어서 들어오이소. 날씨도 지랄맞고, 상황도 없고, 둘이 모처럼 신세타령하고 있심더."

용하는 마지못해 방으로 들어갔다. 규율을 잡겠다고 꾸짖는 대신 그들과 어울리면서 차츰 위계질서를 잡을 작정이었다. 그들은 용하를 아랫목에 앉히고 뿌연 막걸리를 잔에 채워주었다. 용하는 금방 취기가 올랐다. "칵 마시고 한 곡조 뽑으시죠"라는 말에 입에서 저절로 〈대관령 길손〉이 터져 나왔다.

갈 곳도 없는 몸이 쉴 곳이 있을소냐
떨어진 보따리를 베개 삼고 벗을 삼아
방울새만 지저지저 나그네 울리는데
정든 고향 왜 버렸나 대관려엉 길손

노래가 끝나자 대원들이 박수를 쳤다. 용하가 가사 없이 부를 수 있는 유일한 노래였다. 두 대원 중 강 순경이 풀어진 목소리로 말했다.

"당장 가수로 나서지요. 만날 공비나 뒤져 뭐합니까. 언제 염 순경 신세 될지 모를 판인데."

"이 사람 갈 데까지 갔군. 염 순경의 순직을 어디에 결부시키는 거야?"

용하의 목소리가 날카로웠다. 등에 칼을 맞고 전사한 염 순경과는 유독 정이 깊던 사이였다. 염 순경은 자의식이 강하면서도 인정이 많은 경찰관이었다. 용하는 강 순경에게 한마디를 더 보탰다.

"자네 같은 패배주의자가 임검소 업무를 맡고 있으니 큰일이군."

"아입니더. 지는 패배주의자가 아니고 허무주의잡니다. 허무주의자는 누구보다 용기와 기개가 넘치죠."

"경찰관에게 낭만은 금물이야. 자칫 위선에 빠지기 십상이거든."

용하는 벌떡 일어나 술값을 계산했다. 그러자 대원들이 주모에게서 돈을 회수하여 용하의 호주머니에 넣고 자기들 돈으로 술값을 치렀다. 술집에서 나오자 두 대원은 용하를 가운데에 세우고 어깨동무를 했다.

"분대장님, 참으로 괴롭심더. 암울한 세상이 그렇고 암울한 바다가 그렇심더."

"우리 술 한잔 더할까?"

"아입니더. 괜찮심더. 지를 위로할라 마이소."

"저 애를 좀 봐."

용하는 강순경의 말을 돌렸다. 대여섯 살 된 꼬마가 접힌 비닐우산을 들고 도로를 건너 골목으로 사라졌다. 비가 내리는데도 우산을 펴들지 않은 아이의 행동이 이상했다.

"저 우산은 누구의 우산이며, 어디로 가져가는 걸까요?"

"이제 보니 자넨 시인이군."

용하의 말에 강 순경은 깔깔깔 웃었다.

*

피랍 어부들이 귀환하는 날은 부두 전체가 들썩거렸다. 오늘은 어선 세 척이 북한에서 풀려났는데, 배가 나타나기를 기다리는 가족 친지들과 귀환 장면을 구경나온 주민들로 부둣가에는 사람들이 백절을 쳤다.

드디어 등대 근처에 피랍어선이 모습을 드러냈다. 벌써부터 가족들은 눈물을 짓고 있었다. 배가 통통거리며 부두로 진입하자 차츰 긴장감이 고조되었다. 경찰서에서 나온 정보형사들이 어부들을 기다리고 있었다. 배에서 내린 어부들은 가족들에게 손만 흔들 뿐 접촉이 금지된 상태였다. 그들 배에는 북한에서 선물로 실어준 쌀가마니가 실려 있었다. 어부들 중에는 북한에서 가져온 담배를 용하에게 몰래 꺼내주는 이도 있었다.

"원산에서 소장님 안부를 묻던데요."

담배를 꺼내준 어부가 능청을 떨었다. 용하는 그의 어깨를 다독여주었다. 그 모습을 보며 경찰서에서 나온 형사들이 미소를 지었다. 그 미소에는 사정을 알고도 경찰서로 연행할 수밖에 없노라는 그런 민망한 심정이 담겨 있었다. 어느 어부는 배에서 내려오면서 용하에게 슬며시 귀엣말을 흘리기도 했다.

"구경 잘했습니다."

거진은 그만큼 복잡한 지역이었다.

날씨가 풀리면서 어판장에는 물기가 말라갔다. 산더미처럼 쌓였던 명태가 점점 사라지기 시작했다. 어한기가 닥친 것이다. 술집 아가씨들도 하나둘 서울로 떠났다. 북적거리던 다방에도 빈자리가 늘어났다. 타지에서 온 어부들의 살림도 다시 궁색해졌다. 손가락에 껴 있던 누런 금반지가 하나둘 사라지면서 전당포만 성업 중이었다. 농민들의 보릿고개처럼 일 년 중에서 어민이 가장 시달릴 때가 봄이었다. 꽁치, 오징어, 양미리, 명태가 계절에 맞춰 어획고를 올려줬지만 봄에는 '삼마이 그물'로 낚은 잡어뿐이었다. 그런 어한기인 봄철을 어민들은 '저인망어선'으로 바다 밑을 훑으며 연명해왔다. 일제시대부터의 관행이었다. 그런데 올해부터는 출어를 일체 중지시켰다. 용하는 선주와 선원들에게 저인망어선의 폐해를 계몽했다.

"어족의 씨를 말리면 결국 여러분들 손햅니다. 화포(미역)

수확을 올리기 위해 바다에 바위를 실어다 넣는 판국인데, 길이가 칠 센티도 안 되는 치어까지 훑어먹으면 나중에는 한 마리도 잡지 못해 굶어죽습니다. 그러니 어한기를 슬기롭게 극복해야 합니다."

하지만 출어중지로 인한 피해는 너무 컸다. 미리 대책을 세워주지 않은 갑작스런 단속으로 어민들은 일터를 잃은 셈이었다. 북적거리던 어항에는 빈 배만 출렁이고 어판장에는 먼지만 풀풀 날렸다. 매일 빈 광주리를 끼고 어판장에 나와 넋을 잃고 앉아 있는 아낙들의 멀건 시선은 용하의 거동만 따라다녔다. 출항 명령이 떨어지기만을 기다리는 초조한 눈빛들이었다. 기관장과 유지들은 매일같이 용하를 찾아와 출항을 재촉했다. 모든 책임은 자기네들이 질 테니 출항카드에 도장을 찍어달라고 졸랐다. 그들은 돈봉투를 들고 용하네 셋방을 찾아오기도 했다. 용하는 돈을 받지 않으려고 집을 비우고 여관에서 잘 때도 있었다. 유지들은 은근히 압력을 넣기도 했다.

"여기 지역 출신 국회의원이 누군 줄 알죠? 대통령 사위 아뇨? 그분의 의중에는 주민의 소득증대뿐인데 이렇게 골탕먹이는 걸 알면 얼마나 화나겠수."

"제가 지금 골탕먹이는 겁니까?"

"그게 아니고, 가령 그렇다면 말입니다."

"그럼, 저를 찾아올 게 아니고 그분에게 부탁해서 하루 빨리 상부로부터 출어를 허용토록 해주세요. 제가 지금 가슴아파하는 것은 어판장에서 출어를 기다리는 아주머니들의 슬픈 눈빛입니다."

그 눈빛은 보리밥 한 덩이를 놓고 남편과 자식 중 누구 밥 그릇에 더 담을까를 망설이던 어머니의 참담한 눈빛 그것이었다. 날이 갈수록 어판장은 더욱 메말라갔다. 어민들의 시선은 한결같이 용하의 거동만 지켜보았다. 가난에 찌들어 풀어진 눈빛들. 용하는 더 이상 그들의 시선을 감당할 수 없었다. 며칠간이라도 출어를 시키자. 그 대가로 징계를 먹어도 좋고 구속을 당해도 좋았다.

"출항!"

용하는 직원들에게 큰소리로 지시했다. 직원들은 출항카드에 빵빵 도장을 찍기 시작했다. 그 모습을 보며 용하는 불안감보다 되레 신이 났다. 애나에게 시달리면서도 파면이 두려워 죽어지냈는데 구속까지 각오해야 하는 출항지시에는 어째서 되레 흥이 났을까, 참으로 이상한 용기였다. 갑자기 조용하던 항구가 술렁대기 시작했다. 사람이 움직이고 배가 움직이고 바다가 출렁거렸다. 발동을 거는 사람, 어구를 챙겨 싣는 사람, 그들의 얼굴마다 웃음꽃이 피어났다.

결과는 뻔했다. 신문과 방송에 터지고 검찰에서는 진상파악에 나섰다. 조사결과 검찰에서는 무혐의로 처리되었지만 강원경찰청으로 불려가 감찰 조사를 받아야 했다. 용하는 변명하고 싶지 않았다. 자의로 출항시킨 당사자로서 문책당하는 것은 당연했다. 하지만 강원경찰청에서도 동정적이었다. 속초 아래 포구인 남애임검소장으로 좌천 발령만 내렸다. 그곳에서 징계 날짜를 기다리는데 북평에서 공비출몰사건이 터졌다. 새벽녘이었다. 머리맡 무전기가 다급한 지시를 내렸다. 일초를 다투어 본대로 출동하라는 명령이었다. 전투복장으로 갈아입은 용하는 택시를 불러 타고 강릉으로 달렸다. 임검소마다 한 명 씩만 남겨놓고 모두 출동한 병력은 군용 트럭에 분승하여 삼척 쪽으로 달렸다. 산속에서 한 달 동안의 작전이 끝나고 하산할 때는 얼굴이 수염으로 뒤덮여 있었다. 용하는 중대장을 따라 북평지서로 갔다. 북평지서가 지휘본부였다. 중대장을 비롯하여 분대장들이 내무부장관을 수행해온 강원경찰청장 앞에 서서 전투보고를 했다. 수고했다는 위로의 말과 악수를 끝낸 후에 중대장이 곁에 서 있는 용하를 지목했다.

"저번 거진임검소 사건 당사잡니다."

경찰청장은 표정을 정리하며 간단히 대꾸했다.

"조심할 일이지…… 암튼 걱정 말고 근무나 잘해."

용하는 경례를 붙이고 중대장을 따라 밖으로 나왔다. 작전이 끝나자 206전투경찰부대는 강릉 변두리에 위치한 금산부락으로 이동했다. 소나무가 우거진 대관령 기슭이어서 용하는 마음이 편안했다. 그런데 천막을 치고 내무반 정리를 끝낸 다음날 사건이 터졌다. 토벌작전 때 용하와 한 조였던 윤 순경이 술을 마시고 난동을 부렸던 것이다. 오랜 전투와 격무로 한순간 정신착란을 일으킨 모양이었다.

"모두 쏴죽일 거야!"

총을 들고 설쳐대는 바람에 온 부대가 공포에 얼어붙었다. 마당 가운데에 서서 고함치는 윤 순경에게 누구도 접근할 수 없었다. 그때 용하가 빈손인 채 천천히 다가갔다. 그러자 윤 순경은 얼른 용하에게 총을 겨누며 접근을 막았다. 용하는 총을 달라고 손을 내민 채 계속 접근해 갔다. 사이가 점점 좁혀졌다. 윤 순경은 총기의 노리쇠를 후퇴시키며 발사 자세를 취했다.

"네 울분을 삭일 수 있다면 어서 쏴!"

"가까이 오지 마! 접근하면 쏜다!"

그래도 용하가 한 걸음 한 걸음 다가가자 윤 순경은 총구를 위로 들어 연거푸 두 발을 쏘았다. 용하는 곁으로 다가가 총신을 쥐었다. 그러자 윤 순경은 총을 내맡긴 채 용하의 품에 안기며 엉엉 울었다. 용하는 그를 얼싸안고 땀 젖은 등을 다독거려주었다. 그날 밤 용하는 윤 순경을 데리고 강릉으로 외출했다.

술집 차린 홍 마담

어스름이 깔린 역전에는 색싯집이 즐비했다. 목로와 작은 방이 한두 개씩 딸린 술집마다 색시가 두세 명씩 있었다. 술도 막걸리부터 소주, 맥주, 위스키까지 다양했다. 용하와 윤 순경은 나란히 술집 골목으로 들어갔다. 두어 차례 가본 적이 있는 집을 찾아갈 참이었다. 그런데 골목을 지나가다 우연히 홍 마담을 만났다. 유치장에서 근무할 당시 간통범으로 수감 되었던 방장이었다.

"조장님 아니세요?"

홍 마담은 반색을 하며 용하의 허리를 껴안았다.

"여긴 웬일이오?"

"이게 우리 집예요. 우선 들어가서 얘기해요."

홍 마담은 용하의 허리를 한 팔로 껴안은 채 노란색 아크릴 간판이 붙어있는 술집으로 들어갔다. 목로에 들어서니 의자에 앉아 있던 아가씨 하나가 반색을 하며 달려들었다. 용하도 반가움을 표시하며 그녀의 손목을 잡아주었다.

"저를 아시겠어유?"

"알고말고지. 충청도 아가씨 아냐?"

"미스 정예유. 입감되던 날 빵장한테 얻어맞은. 그때 매 맞은 인연으로 여기서 함께 지내구 있구먼유. 차암 별스런 인연이쥬?"

"요즘은 내가 되레 설움받아요. 나보다 장사솜씨가 나으니까 꺼뻑 죽어지낼 수밖에요."

홍 마담이 그녀 특유의 너스레로 미스 정을 떠받쳐주었다.

"언제 이걸 차렸소?"

"몇 달 안 돼요. 그래서 아직 단골이 안 잡혔어요. 감방을 나와보니까 막막하더라구요. 그 남자한테 몇 푼 울궈내서 이걸 차렸죠. 저 애는 춘천서 출감하자마자 나와 함께 지내고 있어요. 지나 내나 갈 데가 있어야죠."

"그 남자분은 어떻게 되고?"

"그 좀사내가 제 계집 말고 배겨날 수 있겠어요? 도로 붙었죠. 나도 그자가 보기 싫어졌구요. 이럴 줄 알았으면 큰 걸 무는 건데. 큰 걸 물어야 국물도 많을 텐데……."

"이제부턴 함부로 살지 말아요. 진정한 사랑이라면 모르되……."

"나 같은 팔자에 진정한 사랑이 있겠어요? 벌써 부러진 칠십인데."

"서른다섯이면 새로 시작할 나이요."

"암튼 조장님 뵈니까 옛날 생각이 나네요. 가끔 보고 싶었죠. 우리를 잘 봐주셨는데."

"언니는 조장님이 좋았을지 몰라도 나는 섭섭했어유. 고향이 같은데두 나를 쳐다보지도 않았잖어유. 내 얼굴이 째는 편도 아닌디, 차암 얄밉더라구유."

"미스 정은 처넌데 감히 홀아비인 내가……."

"얼랠래, 핑계대시긴."

"얘, 그래도 조장님 같은 분이 어딨니. 햇돼지들을 얼마나 잘 봐주셨어. 그날 밤에도 널 때렸다고 얼마나 혼났는지 아니? 조장님은 햇돼지의 구원자라구."

"여러분과 함께 지내던 그 시절이 좋았지. 서로의 처지를 떠나 인간적으로 지냈으니까."

"사실 유치장 생활도 추억이라 그런지 그리울 때가 있어요. 미스 정도 가끔 그런 얘길 하죠."

"유치장 생활이 그립다니 참 눈물겨운 말이군. 아마 바깥살이가 힘겨워서 그럴 거요. 하기야 나도 그래요. 비록 냄새나는 곳이지만 이상하게 맘이 끌렸거든. 아마 동료의식이 느껴져 그럴 거요. 나도 같은 죄수라는……."

"얘기하는 걸 들어보니 여기는 성자들만 모였네요."

윤 순경이 웃으며 끼어들었다. 술상이 준비되자 홍 마담이 두 손님을 방으로 안내했다. 마른안주에 술은 맥주였다. 술상머리에는 네 사람이 섞어 앉았다. 유치장 추억담은 방에서도 계속되었다.

"욕실에서 담배 피운 일 생각나세요? 그 시절엔 정말 담배 피우고 싶어 환장하겠더라구요. 오죽 피우고 싶었으면 제발 살려달라고 애원했을까."

"눈이 뒤집혔더군. 그래서 한 대 피우게 했지."

"담배 피우게 해준 대가로 내가 뭘 선물하고 싶었는지 아세요? 이거였어요 이거. 어느 사내든 사족 못 쓰는 이것 말예요."

"너무 후라이가 쎄시네. 사족 못 쓸 정도는 아니겠죠."

미스 정이 삐딱한 농담을 던졌다.

"얘, 껴들지 마! 아직은 내 꺼가 더 싱싱하니까."

"여기가 유치장도 아닌디 또 빵장 행세하는 거유?"

"국회의원은 그만둬도 의원 대접 받더라."

홍 마담이 구성지게 미스 정의 농담을 받아주었다.

"얼래, 언니는 뭔 그런 억탁을 부린대유. 세상에 비길 데가 따로 있지 위째 국회의원을 감방 빵장한테 비긴대유?"

"국회의원도 직함이고 빵장도 직함 아냐?"

"국회의원이야 대감이지, 빵장은 소감이고."

윤 순경이 맞장구를 쳤다. 벌써 맥주 열 병째를 비우고 있었다. 여자들이 절반 이상을 비운 셈이었다. 용하는 계산이 신경 쓰이면서도 오늘은 흠뻑 취해보리라 마음먹었다. 또 맥주 다섯 병이 추가되었다.

"우리 같은 잔챙이는 언제 대감 팔자 돼볼지. 참 고르지 못한 세상이야."

"자꾸 그렇게 큰 생각을 하니까 불행이 겹친다고요."

윤 순경의 말이었다.

"불행? 나한테 언제 행복이 있고 불행이 있었나요 뭐. 지나온 게 다 행복이면 행복이고 불행이면 불행이죠. 앞으로도 그럴 거구요."

"그런 사람이 어째서 대감 팔자를 부러워하는 거죠?"

"행복해지려고 그러는 게 아니고 구경하려고 그래요. 큰 돈뭉치도 만져보고 고대광실에서 사는 맛도 음미해 보고. 똑같은 인생인데 이냥 썩긴 억울하잖아요?"

"빌어먹을, 이판사판으로 한번 대들어보지 그래요. 마담 같은 인물에, 수완에……."

"내 수완을 어떻게 아세요?"

"척 보면 알죠. 우리 분대장님 같은 분이 인정해 주실 정도면……."

"저런 고리타분한 글쟁이가 인정했대서 뭔 대수겠어요. 들어온 대감자리도 마다한 분인데."

"대감자리라뇨?"

"같은 직장에 있으면서 그것도 몰라요?"

"자자 쓸데없는 소리 말고 술이나 마시자고."

용하가 얼른 말머리를 돌렸다. 그나저나 홍 마담이 누구한테서 애나 소문을 들었는지 용하는 그게 궁금했다. 아무리 발 없는 말 천리 간다지만 참 기막힐 노릇이었다.

"그러고저러고 조장님, 처남이 준재벌이라면서 이게 뭐예요? 확 살아버려요. 사장되고 회장되고 국회의원도 되고요. 남들은 그런 자리 없어서 눈이 벌건데 이게 뭐예요, 작업복이나 입고."

"마담이 잘 모르고 있군. 나는 이 짓 하고 싶어서 사장자리

팽개친거요. 사장보다 경찰관 끗발이 더 세니까. 그런데 마담
은 그런 소리 누구한테 들었소? 내 사생활을?"

"옛날에 구내식당 종업원한테 캐물었거든요. 유치장 밥 배
달하는 애 말예요. 그 애가 조장님 조카딸한테 들었대요."

"그랬었구나. 조카딸이 성원이를 데리고 자주 구내식당에
놀러다녔는데……."

"조장님, 못난 년 말이라고 무시하지 말고 제 말을 잘 들으
세요. 까탈부리지 말고 세상을 편하게 보시면 돼요. 한번 빵
빵대시라구요. 나도 옛날 첫 사내 그거, 못난 사내라 집어쳤
더니 글쎄, 그게 지금 어떻게 살고 있는지 아세요? 서울서 벤
츠 타고 다닌다구요. 어느 잘난 년 물었대요."

"시끄럿!"

용하가 버럭 소리를 내질렀다. 고개를 숙인 채 앉아 술만
마시던 윤 순경이 모처럼 입을 열었다.

"씨팔, 모두 허무한 거야. 밥 잘 먹고 똥 잘 싸면 그만야.
M2로 내갈겨봤자 불쌍한 것들만 죽을 테니 참을 수밖에. 히
히히히, 그런데 말요 분대장님, 사르트르가 이런 말을 했거든
요. 만일 존재가 무엇인가란 질문을 받게 되면 나는 태연하게
그것은 아무것도 아니다, 그것은 외부로부터 와서 사물 위에
그 성질을 조금도 변하지 않고 보태지는 공허한 형식이라고
대답했을 것이다, 그렇게 말했거든요. 참 멋있죠?"

"윤 순경, 일어나. 그만 나가자."

"분대장님 먼저 가세요. 저는 여기 남겠습니다. 마담도 이
쁘고 미스 정도 이쁘잖아요? 그리고 분대장님도 우리 누나와

잘해보세요. 우리 누나는 제가 젤 아끼는 여자지만 분대장님을 매부 삼고 싶어요."

"이봐요, 이 마당에서 누나 얘길 꺼내면 어떡해요. 헛소리 말구 오늘 내 것이나 가져유."

미스 정이 끼어들었다. 용하는 터져 나오는 웃음을 억지로 참았다.

지난번 공비 토벌작전 때였다. 용하와 한 팀이 되어 작전 중이던 윤 순경은 자기의 친누나를 소개해 주겠다며 용하의 마음을 떠보았다. 누나는 현재 부산에서 초등학교 교사생활을 하고 있으며 미인인 데다 마음씨 또한 곱다고 했다. 그때 용하는 이런 말로 윤 순경의 호의를 거절했다. "첫째가 처녀고 둘째가 예쁘고 셋째가 착해서 안 된다는 거네." 윤 순경은 나중에야 용하의 말뜻을 이해했지만 술 취할 때마다 누나 말을 되풀이했던 것이다.

"미스 정 이것 받아. 반은 술값이고 반은 네 꺼다."

용하는 호주머니에서 천 원짜리 지폐 여섯 장을 꺼내주었다.

"제가 언제 화대 달랬어유?"

"야, 잔말 말고 받아둬. 조장님 돈 먹어 탈나니? 재벌 사원데."

홍 마담이 끼어들었다.

"그래 맞아, 재벌 매제다 씨팔!"

"앗다 오늘 욕이 참 흔하네. 조장님 욕을 첨 들으니 기분이 상큼한데."

"여기서 욕을 실컷 퍼대야 직장에서 고운말 나오지."

"여기가 쓰레기장인감유?"

미스 정이 참견했다.

"고향 처녀를 보니까 기분 좋아서 그런다. 그래서 말도 많이 한 거구. 어이 윤 순경?"

"옛!"

"오늘 밤 미스 정 잘 모셔, 알지?"

"옛. 명심하겠습니다. 그런데 조장님, 제 누나 참 멋있습니다."

"또 그 소리……. 암튼 고맙네. 그럼 나 간다."

용하는 벌떡 일어나 밖으로 나왔다. 벌써 통금이 지나고 있었다. 홍 마담과 미스 정이 전송을 나오다 말고 역전 광장에서 통금위반자를 단속하는 파출소 직원을 보고 얼른 안으로 들어갔다. 용하는 걸으면서 콧노래를 흥얼댔다.

"소리없이 흘러내리는 눈물 같은 이슬비……."

"기분 좋습니다."

파출소 직원이 말했다.

"날 안 잡아가오?"

"잡아갈까요? 그나저나 모자나 쓰고 다니시죠."

직원이 빙그레 웃었다.

"공비 토벌하다 잃어버렸어. 모처럼 한잔했지. 어저께 산속에서 기어나왔거든."

"편히 가 쉬세요. 우리도 죽을 맛입니다. 보름째 집에 못 들어갔어요."

"수고하쇼."

용하는 터덜터덜 광장을 걸었다. 어디로 갈까? 택시도 없는데, 금산은 십리길이고. 용하는 파출소 직원을 불렀다. 비상대기용 택시를 불러 달라 할 작정이었다.

여소희를 만나다

여름이 되자 삼선개헌반대 데모가 전국으로 번졌다. 6월
20일 밤 김영삼 의원이 귀가 도중 괴한으로부터 초산 피습을
당하는 사건이 터지는 바람에 더욱 시끄러워진 시국은 7월
에 이르러 대규모 학생시위를 유발했다. 서울대, 연세대, 경
희대, 부산대, 경북대 등에서 개헌반대 시위가 터졌던 것이
다.

금산으로 병영을 옮긴 206부대에도 이동 명령이 떨어졌
다. 데모 진압차 서울로 출동하라는 명령이었다. 대원들은 천
막을 걷고 장비를 정리한 다음 오후 여섯 시 급행열차를 타기
위해 트럭 네 대에 분승하여 강릉역으로 달렸다. 용하 혼자
만 성원을 데리고 가기 위해 이튿날 떠나기로 양해를 받았다.
데모를 진압하는 데에도 어린 자식과 함께 다녀야 하는 희화.
배낭과 총을 멘 채 자식의 손을 잡고 기차를 타게 될 모습을
상상하니 저절로 웃음이 나왔다.

다행히 청량리경찰서 강당에서 합숙한 지 일주일 만에 용하의 상사들이 그런 처지를 이해하고 용하를 대관령 횡계 막사지기로 발령을 내주었다. 고마웠다. 더구나 별장 같은 한가한 막사에서 조용히 작품을 쓸 수 있어 다행이었다. 그런 곳에 언제 살아보겠는가.

　용하는 청량리역에서 야간열차를 탔다. 중앙선을 타고가다 영주에서 영동선으로 갈아탈 참이었다. 용하의 좌석 앞자리에는 하얀 투피스 차림의 아가씨가 앉아 있었다. 그녀는 전투복 차림에 어린 자식을 거느린 용하를 눈여겨보다가 자기를 유심히 바라보는 성원에게 미소를 지어보였다.

　"너 참 예쁘구나. 이름이 뭐니?"

　"성원이래요."

　"어디까지 가는데?"

　"강릉이래요."

　"나도 강릉까지 가는데."

　"강릉이 고향이신가요?"

　이번에는 용하가 아가씨에게 행선지를 물었다.

　"아녜요. 상주가 고향예요. 집에 가는 길에 경포대와 대관령을 구경할까 해서요."

　상냥하게 대답한 아가씨는 용하의 복장을 살펴보았다.

　"내 모습이 이상하죠? 군복 차림에 경찰모를 쓰고 어린 자식까지 데리고……."

　"멋지신데요 뭐."

　아가씨가 수줍게 웃었다.

"사실은, 대관령에 살러 가는 길입니다."

"이사하세요?"

"이사가 아니고, 대관령에 있는 부대 막사지기로 발령이 났거든요."

"그럼 부대에서 애기를 데리고……?"

"빈 막산데, 나중에 대원들이 서울에서 철수하면 사용할 막사죠."

"어머, 아주 낭만적이네요."

"이렇게 복잡한 팔자가 낭만적이라뇨?"

오징어, 땅콩, 계란을 외치며 지나가는 홍익회 회원을 불러 세운 아가씨가 과자를 사서 성원에게 안겨주었다.

"여소희라고 해요. 대관령에 따라가고 싶네요. 휴가를 얻어 고향에 가는 길인데……."

열차에서 만난 낯선 사내를 따라가겠다고? 용하는 소희의 신분이 의심스러웠다. 하지만 애가 딸린 데다 경찰관이어서 믿고 따를 수도 있겠다 싶어 그녀에 대한 불신이 어느 정도 가셨다.

"휴가라고 하셨는데?"

"아아…… 관상대에 근무해요."

용하는 관상대란 말에 금방 친밀감이 느껴졌다.

"나도 군대시절 관상대로 파견근무를 나간 적이 있죠. 천문과에서 일했어요."

"왜 군인이 관상대에서 근무해요?"

"공군시절 중앙기상부에서 복무했거든요. 문교부 소속인

관상대를 교통부로 이관하는 작업에 우리 전대장이 참여했는데 내가 수행했죠. 그래서 한 달 넘게 천문과에서 근무하게 됐죠. 청와대에서 인공강우를 추진할 때도 전대장이 참여했고요."

"그럼 기상특기자였나요?"

"기상특기를 어떻게 아시죠?"

"관상대는 중앙기상부와 협조관계죠."

"암튼 반갑습니다."

"사실은 휴가가 아니고 사표 내고 가는 길예요."

"왜 그런 좋은 직장을……."

"부모님 성화에……."

"결혼하라고요?"

"뻔하죠."

"대관령에는 여관이 없을 텐데요."

"막사라면서 한 칸 뿐이겠어요?"

"물론 세 칸이지만, 공비에게 총 맞아 죽을지 몰라요. 공비가 들끓는 판이니."

"그러니까 더 멋지죠."

"멋지다고요? 대단한 분이시군."

용하의 말에 소희는 빙그레 웃었다. 영동선으로 갈아타기 위해 영주에 내렸을 때에도 소희는 성원의 손을 잡고 함께 내렸다. 용하는 은근히 불안감이 들었다. 자칫 책임질 일이 생길지 모를 일이었다. 엄연히 근무지인데 그런 데서 여자와 함께 지내면 문책당하기 십상이었다.

강릉역에 내려 택시를 타고 금산으로 달렸다. 집에 소희와 성원을 내려놓고 용하는 곧장 강릉경찰서로 가서 206전경대 본부에 보관해 둔 통신장비를 챙기고, 직원들과 이야기를 나누다가 저녁 무렵에야 집에 돌아왔다. 성원이가 방에서 뛰쳐나오며 호들갑을 떨었다.

"아빠, 이거 막흔 아줌마가 사준 거다."

성원의 베이지색 양복 차림새가 낯설어 보였다. 방에는 과자 봉지와 과일 상자가 쌓여 있었다. 강릉 시장에서 사온 모양이었다. 밥상도 푸짐했다. 쇠고깃국, 새치지짐, 더덕구이 등 낯선 반찬이 태반이었다.

"아줌마가 손수 장만하셨구먼유."

조카딸이 밥그릇을 꺼내놓으며 수다를 떨었다. 소희가 그 말을 받았다.

"아줌마가 아니고 아가씨야. 하지만 그냥 아줌마라고 불러."

밥상이 모두 차려지자 온 식구가 빙 둘러앉아 밥을 먹었다. 용하와 소희 사이에 성원이 앉았다. 소희는 손수건을 꺼내 성원의 앞자락을 가려주고 입가를 닦아주었다. 어머니의 수발도 도맡아 했다. 밥상에 놓인 음식을 챙겨드리고 옷에 국물이 묻지 않도록 앞치마를 목에 둘러 주었다. 그러자 노망기가 심한 어머니는 소희를 애나로 착각했다.

"인자 우리 며느리 밥 얻어먹웅게 내 팔자가 훤히 핀 거구먼. 우리 며느린 복덩잉겨."

어머니는 노래 후렴 같은 헛소리를 지껄이곤 했다.

"할무이야, 이거는 아줌마다. 왜서 자꾸 며느리라카나."

"잉? 아줌마가 뭐랴?"

어머니가 보이지 않는 눈을 끔벅거렸다.

"뭐는 뭐나, 아줌마라카이."

"얼레, 워째서 요상한 말을 하는겨. 에미한티 아줌마가 뭔소리여."

"이 바보 할무이야, 며느리는 여기 없다이."

"성원아, 할머니께는 며느리처럼 보이게 해드려."소희의 말에 성원이는 고개를 갸웃거리고 나서 말했다.

"그라믄 우리 엄마 할래?"

"으응."

"정말이나?"

"그으럼."

"야, 신난다."

성원이 손뼉을 쳤다. 소희는 성원을 꼬옥 껴안아주었다. 그때 갑자기 어머니가 히히히 웃었다.

"우리 할무이는 바보다. 만날 신령님 하늘님 부처님만 떠든다."

"할머니는 바보가 아니셔. 높은 분들만 생각하시거든."

소희의 말에 어머니는 또 히히히 웃었다.

이튿날 아침 대충 보따리를 챙긴 용하는 성원이와 소희를 데리고 택시를 탔다. 그러고 보니 다정한 부부가 귀여운 자식을 끼고 여행을 떠나는 기분이었다. 어머니는 거동 때문에 조카딸과 함께 금산에 그냥 남아 있기로 했다. 서울에서 데모가 사그라지면 곧 부대가 이동할 테니 번다한 이사도 피할 참이었다.

막사에 도착했을 때는 해가 서산마루에 얹혀 있었다. 횡계 분지를 에두른 태백능선의 울창한 계곡들과 끝없이 펼쳐진 고랭지高冷地 감자밭과 산허리를 맴돌고 있는 하얀 구름이 시야를 압도했다. 막사 앞으로는 서울 강릉 간 비포장 국도가 가로지르고 우물이 있는 뒤란에는 맑은 시냇물이 흘렀다. 드문드문 흩어져 있는 초가와 멀리 산기슭에서 풀을 뜯는 가축들의 모습이 한가로웠다.

용하는 무엇보다 창작에 전념할 수 있다는 꿈에 부풀었다. 우선 침실부터 꾸몄다. 침실은 막사 세 칸 중에서 가운데 막사를 쓰기로 했다. 소희도 겉옷을 벗어던지고 일을 도왔다. 손놀림이 억척스러웠다. 용하는 목침대를 여러 개 붙여놓고 주위를 누비 방한복으로 빙 둘러 성벽처럼 쌓았다. 일종의 방탄벽이었다. 공비가 습격해 와도 총알을 막을 수 있었다. 무엇보다 심리적 안정감이 들어 좋았다. 하지만 밤이 깊어지자 두려움이 밀려왔고 그럴수록 소희를 데려온 것이 다행스러웠다. 성원이도 마음이 놓이는지 자지 않고 그녀와 장난을 치며 놀았다. 밤이 깊어지자 마루 한쪽 구석에 방한복으로 벽을 쌓아 소희의 잠자리를 마련해주었다. 살림집도 아니고 캠핑장도 아닌 어색한 침실이었다.

이튿날은 늦게 일어났다. 이불을 헤치고 일어나니 어느새 밥상이 마루 가운데에 차려져 있었다. 어제 금산에서 양념을 가져오지 않았는데 콩나물무침과 두부찌개도 놓여 있었다. 일찍 횡계에 나가 가게에서 식재료를 구해온 모양이었다. 용하가 감탄 어린 눈으로 바라보자 소희는 생긋 웃으며 어서 세수하고 밥 먹으라는 눈짓을 주었다. 그녀는 부스스 일어나는 성원을 데리고 나가 우물에서 얼굴을 씻겨 밥상머리에 앉히고 함께 수저를 들었다. 하는 짓이 손에 익고 세심했다. 찌개 맛도 구수했다.

아침을 먹고 나서 성원이와 셋이 강릉행 시외버스를 탔다. 대관령을 넘는 데에도 한 시간이 더 걸렸다. 그것도 고개부터는 내리막길어서 빠른 셈이었다. 먼저 시장에 들러 부식과 생활용품을 샀다. 쌀이나 감자 따위는 횡계나 이웃 농가에서 살 수 있지만 다른 생필품은 강릉 시장에서 사와야 했다. 소희는 식재료를 꼼꼼히 살폈고 흥정도 야무졌다.

강릉에 다녀와서는 뒤꼍 우물가에서 옷을 벗고 목욕했다. 한여름 햇살이 기울 무렵이었다. 그때 갑자기 마당에 까만 지프차가 나타났다. 목욕을 마치고 그늘에서 소희와 잡담하고 있던 용하는 무슨 차인지 몰라 티셔츠를 걸치고 천천히 다가갔다. 지프차에서 내린 작업복 차림의 간부가 경무관임을 확인하고서야 얼른 자세를 세웠다.

"청장님이셔. 초도순시 중이시네."

수행한 간부가 말했다. 당황한 용하는 내복만 입은 채 부동자세로 근무보고를 했다.

"막사 경비근무 중 이상 없습니다."

지휘봉을 든 강원경찰청장은 용하의 모습과 저쪽 귀퉁이

에 서 있는 소희를 번갈아본 다음 막사 안으로 들어가 생활 모습을 살폈다. 근무자 혼자 기거할 숙소에 여자 옷이 걸려 있고 화장품이 놓여 있어 이상하다는 생각이 든 모양인지 청장은 고개를 갸웃거리며 밖으로 나왔다. 그때 마당구석에서 뛰어놀던 성원이가 아빠를 부르며 쫓아와 매달렸다.

"자네 아들인가?"

"네."

"하마터면 실례할 뻔했네. 웬 여자가 부대에 들어왔나 하고 오해했었네."

청장은 성원의 머리를 쓰다듬으며 수행원이 차에서 가져온 껌 한 통을 쥐어주었다. 청장은 착실한 부하 직원을 바람피우는 호색한으로 오해한 걸 미안해했다. 용하는 양심이 찔렸다. 청장이 탄 지프가 산모퉁이로 사라진 뒤에야 소희를 바라보았다. 용하의 몸이 왜 굳어 있는지를 모르는 소희는 그분이 누구냐고 물었다.

"저승에서 온 염라대왕이셔."

"높으신 분인가 보죠?"

"경찰청장님인데, 소희 씨를 보고 누구냐고 묻길래 아내라고 했지."

"왜 거짓말을 해요?"

"안 그러면 파면당하니까."

"이제 나하고 살 수밖에 없네요."

소희는 빙그레 웃었다. 용하는 소희에게 알뜰한 정을 느꼈지만 깊은 관계를 맺을 만큼 마음이 기울지는 않았다. 하지만 성원은 소희를 졸졸 따라다녔다. 성원을 횡계유치원에 입학시킨 것도 소희였다. 막사 정문에서 삼백 미터쯤 걸으면 횡계 시가지가 있고 국도 건너 야트막한 언덕에 스키산장이 우뚝 솟아 있는데 그 옆에 아담한 유치원이 있었다.

용하는 공비 출몰이 예상되는 산 속에서 총기와 수류탄을 비롯한 여러 장비를 책임지는 업무를 수행하고 있지만, 봉급과 특근수당까지 받으며 매일 책을 읽을 수 있고, 넓은 침상과 부엌, 창고, 우물, 깨끗한 화장실을 내 집처럼 사용할 수 있으니 즐겁다 못해 미안한 마음이 들었다. 팔자에 없는 그 호강이 두렵기도 했다. 호사다마가 떠올랐다. 혹 공비의 총이라도 맞는 게 아닐까, 그런 방정맞은 생각이 스치기도 했다.

용하는 가끔 횡계지서를 찾아가 직원들과 잡담을 나누었는데 특히 지서장인 최 경사와의 대화는 유익했다. 그는 독서량이 많은 직원이었다. 인문학 서적을 좋아했다. 용하는 그에게서 플로티노스의 《엔네아데스》 등 책 네댓 권을 빌려왔다. 다시 깊은 사유세계에 빠질 수 있게 되었다.

11시 56분 20초 아폴로 11호 달 착륙

　오늘은 1969년 7월 20일. 지금은 밤 10시. 앞으로 두 시간 후면 창세 이후 가장 신비스런 역사가 이루어지는 광경이 펼쳐진다. 해 질 녘부터 라디오를 켜놓고 성원을 일찍 재운 용하는 소희가 차려준 밤참을 먹고 밤을 지샐 준비를 했다. 라디오를 책상 앞에 놓고 그 옆에 일기장과 펜을 나란히 놓았다. 인간이 신의 세계를 넘볼 수 있는 순간이었다. 그동안 보여지지 않던 신의 처소를 살필 수 있게 되었다. 케이프 케네디에서는 벌써 최종 카운트다운이 시작되었다는 뉴스였다. 라디오에서는 9시 25분부터 케네디 우주센터와 도쿄를 잇는 중계방송이 시작되었다. 서울에서는 TV를 통해 달에서의 작업 광경을 볼 수 있겠지만 용하는 라디오 중계를 듣는 걸로 만족해야 했다.

　신화를 현실로 바꾸는 시점에 살고 있으니 아! 나는 얼마나 행복한 시대에 살고 있는가! 45억 년의 신비는 드디어 풀릴 것인가? 20시 17분. 고요의 바다 20킬로미터 상공에서 아폴로 선장 암스트롱과 착륙선 조종사 올드린은 사령선 조종사 콜린스를 사령선에 남겨둔 채 이글호로 갈아탔다. "휴스턴! 여기는 고요의 바다…… 이글호는 착륙했음." 이글호에서 암스트롱 선장이 처음 한 말이었다.

11시 40분. 드디어 해치가 열렸다. 11시56분 20초(현지시간 1969년 7월 21일 2시56분). 달 착륙 후 약 6시간 반 만에 암스트롱 선장은 착륙선에서 내려 달에 역사적인 첫 발자국을 찍었다. 그의 발자국은 약 50만 년 동안 남아 있게 된다. 그의 감동 어린 육성이 들렸다.

"이것은 한 인간에 있어서는 작은 한 걸음이지만, 인류 전체에 있어서는 위대한 도약이다." 독수리호에 함께 타고 있던 올드린도 곧 내려가 처음 본 달의 모습을 "장엄하고 황량한 풍경"이라고 표현했다. 암스트롱과 올드린은 이후 약 2시간 반 동안 달의 표면에 성조기를 세우고 사진을 촬영했다. 지진계와 레이저 반사경 등 여러 과학 장비를 설치하고 22킬로그램의 달 암석과 토양 샘플도 채집했다. 그리고 달 착륙을 기념하는 여러 기념품과 우주복의 생명유지 장치, 카메라 등 필요 없는 기재들을 남겨두고 착륙선으로 돌아와 수면을 취했다.

이제 달과 지구와의 대화는 이루어졌다. 710만 개의 부속으로 이루어진 아폴로 11호의 우주곡예. 해설자의 말에 의하면 태양의 수명은 최고 100억 년이라고 했다. 태양의 핵반응으로 지구에서의 생물 존재 기간은 30억 년 내지 40억 년이라니 인류는 앞으로 광속과 같은 속도로 수년이나 수백 년을 걸려 다른 천체로 이주해야 한다. 광속으로 달리면 1억 킬로미터인 금성까지는 4분, 달까지는 1초가 걸리는데 광속으로 수백 년 걸린다니 그 거리를 짐작하고도 남았다.

이제 인간은 권리를 주장할 대상이 없어진 것 같았다. 무턱대고 자기 의무에 순종할 수밖에 없는 무거운 책무를 지고 말았다. 인간은 이제 스스로 고통을 지탱할 수밖에 없는 외로운 존재가 되었다. 하지만 공간이 어딘가에서 끝난다면 그 너머에는 무엇이 있을까? 하는 질문은 아직 유효하다.

"참 엉뚱한 분이세요."

소희는 그런 말로 용하를 평가했다. 지난밤 초저녁부터 아침나절까지 라디오 앞에 앉아 밤을 꼬박 새우며 무엇을 일기장에 적는 용하가 아무래도 이상했던 모양이다.

"내가 이상하다고?"

"이상하지 않아요? 꼭 천문학에 미친 사람 같아요."

"그래서 나는 여자를 사랑할 수 없어. 저 질펀한 우주의 육감을 감상해 보라고. 아무리 요염한 여자도 저 우주만큼 색정을 유발하지 못해."

"무슨 말인진 몰라도 하여튼 별난 경찰관이네요."

"이런 산속까지 낯선 홀아비를 따라온 당신이 더 별나지."

"이제야 내게 관심을 갖는군요."

"그게 뭔 소리야?"

"나를 별난 여자로 보신 것부터가 내게 관심이 있다는 증

거죠. 하지만 우주만큼 사랑해주지 못할 바엔 그냥 놔두세요. 혼자 풀을 뜯어먹다가 배부르면 그늘에서 누워 자게요."

"아주 감동적인 표현이군."

용하는 소희의 말이 신선했다. 그 말 한마디가 소희를 용하의 캄캄한 의식 속으로 밀어넣었다.

낮에도 방송에서는 온종일 아폴로 이야기뿐이었다. 역사학자 토인비는 인간이 달 위에 첫발을 내딛는 모습을 보고 "민족주의라는 시대착오의 고정관념을 청산할 좋은 기회"라고 말했고, 지각 있는 사람들은 과학문명에 걸맞은 철학의 태동을 부르짖었다. 어느 화가는 앞으로 신이란 추상적인 상상이 아니라, 구체적인 인간이 바로 신이라고 말했다. 그러니 인간은 앞으로 영생이 가능한 신적인 사업을 이룰 수 있고 그 과정은 역사가 될 것이라는 게 용하의 생각이었다.

밤이 되자 용하는 성원을 재워놓고 소희와 둘이 산장에 갔다. 모처럼 한가로운 나들이였다. 횡계 마을 언덕에 있는 이층 산장은 유일한 휴게소로 커피와 맥주를 팔고 있었다. 맥주 세 병을 마시고 난 두 사람은 성원이 걱정되어 막사로 돌아왔다. 용하와 소희는 가게에서 맥주와 오징어를 사들고 막사에 돌아와서도 밤늦게까지 술을 마시며 이야기를 나누었다.

"오늘 밤은 취하고 싶어요."

소희는 또 빈 잔을 내밀었다. 그러고 보니 용하보다 더 마신 셈이었다.

"어서 자요, 취했는데."

"나와 술 마시는 게 거북하세요?"

"왜 쓸데없는 말을 하지?"

"그러실 거예요……. 그때 말없이 사라진 걸 원망하실 줄 알아요. 하지만 내가 어떻게 하겠어요."

며칠 전 소희는 아무 말도 없이 사라졌다가 이틀 후에 돌아왔는데 용하에 대한 마음을 식히려고 강릉에서 혼자 지냈던 것이다.

"어떻게 하다니?"

용하가 캐물었지만 소희는 입을 열지 않았다.

"호적 때문에? 애 때문에? 양심 때문에?"

"……"

"홀아비라서? 가난해서? 아니면 내가 못나서?"

"왜 한 가지는 빼놓고 묻는 거죠?"

"아아 치매 걸린 어머니 땜에?"

"억탁만 부리시는군요."

"나는 소희 씨가 그 여자에 대해서만은 용감해주기를 바랐어. 그거에 대해선 내가 말할 수 없잖아?"

"나도 알아요. 내가 약한 여자가 아니란 걸. 하지만 그 문제에서만은 약하지 않을 수 없어요. 강하다고 무조건 덤빌 수 없는 영역이니까요."

"무조건? 그럼 어떤 조건을 달아주란 말요. 방금 말했잖소. 논할 가치가 없다고. 새까만 부정뿐이라고. 나는 그 여자에게 관심을 둔 적도, 인정한 적도, 미워한 적도, 사랑한 적도, 증오한 적도 없다 그 말요. 애나는 나와 아무 관계없이 그냥 존재할 뿐요."

"그래도 객관적인 형식이라는 게 필요하죠."

"그래서 당신의 용기를 믿고 싶었소."

"진정한 용기도 도덕적 바탕에서만 제 힘을 발휘해요. 그러니……."

소희는 말을 하다 말고 입을 다물었다. 너무 용하를 닦달하는 것만 같아 미안하기도 했다. 저 남자가 그걸 모르겠는가. 그러니 저 남자의 상처를 감싸줘야 한다. 저 사람은 지금 말하고 있는 것이 아니라 울고 있는 것이다. 오죽하면 새까만 부정이라 표현했을까. 그렇다. 이 세상사에는 새카맣게 부정해야 될 것도 있는 법이다. 내가 나 자신을 부정하고 싶었듯.

"죄송해요, 건방진 말을 꺼내서요. 그 말은 아마 내 마지막 투정일 거예요. 나는 이미 그 도덕을 파괴하기 위해 돌아왔거든요."

"내가 소희 씨를 아끼는 것은 당신이 그처럼 도덕적인 여자이기 때문일 거요. 당신이 떠났을 때 나는 원망스러우면서도 그 원망이 당신에 대한 존경심이라는 것도 깨달았소."

"먼저 자도록 해요. 나는 조금 더 있다 잘게요."

소희는 잔을 들어 남은 술을 마저 마셨다. 그리고 빈 잔에 또 술을 따랐다. 용하는 지그시 눈을 감았다. 눈을 감은 채 소희를 불렀다.

"당신은 아폴로 11호야."

"아폴로는 기계잖아요."

"그건 인간이 만든 물체가 아냐. 그건 자연정신의 실체야.

섭리의 실체, 신이다 그 말이지."

용하는 소희의 품속으로 파고들었다.

소희가 내일 떠난다. 잡으면 떠나지 않을 여자여서 용하는 더욱 마음이 무거웠다. 소희는 순결한 여성이다. 그녀의 지성과 생활미가 아름답다.

저런 여잔데…… 아주 삼켜버릴까?

소희의 몸이 더욱 아름다워 보였다. 이십오 일 동안 향기를 뿌려놓고 떠나가는 아가씨. 너는 도대체 누구란 말이냐? 너는 나의 무엇이란 말이냐?

소희가 짐을 챙겼다. 용하가 가방을 대신 들고 앞장섰다. 엄마가 되어달라고 조르던 성원은 아무런 의심 없이 손을 흔들었다.

"까까 막흔 사와?"

빙그레 웃어주며 손을 흔드는 소희의 눈자위에 물기가 젖어들었다. 성원은 두 팔로 원을 그려 과자의 분량을 알려주었다. 소희도 두 팔로 원을 그려 산덩이만큼 사오겠다는 신호를 보냈다. 사랑스러운 여자. 천사 같은 여자. 그런데 나는 왜 저 여자를 떠나보내는 걸까? 횡계 버스정류장에는 두세 명의 주민이 느티나무 그늘 속에 서서 버스를 기다리고 있었다.

"여기서 헤어져요. 버스 도착할 시간 됐어요."

"나도 강릉까지 갈 거야. 밥을 해준 여잔데 거기까진 배웅해야지."

용하는 소희의 가방을 든 채 앞질러 버스에 올랐다. 미소를 지으며 제자리에 서 있던 소희가 마지막 승객의 뒤를 따라 차에 올랐다.

"오늘만은 영감 할망구가 되자고."

"싫다면서요?"

"처녀 홀애비 사이는 싫지만 영감 할망구 사이는 좋아."

"참 지저분한 논리네요."

"논리가 아니라 슬픔이지. 나는 슬퍼지는 게 취미거든."

"그래서 떠나주는 거니 성원이 과자는 혼자 들고 돌아가요."

"싫어. 상주까지 따라갈 거야."

"그런 식으로 변명할 건 없어요. 성의는 고맙지만…… 그 성의를 추억으로 간직할게요."

"내가 더러운 놈이지!"

용하는 눈물을 감추려고 헛기침을 하며 창밖을 내다보았다. 버스는 대관령 정상을 넘어 내리막길을 달리기 시작했다. 파란 동해바다가 가까이 다가왔다. 그 바다를 손으로 휘젓고 싶었다. 나는 왜 이렇게 죄를 지으며 살아가는 걸까? 차라리 데려오지 말걸. 결국은 대관령 막사까지 동행을 허락한 게 잘못이었다. 강력히 거부했더라면 이런 이별이 없을 텐데. 애나만 해도 그렇다. 라디오 몇 대를 팔아준다는 말에 홀려서 이 지경이 된 게 아닌가. 라디오 세 대를 판 죄로 십 년 가까이 시달리고 있잖은가. 오죽해야 소희 같은 여자마저 거부할 지경이 아닌가. 애나만 아니면 소희를 붙잡았을 텐데, 차라리 라디오 세 대 값만큼 굶을걸. 나도 굶고 늙은 부모도 굶길걸. 굶기지 못한 죄가 이렇게 크다니.

"혹 내 편지 오거든 돌려보내줘요."

"응."

"혹 내 흘린 물건 있으면 태워버려요."

"응."

"참 대답 잘 하네요."

"응."

"지겨워."

"응."

"시장 앞 내리세요."

차장아가씨의 목소리가 투박했다.

"우리도 여기서 내리지."

"맘대로 하세요."

용하는 좌석에 놓아두었던 가방을 챙겨 들고 소희를 앞세워 내렸다. 시장 거리 저만치에 여관 간판이 보였다. 우선 숙소부터 정하고 간편한 몸으로 경포대로 향할 참이었다. 안내받은 방은 깨끗한 온돌방이었다. 선풍기가 돌아가고 있었다. 시원한 종이장판에서 풍기는 콩기름내가 고소했다.

"택시 안 잡을 거예요?"

화려한 민소매 원피스로 갈아입은 소희의 자태가 눈부셨다. 저렇게 아름다운 처녀를 아내로 맞아들이지 않고 홀아비 생활로 돌아가다니.

해수욕장은 쓸쓸했다. 서울 사람은 한 명도 눈에 띄지 않았다. 피서객 태반이 지역민이고 그나마 소문난 경포대 해수욕장이라 찾아왔을 것이다.

"다음에는 애인을 데리고 와야지."

소희가 혼잣말로 중얼거렸다. 그런 말로나마 자존심을 세우려는 소희의 조심성이 용하의 가슴을 쳤다. 짜증이라도 부릴 게지, 욕이라도 퍼부을 게지…….

소희야 부디 그래다오. 잘생기고 똑똑한 남자를 데리고 보란 듯이 내 앞에 나타나, 나를 맘껏 짓밟고 맘껏 경멸해다오!

"그만 돌아가요."

"아직 해가 많이 남았는데?"

"뜨거운 해가 뭐가 좋아요."

모래톱을 빠져나와 길가에 서서 택시를 기다렸다. 길 건너 골목에 '왕대포' 간판이 보였다. 유리창에는 멍게, 해삼, 전복 따위가 붉은 페인트로 적혀 있었다.

"술 한잔 할까?"

"맘대로 하세요."

"왜 그러지?"

"뭐가요?"

"몰라서 그래? 화 좀 내보란 말야. 욕을 퍼붓든지."

"왜 그런 짓을 하죠?"

"내가 미울 테니까?"

"걱정 마세요. 미워하지 않을 테니"

"우리 이렇게 하자고. 상주에 가거든 아무 놈한테나 시비를 걸어서 꿰차란 말야. 그래가지고 불행해지거든 나한테 달려오란 말야. 그때 같이 살자고."

"지금은 안 되고요?"

"히야! 이 여자 본바탕이 나오는군. 그럼 우리 오늘밤 애 하나 만들어버릴까?"

"어쭈, 이제야 취하신 모양이군."

"우리 그러자 응? 우리 오늘밤 일 낼까?"

"싫어! 아폴로에 미친 사람하곤 애 안 만들어!"

어느새 바다에는 노을이 번지고 있었다. 소희의 몸이 제멋대로 흔들거렸다.

"정말 그래야지. 어서 상주에 가서, 어느 놈 다리 걸어 자빠뜨려서, 배가 앞산만큼 불룩해지면, 네놈 만나러 찾아올란다. 그때 큰 눈 뜨고 살펴볼 거다. 네놈 낯짝이 어떤지!"

"그래, 고맙다. 소희야!"

용하는 소희의 손을 움켜잡았다. 소희가 용하의 손을 뿌리치며 벌떡 일어났다. 그녀의 뺨에 눈물이 흘렀다.

간통범으로 묶여 온 애나

소희가 떠나고 한 달쯤 지나 서울에서 데모 진압 중이던 부대원들이 횡계 막사로 귀대했다. 시국이 잠잠해진 모양이었다. 206전경대도 해체된다는 말이 돌았다. 용하는 가족과 함께 지낼 수밖에 없어 유치장 근무를 자원했다. 모두 싫어하는 부서지만 규칙적인 생활을 누릴 수 있어 좋았다. 묵호나 강릉 시내 같은 좋은 근무지를 마다하고 유치장 근무를 택한 이유는 규칙적인 생활 말고도 작품 소재를 구하려는 욕심 때문이었다. 인간사회의 가장 적나라한 모습을 직접 체험할 수 있는 기회가 다시는 주어지지 않을 터였다. 용하는 유치장으로 발령이 나자 가족을 데리고 횡계에서 강릉 셋집으로 이사했다.

거의 삼 년 만에 돌아온 유치장은 낯설기만 했다. 낯익은 얼굴들은 이미 출감하고 없었다. 단기수는 형기가 끝나고 장기수는 춘천, 서울 등지로 이감되어 갔다. 용하는 죄수들이 서먹서먹했다. "웰컴, 우리들의 그리스도!" "안녕 햇돼지의 구원자!" 아침마다 들려오던 그런 짓궂은 인사치레도 간데없다. 간수와 죄수 사이의 사무적인 썰렁한 분위기만 팽팽했다. 여감방도 옛날처럼 다정해 보이지 않았다. 홍 마담 같은 푸짐한 죄수도 없었다. 그들이 비운 공간이 허전했다.

유치장 근무가 시작되고 보름쯤 지나서였다. 비가 내리는 밤이어서 감방은 조용했다. 추적거리는 가을비가 을씨년스럽기도 했다. 건너편 사무실 쪽에서 패종시계 종소리가 들려왔다. 그 종은 항상 울리고 있었지만 용하의 귀에는 들릴 때가 따로 있었다. 대개 외로운 시간에만 들렸다.

종소리는 열한 시를 알려주었다. 용하는 T자형 열쇠를 쥐고 1호실에서부터 차례로 감방을 더듬어갔다. 감방 점검은 끝났기에 분명한 작심도 없이 그냥 버릇처럼 걸어갈 뿐이었다. 그전 같으면 감방을 찾는 용하의 발걸음은 늘 가벼웠다. 누구나 붙들고 실컷 웃고 싶은, 심지어 장난치고 싶은 야릇한 기분이 들기도 했다. 하지만 요즘은 달랐다. 마음을 터놓고 지낼 죄수가 없었다. 그들이 변한 게 아니었다. 용하가 변하고 있었다.

여감방 앞을 지날 때 20호 방장이 아는 체를 했다. 그녀도 간통범이었다. 그리고 보니 여수들은 간통범이 많았다. 방장은 튼튼한 체구답게 성격이 쿨했다. 며칠 전 심리공판 중에 그녀가 검사의 신문에 답변하던 모습이 떠오르자 용하는 터져 나오는 웃음을 억지로 참았다. 엄숙한 법정이었다. 법복을 입은 판사가 근엄한 자세로 굽어보는 자리였다. 검사가 통간한 남자를 사랑하느냐고 물었다. 그때 그 간통범은 엉뚱한 말로 답변했던 것이다.

"빤스 속으로 손이 들어올 때 간질간질했어요."

그 말에 용하는 문득 이런 생각이 들었다. 간통은 사치품이다. 필수품이 아니다. 유유자적하는 풍류다.

20호까지 돌아본 용하는 발길을 돌려 1호실 쪽으로 거슬러 걸어갔다. 감방 여기저기서 잡담이 들려왔다. 그런 잔잔한 소음은 지우려 하지 않았다. 취침시간일망정 그 정도의 소음은 눈감아주었다. 그런데 5호실 쪽에서 갑자기 폭소가 터져나왔다.

"글마새끼 사타쿠이를 이까(오징어)낚시가 벅 긁었제."

용하는 발길을 세웠다.

"히히힛! 그래서 워찌된 거여?"

"뻔할 거 아이가. 물건 못쓰큼 됐지라."

"시원허등감?"

"하머."

"느이 껀 워쩌구?"

"지년 것도 이까낚시카 벅 쑤실라타 참았제."

"워째서 참았다?"

"새끼 따머."

"그런디 너는 상해죄로 당하구두 워째서 간통고소 안한 거여?"

"새끼 따머. 고소하믄 지년캉 못산다카더라."

"뭐라구?"

"먼점 지년캉 이혼소송 해얀다카이. 그래서 새끼 따머."

그들은 깔깔거렸다.

"밤이 깊었어. 그만 자도록 해."

용하는 조용히 단속했다. 그들은 조장을 보자 멋쩍게 웃었다. 용하는 다시 1호실 쪽으로 발길을 옮겼다. 그때 근무석 쪽에서 웅성거리는 소리가 들려왔다. 용하는 걸음을 멈추고 건성으로 뒤를 돌아보았다. 압송 경찰관이 담당 직원 앞에서 남녀 두 사람의 수갑을 풀어주고 있는 모습이 먼발치로 보였다. 뒷모습의 여자는 호리호리한 윤곽을 드러낼 뿐이고 이쪽으로 돌아선 남자의 얼굴은 허여멀쑥하고 허우대가 여유 있어보였다. 밤늦게 웬 입감일까? 용하는 여자의 모습을 유심히 살폈다. 순간 몸이 자지러졌다. 여자가 몸을 틀 때 얼핏 내비친 얼굴, 그것은 분명 애나였다. 용하는 얼른 고개를 돌려 창밖을 내다보았다.

"강릉서에서 왔답니다."

근무석 가까이 서 있던 직원이 곁으로 다가와 보고했다.

"뭔데?"

"간통입니다."

"요즘 간통이 흔해졌군."

용하는 일부러 싱겁게 내뱉었다.

"여자는 비싸겠던데요. 아주 멋쟁이예요. 남자는 산부인과 의산데 보나 마나 치료받으러 다니다가 깊어졌겠죠."

"설명 그만하고 영치금품이나 야무지게 기록해 둬. 나중에 돈 없어졌다고 헛소리할라."

"남자는 어느 방에 넣을까요?"

"아무 데나."

용하는 퉁명스럽게 대꾸해주었다. 직원이 두 간통범을 7호와 19호에 각각 입감시킨 뒤에야 근무석으로 돌아와 얼른 유치인명부를 훑어보았다.

본적   강원도
전주소   서울
현주소   서울
성별   여
성명   성애나
연령   30
죄명   간통죄

으윽, 용하는 입을 악물었다. 어쩌면 지금 운명이라고 하는 독사 아가리에 발뒤꿈치를 물린 채 치를 떨고 있는지도 몰랐다. 아니면 천체가 우주의 질서의지대로 공간 속을 운행하듯이, 아무리 애나를 피하려고 해봤자 결국 그녀 손바닥 안에서 맴돌 수밖에 없도록 어느 신통력의 조화에 홀려 있는 상태인지도 모를 일이었다. 대한민국에 경찰서 유치장이 열 곳만 된다고 해도 우연이다 싶겠지만…….

"빌어먹을!"

그제야 용하는 강릉에서 의사와 동거하고 있다는 애나의 말이 떠올랐다. 하지만 그때는 농담인 줄 알았는데 사실이라니. 용하는 주먹으로 책상을 탁 쳤다.

"이번에는 어떤 식으로 탈출한담?"

"네?"

직원은 이상한 눈으로 용하를 바라보았다. 조장의 말이 도대체 무슨 말인지, 그는 숫제 멍청해졌다. 용하는 밖으로 뛰쳐나갔다. 정문을 빠져나가 길거리 대폿집에 들어가 막걸리를 퍼마셨다. 잔뜩 취해 길거리를 방황하다가 돌아왔을 때는 새벽녘이었다.

"뱀이야!"

용하는 근무석에 앉아 헛소리를 지껄였다. 직원은 걱정스런 표정을 지었다.

"뭐 괴로운 일이라도 있으세요?"

"이브를 홀린 뱀이다 그 말야!"

"네?"

"근무나 잘해!"

용하는 고개를 푹 숙였다. 직원은 이상한 눈으로 용하를 바라보았다. 늘 웃음 띤 얼굴이면서도 빈틈없이 일과를 처리해 온 조장이 웬일로 허물어진 행동을 보이는지 도무지 종잡지 못한 채 눈치만 살폈다.

"비가 더럽게 오는군."

무안해진 직원은 멋쩍은 말을 흘리며 창밖을 기웃거렸다. 용하는 고개를 숙인 채 한참 동안 생각에 잠겨 있다가 힘없이 말했다.

"나 몸이 아파서 조퇴할 테니 근무들 잘해줘."

용하는 다시 밖으로 나갔다.

용하가 애나를 만나본 것은 다음날 밤이었다. 취침점호가 끝나고 조용해지자 용하는 애나에게 수갑을 채워 텅 빈 수사과 사무실로 데려갔다. 사무실에 들어와서야 수갑을 풀어주고 의자에 앉혔다. 어색한 분위기였다. 무슨 말을 꺼내야 할지 좀처럼 입이 열리지 않았다. 그 침묵을 애나는 뜨악한 미소로 지탱했다.

　"완전히 물갔군!"

　용하는 우선 그 미지근한 자조부터가 구역질났다. 하기야 웃는 게 우는 것보다야 나을 성싶었다. 만약 애나가 울게 될 경우 그 눈물이야말로 구접스럽기 짝이 없었다.

　"계집한테 들켰어. 사내가 칠칠맞아서."

　"고소당할 일을 왜 저지른 거지?"

　"타락하고 싶어 저지른 일인데 왜 이것저것 따져?"

　"차 이사와 행복해지길 바랐는데……."

　"참 순진하시네."

　"그럼, 남기춘이란 의사를 사랑했나?"

　"내가 누굴 사랑할 사람예요?"

　"애정도 없으면서 왜 고달픈 짓을 했지?"

　"꼭 사랑하는 사이에만 간통하라는 법 있나?"

　"이 사람 철저히 타락했군."

　"애정 없는 간통을 타락이라고?"

　"몰라서 물어? 간통을 왜 하는지 다른 죄수한테 물어봐."

　"뭐러 남한테 물어보죠? 바로 당신한테서 배웠는걸."

　"뭐야?"

"당신도 내게 하등 애정이 없으면서 억지로 살았잖우?"

용하는 윽 입술을 깨물었다. 속이 뒤틀렸다.

옳다! 백번 천번 옳은 말이다! 그 방종이 결국 내 체질마저 바꿔놓은 거다!

용하는 더러운 자신을 짓밟아버리고 싶었다. 자신의 몸 아무 데고 결단내고 싶을 만큼 자신이 혐오스러웠다. 고개를 들어 멍한 시선을 허공에 던졌다. 그리고 산매 들린 사람처럼 혼자 시부렁거렸다.

"어쩜 내가 당신에게 피해를 줘왔는지 몰라. 본시 당신은 활달한 여자야. 그런 사람을 음울한 내 울에 가두려 한 게 잘못이지. 그 울에 갇히지 않으려는 당신을 부도덕하게 보아온 내 이기利己가 당신을 이처럼 만든 거라고!"

"아녜요. 당신의 그 이기는 바로 예의였어요. 아무리 정 없는 여자라 해도 잔인하게 차버리지 못한 그 착한 예의. 그런 당신을 옳게 받들지 못한 내 자신이 원망스러울 뿐예요."

말을 마친 애나는 멍하니 창밖을 내다보았다. 용하도 입을 다물었다. 자기의 이기를 예의로까지 비약시킨, 달라진 듯한 애나의 말솜씨가 내심 놀라웠다. 사람은 시달리다 보면 달라지는 걸까. 네가 좀 미련만 했던들, 그랬다면 사랑은 못했을 망정 최소한의 부부생활만은 영위했을지 모르잖은가! 그렇게 살다보면 애정이 싹텄을지도. 용하는 긴 한숨을 내쉬었다.

"어쩜 여기에 들어온 것은 의도적일지 몰라요."

"나를 이렇게 괴롭히려고 강릉에 머물렀다는 건가?"

"물론 우연이죠. 사실은 당신이 유치장에 있는 것도 몰랐

296

으니까요. 아무 때고 남기춘 계집한테 고소당할 줄은 알았지만."

"이젠 철들 때가 됐잖아."

"이런 재미라도 없음 어떻게 살아요. 철들게 되면 미치거나 죽을 텐데."

"솔직히 당신은 나하고도 못 살 여자야."

"당신이 나를 사랑해줘도 못 산다 그 말인가요?"

"……."

"호호호…… 왜 대답을 못하죠? 내가 목덜미를 챌까 봐 대답을 못하나요?"

"앞으로 어떡할 참야?"

"그 대답을 알면서 왜 묻죠? 너무 걱정 마세요. 합의가 돼서 풀려나면 또 어느 놈 몸에 의지하겠죠."

"맘대로 해!"

용하는 후딱 일어나 애나의 손목에 수갑을 채워 유치장 쪽으로 데려갔다. 그런데 출입문 앞에 이르자 애나가 발길을 세우며 용하의 얼굴을 빤히 쳐다보았다.

"김용하씨, 이렇게 소리 지르면 어떨까? 김용하 조장은 내 남편이다, 밤마다 나를 껴안고 자는 훌륭한 낭군이다, 그렇게 소리치면 어떨까?"

"맘대로 해."

"정말?"

"나도 미쳐가는 중이니까 꿀릴 것 없어. 만약 당신이 그렇게 소리치면 나도 함께 소리칠 거라고. 이렇게 말야. 간통범

성애나는 내 마누라다, 내가 안 껴안아주니까 환장해서 딴 사
내와 붙었다."

애나가 웃었다. 용하는 철책문을 열고 애나를 감방에 집어
넣었다. 뗑뗑뗑뗑…… 괘종시계가 열두 점을 쳤다. 건너편 사
무실에서 들려오는 종소리였다.

*

이튿날은 비번인데도 용하는 유치장에 들어와 애나를 만
나고 자신의 돈으로 사식을 신청해주었다. 그 후 열흘쯤 지나
서야 다시 애나를 찾아갈 수 있었다. 이미 간수직을 떠난 용
하는 임시로 교동파출소에서 차석으로 근무하고 있는 중이
었다. 호적상의 부인이 수감된 입장을 파악한 상관의 배려였
다. 그동안 용하는 근무지를 이탈한 채 계속 술만 마셨는데
그 꼴을 보다 못한 반장이 수사과장에게 용하의 입장을 설명
했고, 수사과장은 경무과에 부탁해서 조속한 조치가 취해졌
던 것이다.

"사식은 잘 나와?"

용하는 유치장에서 애나를 꺼내 사무실로 데려오며 자기
가 넣어주는 사식을 잘 먹고 있는지를 물어보았다.

"잘 먹고 있어요. 빨래도 큰 불편 없고요. 신경 써줘서 고마
워요."

직원이 퇴근한 사무실은 을씨년스러웠다. 용하는 형광등을 밝히고 애나의 손목에서 수갑을 풀어 난롯가에 앉혔다.

"합의는 어떻게 됐지?"

"그까짓 거 관심 없어요. 숫제 여기가 좋아요. 여기서 아주 푹 썩어 버릴래요."

"쓸데없는 소리 말고, 합의는 어떻게 됐냐고?"

"남자 말로는 곧 된다고 했어요. 그 남자한테 말했죠. 어서 나가서 마누라한테 빌고 함께 잘 살라고. 나는 여기 재미 삼아 들어왔다고 말했죠. 남기춘도 내가 유부녀인 걸 알았으니 맘이 돌아섰을 거예요."

"사건이 끝나거든 어서 서울로 돌아가. 차 이사는 아직 이번 일을 모르고 있어. 그러니 끝까지 숨겨."

"그 사람 맘 변할까봐 걱정야? 엉큼한 사내 같으니라고. 걱정 말아. 차 이사 말고도 다른 사내들 쌔버렸으니까. 젊은 계집 몸 준다는데 싫어할 놈 뉘 있어."

"그런 식으로 자학하지 마. 이젠 속 좀 차려. 어디서 어떻게 살든 성원에게는 자랑스런 에미가 돼야잖아."

"어쭈, 공자 말씀 하시네. 공자도 그렇게 속 다르고 겉 다릅디까?"

"난 속과 겉이 다르지 않아. 지금 한 소리는 당신 말마따나 예의야, 아주 유익한 예의. 성원이를 위해서."

"성원이를 위해서? 그래서 보모 들여놨수?"

"보모라니?"

"당신네 보몬지 식몬지가 찾아왔습디다. 그러고도 속과 겉이 같다고?"

"뭔 소리야?"

"소희란 여자, 누군지 몰라?"

"알고 말고지. 그런데 소희 씨가 어쨌는데?"

용하는 애써 과장된 표정을 지었다. 도대체 어찌된 일인가? 상주에 있을 소희가 왜 강릉에 있으며, 유치장에 있는 애나를 어떻게 알고 찾아왔고 왜 만나려 했는지, 도무지 이해할 수 없는 노릇이었다.

"소희 씨? 그년이 어떤 년인데 씨 자를 붙이는 거지?"

"성원이를 잘 돌봐주고 떠난 여자야. 아주 깨끗한 여자지. 그런 여자라 씨자를 붙이는 거구."

"철딱서니 없는 년이더군. 글쎄 그게 하나님 행세를 하더라구. 용하 씨를 잘 보살펴주라고. 외로우신 분이니 따뜻이 감싸주라고. 참 기가 막혀서."

"정말 철딱서니 없는 여자네. 그건 그렇고, 도대체 어찌 알고 유치장까지 찾아온 거지?"

"실은 내가 수감되기 전 횡계 막사를 찾아갔었거든. 제법 쓸 만한 년이 있길래 다짜고짜 머리채부터 챌까 하다가 조곤조곤 캐봤더니 신경 쓸 년은 아니더라구."

"또 죄 없는 사람을 닦달했겠군."

"죄 없는 사람인데 왜 닦달해? 그 여자한테 물어봐. 내가 닦달했는지. 여자의 행실이 괜찮아서 되레 칭찬해줬는걸. 성원이를 돌봐줘 고맙소. 그랬더니 참 기막힌 말을 합디다. 왜 남편을 혼자 놔두시냐고. 그 말 들으니 정신이 번쩍 들더라고. 분명 합법적인 내 남편인데, 왜 딴 사내와 붙어지내나 생각하니 내가 잘못해도 크게 잘못하는구나 싶었지.”

“그래서?”

“어서 남기춘과 끝장을 내야지 했는데 덜컥 걸려든 거야.”

“소희 씨가 원망스럽군. 악마가 찾아온 걸 끝까지 숨기다니.”

“내 연락처까지 알려주고 철저히 단속했거든. 내가 횡계 왔다는 것 철저히 숨겨라. 만약 발설했다간 몸에 휘발유를 끼얹을 거다.”

그랬었구나, 내내 재미있게 지내던 사람이 갑자기 왜 떠날 작정을 했는지 이상했는데. 암튼 소희의 입장이 파악되어 다행이었다. 그나저나 소희의 연락처를 알 수 없으니 답답했다. 애나는 알고 있겠지만 물어볼 수 없는 노릇이었다.

“소희 씨는 깨끗이 보호받아야 할 여자야. 그래야 성원이가 좋은 추억을 지니지.”

“이봐, 성원이를 팔지 마!”

“조용해. 여긴 수사과 사무실이야. 당신 멋대로 악쓰는 데가 아니라고. 분명히 말하겠는데 나도 당신만큼 악쓸 줄 알아. 그러니 소희를 괴롭히지 마. 만약 그 여자한테 무슨 일이 생기면 가만 안 둘 테니.”

“어쭈, 더럽게 질투 나네. 그럼 그 여자를 못 만났다는 거야?”

“몰라서 물어? 소희 씨가 사실대로 말했을 텐데?”

“상주에서 친구와 함께 대관령에 갔다고 합디다. 하지만 당신이 떠나고 없어서……."

"왜 나를 찾지 않았을까?"

"내가 당신을 만나보라고 했는데도, 그냥 내려간다고 합디다. 보고 싶으면 상주로 찾아가봐요."

"상주 어딘 줄 알아야 찾아가지. 그냥 헤어지고 마는 거지."

"여자가 겁나는 모양이구나. 나한테 하도 질려서 그러시나?"

애나가 피식 웃었다.

"알긴 아는구먼. 그나저나 소희 씨에겐 왜 후하게 대한 거지?"

"그건 당신이 더 잘 알 것 아냐? 그 여자의 심성이 어떤지."

용하가 벌떡 일어나 애나의 손목에 수갑을 채우려 하자 애나가 용하의 팔을 잡아 주저앉히며 "내가 착하잖우?" 하고 야지랑을 떨었다.

"착하지. 그러니 어서 차명구 이사를 만나 행복해지라고."

"웃기네, 왜 자꾸 차명구를 들먹이는 거야?"

"그 사람은 착실한 사람이야. 경솔하지도 않고 기분파도 아니고. 그 사람은 현실주의잔데 그게 당신에게는 가장 적절한 조건이지."

"이젠 인생 상담까지 해주시는군. 당신보고 내 남편 돼달랬지 언제 상담사 돼달랬어? 멋대가리 없는 인간. 그런 식으로 미꾸라지처럼 빠져나가려 하지만 곱게 풀리지 않을걸."

용하는 다시 벌떡 일어나며 "멋대로 해!"라고 소리쳤다.

"그렇게 화만 내지 말고 잠깐 앉아봐요."

"나는 이제 유치장 직원도 아냐. 앞으로는 내 멋대로 데리고 나올 수도 없어. 오늘도 눈치 보며 데리고 나왔어. 이 아까운 시간에 그런 소리 듣고 싶어 데려온 게 아니라고."

"지난 토요일에 소희가 찾아왔어요. 면회실에서 만났죠. 두 번째였어요. 성원이 핑계를 대며 함께 살겠다는 거야."

"나와 살겠다는 말을 당당히 꺼냈다고?"

"아주 보통내기가 아니더라구."

"보통내기가 아니라 순진한 여자여서 그래. 남의 마음이나 입장은 생각지도 않고 혼자 고민하고 혼자 판단하고."

"그런 착한 여자라 곱게 타일러준 거라우. 소희 씨, 내 말 잘 들어요. 내가 소희 씨를 위해서 하는 말인데, 용하 그 사람은 제대로 된 경찰관이 아녜요. 속을 뜯어보면 순 사기꾼이라구. 나도 그 인간한테 엄청 당했다우. 단물만 쪽쪽 빨아먹고는 나를 걸레 취급하더란 말요. 그 인간이 징계를 두 번이나 먹은 걸 모르죠? 그중 하나가 어부들한테서 돈 뜯어먹다 걸린 건데 우리 오빠 빽으로 무마시킨 거라우. 또 하나는 말하기 민망하지만, 우리 오빠한테 큰돈 빼낼라구 사기 친 건데, 성원이를 봐서 내가 참았던 거라우. 그랬더니 소희 씨 왈, 덕을 베푼 오빠한테 사기 쳐요? 그러더라고……. 원래 인류 사기꾼은 그렇잖우? 그랬더니 당신이 존경해마지않는 소희 씨의 얼굴이 어땠는지 알아? 파랗다 못해 경기를 일으켰어."

"잘했어. 역시 애나다워. 그래서 나를 안 만나주고 상주로 직행한 모양이군."

용하는 꼭 귀신한테 홀리는 기분이었다. 밤이 깊어지면서 사무실은 썰렁해졌다. 늦가을 냉기가 벌써 손발을 시리게 했다.

양구경찰서로 용하를 찾아 온 여소희

양구경찰서로 발령이 났다. 대한민국 1번지 경찰서인 서울 중부경찰서에서 근무하다가 꼴찌 급수인 양구경찰서에서 근무를 하게 되었으니 용하는 숫제 웃음이 터졌다. 일등과 꼴찌의 격차만큼 기복이 심한 자신의 팔자가 기막힐 만큼 희화적이었다. 더구나 부정을 저질러서가 아니라 가난한 어민을 보호해주려다 징계를 먹고, 그 징계 탓에 당한 좌천이어서 더욱 기막힌 일이었다. 하기야 깊은 산골에 있는 군인도시에서 살아보는 재미도 무시할 수는 없었다. 그렇게 마음을 돌리고 보니 용하는 자신이 소설의 주인공처럼 여겨져 오히려 기분이 달뜨기도 했다.

동료들과 마지막 술판을 벌이고 이튿날 양구로 떠났다. 군인도시라 그런지 시내가 활기차 보였다. 길거리 포장마차에 손님이 꽉 들어찰 정도로 번다한 풍경이었다. 경찰서 관할이라고 해봤자 파출소 하나에 지서가 세 개뿐이었다. 파출소와

각 지서에는 근무자가 몇 명 되지 않았지만 방범대원이 보조 역할을 하고, 헌병들이 협조해주는 바람에 치안은 안정된 상태였다. 강원도 근무는 4년이 가까워지지만 유치장과 임검소에만 근무해온 탓에 시골 읍내 파출소 근무는 무척 낯설었다. 하지만 근무수칙 면에서는 서울과 별로 다를 게 없어 어색하지는 않았다. 다만 대인관계를 어떻게 해야 할지, 즉 원칙과 재량의 거리를 어떻게 조율할지가 과제였다.

다른 시골과는 달리 양구는 원주민보다는 북에서 남하했거나 타 지역에서 이주해온 뜨내기가 많고, 상인들 중에도 외지인이 상대적으로 많은 데다, 군에서 제대한 장기 복무자들 중에서 결혼 같은 연고로 눌러앉은 사람이 많았다. 방범대원만 해도 인제, 홍천, 고성, 화천, 속초, 심지어 춘천에서 이주해온 대원도 있었다.

"뭘 먹을 게 있다고 양구로 기어든 거요?"

용하가 난롯가로 모여든 방범대원들에게 농담을 던지자 얼굴이 곱상한 젊은 대원이 먼저 나섰다.

"양구는 군인도시라 딴 지역처럼 침체되지 않은 데다, 텃세가 없으니 기량껏 벌어먹을 수 있고, 전국에서 면회객이 찾아들지만 인심이 사납지 않은 곳이라 좋죠."

"군사분계선이 가까운 지역이라 오히려 떠나얄 텐데요?"

용하의 말에 이번에는 늙수그레한 전직 상사 출신 방범대장이 괄괄한 이북 사투리로 받자를 했다.

"전쟁 나면 어딘들 성하겠수? 아마 서울보단 양구가 훨씬 안전할 거외다. 기러니께니 서울이 텅텅 비면 그때 양구를 뜨갔쇼."

"맞는 말이오. 그래서 나도 서울, 부산, 강릉 다 버리고 양구로 온 거요."

"셋집은 구했습네까?"

"버스 종점 근천데, 비좁지만 깨끗한 편이데요."

"여긴 쓸 만한 셋방이 적은데 요행이외다."

시국은 일 년 내내 잠잠할 날이 없었다. 삼선개헌三選改憲 반대 데모는 점차 전국적으로 파급되어갔다. 그런 와중에도 한국도로공사가 발족되고 경인고속도로가 개통되었다. 서울은여전히 시끄러웠다. 지난 8월 28일에는 국민투표법안이 국회 내무위원회에서 여당 단독으로 수정·통과되었고, 이틀 후에는 국회 법사위원회에서 야당이 궐석한 틈을 타 기습 통과되었다. 그리고 보름 후에는 삼선개헌안과 국민투표법안이국회에서 통과되고 1969년 10월 17일에는 국민투표가 실시되어 찬성 7,550,655표로 개헌안이 가결되었다. 경제면에서는 정부가 지방사업 지원규모를 총 52억 원으로 확정했다는 내용과 한국은행이 잠정적으로 집계한 1969년도 GNP가 2조 원이라는 내용이 크게 보도되었다. 소희가 양구경찰서로용하를 찾아온 것은 그 무렵이었다.

"사기꾼을 왜 찾아온 거요?"

어둠이 깔린 둑길을 거닐면서 용하가 던진 첫마디였다.

"내가 그런 말을 믿을 것 같아요? 진작 만나고 싶었지만 마음 정리가 안 돼서……."

"그럼 이젠 마음이 정리 되었다는 말인데?"

"엄마와의 전쟁에서 내가 이긴 셈이죠. 뗏마 딸린 홀애비 사위가 아니라 위대한 철학자 사위를 두게 되었다고 우겼더 니……."

"그래서요?"

"네 아빠도 철학자 되겠다고 야단이었지만 겨우 면서기 하 다가 저세상으로 갔다며……."

"눈물을 지으셨겠군."

"눈물을 지으신 게 아니라 배꼽을 잡고 웃으셨죠. 어쩌면 그렇게 에미 핏줄을 닮았냐고. 예쁜 처녀가 처음 만난 가난뱅 이 홀애비를 따라 대관령으로 사라졌으니 기막히더란 거예 요. 엄마도 예전에 그러셨대요. 위대한 철학자를 꿈꾸는 약골 을 만나 부모 몰래 보침을 샀더니 결과는 과부팔자로 추락했 노라고."

"그래서?"

"그래서 뗏마 딸린 가난뱅이 홀애비지만 건강만은 팔팔하 다고 옹호했죠. 아버지처럼 약골이 아니라고."

"역시 여소희는 내 마누라 감이야!"

용하는 소희를 덥석 껴안고 풀밭에 쓰러졌다. 하늘의 별들 이 야단이었다. 모든 별들이 히히덕거리며 용하와 소희의 포 옹을 비웃어댔다. 앞으로 벌어질 드라마틱한 운명의 회오리 를 예고하는 웃음이었다. 용하와 소희는 여관방에 들기 전 군 인극장에서 〈사운드 오브 뮤직〉을 관람했는데, 그때 소희는 이런 말을 했다.

"군인극장은 이름이 너무 노골적이죠? 군인보다 민간인 관객이 태반인데, 획일주의는 극장 이름에까지 영향을 끼쳤네요."

획일주의? 용하는 서울에서 회자되는 그런 투의 말이 소희의 입에서 나온 게 신비스러웠다. 마음이 놓였다. 소희는 통할 수 있는 여자 같았다.

이튿날 소희는 짐을 챙겨오겠다며 상주로 떠났다. 그 사이 용하는 비번날을 포함하여 1박 2일 예정으로 서울에 다녀왔다. 우선 서울경찰청에 들러 옛날에 친하게 지내던 동료들을 만나고 밤에는 동대문서 정보과 홍기평 형사를 만나 술을 마셨다. 그는 서울대학교를 담당하고 있어 신경이 예민해졌다고 속내를 털어놓았다.

"양구생활이 어때?"

"도를 닦고 있는 형국이지."

"얼른 서울에 와서 함께 근무하자구. 자네 같은 지성파와 서울대를 맡으면 재밌는 일이 많을 거야."

"재밌는 일이 아니라 골치 아픈 일이겠지."

"이 사람 시골생활 하더니 어법이 달라졌군. 골치 아픈 일을 재밌는 일이라고 반어법을 쓴 지가 얼마나 됐다고 그래."

"정말 그렇군. 내가 서울 때를 씻다 보니 너무 씻은 모양이야."

"자네 팔자가 기막힌 게 아니고 복 받은 팔잔 줄 알아. 모두가 애나 씨 덕분이지. 애나 씨 덕에 부산으로 동해안으로 활개치며 다닐 수 있었잖은가. 그분은 요즘 어떻게 지내시나?"

"지내시나가 뭐야? 그런 존댓말 쓰지 말게."

"도저히 안 되겠나?"

"이 사람, 지금 뭔 소리 하는 거야?"

"미안하네. 자네 맘이 좀 변한 줄 알고……."

"변할 일이 따로 있지……. 나 진짜 여자를 만났네."

"여자? 누군데?"

"애나에게 고마운 점이 있다면 그 연분을 맺게 해준 점야. 앞으로 여소희가 무슨 수모를 당할지 모르지만 어떻게든 극복할 참이네."

"여소희?"

"횡계 막사지기로 발령 날 무렵에 우연히 만난 여자야."

"아가씨라구?"

"나는 원래 운이 좋은 사람이잖아. 혁명 실세 여동생과 얽히기도 하고. 그 바람에 요 모양 요 꼴이 되었지만……. 그런데 소희 씨는 너무 순진해서 탈야. 소희 씨에 비하면 이 세상 여자는 모두 껍데기라구."

"되게 먹힌 모양이군."

"먹힌 게 아니라 내가 삼켰지. 나도 행복할 수 있다는 자신감이 생겼어."

용하는 횡계막사에서 소희와 지낸 추억과 그녀가 애나를 만나고 있다는 사실을 털어놓았다.

"담력이 쎈 여자시군. 혼자 호랑이굴에 뛰어들다니."

"데모판은 어때?"

"점점 극성스러워져. 예전 데모는 낭만적이었는데 요즘은 칼날처럼 예민해졌어. 학생 대표들과 막걸리를 마신 지가 언젠지 몰라."

"업무가 재미없다는 말이군."

"학생들이 약아졌지. 그게 무서운 현상이고."

홍기평이 긴 숨을 내쉬었다. 그 한숨 속에는 예측 못할 시국 걱정이 묻어 있었다. 폭풍이 몰아칠 것만 같은 불안감이랄까. 용하는 양구에 돌아와서도 그 불안감이 지워지지 않았다.

*

양구서에서 근무를 시작하고 처음 강릉에 다녀왔다. 다시는 보고 싶지 않은 얼굴이지만 도리상 애나를 찾아갔던 것이다. 강릉경찰서로 들어서니 성원이와 함께 지내던 구내식당이며, 밤을 새우며 작품을 쓰던 수사과 사무실이며, 죄수 가족들이 드나들던 면회실이 한눈에 들어와 마음이 울적했다. 유치장에는 아직도 정든 직원들이 남아 있어 용하를 보자 반색했다. 용하는 유치장 대신 면회실로 들어갔다.

"왜 왔어요?"

"아직도 합의가 꼬이는 모양이지?"

"합의 따윈 관심 없어요. 물 흐르듯 지내다 보면 뭐에 부딪칠 때가 있겠죠."

"이봐, 정신 좀 차려. 어서 오빠한테 연락하라고. 차명구 이 사한테 연락하든가."

"차 이사가 아니라 차 전무래요."

"그럼 차 전무를 만난 거야?"

"바로 어제 다녀갔어요. 내 거처를 캐다가 이 꼴이 된 걸 알 게 됐죠."

"차라리 잘됐군."

"이제 차명구도 끝장이니 더 이상 입에 올리지 말아요. 그 나저나 당신이 불안할 것 같네요. 차명구에게 팔아먹으려고 애썼는데 허탕이니, 어서 다른 놈을 물색해봐요."

"헛소리는 여전하군. 그럼 오빠도 이 사실을 아실 텐 데⋯⋯."

"알든 모르든 오빠가 나와 무슨 상관예요. 혈연보다 체면을 더 중히 여기는 오빤데."

"무슨 말을 그렇게 해. 오빠 속이 어떤지 알아? 때리고 싶 으면서도 때리지 못하는 심정이 어떤지 알겠냐고?"

"히야! 내가 유치장 들어오길 참 잘했네. 당신 마음이 제대 로 돌아섰으니 얼마나 감격스러운지 몰라. 여보, 고마워요."

"여보 소리 빼. 누가 들어."

"그래? 그럼 크게 소리칠까?"

용하는 덜컥 겁이 났다. 애나가 무슨 짓을 저지를지 몰라 "지낼 만해?" 하고 얼른 말을 돌렸다.

"잘 먹고 잘 자고 있어요."

"왜 합의가 늦는 거야?"

"여자 측에서 까탈을 부리나 봐요."

"다른 대책을 세워야잖아?"

"그런 것 신경 안 써요. 숫제 여기가 편해요."

피식 웃음을 날리는 애나의 자조가 연민을 자아냈다. 왜 저리 망가지려는 걸까?

"나를 걱정하는 모양인데, 그런 동정 받고 싶지 않아요. 여기서 오래 썩다가 빵장이나 해먹을래요."

"정치판에 끼어들겠다?"

용하는 무거운 마음을 농담으로 풀어냈다.

"하기야 감빵도 정치판은 정치판이지. 여기서도 정치 잘하는 년이 빵장 되니까."

"사실은 정치판이 아니라 완력판이지."

"정치나 완력이나 그게 그것 아뇨?"

"이 여자 큰일 날 소리 하네. 언제 야당 됐어?"

"유치장 생활에 익숙해지다 보니 사람이 묘하게 변합디다. 암튼 내가 묘한 사람이 된 기분이야."

"철이 들어간다는 증거지. 그래서 사람은 시달려봐야 제 구실을 할 수 있어."

"나도 많이 시달렸잖우. 김용하란 놈 땜에……."

"나한테만 시달리지 말고 사회한테도 시달려보라구. 더러운 사회가 뭐고 깨끗한 사회가 뭔지, 또 고통이 뭐고 행복이 뭔지, 그런 것에도 관심을 가져보란 말야. 그래야 진짜 철이 들거든."

"그런 말은 골치가 딱딱 아파. 철드는 것도 겁나고. 그냥저

냥 살다가 죽을래. 용하란 놈이 개과천선해서 나를 껴안아준
다면야 새사람 되겠지만⋯⋯."

"또 그 지겨운 소리."

"지겨운 소리 듣기 싫으면 어서 꺼져!"

용하가 서울로 발령이 난 것은 공교롭게도 애나가 풀려날
무렵이었다. 동생 간통 건으로 체면이 구겨진 성진모 회장이
남의 일처럼 등을 돌렸지만 결국은 동생 구제에 나섰던 것이
다. 용하는 석방된 애나의 전화를 받고도 서울 발령을 숨겼
다. 서울은 애나의 서식지라는 생각이 들자 4년 만에 복귀하
는 서울 전출이 기쁘지만은 않았다. 용하는 동대문서 정보과
로 전화를 걸었다. 홍기평의 배려가 틀림없었다.

"홍 형사 짓이지?"

"기분 나쁜가?"

"나쁘지. 산골짜기에서 땅 파다 죽을 작정인데 또 지긋지긋
한 서울에서 귀양살이하게 됐잖아. 암튼 고맙네."

"정보과로 빼냈어. 서울대가 자꾸 시끄러워지거든. 자네 같
은 엘리트가 필요하다고 과장님한테 말씀드렸지. 글쟁이는
풀내보다 글냄새 나는 곳에서 놀아야 제격이잖아?"

"나 술 줄였으니까 그것만은 참작해줘. 그전처럼 호텔 로비
에다 토하게 만들지 말고."

"모두가 국가와 민족을 위한 일 아닌가."

용하는 홍기평과의 통화가 끝나자마자 소희에게 발령 사

실을 알렸다. 서울 영전 소식을 들은 소희의 목소리는 고무공처럼 콩콩 튀었다. 하지만 짐을 꾸리라는 말에 어쩐지 대답이 시원치 않았다. 반가워할 줄 알았는데 뜻밖이었다.

"걱정 돼? 아무 걱정 마. 그냥 떠나면 돼."

"신경 안 써요."

"그런데, 왜 갑자기 그래? 무슨 다른 걱정이라도?"

"……."

"말해 봐."

"나중에……."

"뭔 일인데 그래? 어서 말해 봐."

"지난 달 그게 없었어요."

"그것? 아아, 기저귀 차는 것?"

"무식하긴……."

"기저귀 안 차 좋겠는데? 암튼 걱정은 걱정이야. 당신을 판자촌으로 데려갈 판이니."

"판잣집이면 어떻고 거적집이면 어때요."

"그래, 예쁜 아가만 낳으면 돼."

용하는 그처럼 즐거운 척하면서도 속으로는 애가 탔다. 이제 앞으로 애나가 어떤 태도로 나올지 걱정이었다. 소희를 괴롭힐 게 뻔한데, 소희가 당할 수모가 걱정이었다.

"너무 걱정 말아요."

용하의 표정을 살피던 소희가 위로의 말을 꺼냈다. 소희도 애나 문제를 걱정하고 있었던 모양이다.

"부딪치면 답이 나올 거예요."

"정 꼬이면 사표내면 돼. 이젠 정말 사표내고 사라질 거야. 빌어먹을, 진작 그랬을걸."

"진작 그랬으면 나를 못 만났을 텐데요?"

순간, 소희의 말이 번개 같은 섬광이 되어 허공을 찢었다. 용하는 운명의 오묘함에 몸이 떨렸다. 애나와의 악연이 아니었다면 소희를 만나지 못했을 거라는 그 전화위복이 무섬기를 풍겼던 것이다.

*

애나는 강릉역에서 오후 4시에 출발하는 서울행 열차를 탔다. 완행열차지만 시간을 잊은 채 조용히 흘러가고 싶었다. 지칠 대로 지친 몸을 열차에 의지해서 풀어주고 싶었다. 얼마만에 가보는 서울인가……

애나는 차창 밖을 내다보며 한숨을 내쉬었다. 다시 생각해보니 간통범으로 수감된 게 자기 생애에서 오점으로 작용할 것만 같았다. 용하에 반항하려고 홧김에 저지른 일이지만 훗날 성원을 생각하면 떳떳한 짓이 아니었다. 왜 함부로 살아왔던가. 왜 건방지게 살아왔던가. 왜 용하의 마음을 헤아리지 못했던가. 애나는 함부로 살아온 과거를 갈기갈기 찢고 싶었다.

서울에 도착하자 애나는 곧장 택시를 타고 오빠네 집으로 달렸다. 오빠와 올케는 애나의 점잖은 태도에 미소를 지으며 맞아들였다. "제가 철없이 굴어 죄송해요. 앞으로는 조심해서 처신할게요." 성진모 회장은 애나의 달라진 모습이 의젓해보였다.

"고맙다. 네가 맘만 잡으면 오빠가 더 바랄 게 뭐겠니."

"어서 몸부터 씻고 집에서 편히 쉬세요. 고모가 지낼 방도 치워놨어요."

올케의 친절이 모처럼 다정하게 느껴졌다.

"나는 오늘 엄청난 수입을 올렸다. 네가 새 사람 된 것보다 더 큰 수입이 어딨겠니."

성 회장이 소리 내어 웃었다. 애나는 오빠의 환한 얼굴을 처음 보는 셈이었다. 만날 찡그리거나 짜증스런 얼굴뿐이었다. 오빠의 밝은 표정을 통해 자신의 변한 모습을 깨닫자 애나는 갑자기 어색한 기분이 들었다. 마음이 편해진 게 아니라 오히려 거북살스러웠다. 과연 오빠의 마음에 들기 위해 용하와 멀어질 수 있겠는가. 애나는 그런 생각이 들자 금방 눈앞이 캄캄했다.

"몸이 피곤해 보이는데 어서 쉬도록 해라. 푹 쉬고 나서 이야기하자."

애나는 건성으로 대답하고 나서 언니가 정리해두었다는 방으로 들어갔다. 너른 방에는 가구며 커튼이 밝고 화려한 색깔로 치장되어 있었다. 오빠가 자상하게 신경을 써준 모양이었다. 침대에 누워 눈을 감았다. 오랫만에 편안한 자리에 누워본 셈이었다. 역시 오빠의 배려는 사탕처럼 달았다. 하지만

그 행복감이 용하의 말을 떠올려주자 금방 머릿속이 뒤숭숭
했다.

너는 진정한 삶이 뭔지를 모르는 여자야. 내가 너를 상대하
면서 가장 실망스러운 건 바로 그거야. 너와 사느니 숫제 나
를 비참하게 망가뜨리는 게 훨씬 나아.

애나는 주방에 들어가 독한 양주를 한 잔 따라 마시고 방으
로 돌아와 침대에 누웠다. 그때 올케가 방으로 들어왔다.

"잠을 챙기려고 술을 들었군요. 혹 말 못할 고민거리가 있
으세요?"

"고민거리야 뻔하죠."

"성원이는 만나봤어요?"

"안 만났어요. 무슨 낯으로 만나겠어요. 강릉에서 곧장 오
는 길예요."

"성원 아빠는 다른 데로 갔다죠?"

"양구로요."

"언제 만나봤어요?"

"면회 왔었어요."

"그래요?"

올케는 용하의 그 행동이 궁금했다.

"뭐래던가요?"

"뻔한 말이죠. 함부로 살지 말라고……."

"그런 면도 있어요? 불량배는 아니네요."

"언니, 그 사람이 불량배라면 내가 이 꼴이 되겠어요?"

"고모 꼴이 어때서요?"

"언니도 많이 변했네요. 정치적인 말투를 쓰시고."

"호호호호, 정치적인 말투?"

애나도 따라 웃었다. 차명구의 말을 꺼내기 위해 우회적으로 유도하는 올케의 말솜씨가 엉성하다 못해 귀여웠다.

미아리 산동네 생활

용하는 미아리 산동네에 셋방을 얻었다. 산동네 중에서도 꼭대기 지대가 방값이 쌌다. 대여섯 평쯤 되는 방에 한 평 남짓한 부엌이 딸렸는데 연탄아궁이 옆에 판자로 만든 낡은 찬장이 놓여있었다. 소희는 친정에 가서 돈을 구해올 테니 지대가 낮은 곳에 전세방을 얻자고 졸랐지만 용하는 끝내 거절했다.

"지금도 늦지 않았어. 다시 한 번 생각해봐. 부부가 되어 살림살이를 차린다는 것은 애정만 가지고도 안 돼. 나는 얼마든지 이해할 수 있어."

"지금 무슨 말을 하는 거예요? 나를 어떤 인간으로 보는 거죠?"

소희가 목소리를 높였다. 사실 용하는 소희에게 억탁을 부렸던 것이다. 약자의 변명이었다. 참으로 소희에게 미안했다. 그 미안함을 표현한 말이 기껏 그런 투정이었다.

"곤궁한 처지뿐이 아냐. 당신이 애나한테 당할 수모를 생각하면……."

"왜 자꾸 그런 말을 하세요. 각오한 바라고 말했잖아요."

"당신처럼 곱게 살아온 사람에게는 너무 벅찬 짐이라 그래. 내 지저분한 운명을 당신에게까지 짐이 되게 할 순 없어."

"나를 데려온 것이 후회되나요?"

"그런 식으로 닦달하지 마. 냉정히 생각하고 하는 말이야. 가벼운 말이 아니라고."

"나는 똑똑한 분인 줄 알았는데 실망스럽네요. 첫날을 즐겁게 보내지 않고."

용하는 말문이 막혔다. 소희의 말이 무거운 자물통이 되어 용하의 입을 틀어막았다.

"민망하죠? 앞으로는 나를 어리게 보지 말아요. 당신과 나이 차이는 많지만 엄연히 안방마님예요."

안방마님이란 말에 용하는 저절로 웃음이 터져 나왔다. 어색한 분위기를 살려내는 소희의 깜찍한 너스레가 돋보였다. 용하도 농담으로 대꾸할 수밖에 없었다.

"내가 속았소. 이런 깍쟁이인 줄 모르고 순둥이로만 여겼으니 내 장래가 뻔하오. 질질 끌려다닐 내가 가엾구려. 독한 여자!"

소희의 손을 잡아주었다.

"기껏 손을 잡아줘요? 몸을 껴안지 못하고요? 좀사내!"

아침에 눈을 뜨니 곱게 밥상이 차려져 있었다. 언제 준비했는지 개다리소반에 반찬이 그들먹했다. 동탯국, 두부조림, 시금치무침, 무채가 차려져 있었다. 첫 출근길에 오른 용하는 산 아래로 내려가 버스를 타고 혜화동에서 내려 택시를 잡았다. 택시비를 아끼려고 미아리에서 혜화동까지는 버스를 탔던 것이다. 혜화동 로터리에는 전차 선로가 철거되고 대신 차로가 넓혀졌다.

먼저 경무과에 들렀더니 정보과 근무가 아니라 혜화파출소로 발령이 나 있었다.

"외지에서 왔으니 우선 파출소 근무를 하면서 업무를 익히도록 해요."

인사담당이 미안한 기색을 내보였다. 시골에서 전입해온 사람에게 정보 업무를 맡기기에는 아직 이르다는 말이었다. 용하도 그 말을 이해했다. 더구나 대선을 앞둔 시기가 아닌가. 인사담당은 한마디를 더 보탰다.

"혜화파출소 관내는 한국에서 VIP가 가장 많이 거주하는 지역이니 신경을 써야 할 거요."

용하는 신경을 쓰라는 말이 귀에 거슬렸다. 자칫 잘못하면 끝발에 채이기 십상이라는 말이었다. 파출소에 찾아가니 소장의 첫마디도 신경을 쓰라는 말이었다.

"우선 관내 파악에 힘써요. 그리고 여기서는 지리 교시가 큰 비중을 차지하는 업무요. 누가 묻든 친절히 대해주고, 되도록이면 직접 밖으로 나가 주택 위치를 소상히 가르쳐주도록 해요. 총리를 비롯해 고위층이 많고, 국회의원, 군 장성, 법관이 부지기수요. 그리고 무엇보다 서울대와 성균관대가 이

웃에 있으니 한시도 긴장을 늦춰선 안 돼요. 그래서 상관들의 순시가 밤낮없이 잦은 거요."

소장과 이야기 중인데 마침 정보과 홍기평 형사가 찾아왔다. 그는 소장에게 씽긋 웃어 보이며 용하를 데리고 나가겠다는 손짓을 보냈다. 밖으로 나오자 홍 형사가 용하의 손을 잡아주며 말했다.

"미안해. 조금만 참아."

"그런 소리 마. 정보는 사실 걱정돼. 오히려 파출소 근무가 마음 편해."

"서울대가 심상치 않아. 이럴 때 자네 같은 사람이 필요한데 외지에서 징계 먹고 온 사람에게 정보 업무를 맡긴다는 게 걸렸던 모양야. 다른 서 같으면 별 것 아니지만 동대문 정보는 가장 첨예한 곳이잖아. 서울대에서 방귀만 뀌어도 놀라는 현실 아닌가. 조용한 날이 하루도 없거든."

용하를 동소문 쪽으로 끌고간 홍 형사는 성벽 근처 언덕에 있는 토굴 속으로 들어갔다.

"여기가 그 유명한 막걸리집 '석굴암'이야. 서울대 골치들의 아지트지. 덩달아 우리들 아지트도 된 셈이고."

주먹만 한 전구가 여기저기 매달려 있는 어두컴컴한 굴속에는 담배연기가 자욱했다. 술 냄새도 코를 찔렀다. 아침나절인데도 얼근히 취한 학생들이 여기저기서 꿈틀대고 있었다. 그들의 흐물거리던 눈빛이 홍기평 형사의 얼굴을 살피며 점점 일그러졌다. 모두 안면이 있는 모양이었다.

"어서 오세요."

저쪽 구석자리에 두 명이 술을 마시다가 얼른 인사를 차렸다. 술자리로 다가간 홍 형사가 두 학생의 어깨를 다독거리며 말을 건넸다.

"오늘은 일이 없는 모양이군. 간부님들이 한가할 때도 있네."

"한가한 게 아니죠. 여기서 데모 중인데요."

"데모? 그 징그러운 데모?"

"모두가 국가를 위하는 일 아닙니까. 형사님도 국가를 위해서 이렇게 불철주야 뛰시는 거구요."

"나는 게을러서 불철주야 못해."

"그럼 오늘은 수확을 포기하신 거예요?"

"이삭까지 다 주워먹어서 이젠 먹을 게 없어."

"그래서 저희 아지트로 구걸 오셨나요?"

"이 양반아, 구걸이란 표현은 좀 뭐하잖아? 구걸해봤자 정보를 주지 않을 테고."

"한잔 드시러 오신 모양인데 합석하시죠."

"조건이 있어. 술값은 내가 내기로."

"그러세요. 술값만큼 돌멩이 몇 개 덜어드릴게요."

"그럼 막걸리를 몇 주전자 사면 돌을 아주 만지지 않을 텐가?

"좋아요. 우리가 돌을 들지 않을 테니 대신 최루탄을 쏘지 마세요."

"이제 말장난 그만 하고 술이나 마시자구."

네 명이 합석하자 푸짐한 기분이 들었다. 더구나 대척 관계인 정보형사와 학생회 간부의 합석이니 숫제 마음이 편할 만큼 이물이 없었다. 모두 상대방의 깊은 속내를 들여다볼 수 있는 처지여서 숨기고 조심할 게 없었다.

벌써 초여름이었다. 대선을 앞두고 시국이 점점 긴장되어 갔다. 중국(당시에는 中共) 수상 주은래가 대외통상 4원칙을 발표하고 한국·대만과 상거래하는 일본 상사와는 거래를 끊겠다고 엄포를 놓았다. 문화면에서는 유고슬라비아 작가 미케릭 여사가 공산권 작가로는 처음으로 김포공항으로 입국해서 화제를 모았다. 공산권 지성인이 입국했다는 사실만으로도 관심이 높았다.

가랑비가 내리는 탓인지 파출소는 조용했다. 근무석을 지키고 있던 용하는 앞으로 어떤 상황이 벌어질지 몰라 마음이 불안했다. 작품은 손을 놓은 지 오래고 일기도 일주일에 한 번 정도로 듬성듬성 쓰고 있는 실정이었다. 용하는 차량으로 붐비는 혜화동로터리 풍경을 바라보았다.

이제 너를 노리개로 삼겠다

　소희는 배가 불러오자 애나를 만나보기로 작정하고 다방
에서 만나기로 약속했다. 수모를 당할 줄 알면서도 막다른 심
정에서 대거리를 각오했던 것이다.

　"뵙는 것이 예의일 성싶어서 무례를 저질렀습니다."

　"당신이 나한테 예의 차려야 될 까닭이 뭐죠?"

　애나의 첫마디는 의외로 침착했다. 독사가 개구리를 앞에
놓고 희롱하는 꼴이었다.

　"솔직히 말씀드려서…… 성원 엄마한테 용서를 빌러 왔어
요."

　"나한테서 뭔 용서를 빈다는 거요?"

　"나는 성원 아빠를 사랑하고 있습니다."

　"사랑? 김용하를?"

　"네."

　"실컷 사랑해요. 그런데 그게 왜 용서거리가 되죠? 당신 멋

대로 찢고 패면 될 텐데?”

“앞으로 그분과 함께 살기로 결심했거든요. 그분도 저를 사
랑하니까요.”

“성원 아빠를 자주 만나나요?”

“지금 함께 살고 있어요.”

“하하하하…… 동거 중이라고?”

“네.”

“겁 없는 여자군.”

“성원 엄마의 용서만 있으면 우린 잘 살 수 있어요. 그게 성
원이가 잘 자라는 길이기도 하고요.”

“자신만만하군. 그러니까 남의 사내를 훔치겠다? 도둑년
소리 듣기 싫으니까 주인이 보는 앞에서 까놓고 훔치겠다?
하지만 그건 강도짓이란 걸 알아야지. 강도는 절도보다 벌이
더 크다는 것도 알아야 되고, 뻔뻔스럽긴!”

“내가 기다리지 못하는 건 성원이 때문에 그럽니다. 그 애
가 딱해서요.”

“어쭈, 약은 수 쓰고 있네. 성원이를 들먹이면 내가 감동할
줄 알고? 그리고 뭐가 어째? 기다리지 못한다고? 그래 뭘 기
다린다는 거니? 내가 도장 찍어줄 날짜를 못 기다리겠다는
뜻이겠지? 넉살 좋은 년! 아주 교활한 년이군. 다방이 아니면
머리끄덩이를 잡아 확 뽑아버릴 텐데.”

“나는 독하지만 교활하지는 않습니다.”

“흥, 요게 깐죽대기까지? 좋아, 지금은 참지만 너 내 손에
죽을 줄 알아. 그나저나 손볼 년을 기다리던 참인데 잘됐구

면."

"한 말씀만 더 드리죠. 제발 성원이를 잘 키우도록 협조해 주세요. 그 애가 함부로 자라서는 안 됩니다. 벌써 저하고 정이 들었어요."

"협조하라고? 내가 에민데 너 누구보고 협조하라는 거야. 이거 주객이 전도됐군. 그리고 내가 지금 새끼를 신경 쓰래?"

"나는 성원이를 잘 키울 자신이 있습니다."

"이거 꼭 그 인간 같네. 자식을 앞세워 대드는 꼴이. 너 혹시 용하 그놈과 짜고 수작 부리는 거 아냐?"

"성원 아빠는 지금 애나 씨를 만나는 것도 모릅니다."

"암튼 마지막으로 한마디 하겠는데 너 앞으로 애 이름 꺼내지 마. 성원이는 흥정할 물건이 아니니까. 알겠어?"

자리에서 일어난 애나는 휙 몸을 돌려 밖으로 나갔다. 한방 얻어맞은 기분이었다. 세상이 만만치 않다는 걸 애나는 새삼 깨달았다.

한편 다방을 나온 소희는 기분이 개운했다. 그동안 애나를 만나보는 게 큰 부담이 되었는데 그 걱정거리를 풀고 나니 몸이 가랑잎처럼 가벼웠다. 앞으로 어떤 대거리가 벌어져도 무난히 버틸 것만 같았다. 오히려 애나를 자주 만나 싸우고 싶어졌다. 머리채를 잡히고 코피가 터져도 애나와의 싸움은 피하고 싶지 않았다. 애나에게서 당하는 만큼 승리는 가까워질 것만 같았다.

아무 때고 저 여자가 나를 좋아하리라!

소희는 지그시 입술을 깨물었다. 마음 같아서는 춤이라도

추고 싶었다. 그럼 언제 또 만나지? 무슨 핑계로 만나지? 소
희는 애나가 싫어해도 억지로 만나리라 마음먹었다, 다른 대
책이 없었다. 웃는 얼굴에 침 뱉겠는가. 또 뱉은들 어떤가. 애
초부터 수모를 각오했으니 겁날 것도 없었다. 소희가 애나를
다시 만나자고 연락한 것은 보름쯤 지나서였다. 약속 장소는
지난번에 만났던 다방이었다.

"왜 또 만나자는 거야?"

애나는 만나자마자 윽박부터 질렀다.

"몸이 불편하세요? 얼굴이 전보다 수척해 보여요."

"어쭈, 그런다고 내가 머리채를 뽑지 않을 것 같애? 나한테
뭘 줄 생각은 말라구. 나는 받아먹고도 치는 성격이니까 알랑
거리지 말란 말야."

"내가 찾아오는 걸 예의로만 여기지 마세요."

"요구사항부터 말해."

"요구사항은 없어요."

"그럼 왜 만나자는 거지? 네가 찾아온다고 감격할 내가 아
니잖아."

"성원 엄마를 감동시키려고 찾아오는 게 아닙니다. 찾아뵐
의무나 도리도 없거니와 그런 것 때문이라면 찾아오지도 않
아요. 저한테도 그런 고집은 있으니까요."

"그런데 왜 만나자는 건지 어서 그거나 말해. 짜증나게 굴
지 말고."

"성원이가 저한테 엄마 돼달라며 울었어요."

"미치겠구먼. 그 따위 소리 할라고 또 만나잔 거야? 머 이

런 얼빠진 년이 있어!"

"나한테는 그보다 더 보배로운 일이 없거든요."

"너 진짜 머리끄덩이 잡혀 볼래? 왜 자꾸 간죽거리는 거야. 너 제발 이러지 마. 진짜 바보가 아니라면."

소희의 눈자위에 눈물이 맺혔다. 애나는 얼른 얼굴을 돌리며 쏘아붙였다.

"이게 어디서 눈물을 짜는 거야, 꼴사납게!"

긴 침묵이 흘렀다. 그 침묵을 이번에는 애나가 먼저 깼다. "성원이가 잘 따른다고?" 갑자기 애나의 목소리가 부드러워졌다. 그 부드러운 목소리가 소희를 더 서럽게 울렸다. 애나는 핸드백에서 담배를 꺼내 불을 댕긴 채 밖으로 나갔다. 바깥에서 담배를 피우고 돌아온 애나가 경쾌한 목소리로 말했다.

"김용하 그 인간이 나를 골초로 만들었어. 소희 씨는 내가 폐병 들어 죽기를 바라겠지?"

"내가 애나 씨를 찾아온 것은 용서하겠다는 말씀을 듣기 위해서예요. 그 말씀을 해주시기 전에는 계속 찾아올 거예요. 물론 용서하는 게 어려운 걸 잘 알아요. 여자의 본성을 바꾸기 힘들잖아요."

"질투 말인가?"

"질투가 아니라 연민이죠."

"영악한 여자군, 연민이라면 용서보다 더 큰 걸 노리는 셈인데…… 참 일이 묘하게 돌아가는군."

소희와 헤어지고 집에 돌아온 애나는 무엇에 홀린 기분이었다. 소희가 똑똑한 여자인지 모자란 여자인지 가늠할 수가 없었다. 그리고 가늠할 수 없는 자신의 무능에 화가 치밀었다. 아주 간통으로 끝장낼까? 하지만 간통은 정말 끝장이 되고 만다. 싱거운 종말이다. 게다가 나도 불륜을 저질렀잖은가. 용하는 그냥 지나쳤는데 나만 간통고소하자니 인간적인 도리가 아니었다. 소희도 간통으로 집어넣기를 바라는 기색이었다. 그럼 어쩌지? 애나는 이러지도 저러지도 못하는 그 기로에 서 있는 자신이 안타까웠다. 하지만 무슨 대책을 세워야 했다. 고심을 거듭하던 애나는 갑자기 무릎을 쳤다.

그래! 이제 너를 노리개로 삼겠다! 너를 흔들고 만지다가 던져버리겠다. 너는 이제 아무 쓸모없는 인간이 되었다. 네가 매춘부와 어울릴 때만 해도 얼마나 순수해 보였던가!

서울 문리대생들의 모의재판과 유라 탄생

용하가 정보과로 발령이 난 것은 한여름이었다. 정보형사
는 우선 몸가짐부터 단정해야 하고 정치, 경제, 사회, 문화 모
든 분야와 학술, 종교, 군사 등 각양각색의 직종에 종사하는
모든 부류의 사람, 지위가 높은 고관이나 사회지도층 인사로
부터 말단 직책은 물론 다방 아가씨나 구두닦이에 이르기까
지 모두를 대등한 위상에 놓고 상대해야 원만한 정보활동을
할 수 있다. 한마디로 남의 말을 많이 들어야 한다. 하지만 남
의 말을 예의치레로 들어주는 귀가 아니라 말하는 사람의 마
음까지 꿰뚫어 볼 수 있는 예민한 귀여야 한다. 그리고 무엇
보다 중요한 것은 교양이다. 정객을 만나면 정치에 대해, 경
제인을 만나면 경제에 대해, 학자를 만나면 학문에 대해, 예
술인이나 종교인을 만나면 예술이나 종교에 대해서 기본 대
화가 통해야 업무를 원만히 수행할 수 있다.

용하는 양복과 넥타이 차림으로 출근했다. 며칠 동안은 관

내 파악을 하면서 여론을 수집했다. 그의 나이 서른한 살. 직업나이로도 철이 들 무렵이었다. 정보형사의 주된 업무 중 하나는 첩보 작성이었다. 매일 퇴근 무렵에는 하루의 일과를 정리하여 첩보로 묶어야 하는데 거의가 내년에 치를 선거업무 일색이었다.

"우리가 공화당 시녀야?"

술자리에서 그런 푸념들을 내뱉는 직원도 있었다. 하지만 정치판보다 더 중요한 업무는 대학교 동향이었다. 특히 서울대학교의 움직임은 동대문서 정보업무의 중심과제였다. 용하는 중요한 채증업무를 맡게 되었다. 학생풍의 이미지여서 침투에 용이하다는 평이었다. 채증요원은 순간포착이 중요했다. 언제 어디서 상황이 돌발할지 모른다. 카메라, 녹음기 등 채증 도구를 늘 몸에 지녀야 하니 기습을 당할 우려도 있었다. 그래서 유사시에는 직원의 지원을 받기도 하지만 그 보호 자체가 공격 대상이 될 수도 있었다. 용하는 자기가 찍은 사진이 어디에 사용되고 있는지를 노출시킬 수 없었다. 그건 대외비였다. 그 사진의 위력은 컸다. 고관의 직책을 바꿀 수도 있고, 공천에 영향을 끼칠 수도 있었다.

서울대 문리대생들의 모의재판이 열릴 때에는 용하 혼자 학생풍의 복장을 갖추고 동숭동에 있는 문리대로 침투해야 했다. 간담회와 모의재판이 온종일 계속될 예정이었다. 용하는 운동장에 모여 있는 학생들 틈에 끼어 있다가 간담회가 열리는 학전살롱으로 갔다. 입구에서는 두 학생이 입장 학생들을 살펴보고 있었다. 용하는 학생티를 내려고 손에 책을 들고 입구를 통과해 얼른 빈자리를 찾아가 앉았다.

간담회는 낮에 학전살롱에서 총학생회 주최로 개최되었다. 참가 범위는 서울대 법대, 음대, 의대생 말고도 서강대, 성균관, 연세대, 고려대생이 다수 참석했다. 간담회 요지는 첫째 지금까지의 학생운동이 학생회가 주최하는 운동과 소위 문제학생들이 전개하는 운동 등으로 이원화되어 있어 이를 일원화해야 한다는 것과 둘째는 학원사찰과 황색문화에 대하여 막연한 내용으로 규탄하기에 앞서 구체적이고 대안이 있는 학생운동을 전개하여 실리를 얻어야 한다는 내용이었다. 셋째는 지금까지의 학생운동이 일부 학생층 중심이라는 지탄을 면치 못했는데 각 대학 연합으로 참여도를 높이자는 주장이었다.

간담회는 오후 늦게야 끝났다. 문리대 학생회가 주최한 모의재판은 동숭동 서울대 강당에서 밤 여덟 시부터 열렸다. 밤열 시까지 대학생들 틈에 끼어 지내야 하는 용하는 교문 밖으로 나와 저녁을 사 먹고 어둠이 쌓여서야 몰래 교정으로 다시 숨어들었다. 행사장에는 교수와 학생 다수가 참석하고 있었다. 용하도 그들 틈에 끼어 의자에 앉았다. 자리가 정돈되자 이내 막이 올랐다. 소위 학림공화국 최고재판소장의 주심으로 열린 풍자극의 내용은 '반사회행위규제법 위반자에 대한 공판'이었다.

1) 무대 등장인물

판사 1명, 검사 1명, 변호인 1명, 서기 1명, 피고 3명인데 피고인들의 인적사항은,

피고 1: 학림남도 419번지 거주 농민.

피고 2: 학림특별시 동빙고동 516번지에 거주하는 차관도 입공사 사장 외차관.

피고 3: 수입개발공사 사장 막수입.

2) 각본 요지

검사:　부익부 빈익빈 현상은 고층빌딩과 판자촌의 대조처럼 민족의 동일성을 파괴하고 사회불안의 요소가 되는데, 4억 불의 차관과 13억 불의 원조금을 어디에 썼느냐.

변호인: 검사는 반국가적인 발설을 책임져야 한다. 민족중흥을 위해서는 하나의 지표를 정해야 하는데 우리는 기모노제국을 본받아야 한다.

피고 3: 조국 근대화를 위해 골프장, 터키탕, 나이트클럽 등으로 물질적 향락을 누려야 한다.

피고 2: 1억 불 차관을 얻어 19층 빌딩을 짓고 호텔 나이트클럽을 꾸민 것은 우리도 그만큼 잘산다는 모습을 보여주기 위함이다.

3) 언도

농민은 징역 10분

막수입은 달러 수입 공로로 무죄
외차관은 정보정치 봉사자로 무죄

용하는 풍자극 요지만 적어서 얼른 회의장을 나왔다. 밤이 깊었다. 쌀쌀한 교정을 걸어가며 갑자기 외로움을 느꼈다. 발에 낙엽이 밟혔다. 교문을 빠져나온 용하는 택시를 잡기 위해 길을 건넜다. 밤이 깊어서인지 차가 뜸했다. 용하가 차를 기다리는 동안 종로 쪽에서 교통경찰관 하나가 이쪽으로 걸어왔다. 퇴근길인 모양이었다. 얼굴을 마주치고 보니 혜화파출소에서 친하게 지낸 직원이었다. 용하가 정보과로 발령날 때 그는 교통계로 발령이 났었다. 전북 부안이 고향인 그는 평소 지역감정에 불만이 많던 직원이었다. 반갑게 악수를 나눈 두 사람은 혜화동 쪽으로 가다가 대폿집을 찾아들었다.

"정보과는 바쁘겠구먼. 서울대가 설치는 데다 내년 대선 땜에 말야. 암튼 자네들은 열심히 여당표나 모아줘. 그래야 나는 만년 교통 해먹지."

"죽을 맛이네. 자네야 국물 마시는 재미가 쏠쏠하겠지만. 나도 전라도에서 태어나 교통 해먹었으면 좋겠다."

"충청도다운 말투군."

"충청도 말투가 어떤데?"

"맘이 편하잖아. 그냥저냥……."

"이 사람아, 충청도 무시하지 마. 썽나면 무섭다구. 이순신 장군, 윤봉길 의사, 유관순 열사, 모두 충청도라구."

"하긴 그렇군. 이순신 장군도 일본놈들에게 썡내신 거니까.

"그나저나 학생놈들에게 얻어맞고 싶어 한밤중에 정복 입고 다니나? 서울대놈들 방금 헤어졌는데."

"그 자식들 그래도 차 잡아달라고 조르던데. 세 패거리나 합승시켜 줬어."

"경찰관이 합승을 조장해?"

"귀여워서 그랬지. 돌 던지는 대신 차를 잡아달라니 얼마나 이뻐."

"그래 이쁘지. 모의재판을 봐도 하는 짓이 예쁘더라만 그 예쁜 짓이 얼마나 갈지 모르겠군."

"그게 뭔 소리야? 얼마 갈지 모르다니?"

"그 순수한 정신을 지니고 산다는 게 얼마나 어려운지 잘 알잖아?"

용하와 교통은 얼근히 취해서야 술집을 나왔다. 통금시간이 가까워지고 있었다.

*

유라는 임신 중인 애기가 딸일 경우를 예상해서 지어놓은 이름이었다. 성원은 "아빠캉 엄마캉 유라캉 나캉 막흔 넷이 우리 식구"라고 떠들곤 했는데 그때마다 소희는 성원을 꼭 껴안아주었다. 이제 성원은 소희에게 친구 역할을 톡톡히 했다. 온종일 산동네 구석방에서 지내야 하는 소희에게는 성원이가 유일한 말벗이었다. 우물에서 물을 길을 때도 성원의 몫이 컸다. 물통을 들고 미리 줄을 서서 소희의 수고를 덜어주곤 했다.

이튿날 아침나절이었다. 이부자리 위에 누워 있던 소희가 진통을 거듭했다. 출산을 처음 겪는 용하로서는 두려운 순간이었다. 소희가 진통할 때마다 꼭 껴안아주다가 옆집 아줌마가 애를 받아내자 애기를 거꾸로 들고 궁둥이를 때렸다. 그제야 울지 않던 애기가 앵 하고 울음을 터뜨렸다.

"김유라……."

용하는 미리 지어놓은 한글 이름을 거듭 외워보았다. 이웃 아줌마와 함께 산모를 조리한 후에도 온종일 산모 곁을 떠나지 않았다. 사랑하는 여자가 사랑하는 자식을 낳은 그 축복받을 출산이 기쁘면서도 성원이의 출산을 생각하니 민망하기도 했다.

준재벌급 회사 사장자리마저 거절한 용하

- 성북동 고급주택가에 대한 주민 여론

성북구 성북동에는 한창 고급주택이 건축 중인데 주택의 대지 규모나 시설 등이 일률적으로 호화스럽고, 설상가상으로 서울시 불하 지역은 평당 60,000원 꼴인데다 건축주 거의가 차관 업체 소유주인 바, 이 주택가를 언필칭 제2의 도둑촌이라고 칭한다 함. 심지어 집안에 에스컬레이터를 설치해서 1층 거실에서 앉은 채 2층으로 올라갈 수 있다는 풍문이 나돌고 있는 실정임.

용하는 첩보를 제출하고 퇴근 준비를 서둘렀다. 그때 성진모 회장으로부터 전화가 왔다. 저녁식사를 함께하자는 내용이었다. 용하는 약속장소인 충무로 중화요리점을 찾아갔다.

"오랜만이군."

성 회장은 용하를 보자 먼저 손을 내밀었다.

"사무실로 찾아가면 자네 입장이 난처할 줄 알고 불러냈네. 내가 경찰서에 찾아가 누구를 만나러 왔다고 하겠는가. 떳떳이 매제라고 내세우겠는가 아우라고 하겠는가. 더구나 정보과는 통제구역인데 내 신분을 누구라고 밝히며 들어가겠는가."

성 회장의 목소리가 왜 부드러운지 용하는 잘 알고 있었다. 싸울 상대가 너무 허약하면 조용히 죽어주는 게 예의요 덕망이었다. 공격무기가 얼마나 흔한가. 경찰이 강할 때는 강하지만 약할 때는 파리 목숨만도 못하다. 그중에서도 여자 문제라면 가장 흔들기 좋은 조건이었다. 또 얼마나 말발이 서는 조건인가.

국민의 생명과 재산을 보호해야 되는 공직자로서 모름지기 모든 면에 타의 모범이 돼야 마땅하거늘, 엄연히 법률상의 여건까지 갖춘 아내를 핍박하여 타락의 길로 내몰았다. 뿐만 아니라 다른 여자와 동거하면서도 수도 서울 한복판에서 국가안위에 중차대한 정보업무에 종사하고 있으니 당장 파직하고 물고를 낼 수 있는 조건인데……. 성 회장으로서는 서두를 필요가 없었다.

"요즘 바쁘지? 나도 군에 있을 때 정보장교 생활을 해봤지만 경찰 업무와는 다를 거야."

성 회장의 목소리는 여전히 부드러웠다. 군대의 정보업무를 모르는 용하로서 확실한 대답을 줄 수는 없지만 비슷하리라 여겨졌다. 경찰의 업무 스타일도 군대 업무의 형식을 닮아가고 있잖은가.

"학생놈들이 왜 그 지랄인지 모르겠어. 그저 조져야 돼. 순 빨갱이 놈들이니까. 나는 자네들 업무가 자랑스럽네. 열심히 뛰어서 나라 기강을 세워보라고."

술기운이 돌자 성 회장의 목소리가 점점 거칠어졌다. 용하는 학생들의 입장을 내비쳤다.

"물론 과격한 사고방식을 가진 학생도 있습니다만 그들의 주장에도 순수한 면이 없잖아 있습니다."

"순수한 면이 있다고? 자네가 그런 사고방식을 가져선 안 되지."

성 회장이 용하의 얼굴을 똑바로 바라보았다.

"저는 객관적인 시각으로 말씀드린 겁니다. 혹 학생들의 투쟁이 지나치다 해도 그걸 뭉개서는 안 됩니다."

"투쟁? 자네도 물들었구먼?"

"물들다뇨?"

"빨갱이 물 말야."

"회장님은 너무 굳어계십니다. 단단한 의식을 푸셔야 합니다. 죄송한 말씀이지만 성원 엄마가 겉도는 것도 주변 환경이 너무 단단한 탓이죠. 가정을 비롯해 회장님의 영향이 미치는 주변 말입니다."

"지금 내게 충고하는 건가?"

"충고가 아니고 건의를 드리는 겁니다. 그런 면에서 보면 성원 엄마가 가엾지요."

"그처럼 애나가 가여운데, 어째서 야박하게 밀쳐내기만 하는가?"

"인연을 맺지 못하는 것과 인간적 연민과는 다릅니다."

"자네의 약점은 바로 그걸세. 지금처럼 꼬지꼬지 따지는 것. 자네는 날보고 굳어 있다고 했지만 자네 역시 마찬가지야."

"그 말씀은 받아들이겠습니다."

"애나가 찾아갔다지? 그럼 본론만 말하겠네. 애나는 자넬 결코 포기하지 않을 거야. 앞으로 무척 괴롭힐 걸세. 괴롭힐 여건도 갖추고 있고."

"법률적 약점을 따지는 겁니까?"

"자넨 강릉에서 호적을 정리해야 했어. 얼마나 좋은 기회인가? 호적상의 아내가 딴 남자와 간통했는데."

"그때는 여자의 약점을 잡는 것이 양심에 찔리고 못난 짓으로 여겨졌습니다. 감옥에 들어 있는 여자한테 당장 호적정리를 요구해야 쓰겠어요?"

"좋은 사람이군. 하지만 자네의 그 좋은 인간성 때문에 한 여성이 망가지고 있다는 사실을 명심해야지. 자네가 일방적으로 호적을 정리했어야 했어. 함께 살 여자가 아니잖은가. 그러니 자네의 그 착함이 모두에게 해를 끼친 셈이네. 미덕이라는 것도 알고 보면 상대적이지. 자네의 경우처럼 해가 되는 미덕도 있으니까."

"옳은 말씀입니다. 그래서 더욱 괴롭고요."

"그냥 억탁으로 해본 소리네. 솔직히 나는 애나년을 때려주고 싶은 심정일세. 맘을 돌릴 줄도 알아얄 텐데……."

성 회장은 술잔을 비우고 잔을 내밀었다. 그는 용하에게 술을 따라주면서 속으로 생각했다.

애나가 반할 만도 하구나. 하지만 어쩔 수 없다. 네 목을 치는 게 아깝지만 동생과 우리 가정을 위해 할 수 없는 노릇이구나. 스스로 사표 내고 쥐도 새도 모르게 사라졌으면 좋으련만.

"내가 오늘 자넬 만나자고 한 것은······."

성 회장은 엄숙한 얼굴로 용하를 바라보았다.

"자넨 이제 사랑하는 여자와 가정을 꾸몄네. 정말 애나하고는 인연이 끝난 셈일세. 애나로선 한 점도 미련을 가질 수 없게 됐어. 그러니 이젠 자네가 애나를 구제해줘야겠네, 그 방법을 논의해 보자고 자넬 불렀네."

"제가 어떻게 하면 되겠습니까?"

"간단하지, 애나와 사는 것."

"······."

"만약 이대로 지내다간 그 애는 완전히 썩고 마네. 나도 미처 몰랐어. 자네에 대한 애나의 애정을 과소평가했던 게 잘못이네. 이럴 줄 알았으면 진작 내가 자네에게 매달릴걸 그랬어. 내가 적극적이었다면 끝내 거절하진 못했을 것 아닌가. 부산에서 자네를 처음 봤을 때 데려왔어야 하는 건데."

"아닙니다. 저에 대한 무관심은 잘하신 판단입니다. 저는 사회적으로 쓸모없는 존잽니다. 세상을 비상식적으로 살 체질이거든요. 만약 그 사람이 끝까지 저와 살게 됐으면 더 큰 불행에 빠졌을 겁니다."

"이 사람아, 그 애한테 지금보다 더한 불행이 어딨겠는가."

"엄밀히 말씀드려서, 아까도 말씀드렸지만, 그 사람은 지금 즐겁게 사는 겁니다. 그 사람의 삶 방식대로요. 다만 노리개가 필요한데 제가 그 대상이 되고 있잖습니까. 그것도 가장 질 좋은 노리개로요."

"무슨 말인지 도통 모르겠군."

"회장님께서도 동생의 끼를 이해하셔야 합니다. 다시 말씀드리지만 그 사람은 불행한 게 아닙니다."

"자네 말은 꼭 미친 사람이 지껄이는 말 같아."

"그래서 상식적인 인간이 아니랬잖습니까."

"상식적인 인간이 아니면, 그럼 왜 이상한 사람이 되었는가?"

"말씀하신 이상한 사람이란 게……."

"그냥 이상하게 느껴진다는 거네."

"남들은 행복을 추구하며 살지만 저는 고통을 추구하며 사는 인간이기 때문입니다."

"체질이 다르다는 말이군."

"네 그렇습니다."

"인간의 성격은 모두 다르겠지만 자네만은 이해할 수가 없군. 내 동생이 하필 자네 같은 사람을 만나다니……."

"죄송합니다."

"암튼 모든 불상사가 내 탓임은 틀림없네. 자네들을 내 곁에 잡아두지 못한 탓. 그건 그렇고 경찰 봉급 이십 년 치를 줄 테니 생각해보게. 큰돈이랄 순 없지만 작은 돈도 아니네. 만약 그게 약소하다면 삼십 년 치를 줄 용의도 있어. 여소희란

여자한테 흡족할진 모르지만. 그리고 자네한텐 회사 사장자
리를 내주겠네."

"……."

"화내지는 말게, 자넨 이성적인 사람이니까. 그럼 이만 가
보겠네."

"제가 받아들일 수 없는 조건을 제시하시는 진짜 이유
는……."

"말해보게."

"애나 씨와 차명구 전무를 결합시키기 위해섭니까?"

"판단이 빠르군. 자네도 사업을 해보면 알 걸세. 얼마나 인
재가 필요한지를. 차명구는 그에 합당한 인물이네."

"그럼 제가 어떻게 하면 좋겠습니까."

"그 돈을 가지고 멀리 떠나달라는 거네. 애나가 모르는 곳
으로. 그렇게 되면 호적은 아무 때고 정리가 될 걸세."

성 회장은 벌떡 일어났다. 용하도 따라 일어나 그와 함께
밖으로 나왔다. 벌써 밤이 깊었다. 성 회장의 승용차가 현관
앞에 멎고 기사가 차문 곁에 섰다.

"타게, 자네 집 근처까지 태워다주지."

"괜찮습니다. 그리고 아까 말씀하신 건 받아들이기 힘들 것
같습니다."

"알겠네, 자네 대답이 그럴 줄 알고 한 말일세. 그럼 잘 가
게."

성 회장은 차에 올라 용하에게 손을 흔들었다. 무모한 제
안인 줄 알면서도 그렇게나마 압력을 넣고 나니 한결 화가

풀렸다.

　아까운 사람인데. 그래도 할 수 없지…….

　성 회장은 차를 타고 가며 연방 긴 숨을 내쉬었다. 준재벌급 사업체의 사장자리마저 거절하는 저 사내는 도대체 어떤 인간일까? 그럼 어떻게 하지? 성 회장은 다시 한 번 긴 숨을 내쉬었다.

전태일 분신자살과 학생들의 함성

　노동자의 처우개선을 외치며 싸우다 석유를 몸에 끼얹고 분신한 평화시장 피복 노동자 전태일(23)의 비참한 최후를 신성시해야 된다는 게 종교적 측면에서 해석하려는 기독교인들의 주장이었다. 서울대 법대에서도 가칭 '민권수호 학생연맹 준비위원회'를 발족하고 전태일 장례를 서울대 법대 학생장으로 치를 계획이었다.

　"중부서 관할이지만 얼굴 때문에 동대문서 직원이 현장에 침투하기로 했네. 그러니 김 형사가 맡아줘야겠어."

　반장의 말이었다.

　"보통 사건이 아닌데, 제 능력이 모자라서……."

　용하는 전태일 사건에 관여하는 것이 부담스러웠다. 그동안 경찰의 조직원으로서 의무를 다해온 그이지만 전태일 분신사건만은 피하고 싶었다.

　"반장들끼리 심사숙고해서 내린 결정이네. 자넨 온화한 인

346

상이어서 거부감이 느껴지지 않거든. 그래서 적임자로 선정된 거야."

"제가 적임자라면 할 수 없는 일이지만, 아직 경험이 부족해서……."

"무슨 소리야? 김 형사는 지금 유능한 형사로 평가 받는 직원이라구. 정보과 스타란 말야. 그래서 채증 요원으로 발탁된 거구. 가만히 지켜만 보는 업무니까 크게 신경 쓸 건 없어. 할 일도 없고."

용하는 날이 어두워지기를 기다렸다가 전태일의 빈소가 차려진 명동성모병원에 추모객으로 위장하여 침투했다. 조심스럽게 지하로 내려가니 작업복 차림의 남녀 직공 대여섯 명이 빈소를 지키고 있고 십여 명이 빈소 주변에서 웅성거리고 있었다. 그들은 곧 노동청장이 나타날 거라며 어떻게 항의할지를 놓고 의논하는 중이었다. 용하의 임무는 그들과 서울대 법대생들 간의 접촉을 감시하는 일이었다. 학생들이 시신을 인수하여 장례식을 교내에서 치르게 되면 감당할 수 없을 만큼 데모가 확산될 터인데 무슨 수로든 법대생들의 시신 인수를 막아야 했다.

빈소의 분위기가 갑자기 소란스러워졌다. 곧 노동청장이 찾아온다는 소식이 들어온 모양이었다. 십여 분쯤 지났을까, 청장이 정숙한 자세로 지하 빈소에 들어섰다. 들어서긴 했어도 무슨 말을 꺼내야 할지 몰라 청장은 멍청히 서 있기만 했다. 그때 직공들의 항의가 빗발쳤다. 여태까지 모른 척하다가 학생들의 시신 인수가 거론되자 이제야 나타났냐는 항의였다. 용하는 입을 다문 채 팽팽한 긴장을 지켜봐야만 했다. 조의를 표한 청장은 계속되는 항의에 별다른 말도 못한 채 금방 자리를 떴다.

그때였다. 학생풍의 젊은이 서너 명이 들어와 빈소를 지키던 젊은이들과 몇 마디를 나누더니 용하를 흘끔 훔쳐보고는 금방 함께 밖으로 나갔다. 용하는 자신을 의심하는 게 틀림없다는 생각이 들었다. 사실 아무런 손도 쓸 수 없는 입장이었다. 정보형사가 병원 빈소에 '침투'했다는 소문이 퍼지면 보통 문제가 아니었다. 용하는 서둘러 밖으로 나가 공중전화로 학생들의 접선 사실을 알리고 자리를 떴다.

*

전태일의 죽음은 날이 갈수록 시국을 뒤흔들었다. 학원, 언론, 종교, 노동 등 각계에서 연일 시끄러웠다. 학생들의 소요 사태는 날마다 격렬해졌고 기독교계에서는 여기저기서 추도 예배를 거행했으며 언론에서는 사설로 다루기 시작했다.

지난번 전태일 추도식 행사장에는 윤보선 전 대통령과 서울특별시장을 지낸 김상돈 의원, 장준하 사상계 대표, 백기완 백범사상연구소 소장 등이 참석했는데 용하는 김상돈을 연행버스에 태우는 일을 거들고 김대중 후보가 보낸 화환을 돌려보내기도 했다.

도대체 내 정체는 무엇인가? 용하는 업무를 처리할 때마다 그런 심적인 갈등이 컸다. 백범사상연구소 백기완 소장과 맞닥뜨릴 때는 무조건 얼굴을 피해야 했다. 고교 시절 용하가 4대 공립인 경기고, 서울고, 경복고, 용산고 학생들을 선발하여 조직한 '청진회靑進會'에 고문으로 추대한 인물이어서 도저히 연행할 수 없었다. 전차 종점이 있는 원효로 4가에서 거주할 때는 자주 집에 찾아갈 정도로 가까운 사이였다. 고교 2학년 때는 학생총연합회 회장인 백기완이 이끄는 농촌계몽사업에 동참하여 구례 섬진강가에서 계몽사업을 벌이기도 했는데, 서울시청 앞에서 발대식을 갖고 구례로 떠날 때 열차 한 칸을 채운 대원 모두가 대학생이고 용하 하나만 고교생이었다.

용하는 출근하자마자 반장과 첩보에 대한 이야기를 나누었다. "틀림없이 강연회가 가두시위로 이어질 걸세." 여기에서 강연회는 한국기독교 총학생회에서 주최하는 전태일 추모 강연회를 의미했다. 학생들이 '종교는 죽었나'와 '부활과 4월혁명'을 주제로 강연회를 연 다음 대형 십자가를 메고 50여 명이 가두시위 할 거라는 첩보가 있었던 것이다. 이미 동대문 병력 말고도 기동대 병력을 대기시켜놓은 상태였다. 50명에 불과하다지만 그건 연막전술이었다. 그게 열 배 스무 배로 불어나는 건 시간문제였다. 강연회도 연막일지 모를 일이었다. 행사 시간도 애매했다.

용하는 기독교방송국에 도착하여 2층 사무실로 들어갔다.

의외로 조용했다. 함석헌 옹을 중심으로 십여 명이 둘러앉아 있었다. "십자가를 메고 조용히 행진만 할 테니 이해해요." 함석헌의 점잖은 요구였다.

"5가까지는 묵인하도록 노력해보겠습니다."

용하도 조용한 목소리로 5가까지를 고집했다. 한참 생각 끝에 함석헌은 고개를 끄덕거렸다. 그때였다. 시끄러운 함성이 들려와 창을 열고 내려다보니 어디서 나왔는지 십자가를 멘 데모대가 구름처럼 모여들었다. 용하는 얼른 진압부대에 연락을 취하고 건물을 빠져나갔다. 데모대는 찬송가를 부르며 질서있게 행진했다. 그런데 종로 5가에서 머뭇거리는가 싶더니 갑자기 와 하고 종로 3가 쪽으로 밀고 올라갔다. 세종로를 향했던 것이다. 용하는 급보로 실정을 알리고 채증에 들어갔다. 금방 동대문서 대기병력이 출동하고 뒤미처 내자동 기동대본대에서 대기중이던 진압부대가 출동했다. 사이렌을 울리는 선도차를 따라 기동대 버스 네댓 대가 달려와 파고다 공원 앞에서 진을 쳤다. 도로를 차단한 버스에서 진압대원들이 쏟아져나왔다. 페퍼포그가 앞장을 섰다. 돌진해오면 최루가스를 분사할 작정이었다. 용하는 이미 파고다공원에 도착하여 카메라 셔터를 눌러댔다. 악착같이 밀고 올라온 학생들은 기동대의 진압에 눌려 무너지고 말았다. 체포조에 끌려가는 데모꾼들의 모습이 웃음을 자아냈다. 저렇게 무너지면서 뭘 하겠다고 파고다까지 기어온단 말인가. 하지만 전태일 추모 행사와 가두시위는 날이 갈수록 무성해졌고 그걸 기화로 다양한 요구가 분출되었다. 학교 군사교련 전면 철폐와 언론 자유 수호가 그 한 예인데 어제 있었던 고려대, 서울상대, 성균관대생 들의 극렬한 가두시위도 그 요구사항의 관철이 목적이었다. 용하가 서울문리대에서 입수한 결의문에도 학교 군사훈련 반대에 대한 당위성이 적혀 있었다. 다음은 서울 문리대 대의원회 명의로 인쇄된 결의문 앞부분이다.

학교에서의 군사훈련은 생명의 활발한 사고를 질식시키며 세계에 대한 이해를 저해하고 맹목과 절대복종만을 강요한다. 또한 학교군사훈련은 인간을 피동적으로 만들어 능동적이고 포용력이 풍부한 인간정신을 없애고, 병들게 하고, 파멸로 몰아넣는다…….

그런 와중에도 서울지하철 제1호선 착공식 경축행사가 성대히 열렸다. 1호선은 청량리역에서 서울역 구간인데 이제 한국에도 지하철 시대가 도래했다고 야단이었다. 그날 용하는 오랜만에 동숭동 최희송 의원 댁을 방문하여 3시간 가까이 정치, 경제, 사회에 대한 대담을 나누었다. 미국 MIT를 졸업한 4선의원으로 야당 의장까지 지낸 최 의원은《인간상》이란 저서를 낼 만큼 학자풍의 인물이었다. 아버지뻘인 데도 용하와 친구처럼 지내온 그는 부정부패와 차관 축재, 불신사회 풍조, 그리고 무엇보다 우려되는 지성의 부패를 걱정했다.
"지성은 국가사회의 마지막 보루인데……."
최 의원의 말에 용하는 동감을 표시했다. 두 사람은 각자의 인생관에 대해서도 속내를 털어놓았다. 그중에서도 허무극복에 대한 대화가 시작되면 두 사람 모두 기분이 달아올랐다. 최 의원은 평소 용하를 '김 형사'로 불렀지만 기분이 고조되면 농담식 애칭으로 '나리'라고 불렀다. 어느 겨울날에는 눈을 맞고 현관에 들어선 용하의 어깨를 툭툭 털어주면서 "우리 나리 눈 털어줘야지" 하고 말한 적이 있었다. 그 정도로 용하와의 대화를 즐겼다.

"정치는 내 생리에 맞지 않아. 허무를 논하는 사람이 정치한다는 게 이상하지."

"그래도 정치가라면 누구나 허무를 느낄 줄 알아야 되잖을까요?"

"어느 면에서?"

"여백의 미학이랄까, 정치에만 매이지 않고 정치를 멋의 도구로 삼을 수 있는 그런 여백 말예요."

"너무 낭만적인 생각이잖아?"

"바로 그겁니다. 낭만. 원래 낭만은 우리가 흔히 생각하는 감성주의적인 편파성이 아닙니다. 부단히 기성질서를 비판하고 냉정히 관찰함으로써 새로운 가치를 창출하는 활력소입니다. 아집에 함몰되지 않는 그 활력소야말로 정치발전에 필수적인 요소로 작용하는 거죠."

"예술적인 정치? 노려볼 만한 가치군."

최 의원은 젊은 용하의 낯선 관점에 신선한 충격이 느껴졌다. 용하를 껴안고 깡충깡충 뛰고 싶었다.

"그렇습니다. 광대무변한 세계를 바라보는 여백을 통해 아름다운 실체를 조각하는 그 창조행위 말입니다."

"그러니까 목전의 이익에만 급급하지 말라는 말이군. 그런 자유의지에서 생성된 정치라면……."

최 의원의 얼굴에 풋풋한 미소가 떠올랐다.

"김 형사와 이야기하면 늘 가슴이 뿌듯해져."

"이런 말을 자동적으로 흘러나오게 하는 의원님의 체질에 취하고 싶어요."

"아부의 극치군. 이처럼 멋진 아부가 또 있을까?"

"감사합니다."

용하는 진심으로 감사한 마음이 들었다. 그런 최 의원이 요즘 친여적인 성향으로 돌아서고 있어 황당했다. 그는 박정희 대통령이 4H연필로 전국구후보 4번에 화살표를 그은 종이를 내보이며 이런 말을 했다.

"호랑이를 잡으려면 호랑이 굴속에 들어가라는 말이 있잖아."

물론 그건 변명임을 자신도 알 터였다.

왜 간통고소를 망설이는 거냐

성진모 회장은 애나를 보자 역정부터 냈다. 간통고소를 하면 쉽게 끝낼 일인데 또 까탈을 부리는 애나가 괘씸했다. 유치장 콩밥까지 먹어봤으면 그만 속을 차리고 세상을 이치대로 살아갈 줄 알았는데 바보 같은 생각을 버리지 못하고 있으니 울화가 치밀었다.

"고모는 화도 안 나세요? 여러 생각할 필요 없어요. 딴 여자와 살림을 꾸리고 애까지 낳았는데 뭔 생각을 더할 필요가 있어요. 간통죄가 왜 있겠어요. 여자를 보호하기 위해 만든 법이잖아요."

올케가 끼어들었다. 성 회장네 응접실에는 찬바람이 돌았다.

"제 입장도 있고……."

애나가 기죽은 목소리를 흘렸다. 그러자 성 회장이 고함을 쳤다.

"입장이라니? 그건 그거고 이건 이거야. 강릉에서 네가 일을 저질렀을 때는 그자가 이혼소송을 제기 않고 그냥 있었으니 유서행위有恕行爲로 간주된 거나 진배없어. 하지만 그자가 딴 년과 동거하는 경우는 새로운 범죄행위란 말이다."

"법 문제보다도 다른 일이……."

"다른 일이라니? 그럼 그자에 대한 미련을 못 버린다는 거니? 딴 년 품속에 빠져 새끼까지 낳은 놈에게 아직도 미련이 남아 있단 말야?"

"그게 아니고요……."

"그게 아니면 뭐야. 똑바로 말해봐."

"……."

"양심을 논하자는 거니? 지난번 너를 이해해줬으니 너도 그 보답을 해야겠다, 그거냐?"

"……."

"이년아, 난들 그런 경우를 몰라서 그래? 네 모든 불행이 그놈 땜에 비롯됐잖아? 이제는 다 끝난 마당인데 어서 마무리짓고 새 출발해얄 것 아냐? 나도 네년 일 땜에 만날 신경 쓰다가 큰일 망치겠어."

"그러니까 제 일은 잊으시고 하실 일에나 전념하세요."

"뭣이 어째?"

성 회장의 손이 애나의 빰을 올려쳤다.

"괘씸한 년! 오라비를 우롱하는 거냐? 동생년 앞일인데 나보고 맘 두지 말라고? 낸들 맘을 쓰지 않을 수 있다면 얼마나 좋겠니. 그렇게 안되는 게 핏줄이잖아."

오빠가 그렇게 화는 내고 있지만 실은 그 화가 차명구와 어서 짝을 지으라는 공갈에 불과하다는 걸 애나는 잘 알고 있었다. 하지만 노골적으로 내색할 수는 없었다.

"말해봐라, 망설이는 이유가 뭔지."

성 회장의 목소리가 갑자기 조용해졌다.

"좀 더 기다렸다가 일을 치르자는 거지 다른 의도는 없어요. 제 맘도 용하 그 사람을 포기한 상태예요."

애나가 곱송하게 받았다. 하지만 솔직한 심정을 내비칠 수는 없었다. 용하를 노리개로 삼겠다는 말을 오빠가 어찌 이해하겠는가. 오빠는 차 전무를 어떡할 참이냐고 물었다. 애나는 차명구와 다시는 만나지 않겠다고 결심했으면서 나중에 만나겠다는 애매한 말로 얼버무렸다.

"나도 그 사람한테 이래라 저래라 말을 못하겠다. 족제비도 낯짝이 있지 어떻게 다시 종용할 수 있겠냐. 네가 일을 복잡하게 얽어놨으니……. 암튼 기회를 봐 다시 접촉하도록 해라, 되도록 빨리."

성 회장은 강력하게 말할 수 없었다. 그 역시 애나를 어떻게 할 수가 없었다. 오죽 차명구에게 마음이 없었으면 열차 칸에서 만난 외간남자와 몸을 섞었겠는가. 어떻게 생각하면 동생이 가엾기도 했다.

"차 전무한테 정이 안 붙으면 할 수 없는 거지, 그렇지?"

성 회장은 애나의 속을 달래보았다. 애나는 간단히 "네"라고 대답했다.

"이번에 네 심정을 확실히 이해했다. 너와 차 전무와는 인

연이 닿지 않는다는 걸. 하지만 너도 깨달아야 한다. 용하와
도 인연이 닿지 않는다는 것을. 알겠니? 벌써 구 년 세월이 흘
렀어. 생각해 보면 끈질긴 세월이다. 하지만 이젠 정말 깨달
을 때다."

"오빠, 그 세월이 헛된 건 아녔어요. 제가 어디서 더 나은
세월을 찾겠어요. 어찌 보면 그 갈등 자체가 제 삶인지 몰라
요, 행복이기도 하고요."

"행복? 하하하. 참 기가 찰 노릇이다. 내 동생이 이젠 소크
라테스보다 더 위대한 말을 하는구나. 그래 큰 걸 체득했구
나. 장하다. 용하란 놈한테 철저히 물들었구먼."

성 회장은 비아냥거렸다. 그리고 애나의 얼굴에 흐르는 눈
물을 보자 그 비아냥은 분노로 변했다.

"당장 고소장을 써! 만약 안 쓰는 날이면 내가 그놈을 죽
여버리고 말 테다. 정말야, 쥐도 새도 모르게 없애버릴 수 있
어."

성 회장은 벌떡 일어났다. 공갈이었다. 어쨌든 용하와의 호
적은 정리해 놓고 볼 일이었다. 고소만 하면 호적도 정리되
고, 애나에 대한 용하의 증오심이 커질 테고, 애나 역시 용하
에게 치근덕거릴 수 없게 되고, 자연스럽게 차명구와 접근할
수 있게 된다. 절호의 기회였다.

"고모, 오빠를 더 이상 화나게 하지 마세요. 오빠 성질을 잘
알잖아요? 이러다가는 정말 집안에 무슨 큰일이 터질 것만
같아요."

올케의 말은 오빠보다 더 살벌한 압력이었다.

*

차명구는 사보이호텔로 승용차를 몰았다. 애나를 어서 껴안고 싶었다. 하얀 살결과 탐스런 유방, 지느러미처럼 꿈틀거리는 매끈한 자극, 숨통을 누르는 신음 소리, 어서 애나의 몸을 껴안고 싶었다. 차명구가 호텔에 도착했을 때 애나는 먼저와 있었다.

"쑥쓰럽네요. 집에 돌아온 가출소녀처럼요."

라운지에 자리를 잡자 애나가 먼저 넉살 좋은 말로 첫마디를 풀었다. 그녀의 농담조의 말이 어색한 분위기를 눙쳐주자 차명구의 굳은 자세가 금방 풀어졌다. 애나가 보고 싶었으면서도 먼저 연락할 수 없을 만큼 억지로 챙겨온 자존심이었다.

"내가 먼저 걸지 않으면 끝내 몰라라 할 참였어요?"

애나는 차명구의 약점을 쿡 찔렀다.

"그동안 보고 싶었소."

"유부녀에게 그런 말을 하면 어떡해요?"

"지금 농담할 땝니까? 결국 내가 바보였소."

"바보라뇨? 차 전무님이 언제 바보스런 짓을 했나요? 오히려 바보는 나일 텐데요."

"그게 무슨 말요?"

"항상 실속만 차렸던 것 아녜요? 항상 조심했고요."

"마음을 온전히 주었다간 소생하기 힘들 테니……."

"말씀 계속하시죠."

"내 맘이 얼마나 큰 상처를 입겠소."

"역시 치밀한 분이시군요. 그러니까 사랑하는 것도 마음의 몇 프로만 떼주고 나머지는 비상용으로 보관해 왔다 그 말이네요. 돌아가신 부인한테도 그랬나요?"

"말을 하다 보니 책잡힐 말이 되었구려. 그 말은 사실 억지에 불과하오. 애나 씨도 내 입장을 생각하면 그 말을 이해할 거요."

"물론 이해는 하죠. 차 전무님이 자존심을 지키려 했다는 의도도요. 하지만……."

애나는 핸드백을 챙겨 들었다. 말을 더 하고 싶지 않았다.

"내 입장도 있잖소? 정작 마음은 다른 사람한테만 묶여 있고 나는 노리개로만 대해주었잖소? 괴로움을 푸는 휴식공간 정도로 말요. 그러니 한 자락을 접어둘 수밖에요."

"역시 이기적이시네요. 내가 노리개로 여겼다고 생각한 그 발상부터가 불결해요."

"그럼 나를 그렇게 생각 안 했다는 거요?"

"했죠. 그렇다고 똑같은 생각을 해야 되나요? 내가 어떤 입장이었죠? 유부녀가 외간남자에게 몸을 주었다는 건 스스로 자신을 파멸시키는 짓 아녜요? 그 파멸은 무엇을 뜻하죠? 그런 상태의 여자에게 어떻게 대해줘야 도리죠? 아마 둘 중 하날 거예요. 그 여자를 아주 파멸시키거나 구원해주거나. 그런데 차 전무님은 어느 쪽을 택했죠?"

"물론 후자 쪽이죠."

"거짓말 마세요. 저를 구해주려고 했으면서 마음 한쪽을 아껴둬요? 손해를 안 보려고? 즐기는 것만큼만 본전치기로 주고 상대방에게 이익이 될 만한 나머지는 잘 챙겨두자, 그거죠?"

"무슨 그런 막말을 하는 거요?"

"막말이 아니라 솔직한 말이죠. 차 전무님은 모름지기 내 든든한 기둥이 돼야 했어요. 내가 일 년 동안 강릉에서 무슨 짓을 했는지 아시잖아요? 용하 씨와 어울려 지냈을 거라고 생각하는 동안 낯모르는 사내와 놀아나다 쇠고랑까지 찼잖아요?"

"……."

"이제 할 말은 다했어요. 그만 일어나죠."

애나는 자리에서 벌떡 일어났다. 차명구는 멍하니 술상머리에 그냥 앉아 있었다. 카운터에서 계산을 하고 밖으로 나온 애나는 얼른 택시를 잡아탔다. 다른 술집을 찾아가는 중이었다. 학생들의 천국인 석굴암에서 막걸리를 마시며 용하를 기다릴 참이었다.

별놈과 상대하다 보니 나도 별난 년이 된 걸까? 만약 내가 용하 같은 인간과 상대하지 않고 다른 사내와 상대했다면 어떤 여자가 되었을까? 요조숙녀? 사기꾼? 귀부인? 애나는 용하 같은 인간을 만나 지금과 같은 여자가 된 것에 일종의 자부심 같은 게 느껴졌다. 그럼 그게 뭘까? 나를 이토록 변질시킨 게 뭘까? 나 혼자 몸부림친 그 개떡 같은 사랑? 혼자 구걸해온 그 거지 같은 사랑? 돌격으로만 일관해온 그 미친 사랑?

동소문 고개에서 내린 애나는 석굴암으로 들어가 서슴없이 녹두빈대떡과 막걸리를 주문했다. 그리고 혼자 벌컥벌컥 술을 따라 마셨다. 술기운이 오르자 기분이 고조되기 시작했다. 왠까? 애나가 갑자기 주먹을 불끈 쥐었다. 승리의 주먹이었다. 무엇에 이겼다는 생각이 들었다.

그래 맞아!

애나는 거듭 잔을 비웠다. 자기 자신에게 권하는 축하주였다. 애나는 어서 용하가 나타나기를 바랐다. 용하가 나타나면 덥석 껴안고 키스라도 퍼붓고 싶었다. 하지만 용하는 끝내 나타나지 않았다. 애나는 참다못해 정보과 사무실로 전화를 걸었다.

"죄송하지만 김용하 형사님 부탁합니다."

"휴가 중인데요."

"휴가요?"

애나로서는 처음 듣는 말이었다. 용하에게도 휴가란 게 있었구나. 용하에게 여유가 생기다니. 그럼 소희와 함께 휴가를 즐기고 있다? 금방 애나의 가슴에 분기가 치올랐다. 나는 지금 네놈이 신앙처럼 여기는 고통에 함몰되고 싶어 이렇게 혼자 탁주를 마시고 있는데, 네놈은 계집을 꿰차고 휴가를 떠나? 위선자! 더러운 놈! 하지만 오해였다. 그 시간 용하는 영진 바닷가 공동묘지에서 눈물을 흘리고 있었다. 오랜만에 아버지 산소를 찾았던 것이다. 그리고 2박3일간의 휴가 동안 아버지 산소에 상석을 놓고 떼를 손질할 참이었다. 아무리 돈이 없어도 아버지 산소만은 깔끔하게 가꾸고 싶었다.

*

    1971년 4월 18일 장충공원에서 제7대 대통령 선거에 출마한 김대중 후보의 유세가 있어 용하는 카메라를 메고 나갔다. 마침 일요일이어서 소희에게 애들을 데리고 일찍 나오라고 일렀다. 강연시간 전에 영빈관 정원에서 가족사진을 찍어주고 싶었다. 항상 바쁜 탓에 계절을 잊고 살아온 터라 모처럼 봄구경을 시켜주기로 마음먹었다. 강연시간은 앞으로 두 시간 이상 남았으니 채증반의 역할은 한가했다. 연두색이 짙어지는 장충공원에는 아침부터 인파가 모여들기 시작했다.

    한복을 차려입은 소희가 유라를 등에 업은 채 한 손은 성원의 손을 잡고 한 손은 작은 손가방을 들고 영빈관 쪽으로 걸어왔다. 인파가 밀려서 겨우 뚫고 왔다고 했다.

    "공무 중인데 이렇게 가족과 지내면 안 되잖아요?"

    "괜찮아. 중부서에 지원 나왔기 땜에 그닥 신경 쓸 게 없어. 가족과 동행한다는 양해도 받았고. 그동안 고생 많았는데 모처럼 가족과 지내라는 거야. 봄기운도 쐴겸."

    유라가 잠을 깨자 용하는 세 식구를 데리고 영빈관 안으로 들어가 가족사진을 찍었다. 국빈으로 초청된 외국 국가원수들이 묵는 영빈관은 출입이 통제된 공간이지만 용하는 출입이 가능했다. 공원에서는 스피커 소리가 요란했다.

    "내일은 민주주의가 살아나는 날입니다."

    진행자의 목소리였다. 어느새 너른 공원에는 인파가 백절을 쳤다. 서울은 물론 경기지역에서도 청중이 모여들었다. 특히 호남 유권자들은 거의가 참석할 거라고 했다. 자유당시절 해공 신익희 선생이 한강백사장에서 유세할 때 서울시민 30만 명이 운집했는데 군중들의 박수와 함성에 고무된 신익희 선생은 이튿날 피곤한 몸을 이끌고 부통령 후보 장면과 함께 호남유세차 호남선열차에 몸을 실었다가 갑자기 서거하게 되었다. 당시 용하는 부산중학교 학생이었는데 당시에는 중학생만 되어도 정치의식이 높았다. 엉엉 우는 학생들도 있었다.

"벌써 오십만이 넘었대."

"모두 자진해서 모인 인파잖아."

"사상 초유의 인파라구, 그것도 정보의 눈길을 피해 모여든 인파라구."

여기저기서 떠드는 소리가 들려왔다. 을지로 입구에서부터 교통이 차단될 정도라고 했다. 인파는 끝없이 밀려왔다. 유세가 끝난 후에도 인파는 흩어지지 않았다. 김대중 후보는 대광고등학교에서 마지막 야간 유세를 가질 예정이어서 청중들은 느긋했다. 마지막 유세날인 오늘은 온종일 유세장에 몰려다니기로 마음먹은 모양이었다. 용하는 가족과 함께 저녁을 먹고 헤어지고 나서 곧장 대광고등학교로 향했다. 어둠이 깔릴 무렵인데도 벌써 학교운동장과 인근 도로가 인파로 뒤덮였다. 모든 매스컴은 연단 주변에 진치고 있었지만 용하는 교문 밖에서 채증할 생각이었다. 예상이 맞았다. 유세가 끝나고 김 후보 일행이 교문을 빠져나갈 즈음 청중들이 김 후

보를 보기 위해 좁은 교문 쪽으로 몰려 있었다. 그때 김 후보
경호차가 나오자 교문 앞에서 인파가 밀리는 바람에 사고가
나고 말았다. 용하는 그 장면을 교문 근처에 주차된 신문사
지프 보닛 위에서 카메라에 담았다. 공교롭게도 어느 보도진
도 그 장면을 찍지 못했다.

　밤 11시경. 용하는 경찰서장과 함께 내무부장관실에 갔다.
경찰청장도 동석하고 있었다. 유일하게 현장증거를 갖고 있
는 용하는 침착하게 설명했다. 장관은 용하의 노고를 치하했
고 경찰청장은 그 필름을 빨리 현상하라고 재촉했다. 용하는
장관 옆에 앉아 콜라를 함께 마시며 상황을 설명했고 경찰청
장이 유도질문을 하는데도 청장의 의견을 부인하면서까지
소신껏 설명했다. 서장과 함께 장관실을 나오면서 보도진이
밖에 진치고 있음을 보았다. 용하의 모습을 카메라에 담는 기
자들도 있었다. 서장은 "김용하 똑똑하다. 다시 봐야겠다"라
고 극구 칭찬했다. 내무부를 나와 서장과 함께 서울경찰청장
실로 찾아가 사실을 설명하고 필름을 경찰청 현상소에 맡겼
다.

　선거가 끝나자 금방 부정선거가 문제로 떠올랐다. 선거 삼
일 뒤에는 투개표 현장을 참관한 목사 사십일 명이 성명을 발
표하고 사실상 야당 부재선거였다고 주장했다. 기독교회관
에서는 민주수호 기독교청년회가 주최하는 투개표장 참관
학생들의 보고회가 있었다. 회의장에는 함석헌도 참석했다.
학생들은 이번 선거가 부정투성이라고 했고 함 옹은 다른 각

도의 강연을 했는데 그는 앞으로의 학생운동은 문화운동이
어야 한다고 역설했다.

*

　일요일 아침이라 산동네 골목길은 애들 떠드는 소리로 시
끄러웠다. 소희는 유라를 재워놓고 마당에서 빨래를 하고 있
었다. 그때 쪽대문이 열리고 애나가 들어왔다. 그녀의 손에는
작은 보따리 하나가 들려 있었다.
　"성원이는 어디 갔지?"
　처음부터 반말이었다. 얼굴에는 미소를 띠고 있었지만 그
웃음이 소희는 꺼림칙했다.
　"놀러 나갔어요."
　"아침 먹자마자 나가? 미워서 일찍 쫓아냈나 보지? 계모 역
할을 톡톡히 하는군."
　"학교 친구들과 어울리느라 정신없어요."
　"참, 어머니께 인사드려야겠네."
　애나는 능청을 떨며 앞장서 집안으로 들어갔다. 그리고 곧
장 건넌방으로 들어가 보따리를 놓고 어머니 손목을 다정히
잡아주었다. 소희는 애나의 엉뚱한 짓이 이상했다. 집에 여러
번 찾아왔지만 어머니 방은 한 번도 쳐다본 적이 없는 애나였
다.

"어머니, 저예요."

"누구?"

"성원이 에미예요."

"성원이가 누구랴?"

애나의 몸이 움찔했다. 실성했다는 말은 들었지만 귀여운 손자도 몰라보는 데에 새삼 놀랐다. 애나는 모처럼 어머니에 대하여 죄책감이 느껴졌다. 소희를 약올리기 위해 장난삼아 해보는 그 효도짓이 어느새 진심으로 바뀌어가고 있었다.

"저예요, 며느리……."

애나는 자기의 말에 스스로 감동한 나머지 눈자위가 뜨거워졌다.

"며느리? 우리 며느리?"

"네, 어머님 며느리예요."

어머니는 애나의 손을 두 손으로 감싸 쥐며 또 '부잣집 며느리'를 되풀이했다. 애나는 보따리를 풀었다. 고운 옥색 치마저고리 한 벌이 싸여 있었다. 애나는 어머니의 헌 옷을 벗기고 자기가 가져온 새 옷으로 갈아입혔다. 어머니의 자태가 한결 돋보였다. 검은 머리칼과 검버섯 없는 팽팽한 살결에, 비록 눈동자는 겉돌고 있다지만 오똑한 콧날과 다소곳한 입매가 귀티마저 풍겼다. 소희도 어머니의 새로운 모습에 깜짝 놀랄 지경이었다.

"어때, 멋있지?"

"그렇네요. 멋있어요."

소희가 고개를 끄덕이며 대답했다. 애나는 소희의 표정을 예의 주시했다. 어머니의 실성한 말이 얼마나 효과적인가. 말 끝마다 노래 후렴처럼 따라붙는 '우리 부잣집 며느리'란 말이 얼마나 통쾌한가. 이제 소희도 자신의 실상을 깨닫겠지.

소희는 사실 어머니의 그 말이 듣기 싫었다. 아무리 실성한 사람의 헛소리라 해도 그 말의 밑바닥 깊은 곳에는 애나에 대한 미련이 깔려 있을 것이었다.

그럼 나는 어머니의 무엇이란 말인가? 엄연히 모시고는 있지만 자기는 어머니의 며느리가 될 수 없는 존재였다. 한갓 경로원이나 정신병동에서 환자를 수발해주는 간호사에 불과했다. 친정어머니와 담을 쌓고 지내는 소희로서 시어머니의 애정은 값진 그 무엇이었다. 소희는 축축한 정이 그리웠다.

"황홀한 감정이었지."

애나가 숙연한 표정을 지으며 말했다. 미처 느끼지 못한 감정에 기분이 달뜬 애나는 소희의 손을 잡아주었다. "그동안의 내 잘못을 용서해줘요." 소희의 손끝에 애나의 따스한 체온이 느껴졌다. 그때 마당에서 성원의 인기척이 들리고 이내 부엌문 여는 소리가 들렸다. 일순 방안에는 침묵이 흘렀다.

"엄마……."

성원이 방문을 열었다. 소희에게 무언가를 말하려다 애나의 모습을 보자 입이 굳어버렸다. 그놈은 두 사람의 눈치를 살피며 조심조심 방으로 들어왔다. 애나가 무릎걸음으로 다가가 성원의 손을 잡아주며 말했다.

"성원아, 저번에 아줌마가 성원이한테 한 말 생각나? 그때 내가 진짜 엄마라고 했지? 하지만 그 말은 장난으로 한 소리였어. 성원이가 하도 예뻐서 내 아들이라고 말했던 거야, 알겠어?"

"네."

"그럼, 나가 놀다와."

애나가 손을 놓아주자 성원이 후딱 달려나가려 했다. 그때 소희가 성원을 불러놓고 화장대 서랍을 뒤져 잔돈을 꺼내주었다.

"우선 가게에서 빵을 사먹고 놀다가 오면 엄마가 밥을 차려줄게."

"네."

성원은 돈을 받아들고 부리나케 밖으로 나갔다. 애나가 말했다.

"내가 죽어주기를 바란 성원 아빠의 말뜻을 이제야 깨달을 것 같아요."

"애나 씨를 깊이 생각한 뜻이겠죠. 애나 씨와의 인연에 큰 의미를 부여하기 위한 욕망일 거예요."

"그 의미란 게 뭘까요?"

"어쩜 나와의 애정보다 더 큰 것일지 모르죠. 솔직히 성원 아빠에 대한 애나 씨의 애정을 생각하면 두려워요. 내가 애를 낳으면 애나 씨를 극복할 수 있을 것만 같았어요. 하지만 애나 씨의 그 사랑에 가위눌리곤 했어요. 과연 내가 애나 씨만큼 그분을 사랑할 수 있을지……."

"아녜요, 소희 씨는 성원 아빠가 목말라 찾던 성원이 엄마예요. 당신은 그분의 이상형이라고요."

"나는 그분의 평범한 아내일 뿐예요. 그분은 더 높은 것을 찾고 있을 텐데 나는 대용품에 불과할 거예요. 애나 씨는 성원 아빠가 찾는 그 대상일지 몰라요. 성원 아빠 자신이 아직 그걸 깨닫지 못할 뿐이죠."

"그런 생각 마세요. 소희 씨가 아니어도 나와 살 남자가 아녜요."

애나는 슬그머니 자리에서 일어나 밖으로 나갔다.

"어서 옷을 벗겨!"

어머니의 모습을 보며 용하가 소리쳤다. 무슨 상관이냐는 소희의 말에 화가 치밀었던 것이다. 퇴근하고 돌아온 용하의 눈에 먼저 띈 것은 어머니의 낯선 옷차림이었다. 소희는 옷차림의 내막을 묻는 용하에게 애나가 사와 입혀드린 옷이라고 떳떳이 대답했다. 그 대답 속에는 이제부터 애나를 다른 시각으로 봐달라는 호의가 묻어 있었다.

"약은 줄 알았는데 사람이 왜 그리 미련해. 늑대와 양을 왜 구별 못하냔 말야. 그래, 그년이 달라질 것 같아? 지금 쇼하고 있는 거라고. 그걸 왜 모르고 속아 넘어가냔 말야, 이 답답한 여자야."

"당신이 오해한 거예요. 한순간에 달라질 수도 있는 법예요. 자꾸 선입견으로만 사람을 판단하지 말아요."

"참 기가 막히는군. 그렇게도 그년의 속을 몰라? 저번에 그년이 찾아와서 뭐랬는지 알아? 당신을 괴롭힐 방법을 찾겠다는 거야. 그게 무슨 방법인지는 당신도 알 것 아냐?"

"글쎄 지금은 다르단 말예요. 확실히 달라졌어요. 사람은 순간적으로 개과천선할 수 있어요."

"그래서 어떻다는 거야!"

용하가 버럭 소리를 내질렀다.

"미안해요, 화를 내게 해서."

"아냐, 당신이나 나나 피곤해서 그럴 거야. 당신의 인내에도 한계가 있을 거라구. 무슨 대책을 세워야지 이대로 질질 끌 순 없어. 이제 홀가분하게 사표 낼 수 있어. 퇴직금을 계산해 보니까 이십삼만 원쯤 되더라고. 그 돈이면 어머니를 삼년간 부여 누나네에 모실 수 있어. 그동안 저축한 돈 삼십만 원은 당신이 알아서 쓰도록 해요. 아껴쓰면 이 년 정도는 굶지 않을 거야. 그 안에 내가 어떻게든 자리를 잡을 테니."

"……."

"왜 말이 없는 거지?"

"당신 고생할 모습이 눈에 선해요. 막노동밖에 더 있겠어요? 당신 자존심이 아무 데나 고개 숙이고 들어가지도 못할 테고요."

"옷 벗으면 자존심부터 버릴 작정이야. 나는 동네 갭니다, 발길로 차고 싶은 사람은 맘 놓고 차십시오, 여러분이 바라신다면 구두창이라도 혀로 핥겠습니다, 그 대신 돈만 던져주십쇼, 그렇게 소리치고 다닐래. 우리의 행복을 위한 일이라면 똥도 치고 송장 묶는 염쟁이라도 마다치 않을 거야."

용하는 신나게 웃었다. 하지만 소희의 얼굴에 낀 그늘은 좀처럼 지워지지 않았다.

> — 소직은 가정사로 인하여 사직원을 제출하오니
> 청허해주시기 바랍니다.

용하는 사직서가 든 봉투를 들고 정보과장실로 들어갔다. 퇴근 무렵이었다. 마침 과장실은 한가했다. 선거기간 중에는 손님 출입과 전화소리가 번다하던 방이었다.

"무슨 일로?"

과장이 웃는 얼굴로 용하를 바라보았다. 용하가 머뭇거리며 말을 못하자 책상 앞 소파에 앉히고 분위기를 살폈다.

"이번 인사이동에서 우리 과는 세 명이 갈렸지? 우리 사무실에는 자네처럼 능력 있는 사람만 필요하거든. 자네 속에서는 뭔가가 타고 있어. 우리 직원들도 그런 불꽃은 지니고 있어야 하는데. 서장님도 자네를 우리 서의 보물로 여기시네. 정말 이번 일에 공로가 컸어. 며칠간 휴가를 내줄 테니 편안히 휴식을 취하도록 하게나. 참, 무슨 일로 왔지?"

과장은 꿈에서 깨어난 듯 몸을 일으키며 용건을 물었다.

"죄송합니다만, 가정사로 부득이 직장을 그만둬야겠습니다."

용하는 얼른 사직서를 꺼내놓았다.

"이 사람 지금 뭔 짓야? 그 여자도 지치면 떨어져 나갈 테니 신경 쓰지 말고 근무나 잘해. 물론 골치야 아프겠지만 내버려두는 게 상책이야. 암 때고 제풀에 사그라질 테니."

"그 일 때문만은 아닙니다."

"그럼 뭐지?"

"제가 이 직장에 남아 있는 한 그 여자와의 인연을 끊을 수 없습니다. 그리고 젊어서 일찍 사회에 나가 매를 맞는 게⋯⋯."

"그것도 의미는 있는 말이네. 하지만 돈 한 푼 없이 나가서 어쩌겠다는 거야. 쓸데없는 생각 말고 끝까지 참아봐. 경찰직이 고단하긴 하지만 남자가 해볼 만한 직업이네."

"저도 그렇게 생각하고 있습니다. 그래서 사표 내는 게 괴롭습니다."

"사표 이야기는 왜 자꾸 꺼내는 거야. 그런 말하려면 다신 내 방에 들어오지 마!"

과장은 책상 위에 놓인 사직서를 집어 북북 찢어버렸다. 용하는 아무 말 못하고 과장실을 나왔다. 막 문을 열고 나올 때였다. 과장이 용하를 불러 세웠다.

"레지던트들이 속을 썩이고 있어. 내일은 관내 병원에 나가 보게. 처우개선에 대한 불만의 강도가 심해지고 있어. 그들의 파업 의지를 내사해 보라고."

용하는 "네" 하고 얼떨결에 대답하고 말았다.

애나의 목을 조르다

그날 용하는 밤늦게야 집에 돌아왔다. 잔뜩 취한 그가 과일을 사들고 집에 도착했을 때는 통금시간이 가까워지고 있었다. 대문 앞에서 뻥코야 뻥코야 하며 아내를 불렀다. 뻥코는 소희의 애칭이었다. 하지만 집 안에서는 인기척이 없었다. 방불도 꺼져 있었다. 그 까만 창을 보는 순간 용하는 섬뜩한 기분이 들었다. 등골에 땀이 나고 술이 번쩍 깼다. 대문을 흔들었다. 한참 만에 문을 열고 나온 사람은 안집 아줌마였다.

"저의 집식구는 어디 갔나요?"

용하는 애써 태연하게 물었다.

"오후에 나갔어요. 성원이가 들어오면 저녁을 부탁하기에 차려줬는데 지금 자고 있을 걸요. 어머니는 먼저 드셨고요."

"어딜 간다고 그랬죠?"

"모르겠어요. 아빠한테 얘기 안했어요?"

"아무 말도 없었는데……. 유라를 업고 나갔나요?"

"그럼요, 한시라도 애기를 혼자 놔둘 수 없잖아요."

소희가 나갈 때 이상한 눈치를 못 챘냐고 물으려다 그만두었다. 하지만 소희의 차림새만은 묻지 않을 수 없었다. 만약 차림새가 색다르지 않았다면 단순한 외출일 텐데 그렇다면 무슨 사고가 난 게 틀림없을 것이었다. 고의로 나간 게 아니면 밤늦게까지 안 돌아올 소희가 아니었다.

"혹 무슨 낌새라고 못 챘나요? 복장이나 표정으로 봐서요?"

"옷은 수수하게 입었던데……. 참 작은 보따리 하나를 들었어요. 무슨 일이 있었나요?"

"아뇨, 그전부터 친정에 다녀온다는 말은 했지만……. 갑자기 떠날 줄은 몰랐네요."

용하는 말을 꾸며댔다.

"유라 엄마도 쉬긴 해야 돼요. 그렇게 심적으로 시달렸는데 바윗돌인들 성하겠어요. 친정에 간 김에 푹 쉬고 오라 하세요. 당분간 성원이 어머니는 내가 챙길게요."

"감사합니다. 그럼 들어가 주무세요, 깨워서 죄송합니다."

용하는 인사를 차리고 자기 방으로 들어갔다. 방안은 까만 어둠뿐이었다. 그는 어둠 속을 뒤져 스위치를 올렸다. 불을 밝히자 다시 한 번 치를 떨어야 했다. 혼자 웅크리고 자는 성원의 모습을 보는 순간 피가 솟구쳤다. 얼마나 고단한 잠자리였을까. 얼마나 서글프고 외로운 잠자리였을까.

배반!

용하는 바드득 이를 갈았다. 화장대 위에 놓인 편지봉투를 들어 두동강으로 찢어 방바닥에 버렸다. 무슨 사연이 적혀 있든 읽고 싶지 않았다. 집을 나간 것은 어떤 변명으로도 용서될 수 없었다. 그 짓은 소희의 짓이 아니었다. 어떤 아름다운 동기가 담겨 있다 해도 용서할 수 없는 비리였다.

　용하는 이부자리를 깔고 성원이와 나란히 누웠다. 잠자리에 눕자 새삼 허전했다. 소희가 빠져나간 공간은 너무 넓었다. 지그시 눈을 감았다. 그리고 모든 생각을 지우고 빈 머릿속에 당장 수행해야 할 업무처리와 귀향 문제만을 생각했다. 내일 병원에 가서 레지던트들의 파업 실태를 내사하고 빨리 날짜를 잡아 어머니와 성원을 부여 누나네에 맡기는 일이었다. 그렇게 마음을 정리하고 나니 어느 정도 부아가 가라앉았다.

　창 밖에는 비가 내리고 있었다. 바람에 날린 빗방울이 유리창을 타고 흘러내렸다. 언젠가 비아냥거렸던 애나의 목소리가 떠올랐다. "기껏 제 계집에게 복수하겠다고?" 그 수치심은 소희에게도 마찬가지였다. 소희에게 어떻게 복수한단 말인가. 용하는 방바닥에 버려진 두 동강 난 편지를 집어들었다.

　사랑하는 당신

　당신 곁을 떠나기로 결심한 것이 잘한 생각인지 잘못한 생각인지는 아직 나도 모릅니다. 물론 참을 수는 있습니다. 당신을 처음 바닷가로 찾아가고 애나 씨를 유치장으로 찾아갈 만큼 당돌했듯 나는 그런 시달림에 마음이 흔들릴 여자는 아닙니다. 당신도 그걸 아시리라 믿습니다.

　솔직히 당신을 바닷가로 찾아갔을 때만 해도 철없는 한 여자에게 시달리는 당신을 위로해주고 싶었습니다. 애나 씨가 집으로 찾아와 괴롭힐 때만 해도 당신을 보호하고 싶었고 오히려 그분을 동정할 만큼 나름대로의 승리감을 느껴왔습니다. 하지만 그게 얼마나 소박한 착각인지를 이제야 깨달았습니다.

애나 씨는 당신 속에 녹아들어 자신의 실체를 저버린 여자였습니다. 그분의 존재는 허상일 뿐입니다. 한갓 잿더미에 불과합니다. 그 재가 날아가버려도 그분의 실체는 당신 속에 온전히 남아 있을 겁니다.

당신은 본래 환상적인 분입니다. 당신은 아내가 차려주는 밥상을 즐기고 꽃을 즐길 줄 아는 그런 남자가 아닙니다. 나는 그런 당신이 항상 낯설었습니다. 하지만 애나 씨는 당신과 완전히 동화될 수 있는 여잡니다. 그러니 내가 어찌 두렵지 않겠어요. 이제 나는 그분을 동정하기에 앞서 나 스스로를 동정하고 있습니다. 내가 당신 곁에 돌아갈 수 있는 방법은 애나 씨에 대한 두려움을 극복하는 길뿐입니다. 그분처럼 나 역시 미치는 그 길, 그분처럼 고통을 사랑할 줄 아는 그 길 말입니다.

나는 이제부터 철저히 외로워지렵니다. 유라는 나 혼자 잘 기르겠어요. 그 애의 얼굴에서 늘 당신의 모습을 느낄 거예요. 나를 찾지 마세요. 상주에는 가지 않겠습니다.

김치는 새로 담갔어요. 당신이 좋아하는 김도 세 톳이나 구워 놨고요. 내복은 빨아서 뒤란 처마 밑에 널었으니 잊지 말고 걷으세요. 비가 올 것 같네요.

그리고 어머니와 성원이를 부여에 맡기라는 말은 내가 떠나기 위한 대책일 뿐이었습니다.

당신을 사랑하는 소희

편지를 다 읽고 난 용하는 창밖을 내다보았다. 애기 업은 소희의 환영이 빗발치는 창에 어른거렸다. 용하는 소희의 베개를 보듬어 안고 방바닥에 쓰러졌다. 베개에서 소희의 체취를 맡으며 잠 속에 묻히고 싶었다. 여보, 당신은 판단을 잘못하고 있어. 애나는 사랑이 뭔지를 모르는 여자야. 사랑은 미침이 아니고 건전한 생활이라고. 사랑은 신념이고 부단한 노력이란 말야. 사랑은 바로 인격이라고.

*

애나는 쇠고기 산적을 담은 구절판을 싸들고 대문 밖으로 나왔다. 생각할수록 참으로 이상한 일이었다. 소희를 골탕먹이기 위한 장난질에 스스로 감동하다니. 애나는 그 장난 같은 효행이 자신의 심정을 변화시킬 줄은 미처 몰랐다. 초여름의 아침 햇살이 눈부셨다. 애나는 택시를 잡아탔다. 용하가 출근하기 전에 어서 미아리로 달려가 효심을 보여주고 싶었다. 애나는 손주와 함께 앉아 고기 산적을 맛있게 드시는 어머니의 모습을 그려보았다. 손수건으로 어머니의 입 언저리를 닦아드려야지. 손도 씻겨드려야지⋯⋯.

가슴이 뜨겁게 달아올랐다. 언덕길을 오르면서도 발걸음
은 가볍기만 했다. 용하네 집 쪽대문은 열려 있었다. 마당으
로 들어섰다. 어딘지 집안에 쓸쓸한 냉기가 감돌았다. 이른
아침이라 그럴까? 애나는 부엌문을 열었다. 그런데 소희 대
신 주인아줌마가 밥상을 차리고 있었다. 밥상도 초라했다.
　"새댁은 어디 갔나요?"
　주인아줌마는 어디 간지 모른다고 대답했다. 애나는 얼른
방문을 열었다. 성원이 혼자 방 가운데에 동그마니 앉아있었
다. 초라한 모습이었다. 건넌방에서 어머니의 기침 소리가 들
려왔다. 애나의 몸에서 일시에 맥이 빠졌다. 효심을 보아줄
사람이 없었다. 밥상을 들고 방에 들어간 애나는 떡과 산적을
덜어 어머니 앞에 놓고 성원이 곁에 앉았다. 성원은 밥상은
거들떠보지도 않고 애나가 장만해온 고기와 떡으로만 양을
채웠다.
　"엄마는 어디 가셨지?"
　"집을 나갔어요."
　"어디 가신다고 하던?"
　"몰라요."
　"다른 말씀은 없으셨니?"
　"공부 잘하고 아버지 말씀 잘 들으랬어요."
　"정말 그런 말을 하셨어?"
　"네."
　"아빠는 뭐라 하시던?"
　"화만 내셨어요."

"엄마와 아빠가 다투셨니?"

"아뇨."

"그런데 왜 집을 나가셨을까?"

"몰라요."

애나의 가슴이 뛰기 시작했다. 무슨 이유에서건 소희가 집을 나간 게 틀림없었다. 그녀는 머릿속이 착잡했다. 당장 무슨 생각을 하고 무슨 행동을 취해야 할지 가닥을 잡을 수가 없었다. 그저 멍한 기분이었다. 성원이를 학교까지 바래다준 애나는 교정 벤치에 앉았다. 플라타너스 그늘이 시원했다. 곰곰이 생각할수록 소희의 농간에 홀리는 기분이었다. 짚이는 게 있기는 했다. 열흘 전 어머니 옷을 사가지고 왔던 그날 소희의 태도가 의심스러웠다.

"성원 아빠에 대한 애나 씨 애정을 생각하면 솔직히 두려워요."

지금 생각해 보니 소희의 그 말이 진심으로 여겨지지 않았다. 그때만 해도 소희의 말에서 큰 감동을 받았고 가슴속으로 존경심마저 느낀 게 사실이었다. 그런데 가출을 하다니. 용하를 분노시키려는 치밀한 가출? 애나는 덜컥 겁이 났다. 무슨 함정에 빠져드는 기분이었다. 증오할 대상이 죽었을 때의 낭패감이랄까. 비빌 언덕이 무너지는 외로움마저 느껴졌다.

영악한 년!

애나는 소희가 자기를 궁지에 몰아넣으려고 수작을 부린다는 생각이 들자 더욱 분김이 치올랐다. 용하로 하여금 자기를 더욱 증오케 하여 어서 결말을 내게 하려는 그 교활한 수

법이 가증스러웠다. 내 재미를 빼앗다니! 두고두고 년놈을 골탕먹이려 했는데, 미리 선수를 쳐? 애나는 치가 떨렸다. 소희를 만나면 머리채를 잡아 쥐어뜯고 싶었다.

독사 같은 년!

애나는 뽀드득 이를 갈았다. 소희의 교양과 지능이 얼마나 교활한지를 새삼 깨달았다. 울고 싶으면서도 웃을 수밖에 없도록 만든 그 잔인한 수법에 다시 한 번 치가 떨렸다. 애나는 실속을 못 차리고 덤벙대기만 하는 자신의 어리석음에도 치가 떨렸다.

나도 약아야 한다!

그런데 그 약음이란 게 뭘까? 내가 약아봤자 뭘 어떻게 한단 말인가? 사랑에도 교활한 방법이 필요하단 말인가? 애나는 고개를 잘래잘래 흔들었다. 땅이 푹 꺼지는 아찔한 현기증이 느껴졌다. 잔뜩 주워 담은 것 같은데 아무것도 쥐어진 게 없는 그 까만 상실감이 두려웠다.

*

어머니와 성원이를 부여 누나네에 맡긴 용하는 선거가 끝나자 소희의 행방을 철저히 뒤지기로 마음먹었다. 휴가를 내자마자 먼저 상주에 가서 언니네 집부터 들렀다. 집 나간 동생을 찾으러 왔다고 실토하기가 쑥스러웠지만 숨길 수도 없었다.

"여기에 안 온 걸 보면 어디에 숨었을 겁니다. 그 애 자존심으로 봐서 엄마한테는 안 갔을 거예요."

언니는 태연하게 말했다. 그녀의 표정으로 보아 숨겨두고 거짓말하는 것 같지는 않았다.

"제가 큰 죄를 짓고 사네요."

"죄는 무슨 죕니까. 사랑하는 사람을 따라갔는데 당연하잖아요? 세월이 흐르면 달라지겠죠."

용하는 언니의 말이 고마웠다. 그는 친정집 근처만 둘러보고 곧장 서울행 버스를 탔다. 차창에 빗물이 흘렀다. 도대체 어디로 갔을까? 용하는 소희의 착함이 원망스러웠다. 애를 혼자 키우겠다고? 네가 뭔데 그리 도도하냐? 제발 가볍게 살랬잖아, 이 병신아!

집에 돌아오니 몸이 나른했다. 구멍가게에서 사들고 온 소주와 마른오징어를 방바닥에 풀어놓고 취하도록 마셨다. 술을 마시자 졸음이 왔다. 요를 깔고 누웠다. 사르르 눈이 감겼다. 그때 밖에서 인기척이 들리고 누가 방에 들어온 기미가 느껴졌다. 아줌마가 밥상을 차려왔겠지. 멍멍한 용하의 의식속에 얼핏 그런 생각이 들었다. 용하는 눈을 뜨기가 싫었다. 눈이 떠지지도 않거니와 아줌마에게 자는 모습을 보이는 것이 덜 미안했다. 밥상을 챙겨주는 고마운 아줌마…….

그런데 조용했다. 용하는 얼핏 생각해 보았다. 아줌마가 내 자는 모습을 보며 서 있을 거야. 내 초라한 모습을 보며 한없는 동정심을 느끼겠지. 그토록 사랑하는 아내가 집을 나갔으니 얼마나 괴로울까, 아줌마는 그런 동정어린 눈으로 나를 바라보고 있을 거야. 장롱 속에서 덮개라도 꺼내 덮어주겠지. 비오는 초여름날의 냉기는 얼마나 을씨년스러운가…….

정말 농문 열리는 소리가 들리고 몸에 이불이 덮였다. 용하는 나른한 게으름이 느껴졌다. 그는 이불자락을 올려 아주 얼굴을 덮었다. 아줌마의 정성이 고마웠다.

방은 또 조용했다. 밖에서 낙숫물 떨어지는 소리만 들렸다. 아줌마는 계속 잠자는 모습을 지켜보는 모양이었다.

방안의 적막이 너무 길다는 생각이 들었다. 뒤에서 숨소리만 들릴 뿐이었다. 그 숨소리는 점점 거칠어졌다. 갑자기 옷 벗는 소리가 들려오고 뒤에서 여자의 팔이 몸을 휘감았다. 용하는 얼른 몸을 일으켰다. 그러자 여자의 팔이 완강해지면서 이번에는 목을 껴안았다.

"여보……."

소름이 끼쳤다. 애나였다. 용하는 애나의 벌거벗은 몸을 밀쳐냈다. 하지만 술 취한 몸이 맘대로 움직여주지 않았다. 마치 꿈속에서 당하는 일 같았다. 십여 년 전 애나 몰래 부산을 떠날 때 꾸던 꿈. 그때 애나의 입가에는 피가 묻어 있었다. 용하는 금방 자신의 육신이 뜯어먹힐 것만 같았다. 이제 그 괴물의 폭력에 대항할 도리밖에 없었다.

용하는 벌떡 일어났다. 하지만 여자의 강한 팔이 재차 목덜미를 휘감으며 달라붙는 바람에 도로 방바닥에 뒹굴었다. 용하는 징그러운 뱀을 피하듯 여자의 몸을 냅다 팽개쳤다. 그녀는 다시 일어나 이번에는 가슴에 매달리며 입으로 용하의 얼굴을 핥았다.

차디찬 뱀의 혀…….

용하는 여자의 몸을 자빠뜨리고 그 위에 올라탔다. 그리고 두 손으로 목을 조르기 시작했다.

"여보!"

애나의 입에서 비릿한 신음 소리가 터져 나왔다. 목을 조르는 용하의 손에 더욱 강한 힘이 꽂혔다.

"어서…… 죽여줘……."

애나의 목소리가 바람결처럼 흔들렸다. 마지막 단말마인 듯싶었다. 그녀의 몸은 이미 풀어지고 있었다. 흐물흐물한 육체였다. 여지없이 무너지는 육체, 숱한 세월 괴롭혀온 그 육체는 그렇게 눈 녹듯 스러져갔다. 일순 용하는 통쾌한 흥분이 느껴졌다.

애나의 숨소리가 멎자 그제야 손아귀의 힘을 풀었다. 그녀의 눈은 초점을 잃은 채 천장을 바라보고 있었다. 목에서 두 손을 뗀 용하는 숨진 애나의 생기 잃은 시선을 손바닥으로 거둬주었다. 눈을 감겨주는 그의 손끝이 바르르 떨렸다.

날 용서해다오!

용하는 애나의 조용한 얼굴을 보며 마음속으로 중얼거렸다. 애나의 죽어 있는 얼굴은 아주 평화로웠다. 죽음을 곱게 받아들인 그런 표정으로 굳어 있었다. 애나의 수준 높은 죽음 앞에서 용하는 마음이 경건해졌다. 애나의 육체가 고결하고 순결하게 느껴졌다.

"이제 너를 사랑하리라."

용하는 산매 들린 사람처럼 중얼거렸다. 행복했다. 처음 느껴보는 환희였다. 하지만 착각이었다. 여자의 숨결이 살아나면서 죽었던 입이 벙그레 열렸다. 끈질긴 배반이었다.

"역시 당신은 착하군요. 왜 끝까지 목을 조르지 못하는 거죠?"

그녀의 입은 용하의 허기진 행복을 비웃듯 그렇게 야지랑을 떨었다. 용하는 그 야지랑이 비위 상한다 싶어 다시 목을 조르려 했다. 하지만 그 순간 강렬한 수치심이 느껴졌다. 용하는 후딱 몸을 일으켜 방문을 열고 나갔다. 방을 나온 그가 부엌문을 열고 나갈 때였다. 방에서 애나의 깔깔거리는 웃음소리가 들려왔다.

"바보 같은 놈! 네가 사람을 죽여? 그럴 자신 있어?"

소희가 집을 나간 지 벌써 보름이 지나고 있었다. 소희에 대한 분노는 이제 기다리는 조바심으로 변해갔다. 날이 갈수록 소희가 보고 싶고 무엇보다도 유라가 보고 싶어 못 견딜 지경이었다. 인형 같은 얼굴과 토실토실한 엉덩이, 애고사리 같은 손과 발, 그놈의 생김새 하나하나가 가슴속에서 꼼지락거렸다. 용하는 유라에 대한 그리움을 글로 적어놓기도 했다.

유라야, 네 엄마가 지금 짓고 있는 죄 중에서 가장 큰 죄는 아빠가 너를 안아주지 못하게 하는 그 잔인함이란다.

용하는 매일 술로 하루를 보냈다. 술이 깨면 소희와 유라 생각에 몸이 마르고 그 괴로움을 잊기 위해 또 술을 마셨다.

근무의욕도 떨어져 일이 손에 잡히지 않았다. 주인아줌마가 건강을 걱정해주었지만 차라리 병이 나서 몸져눕는 게 좋다 싶었다. 그렇게 일찍 사라지고 싶었다.

갑자기 바닷가가 그리워졌다. 까맣게 잊어온 동해안이었다. 왜 그곳을 잊고 지내왔던가. 용하는 동해안을 잊고 살아온 그동안의 생활이 후회스러웠다.

내 소설이 있는 곳…….

순간 뜨거운 감동이 가슴을 비집고 기어올랐다. 소희에 대한 그리움을 이기고도 남을 기쁨. 그의 가슴은 점점 뜨겁게 달아올랐다.

용하는 드디어 사표를 냈다. 사표가 수리되지 않았지만 출근하지 않았다. 바닷가 어촌으로 가서 고깃배를 타며 소설이나 쓰자는 것이 그에게 남은 유일한 희망이었다. 아주 배낭을 메고 방랑생활이나 걸인 노릇을 할까도 생각해 보았지만 부여에 맡겨둔 어머니와 성원이 문제였다.

용하는 대충 짐을 꾸렸다. 짐이라야 당장 갈아입을 옷과 세면도구였다. 다른 세간은 전세금이 빠질 동안 그냥 두기로 했다. 혹시 소희가 돌아오면 의지가 될 성싶었다. 소희가 집에 돌아왔을 경우 썰렁한 방보다는 자기가 쓰던 세간이 그대로 있으면 마음이 놓일 터였다. 용하는 소희가 돌아올 것을 예상하고 자리 잡는 대로 즉시 주인아줌마에게 편지해줄 작정이었다.

짐을 챙기고 방을 한번 휘 둘러보았다. 구석구석에 묻어 있는 소희의 손때가 자꾸 발길을 잡았다. 처음으로 행복하게 꾸려보았던 보금자리가 아닌가. 용하는 방문을 열었다. 그때 마당에서 인기척이 나는가 싶더니 부엌문이 열리고 애나가 들어왔다. 용하는 얼른 가방을 집어 들었다. 잠시도 그녀와 함께 있고 싶지 않았다.

"떠날 사람 같아서 서둘러 왔어요."

애나는 배실배실 웃으며 용하의 팔을 잡았다.

"따라오려고?"

용하도 농담조로 받았다. 자신만만한 농담이었다. 이제는 걸릴 게 하나도 없었다. 소희와 성원이도 없고 직장마저 그만둔 마당인데 애나에게 장난이라도 치고 싶은 심정이었다.

네년이 아무리 지랄해 봐라. 가방 하나 달랑 들고 떠나는 몸인데 네가 뭘 붙들고 늘어지겠는가. 정말 떼를 쓰고 지랄하면 뒷발질로 툭 차면 그만인걸.

"따라간다면 어떡할래요?"

"공을 차듯 뒷발질로 툭 차지."

"그래도 따라붙는다면?"

"또 툭 차지. 툭 차고 툭 차고 또 툭툭 차고……. 이제는 걸릴 게 없으니 맘 놓고 차보는 거지 뭐."

"지독한 인간……."

애나는 여전히 웃는 얼굴로 말했다.

"무슨 즐거운 일이 있어 히죽대는 거야?"

"즐겁고말구지. 나도 떠나기로 했거든, 차 전무가 죽도록 나를 사랑해 준다고 했거들랑. 내 몸이 그리도 좋다는 거야. 당신이 싫어하는 내 몸 말야."

"축하해, 차명구 전무는 참 좋은 사람야. 그리고 당신 몸도 아름답고."

"흥, 예의는 더럽게 차려주네, 그 지겨운 예의."

"나도 불행하지만 당신도 불행한 여자야."

"내가 왜 불행해? 지금 행복을 찾아가는 길인데."

"내가 협조해줄 게 있나?"

"협조란 원래 하기 싫은 일을 해주는 것 아냐? 지금은 하고 싶어 환장한 일인데 호적정리를 협조랄 수는 없지. 암튼 빠를수록 좋아."

"호적정리? 그럼 내일 당장 가정법원에 가자구."

"십 년 가까이 참아온 일인데 기념으로 며칠쯤 미룹시다."

"지금 떠날 참야."

"곧 비가 온대, 그치거든 떠나."

"일기예보는 빵꾸날 때가 많아. 또 비오면 어때."

"방정맞게 서둘면 호적 그냥 놔둘 거야. 그러니 까불지 말고 며칠 기다려. 그동안 나하고 재밌게 놀아주고. 호호호……."

용하는 벌떡 일어났다. 애나에게 뺨이라도 한 대 올려치고 싶었지만 마지막 길이라 참았다. 용하는 다시 짐을 들었다. 그때 애나가 앞장서 방을 나가며 한마디를 던졌다.

"내일 열 시까지 법원으로 나와요."

용하는 부엌문을 열고 나가는 애나의 쌀쌀맞은 뒷모습을 바라보다가 도로 방바닥에 주저앉았다. 이번에는 거짓말 같지가 않았다.

가정법원에서 도장을 찍다

우중충한 날씨였다. 무덥기도 했다. 가정법원 대기실에는 남녀 서너 쌍이 대기하고 있었다. 이혼을 하는데 줄을 서다니. 헤어질 걸 뭣 땜에 면사포를 쓰고 하객을 모으고 야단법석을 떨었지. 용하는 그들이 백년을 살자며 결혼식장에서 서약했을 장면을 떠올리자 결혼식은 고사하고 아예 식 자체를 부정한 자신의 입장에 자부심마저 느껴졌다.

죽어서 흙이 되면 그만인 걸 미쳤다고 그런 형식을 갖춰, 지지리 못난 짓들. 용하는 결혼절차를 무시한 자신의 사고방식을 모든 서울시민들에게 자랑하고 싶었다.

"김용하 씨 성애나 씨 들어오세요."

예쁘장한 여직원이 대기실로 나와 불러들였다. 두 사람은 문초를 받듯 판사 책상 앞에 나란히 앉았다. 판사는 두 사람의 얼굴을 한번 훑어보고 나서 이혼 사유를 물었다.

"헤어지려는 이유가 뭡니까?"

"성격 탓입니다."

용하가 먼저 대꾸했다.

"어느 부부나 성격이 맞을 순 없죠. 그걸 조절하며 사는 게 부부잖아요?"

"이 남자는 별나거든요."

애나가 얼른 받았다.

"별나다뇨?"

"이 남자는 아내보다 하늘의 별을 더 좋아한다고요. 그래서 조화가 안 돼요."

"그럼, 아내도 별을 좋아하면 되잖아요?"

"하기야 별을 싫어할 사람이 뉘 있겠어요. 그런데 이 남자는 그거에 미쳤다고요. 별이 넋을 빼갔어요."

"참 묘한 성격 차이네요."

판사는 미소를 머금은 채 한 번 더 화해할 소지가 없겠냐고 물었다.

"없습니다, 빨리 헤어지고 싶어요."

애나가 당돌하게 말했다. 숫제 뽐내는 기색이었다. 헤어진 다는 것이 무슨 자랑거리나 되는 양 판사 앞에서 고개를 빳빳이 세웠다. 애나의 그런 태도가 용하는 신선하게만 보였다. 자기가 할 말을 애나가 대신 해준 데에 고마움이 느껴졌다. 자기가 그런 말을 하기는 좀 찜찜하다는 생각이 들었는데, 또 판사 앞에서는 자기가 애나한테 버림받는 입장이 되고 싶었 는데, 애나가 먼저 도도한 모습을 보이니 천만다행이었다.

용하는 진심으로 애나 앞에서 겸손해지고 싶었다. 그것이

애나가 법원까지 나와준 성의에 대한 최대의 예의였다. 용하
는 판사실을 나와서도 애나에게 주눅이 든 모습으로 일관했
다. 어깨를 잔뜩 움츠리고 꺼벙하게 서서 마치 애나에게 버림
받은 모습을 꾸미려고 애썼다.

"이제 끝난 거죠? 또 도장 찍을 데 있어요?"

밖으로 나오자 애나가 눈꼬리를 치켜올렸다. 오늘 아침 몇
시간 동안에 변한 애나의 당찬 모습이었다. 그녀는 당장 귀부
인이 될 작정인 모양이었다. 아까 나타날 때부터 화장과 옷차
림이 달라보였고 귀티마저 풍겼었다. 용하를 바라보는 눈빛
역시 차고 거만했다. 용하를 자기 발밑에 깔아뭉개는 위압적
인 자세였다.

용하의 눈에는 정말 애나가 돋보였다. 부산에서의 감찰 말
마따나, 자가용 타고 거드름피우는 귀부인과 꾀죄죄한 거지
사이의 간격만큼이나 애나가 돋보였다.

"행복하게 살아. 보란 듯이……."

"용하 씨도 잘 살아요."

애나는 당신이란 말 대신 용하 씨라고 호칭을 바꿨다. 용하
도 애나 씨라고 불렀다.

"고마워 애나 씨."

"애나 씨? 그것 참 듣기 좋네요. 꼭 청춘 남녀가 연애하는
기분이에요. 뭐씨 뭐씨 하며 교양 떠는 모습들……. 우린 그
렇게 교양 떤 적 없었죠?"

"그럼, 없고말고지. 우린 처음부터 신선했잖아? 나는 애나
씨를 미친년으로 봤고 애나 씬 나를 거지새끼로 봤고."

"멋있는 추억이었죠……. 그럼 어서 헤어집시다. 또 정 붙으면 큰일이니까."

"애나, 마지막으로 나한테 욕 한마디 해줘. 잘 가라 이 못난 놈아 하고."

"좋아요, 그럼 잘 가라 요 병신새꺄!"

애나는 몸을 홱 돌렸다. 그리고 용하를 덩그마니 남겨둔 채 법원 건물 저쪽으로 한들한들 걸어갔다. 그때 까만 승용차가 애나 앞으로 미끄러진다 싶더니 그녀의 몸이 곱게 모셔졌다. 애나가 탄 벤츠는 시위라도 하려는 듯 용하 앞을 스쳐 지나갔다. 용하는 눈이 부셨다. 눈부신 빛살 사이로 뒷좌석에 애나와 나란히 앉은 차명구의 얼굴이 얼비쳤다. 애나의 눈은 용하를 무시한 채 앞만 바라보고 있었다. 용하는 그녀의 거만한 풍채가 사뭇 자랑스러웠다.

그래, 높이 날아보렴. 연처럼 높이높이 날아올라 온 세상을 네 발밑에 깔아뭉개보렴. 나는 마음으로나마 너를 높이 띄울 바람이 되어주마!

집으로 돌아온 용하는 빈방에 몸을 뉘었다. 일시에 몸이 나른해졌다. 그처럼 몸이 풀어지고 나니 소희의 얼굴이 떠올랐다. 지금 떠돌고 있을 소희의 발걸음이 고단해 보였다. 소희에게는 어떤 배려가 필요할까? 용하는 자신을 추락시키는 도리밖에 없다고 생각했다. 다시 진리포구가 떠올랐다. 자신이 혼자 지내던 곳, 진리포구를 찾아가는 것이 소희에 대한 연민을 치유하는 방법이었다. 항상 凹자를 끌어안고 살던 곳, 죽을 사자死가 연상되어 남이 가장 싫어하는 숫자인 四자. 바그너가 서양 사람들이 가장 싫어하는 13이란 숫자와 친해지려는 듯 13세에 학교를 졸업하고, 13개의 오페라를 쓰고, 13명의 부인을 사랑했듯이 용하는 四자를 사랑하다 죽고 싶어졌다. 그 모험, 그 허무를 즐기고 싶었다.

　진리포구의 바다를 보니 용하는 생활 걱정보다 의욕과 자신감이 앞섰다. 진리포구는 과거에 근무하던 곳이라 피하려 했지만 그곳 예비군들이 붙잡는 바람에 짐을 풀기로 했다. 용하의 감독을 받았던 그들은 이제 다정한 벗이 되어 반겨주었다. 그들은 손수 방을 구해주고 입주하는 날에는 횟거리와 떡을 장만해 와 축하해주었다. 그리고 고깃배를 탄다는 것은 쉬운 일이 아니라며 어판장 일을 주선해주었다.

　"우리 마을이 소장님한테 진 신세가 얼마나 큰데 밥을 굶길까베. 아무 걱정 말고 편히 지내소야."

　"하모. 소장님 오시니까네 우리 마을이 젊어지는기라."

　"법을 어기면서까지 우리 굶지 말라고 애쓰신 거 생각하모 눈물이 나는기라."

　고마운 말이었다. 그렇게 보름쯤 지났을까, 소희가 유라를 업고 찾아왔다. 용하는 반가움보다 숫제 덤덤한 심정이었다. 다만 어떻게 알고 찾아왔는지 그게 궁금할 뿐이었다. 물론 방을 얻자마자 미아리 셋집 아주머니에게 거처를 알려는 주었지만 소희가 막상 진리포구까지 찾아올 줄은 몰랐다.

솔직히 용하는 소희와의 해후를 멀리 잡고 있었다. 찾아갈 곳도 없거니와 소희의 심성으로 보아 쉬 돌아올 여자가 아니었다. 하지만 등잔 밑이 어두웠다. 소희는 상주 읍내에 있는 친구 집에 머물고 있었다.

  "당신을 다시 만나기가 힘들 줄 알았죠. 그래서 혼자 지내는 친구를 찾아간 거예요. 애를 업고 무슨 낯으로 집에 찾아가겠어요. 일시적이면야 집에 숨어 있겠지만 일이 결딴날 때까지 기다릴 참였어요. 당신이 보고 싶어 피가 말랐지만 참을 수밖에요."

  "결딴이라니?"

  "두 가지 중에 하나죠. 당신이 애나 씨를 받아들이거나 그 여자가 포기하고 아주 물러서거나."

  "뭐라고? 받아들여?"

  용하는 뺨을 올려치고 싶었다. 하지만 목소리를 낮추었다.

  "내가 이번 당신의 행동에 실망한 것은 바로 그거요. 차라리 그 여자에게 시달리기 싫다거나 당신이 일시적으로 없어짐으로써 일이 빨리 결딴나리라고 생각했다면 이해하지만 내 맘이 돌아서다니?"

  "어쨌든 애나 씨에게 기회를 열어주고 싶었어요. 안 그러면 말라죽을 것만 같았어요. 그 여자에게 시달려서가 아니라 그 여자의 자리를 차지했다는 자괴감 때문이죠. 당신이 안 그럴 사람인 건 알지만 내 양심은 늘 들볶일 테니까요. 그래서 이번 일이 나한테는 정당해요."

  "당신 심정을 이해해. 그 여자의 교활한 연기에 마음이 지

첬을 거요. 암튼 그 얘긴 그만합시다."

더 이상 노닥거리고 싶지 않았다. 용하는 요 위에 누워 자는 유라에게 살며시 뺨을 대보았다. 아스러지게 껴안고 싶은 충동을 억지로 참으며 그놈의 새록거리는 숨소리만 깊이 들이마셨다. 그때 불쑥 소희의 목소리가 튀어나왔다.

"궁금한 게 없으세요?"

"……."

"애나 씨가 상주 집으로 찾아왔더랬어요."

"집으로 찾아오다니?"

"실은 어머니가 나를 상주 친구 집에 숨겨줬거든요."

"어이없군. 그래서?"

"애나 씨는 내가 교활한 여잔 줄 알았대요. 그런데 당신이 뱃사람 되겠다고 떠났는데도 숨어 있는 걸 보고 내 진심을 깨달았다는 거예요. 자신이 부끄러웠대요. 그러면서 시간이 없으니 당장 진리포구에 가보라고 했어요. 당신이 고기 잡을 줄도 모르는데 배 타고 나갔다가 빠져죽으면 큰일이라고. 애나 씨는 나와 헤어지면서 이런 농담도 하더군요. 당신이 무서운 남자라고요. 무섭고 징그러운 남자라면서 길바닥에 퉤퉤 침까지 뱉었어요. 그런 지독한 남자는 자기한테는 어울리지 않는다고요."

소희는 그 말을 하면서 혼자 피식 웃었다. 애나의 침 뱉던 장면이 떠올랐던 것이다.

"그 말을 듣고 진리포구에 온 거야?"

용하가 시큰둥하게 받았다.

"내가 찾아온 게 싫으세요?"

"싫지."

그렇게 말하면서 용하는 소희의 몸을 껴안았다.

"그런데…… 애나는 당신을 어떻게 찾은 거야?"

"내 주소를 알고 있거든요. 두 번 찾아왔는데 한 번은 엄마가 내 거처를 숨겼고 두 번째는 호적을 정리한 뒤여서 엄마가 알려준 거구요."

소희가 돌아오고 이틀 뒤에는 소희의 어머니가 강릉으로 찾아왔다. 어머니는 그때 처음으로 용하를 사위라고 불렀는데 딸과 사위를 서울로 데려가기 위해 왔던 것이다.

"자네가 내 맘에는 안 들지만 내 딸이 좋아하는 남자니 사위로 여길 수밖에. 암튼 내 팔자가 드세군. 강릉까지 사위 찾으러 가고."

"죄송합니다."

"지금 그걸 따져 뭐하겠나. 그것도 모두 자네 탓이네. 남자가 오죽 못났어야 여편네 집 나가게 만들었겠나."

"옳은 말씀입니다. 모든 건 제 탓입니다."

"집 나간 여자도 오죽잖은 여자고. 집 나갈 만큼 약한 맘이라면 숫제 그런 복잡한 남자를 피했어야지. 알고 대든 사낸데 왜 집구석을 나와. 더구나 노망든 시어머니와 어린 자식들을 두고."

"죄송해요 엄마, 다시는 이런 일이 없을 거예요."

이번에는 소희가 머리를 숙였다. 그 다음 날 용하와 소희는 짐을 꾸려 서울로 떠났다. 다시 미아리 셋방으로 돌아온 소희는 정든 세간살이를 보자 와락 눈물이 쏟아졌다.

요조숙녀가 된 애나

　애나는 용하와 호적을 정리하고 나서 반년쯤 지나 차명구와 결혼식을 올렸다. 오빠와 올케와 차명구가 바라는 터였고 애나 역시 한시바삐 식을 올려 마음을 다잡고 싶었다.

　결혼식은 호화찬란하게 치러졌다. 예식이 거행되는 동안 애나는 시종일관 미소와 품위를 잃지 않았다. 술을 마시고 추태를 부리던 여자가 언제 그랬냐는 듯 점잖고 깔끔해졌다. 손님을 대하는 태도 역시 세련되고 교양이 흘렀다.

　애나는 용하와 헤어질 때 새로운 변신을 시도했다. 그 변신이란 차명구와의 행복한 생활이었다. 그래서 용하와 헤어진 순간부터 새로운 사람이 되려고 노력했던 것이다.

　"저는 다시 태어나겠어요. 그전의 애나로 살고 싶진 않아요. 모든 게 달라지고 싶어요. 모든 사람들이 우러러보게요. 그러기 위해서는 배울 게 너무 많으니 오빠가 제 노력에 협조해주세요."

"네 뜻이 가상하구나. 그럼 뭘 협조해줄까?"

성 회장이 감동한 어조로 물었다. 그날 성 회장의 집에는 차명구도 함께 있었다.

"저는 제 내면의 모습을 닦을 테니 오빠와 언니는 제 외모를 다듬어주세요. 당신도요."

애나는 얼른 차명구 쪽을 바라봤다. 차명구가 소외감을 느끼지 않도록 말 한마디 눈빛 한가닥에도 주의를 기울였다.

"대단한 각오네요."

올케가 말했다.

"배움이란 게 한이 없겠지만 저는 당장 달라지고 싶어요. 그래야 전무님을 잘 모실 수 있고 또 그동안 오빠와 올케한테 저지른 잘못을 탕감받는 길이고요."

"짜식, 말하는 게 정말 기특하구나. 우리 애나가 이제야 철이 들었구먼. 너는 역시 내 동생이야. 내 핏줄이 아니곤 그처럼 의젓해질 수 없지."

"또 당신네 핏줄 자랑예요? 당신네 핏줄이 아니고 잘 둔 올케 덕이죠. 그죠 고모?"

올케가 기분 좋게 웃었다.

"저는 내세울 게 없군요."

차명구가 멋쩍게 웃었다.

"아닐세, 자네의 끈질긴 인내와 노력이 오늘의 기쁨을 가져온 거네. 우리 애나를 구렁텅이에서 건져준 자네의 인품이 가상하이."

"저보다 형님 내외분의 공로시죠."

"아냐, 자네의 뛰어난 사업술이 애나를 개량시키는 데도 일 조한 거야."

성 회장이 자기 옆에 앉아 있는 차명구의 어깨를 다독거려 주었다. 그러자 애나가 오빠의 말을 재치 있게 받아넘겼다.

"제가 수박 종잔가요 개량시키게. 제 남편이 우장춘 박사도 아닐 테고요."

애나는 공로니 개량이니 하는 말이 귀에 거슬렸다. 하지만 애나의 말에 좌석은 웃음바다가 되었다. 애나도 따라 웃었다. 그처럼 집안은 화기애애한 밤을 맞이했다.

애나는 생활계획표를 짜고 하루의 시간을 효과적으로 요 리해 갔다. 그 시간표에는 교양서나 처세술을 익히는 독서시 간에서부터 몸매를 다듬는 운동시간과 오빠와 함께 상류층 인사들과 어울리는 사교시간도 포함되어 있었다. 그녀는 직 접 오빠 사업에도 관여하여 관리 능력을 키우고 사회생활을 넓혀가기도 했다. 그녀의 모습은 나날이 달라졌다. 모든 면에 서 과거와는 사뭇 다른 여자가 되었다. 말솜씨가 고와지고 어 휘 구사력이 매끄러워졌다. 어느 누구와 어울려 대화할 때도 전혀 어색해하지 않고 분위기를 화기애애하게 꾸밀 줄 알았 다. 행동거지 또한 몰라보게 달라졌다. 걸음걸이가 점잖아지 고 웃음새도 우아해졌다. 그전의 저속한 몸놀림과 웃음소리 는 흔적 없이 사라졌다. 술도 마시지 않았다. 점잖은 자리에 서나 기껏 한두 모금씩 목을 축이는 게 고작이었다.

갑자기 저렇게 달라질 수 있을까……

성 회장은 자기 여동생의 돌연한 변화에 혀를 내둘렀다. 어디에 내놓아도 모자람 없는 여자였다. 차명구 역시 당황하기는 마찬가지였다. 부부로 살면서 혹 얼굴 깎이는 일이 생기지 않을까 걱정하던 그는 이제 자기가 꿀릴 정도가 되었다. 오히려 나날이 달라지는 애나의 세련된 모습에 위축되고 열등감마저 느껴졌다.

저 여자는 자기 혼자만 공중에 떠다니는군……

점점 높아지는 애나의 위상에 비해 상대적으로 낮아지는 자기의 추레함에 차명구는 당황했다. 날이 갈수록 위기감은 더욱 증폭되어 갔다. 차명구는 점점 벌어지는 그 간격을 자기 능력으로는 도저히 좁힐 수 없을 것만 같았다. 마치 어려운 상관과 같이 지내는 기분이었다. 애나의 표정 한 점만 흐트러져도 자기의 잘못 같고 밥상에서 밥풀 하나만 흘려도 큰 죄를 짓는 기분이었다. 자기에 대한 애나의 헌신적인 내조 역시 자기 위에 왕으로 군림하려는 술책으로만 여겨졌다. 애나는 그런 남편이 걱정스러웠다.

"여보, 당신 요즘 이상해졌어요. 왜 의욕을 잃어 가시죠?"

결혼하고 일 년쯤 지난 어느 날이었다. 밤늦게 술 취해 돌아온 남편에게 애나는 조심스럽게 말을 꺼냈다.

"아무 일도 아냐. 여러 가지 신경을 쓰다보니……."

"무슨 복잡한 일이라도 생겼나요? 혼자 괴로워 말고 내게 말씀해주세요."

"당신한테 말하라고?"

"그럼요, 당신한테 괴로운 일이 생겼는데 아내로서 무관심

해 쓰겠어요? 말 못할 사정이 있으면 내가 오빠한테 말씀드
릴게요."

"오빠한테? 이봐, 성진모 회장은 내 상사야. 나를 로봇으로
만들지 말라구."

"왜 화를 내세요. 나는 회장이 오빠라고 해서 월권한 적 없
어요. 단지 아내로서 걱정한 것뿐예요. 내조해드리고 싶을 뿐
이고요."

"화내는 게 아니고……. 미안해, 요즘 몸이 좀 나빠졌나
봐."

"나빠져요?"

애나는 걱정스런 눈으로 차명구의 얼굴을 살폈다. 그리고
어리광스럽게 포옹하며 머리를 쓰다듬어주었다. 마치 어린
애를 다루는 자상함이었다. 그렇게 남편을 자상하게 아껴주
고 싶었다. 애나는 차명구를 옛날과 다르게 느끼고 있었다.
용하의 대용품으로 여길 때만 해도 갖고 놀기 좋은 물건이었
는데 결혼한 지금은 깨끗이 다듬어주고 싶었다. 차명구를 가
지고 노는 장난감에서 정갈하게 아끼는 귀중품으로 승격시
키고 싶었다. 쉼 없이 털어주고 닦아주고 깨지지 않도록 조심
해야 할 물건.

하지만 차명구는 그런 애나의 정성이 부담스러웠다. 애나
가 정말 보호자처럼 느껴졌다. 애나를 껴안을 때마다 어머니
의 몸을 껴안는 기분이었다. 그전처럼 매끄럽고 육감적인 몸
이 아니었다. 만지고 싶은 빛나는 육체가 아니었다. 차명구는
차츰 애나의 몸을 피했다. 껴안고 싶지가 않았다. 애나의 몸

을 책에 비유하자면 연애소설처럼 촉촉하지 않고 도덕교과
서처럼 딱딱하게만 여겨졌다.

"옛날이 좋았는데."

차명구는 얼근히 취할 때마다 혼자 그런 헛소리를 지껄였
다. 애나의 알뜰한 내조에 숨통이 막힐 지경이었다. 아내의
태도가 억지스럽게만 느껴졌다. 점잖은 척, 교양 있는 척하
는 그 꼴이 눈꼴사납기만 했다. 그런 교양이 어색할 뿐이었
다. 애나는 그전처럼 야해야만 어색하지 않고 자연스러워 보
였다. 물론 애나의 몸에서 그전처럼 야한 끼를 느낄 때가 있
기는 했다. 그녀가 술기운이 얼근해져 입가에 촉촉한 미소를
머금을 때였다. 하지만 그때마다 시선이 늘 겉돌아 탈이었다.
입가에 요염한 자태를 꾸밀 때마다 애나의 시선은 먼 곳을 더
듬었고 얼굴색은 겨울밤의 달빛처럼 맑았다. 차명구는 그 얼
굴빛의 의미를 이미 깨달은 터라 그때마다 속이 뒤틀렸다. 애
나의 눈빛은 용하를 생각할 때만 그윽할 터였다.

차명구는 애나가 자기에게 잘하는 것도 거추장스러웠다.
그녀의 내조가 작위적인 짓으로만 여겨졌다. 진심으로 남편
을 위한 내조가 아니라 용하에게 보란 듯이 자신을 내세우려
는 능력과시에 불과했다.

차명구의 주량은 점점 더 늘어났다. 애나가 애를 유산한 뒤
로는 주벽까지 생겨나더니 노골적으로 용하의 이름을 들먹
이며 괴롭혔다. 그들이 결혼하고 이태가 지날 무렵이었다.

"실컷 그 새끼 생각하라구!"

차명구는 혀 꼬부라진 소리로 주절댔다.

"당신답지 않군요. 대범하던 옛 모습은 어디로 사라졌죠? 당신은 큰 사업체를 책임질 경영자예요. 그리고 무엇보다 내 남편이고요. 나는 당신의 훌륭한 아내가 되려고 살을 깎듯 노력하고 있어요. 나처럼 더 노력은 못할망정 퇴보해 쓰겠어요?"

"퇴보 좋아하네. 나는 항상 그 자리에 있어. 당신이 변할 뿐야. 전무자리도 나는 허수아비잖아? 당신이 실질상 전무 아니냐고. 앞으로는 그놈에게 더 잘 보이려고 사장자리를 넘볼 텐데."

"억탁이 심하네요. 내가 애쓰는 게 누굴 위해서죠? 당신이 훌륭하게 출세하고 나도 귀부인이 되는 게 목적 아녜요? 그보다 더 보람된 삶이 어딨어요. 그런데 어째서 내 노력을 탐탁잖게 여기는 거죠? 내가 착실한 여자로 변한 게 싫으세요?"

"싫다는 게 아니라 왜 이상하게 변하냐 그 말야."

"이상하게 변하다뇨?"

"다른 게 아니고 왜 나한텐 요조숙녀가 되려고 억지놀음을 하냐 그 말야. 진정 나를 위하는 짓이 아닐 텐데. 당신 스스로 인격자가 되기 위해 애쓰는 것도 아닐 테고."

"억지놀음요? 무슨 말을 그렇게 하죠? 나는 당신의 알뜰한 내조자가 되기 위해 힘쓸 뿐이라고요."

"아냐, 당신의 눈에는 항상 그놈의 모습이 들어 있어. 다 알고 있다구. 당신이 내게 노력하는 것도 그놈에게 본때를 보여주려는 반사행위에 불과해. 그러니까 매사에 열심인 거구 발

전도 빠른 거지. 그런 억지놀음을 당신은 내조로 착각하고 있
는 거야. 사실 당신의 노력은 나를 그 사내보다 높은 위상에
놓고 싶어 하는 짓일 뿐이거든. 당신은 이렇게 생각하고 있을
거라구. 용하 너 같은 인간과 상종을 하면 내가 그런 수준의
여자밖에 안 되지만 차명구처럼 훌륭한 인간을 바탕으로 삼
으면 지금처럼 달라질 수 있어, 당신의 노력은 그런 걸 보여
주려는 의도라구. 그러니 나를 높은 위상에 놓으려는 것도 따
지고 보면 남편인 내 위상을 생각해서가 아니라 결국 그 사내
한테 당신의 능력을 실증해 보이려는 수작에 불과한 거야. 안
그래?"

 "과민반응이에요. 요즘 당신 신경이 날카로워진 탓이라고
요. 공연한 질투심 때문이죠. 당신처럼 대단한 분이 시시하게
그런 인간을 질투해 쓰겠어요? 그런 생각은 당신 스스로를
격하시키는 짓이고 나한테는 모독이라고요. 생각해보세요,
그런 인간을 질투해서 쓰겠는지. 그 사람은 당신 발가락 때만
도 못한 존재잖아요? 머슴 자식에 쫄자 생활만 하다가 이젠
소설 어쩌고 하며 궁상까지 떨고 있는데 그런 인물을 대기업
체의 실력자가 투기해 쓰겠어요? 당신은 위대한 분이라고요.
멋있는 내 남편이고요. 내가 왜 당신과 결혼했겠어요. 당신이
존경스러우니까 아내가 된 것 아녜요? 그만큼 당신은 그 인
간과 비교될 수 없는 존재라고요."

 애나의 목소리는 여전히 부드러웠다. 하지만 말은 그렇게
하면서도 내심 속이 찔렸다. 실상 차명구의 말이 옳았다. 애
나는 자기 노력의 진정한 목적이 용하에 대한 보복임을 새삼

깨달았던 것이다.

"그건 구구한……."

"네? 구구한 변명이다 그 말인가요? 그러니까 김용하란 사내한테 소박맞고 마지못해 차선책으로 당신을 선택했다, 그러니 나의 변신이 순수한 개과천선이 아니다, 그 말이죠?"

"……."

"왜 대답을 못하죠? 그렇죠? 하지만 천만의 말씀예요. 내가 지금 달라지려고 노력한 그 성의의 반의 반만 기울였어도 그 사람은 내 포로가 됐을 거라고요."

"그럼, 왜 못했지? 왜 나한테 하듯 못했냔 말야. 왜 나한텐 교양 있게 대해주고 그놈한텐 야한 짓을 했냐구. 그놈한테 그렇게 목매달았으면서."

"아니, 남편에게 잘해주는 것도 병이에요? 새사람 돼서 좋은 아내 된 것도 병이냐고요?"

"방금 말했지만 그게 진짜가 아니잖아? 쇼하는 거지. 내 자식을 낳지 않으려 한 것도 뻔한 속일 테고."

"애를 낳기 싫어 안 낳은 거예요? 한번 유산한 몸이라 쉬었다 낳자는 거죠. 그리고 내조를 쇼라고 억탁하는데 그럼 당신에게도 이 새끼 저 새끼 하고 욕하며 지낼까요?"

"차라리 그런 말투는 진짜였지."

"뭐라고요? 그럼, 그 사람한테 대하듯 하란 말예요?"

"그럼, 말해봐. 어째서 그놈한텐 나처럼 못해줬는지. 할 줄 모르면 할 수 없다지만 지금처럼 달라질 수 있는데 왜 그놈의 훌륭한 아내가 되지 못했냐구."

"정말 시시하게 따지네!"

"저 봐, 이제 본색이 나오는군."

오랜만에 쏘아대는 애나의 목소리를 차명구는 그런 식으로 비아냥거렸다.

"본색? 그것 참 좋지. 하지만 당신과는 내 생긴 대로 살고 싶지 않아. 교양 넘치는 귀부인 되고 싶단 말요."

"왜지? 내가 존경스러운 사람이라 그래?"

"그게 아니고, 당신이 내 악다구니를 이해하지 못할 사람이니까요."

"저속한 악다구니에도 무슨 뜻이 있었나? 용하 그놈에게 대들던 그 악다구니에?"

"악다구니에 뜻이 있었냐고요? 물론 있었죠. 그건 원초적 본능이니까요."

애나는 톡 쏘아붙였다. 그녀는 숨을 돌리고 나서 조용히 말을 이었다.

"그걸 억지로 누르며 살아갈 뿐이죠. 그런데 억지로 자제하는 그 인격을 그 사람은 싫어한단 말예요."

"자세히도 파악했군. 그럼 왜 당신을 싫어했을까? 원초적 본능을 좋아하는 놈이?"

"그러니까 미친놈이죠. 호호호……."

애나는 웃었다. 모처럼 만에 보는 애나의 야한 웃음이었다.

"그놈 얘기를 하니까 신이 난 모양이군. 웃음이 터져 나오는 걸 보니."

차명구는 여전히 비아냥거렸다. 애나는 용하를 자꾸 그놈이라고 부르는 차명구의 무너진 태도가 역겨웠다. 차명구에게서 그런 쌍말을 처음 들어서가 아니라 용하를 질투하는 그 모자라고 연약한 됨됨이에 부아가 치밀었던 것이다. 차명구와 결혼을 결심한 것은 강한 남자일 성싶어서였다.

저런 남자인 줄은 몰랐는데…….

애나는 용하에게서 당한 패배를 차명구가 보상해줄 줄만 알았다. 듬직하고 매사에 자신만만한 남자가 아니었던가. 그런데 날이 갈수록 좀스럽게 곰파들고만 있으니 애나는 답답하다 못해 그가 아니꼽고 같잖게만 보였다. 둘 사이에 애까지 낳고 십 년 세월을 그리워한 남자를 쉬 잊지 못하는 건 당연할 텐데, 여자의 그런 아픔을 이해하고 달래주지는 못할망정 그걸 약점으로 잡아 갉아대다니. 더구나 새롭게 태어나려고 애쓰는 아내에게 용기를 북돋워주고 박수갈채를 보내지는 못할망정 되레 그 동기만을 캐며 속을 휘적거리다니. 당장은 용하에게 쏠린 마음도 이해하고 감싸주다 보면 고스란히 자기에게로 돌아설 게 아닌가.

애나는 속이 뒤틀렸다. 그 엄청난 실망이 까만 어둠이 되어 밀려왔다. 그녀의 몸이 부르르 떨렸다. 캄캄한 옹벽에 부딪히는 절망감에 애나의 의식이 일순 자지러졌다. 하지만 애나는 자기의 답답한 심정을 누구에게 하소연할 수도 없었다. 더구나 오빠에게는 그런 낌새를 내비칠 수 없었다. 그럴 경우 오빠에게 신용만 잃을 것이었다. 아직도 용하에게 집착하고 있다는 불신과 새로워지겠다는 결의의 한계만 보일 뿐이었다. 그래서 애나는 오빠에게 자신의 속내를 철저히 숨겼고 성 회장은 동생의 아픈 마음을 전혀 눈치채지 못했다. 성 회장은 노래 후렴처럼 남편에게 잘하라고만 타이를 뿐이었다.

"네가 잘사는 모습을 보는 게 오빠의 낙이다. 차 서방은 요즘도 잘해주겠지?"

"네에."

"생활에 뭐 부족한 건 없냐?"

"없어요."

"그런데 요즘 네 얼굴에 화색이 안 돌아. 솔직히 말해보렴. 애를 유산한 후유증도 아물 만한데 무슨 걱정거리라도 있는 거니?"

"아녜요."

애나의 대답은 언제나 간단했다.

"혹시 차 서방과 가정불화가 있는 게 아니냐?"

"아녜요, 전혀 그런 일 없어요."

"차 서방이 잘해준단 말이지?"

"그럼요."

애나는 씽긋 웃었다. 그 가벼운 웃음을 보자 성 회장의 마음은 금세 울적해졌다. 분명 괴로운 일이 있는 모양인데 그걸 애써 참으려는 애나의 모습이 안쓰러웠다. 정 없는 사람과의 억지스런 결합에서 오는 그 마음의 공허가 애나의 눈빛에 역력히 젖어 있었던 것이다. 성 회장은 동생의 그 휑한 공허감을 메워주기 위해서라면 무엇이든 아까울 게 없겠지만 금력이나 권력으로도 어찌할 수 없다는 데에 맥이 빠졌다.

그이가 밤마다 벌레를 털어줬어요

쌩긋거리는 웃음, 애나의 그 웃음새는 점점 더 미웠해져 갔다. 웃음소리도 달라졌다. 감정이 배어 있지 않은 건조한 소음일 뿐이었다. 차명구는 애나의 저질스런 웃음을 그녀의 본바닥이 되살아난 걸로만 여겼다. 그러면서 애나가 달라지려고 애쓴 그 변신이 일시적인 현상임을 확인하고 되레 애나를 무시하기에 이르렀다. 제까짓 게 날 위해서 노력할 리가 없지. 애초부터 난 그걸 알고 있었어. 차명구는 그런 식으로 고깝게만 생각하며 더욱 의기양양해졌다. 넌 그 수준의 여자로만 머물러 있으라고. 결코 죽은 내 아내처럼 우아해질 수 없는 여자니까. 이제 너는 영원히 편리한 내 노리개로만 만족해야 돼. 일시 널 사랑하려 했던 건 내 착각일 뿐야.

차명구는 그렇게 애나를 업신여기며 히죽히죽 웃곤 했다. 오히려 그녀의 이상하고도 모자란 짓이 재미있기까지 했다. 맹한 눈을 허우적거리는 애나의 그 바보스러운 짓. 그렇게 멍청하면서도 자기에게 현모양처가 되기라도 하려는 듯 달라붙는 그 종속성의 쾌감. 애나는 이제 위에 군림하는 존재가 아니라 자기의 몸종과도 같은 존재일 뿐이었다. 그는 그 승자의 위치를 단단히 고수할 작정이었다.

"내 발 좀 씻어!"

술이 잔뜩 취해 돌아온 차명구는 화장실 문턱에 걸터앉아 큰소리를 쳤다. 그때마다 애나는 얼른 화장실로 들어가 물을 떠서 발을 씻겨주었다.

"물이 차잖아!"

"죄송해요, 여보."

"여보 좋아하네. 여보 소리는 그놈한테나 하고 발이나 잘 씻어! 훌륭한 아내가 되겠다고? 훌륭한 것 좋아하네."

"죄송해요, 여보."

"또 여보야?"

차명구는 고함을 쳤다. 그러나 애나는 배실배실 웃기만 했다.

"왜 웃어? 비위 상하게."

"어머, 당신 참 멋있어요."

애나는 이번에는 깔깔깔 웃었다. 그때부터 애나는 늘 깔깔거리는 소리로만 웃었다. 그녀의 웃음새는 날이 갈수록 점점 황량해지고 행동거지 또한 예사롭지 않았다. 멍한 눈빛이 더 심하게 겉도는가 싶더니 어느 때는 넋 빠진 사람처럼 문고리를 잡고 서 있기도 하고 그러다가 또 깔깔깔 웃었다. 그 웃음은 날이 새고 밤이 와도 그칠 줄을 몰랐다. 그녀는 점점 자기 웃음의 뜻을 잃어갔다.

그때까지만 해도 차명구는 애나의 정신적 결함을 전혀 눈
치채지 못했다. 그러던 어느 날 놀라운 일이 벌어졌다. 애나
가 팬티를 벗고 다녔던 것이다. 그들이 결혼하고 이태 반이
지날 무렵이었다. 그날 퇴근하고 집에 돌아온 차명구의 눈에
얼핏 애나의 속살이 비쳤다. 어이없는 짓에 차명구는 놀란 눈
으로 애나를 바라보았다. 더욱 놀라운 것은 부끄러움을 모르
는 그녀의 태연한 태도였다.

"왜 속옷을 벗었어?"

차명구는 조심스럽게 물어보았다. 그러자 애나는 씽긋 웃
으며 천연덕스럽게 대답했다.

"징그러워서 변기에 넣었어요."

"뭐라고?"

"징그러워서 물을 틀어 없앴어요."

차명구는 이상한 낌새를 채고 얼른 화장실로 들어가보았
다. 정말 애나의 팬티가 양변기 속에 있었다. 그러고 보니 방
안에도 속옷이 널려 있었다. 농 서랍이 열려 있고 여기저기
속옷을 뒤져낸 흔적이 뚜렷했다. 꼭 도둑이 들어와 뒤진 흔적
과 같았다. 참으로 이상한 짓이었다.

이 여자가 진짜 미친 걸까?

하지만 애나의 말은 또렷또렷하고 남편에게 대하는 태도
도 변함이 없었다. "여보, 고단하실 텐데 제가 발을 씻겨드릴
게요"라고 상냥하게 말했던 것이다.

애나가 미쳤다는 사실을 확인한 것은 그 며칠 뒤였다. 팬티
를 징그럽다고 변기에 버릴 때만 해도 어떤 강렬한 성적 충동

에서 저지른 짓이며 좀 특이한 변태 행동쯤으로 여겼었다. 그
동안 자기가 정사를 피해 왔기 때문에 그런 특이한 행동으로
반항하는 줄로만 알았던 것이다. 그런데 그날은 농 속의 옷을
꺼내 찢어발기고 가정부가 점심으로 장만한 칼국수를 보고
지렁이라고 질겁하며 몸을 피했던 것이다. 차명구는 덜컥 겁
이 났다. 갑자기 하늘이 무너지는 절망감이 느껴졌다. 애나가
미쳤다는 사실보다도 성진모 회장에게 어떻게 변명할지가
문제였다. 남편으로서 책임지지 않을 수 없는 문제이며 가장
중요하고 피할 수 없는 문제였다.

"여보!"

차명구는 모처럼 여보라고 불렀다. 다급한 목소리였다. 하
지만 애나는 연방 깔깔깔 웃기만 했다. 그녀는 한참 동안 그
렇게 웃고 나서야 팔짝 뛰어 남편의 몸에 매달리며 거세게 입
술을 빨아댔다.

"당신이 벌레를 털어주세요. 용하 그 새끼는 벌레를 안 털
어줬거든요. 개새끼!"

애나는 금세 입을 앙다물며 눈에 시뻘건 불을 켰다. 지글지
글 타오르는 눈빛이었다. 그 속에 쇳덩이를 넣어도 금방 녹아
버릴 것만 같았다. 차명구는 몸이 떨렸다. 천장이 무너져내리
는 듯한 아찔한 현기증을 느꼈다. 그는 아내의 몸을 피해 온
자기의 실수가 후회스러웠다. 그렇다고 애나의 몸을 껴안아
줄 수는 없었다. 이제 그 몸은 여자의 몸이 아닌 괴기스런 짐
승의 몸으로 생각되었다. 그는 애나가 날카로운 이빨로 물어
뜯을까 하는 걱정뿐이었다.

그의 머리에 퍼뜩 정신병원이 떠올랐다. 전혀 남의 일로만 여겼던, 전혀 이해할 수 없던 그 병원을 떠올리며 두려운 마음을 달랬다. 그렇게 두려움을 달래자 이번에는 또 성 회장의 얼굴이 떠올랐다. 성 회장의 얼굴은 애나보다 더 무서운 모습으로 다가왔다. 이 새끼! 내 동생을 미치게 했어? 당장 쫓겨날 대표 자리가, 그리고 인생의 괴멸이 겹났다.

*

밤이 이슥했다. 애나는 전화통으로 다가갔다. 수화기를 들고 어딘가에 다이얼을 돌렸다. 통화신호가 갔다. 하지만 한참 동안 된숨만 몰아쉬다가 수화기를 내려놓았다. 이내 통금 사이렌소리가 울렸다. 차명구가 침착한 목소리로 전화를 어디에 걸었냐고 물었다.

"그이가 벌레를 털어줬거든요."

"그이라니? 그이가 누구야?"

"호호호……."

"그이가 누구냐고? 용하 그놈?"

"네 그래요. 그이가 밤마다 벌레를 털어줬어요. 호호호……."

차명구는 소름이 끼쳤다. 지난번에는 벌레를 안 털어줬다고 욕을 퍼붓더니 지금은 벌레를 털어줬다고? 왜 그럴까? 혹

용하에게 느꼈던 성적 감정의 돌출 여하에 따라 벌레를 털어
주고 안 털어주고로 전환되는 게 아닐까?

차명구는 옷을 주워 입고 후딱 밖으로 나갔다. 골목을 빠져
나가자 술집이 보였다. 양주집이었다. 빨간 간판이 호랑이 입
처럼 보였다. 어서 그 사나운 짐승에게 잡아먹히고 싶었다.
갈기갈기 찢겨지기를 바랐다. 어떻게 변명할까. 어떤 말부터
꺼낼까. 성 회장의 첫마디가 어떻게 나올까. 차명구는 연거푸
양주 서너 잔을 비웠다. 그래도 목이 탔다. 도저히 성 회장에
게 알릴 수 없었다. 그렇다고 더 이상 머뭇거릴 수도 없었다.
벌써 며칠을 기다리며 애나의 동태를 살펴보고 알뜰히 달래
주었지만 허사였다. 오히려 상태가 악화되어 갔다. 차명구는
성 회장을 만나보기로 마음먹었다. 술기운이 오르자 용기가
솟아났던 것이다.

이튿날 출근하자마자 회장실을 찾아가기 위해 엘리베이터
를 탔다. 회장실은 7층에 있었다. 대표실보다 3층 위였다. 회
장실을 찾아가는 차명구의 발길은 영락없이 도살장으로 끌
려가는 짐승의 발걸음과도 같았다. 한 발짝 옮길 때마다 멈칫
거렸다. 비서실을 거칠 때는 다리가 휘청거릴 정도였다.

"무슨 일이지?"

성 회장은 낯빛이 창백한 차명구의 표정을 훑어보며 말했
다. 무슨 복잡한 업무가 생긴 게 틀림없었다. 그는 남 앞에서
는 차명구에게 존칭을 써주면서도 둘이 있을 때는 옛 부하였
던 그에게 말을 놓았다.

"이 사람 어서 말하지 않고 왜 서 있기만 하는 거야. 무슨

일인데 그래? 자네답잖게."

"저어……."

차명구의 목소리는 몹시 떨렸다. 성 회장은 일이 심상찮다 싶어 우선 응접 소파에 앉도록 지시했다. 차명구의 마음을 눙쳐줄 양으로 성 회장은 되도록 조용히 말했다. 차명구는 자리에 앉고 나서야 겨우 첫마디를 흘렸다.

"전혀 무슨 연유인지 모르겠습니다. 그동안 살펴보느라고 진작 말씀을 못 드렸습니다만……."

"도대체 그게 뭔 소리야? 이 사람아 알아들을 말을 해야 할 것 아냐? 답답하게시리."

"아무래도 제 처가 이상한 것 같습니다."

"그 애가 또 그놈과 만난단 말야?"

"그게 아니고요. 정신이 좀……."

"뭐라구? 정신이라니?"

성 회장의 상체가 꼿꼿이 섰다.

"요즘 들어 이상한 짓을 하고 헛소리를 하거든요. 처음엔 용하 그 사람에 대한 무슨 잠재의식이 강하게 분출되나 싶었는데 그게 아니고 이상한 낌새를 보였습니다. 물론 그 잠재의식의 돌출이겠지만요."

차명구의 발음은 점점 정확해졌다. 그는 잠재의식이란 말에 힘을 주어 말했다. 성 회장은 입을 앙다물며 지그시 눈을 감았다. 큰일에 봉착할 때마다 그렇게 눈부터 감았다. 그는 이미 미침의 원인을 간파하고 일의 낭패를 예견한 모양이었다.

"심한가? 행동이?"

성 회장은 한참만에야 입을 열었다.

"네에."

"헛소리는?"

차명구는 그 물음에는 선뜻 대답할 수 없었다. 어떻게 섹스에 대한 원색적인 말을 털어놓겠는가. 그래서 행동에 대한 말을 부연 설명했다.

"저어, 옷을 꺼내 찢고, 속옷을 징그럽다며 변기에 넣었어요. 그리고 칼국수를 지렁이라며 피했거든요."

"헛소리는?"

성 회장은 헛소리에 대해 재우쳤다.

"말씀드리기가 뭐합니다만 용하 그 사람이 벌레를 털어주지 않았다고만 반복합니다."

차명구는 간단히 용하 핑계만 댔다.

"으음……."

성 회장은 한숨을 토해내며 도로 지그시 눈을 감았다. 그의 눈꺼풀과 입술이 바르르 떨렸다. 용하에게 분노를 느끼는 모양이라고 차명구는 생각했다. 하지만 그게 아니었다. 성 회장의 의식은 용하보다 더 먼, 긴 터널 저쪽 끝에 머물러 있었다. 어머니의 업보와 그 업보에서 연유된 아버지와 여동생의 죽음을 생각하는 중이었다.

성 회장의 잠재의식 속에는 어머니의 끼가 늘 업보로 의미 변화되어 머물고 있었다. 세 번째 남자를 아버지로 삼게 된 어머니의 끼나 독사에 물린 누이동생의 끼를 업보로 여길 때 그는 늘 수치심에서 헤어날 수가 없었다.

"과히 걱정 말게나. 자네 지금 바쁜가?"

성 회장이 눈을 뜨며 물었다.

"별로 급한 일은 없습니다."

"급한 일이 있어도 할 수 없지. 어서 서둘게."

성 회장은 인터폰을 눌러 비서실에 차를 대기시키라고 지시했다. 차명구는 두 손을 앞에 모은 채 회장의 뒤를 따랐다.

"절대 비밀로 하게나."

회장실 문을 여는 차명구에게 성 회장이 짤막하게 명령했다. 성 회장은 그 한마디 말고는 내내 침묵을 지켰다. 차명구와 함께 승용차 뒷좌석에 나란히 앉아 달리면서도 눈을 감은 채 한마디도 꺼내지 않았다. 그의 표정은 굳어 있었다. 집에 도착해서야 오빠를 부르며 반색하는 동생을 껴안고 머리를 쓰다듬어주었다. 그로서는 보기 드문 애정 표시였다.

"오빠가 보고 싶었어요."

애나는 오빠 팔에 매달리며 어리광을 부렸다. 성 회장은 동생의 그 어리광부터가 이상했다. 애나는 어릴 적 말고는 오빠의 팔에 매달린 적이 없었다.

"애나야."

성 회장은 다시 동생을 껴안으며 이름을 불렀다.

"네, 오빠."

"너 기억나니? 오빠와 팔짱을 끼고 해변을 거닐던 추억?"

"그땐 오빠가 참 좋았어요."

"지금은 오빠가 밉지?"

"아뇨."

애나가 힘없이 대답했다. 성 회장은 동생의 어깨를 감싸안은 채 나란히 소파에 앉았다. 애나의 시선은 먼 곳을 더듬고 있었다. 동생의 표정을 살피는 성 회장의 눈이 자꾸 끔벅거렸다. 너를 못 고칠 오빠가 아니지! 그의 붉어진 눈에는 그런 당찬 결의도 묻어 있었다.

불쌍한 것…….

성 회장의 가슴속에는 한 가닥 싸늘한 전율이 흘러내렸다.

어째서 더 깊은 정을 쏟아주지 못했던가. 진작 그랬던들 이런 꼴을 보지는 않았을 텐데. 회사가 뭐고 돈이 뭐고 권세가 뭐란 말인가. 내 모든 걸 팽개치는 한이 있어도 네 병만은 고쳐줄 테다. 성 회장은 애나의 어깨를 감싸안으며 뺨을 자기 뺨으로 비벼주었다. 어느새 그의 눈에 눈물이 그렁그렁 맺혔다.

"오빠 왜 우세요?"

애나가 건조한 목소리로 물었다. 표정 역시 감정이 말라 있었다. 성 회장은 이상한 낌새를 챘지만 태연한 목소리로 "우는 게 아냐, 귀여운 널 보니까 기뻐서 그래"라고 말했다. 그러자 애나가 깔깔깔 웃고 나서 소리쳤다.

"오빠, 그 새끼가 벌레를 안 털어줬어. 더러워 죽겠는데 안 털어줬단 말야. 난 그 새끼를 꼭 죽일 거야."

애나는 또 깔깔거렸다. 성 회장은 고개만 끄덕거려주었다. 그리고 눈짓으로 차명구를 불러 안방으로 들어갔다. 방에 들어가자 성 회장은 얼른 말을 꺼냈다.

"내일 당장 수속을 밟도록 하게, 깨끗한 곳으로. 근무는 쉬어도 좋네. 회사일 걱정 말고 저 애 간호에만 신경 쓰도록 해. 치료에 자신감을 가지라구. 거듭 당부하네만 자네와 나만 알고 있도록 하게. 당분간은 저 애 올케한테도 숨길 테니 그리 알아. 알겠는가?"

"네, 명심하겠습니다. 제 몸을 녹여서라도 고치고 말겠습니다."

차명구는 흥분한 어조로 말했다. 그 흥분은 성 회장의 부드러운 태도에 대한 아부에 다름 아니었다. 성 회장은 후욱 한숨을 내쉬고 나서 다시 얼굴에 미소를 띠며 거실로 나갔다. 그런데 애나의 얼굴빛이 아까와 다르게 사뭇 굳어 있었다. 꼭 살쾡이에 쫓기는 닭 꼴이었다. 성 회장이 아무리 달래주고 말을 걸어도 굳은 표정은 좀처럼 풀어지지 않았다. 헤픈 웃음도 사라지고 덜덜 떨기까지 하며 곁눈질로 두 사람의 눈치만 살폈다. 그런 애나의 모습이 성 회장은 한량없이 가여웠다. 그는 용하 생각을 떠올리며 입술을 깨물었다. 못된 자식! 용하가 곁에 있으면 죽이고 싶었다. 그 분노는 차명구에게도 번져갔다. 그는 차명구의 멱살이라도 거머쥐고 싶었다. 인마 왜 이 지경으로 만들었어! 하고 뺨이라도 한 대 올려치고 싶었지만 참아야 했다. 우선 애나를 고치는 게 우선이었다. 그는 집을 나올 때 일부러 차명구의 어깨를 다독여주며 안심시키는 걸 잊지 않았다.

애나는 그날 밤 가출했다. 차명구가 잠든 사이에 몰래 도망쳤던 것이다. 그녀는 오빠와 남편의 밀담에서 어떤 불길한 징조를 예감했던 것이다.

한밤중에 걸려온 이상한 전화

멀리서 통금 사이렌소리가 들려왔다. 용하의 몸이 긴장되기 시작했다. 전화벨이 울릴 시간이었다. 벌써 나흘째였다.

"오늘 밤에도 걸려 오겠죠?"

잠옷바람인 채 침대 모서리에 앉아 있던 소희가 걱정스런 표정을 지었다. 시계는 0시 7분을 가리키고 있었다. 용하는 전화기 쪽으로 시선을 돌렸다. 두꺼비처럼 생긴 전화통이 이쪽을 노려보는 것만 같았다. 이 시간이면 남편과 함께 지낼 시간인 데다 공중전화도 걸 수 없는 통금시간이어서 어떻게 전화를 걸 수 있었는지, 또 집에서 걸었다면 통화내용을 들은 남편의 반응은 어땠을지 그것도 궁금했다. "당신이 밤마다 벌레를 털어줬어요." 도무지 이해할 수 없는 말이었다.

사흘 전, 첫 번째 전화가 걸려 온 시간도 통금 직후였다. 그때는 누구의 전화인지도 모른 채 금방 끊겼다. 이튿날 자정에 걸려 온 두 번째 전화 역시 아무 말도 들리지 않고 거친 숨소리만 들릴 뿐이었다. "여보세요?" 용하가 서너 번 반응을 유도하자 겨우 기침소리만 들려왔다. 기침소리로 보아 여자임이 분명한데, 여자여서 어느 정도 마음이 놓이긴 했다.

"도대체 누가 장난치는 거야?"

용하는 일부러 언성을 높였다. 여전히 숨소리만 들릴 뿐 대꾸가 없었다. 세 번째인 어젯밤에 걸려 왔을 때도 아무 말 없이 거친 숨소리만 들려왔다. 색색거리는 소리가 영락없이 사나운 짐승의 콧김 소리였다. 용하는 일부러 목소리를 점잖게 다듬었다. "여보세요, 하실 말씀이 있으면 망설이지 마세요." 그때였다. 쉰 듯한 목소리로 "나예요" 하고 첫 반응이 왔다. 가라앉은 목소리였다. 용하는 그녀의 정체를 몰라 "누구시죠?" 하고 재우쳤다.

"나예요. 애나예요."

"애나?"

용하가 놀란 이유는 애나임이 확인되어서라기보다 그녀의 목소리가 너무 곱고 부드러웠기 때문이다. 애나의 말투가 언제 저토록 변했을까. 하지만 다음 말이 이상했다.

"벌레를 변기에 집어넣었어요. 너무 무서웠어요. 당신이 씌워준 면사포가 참 아름다웠죠."

도무지 이해할 수 없는 말뿐이었다. 벌레를 변기에 집어넣다니, 면사포는 또 뭐람. 면사포를 씌워준 적도 없는데 아름답다니. 무슨 암호 같기도 하고 어찌 들으면 시적인 은유 같기도 했다. 그런 투의 말은 애나가 일상에서 써 온 언어와 너무 달랐다. 말투가 늘 거칠었던 애나가 헤어진 지 이 년 반 만에 갑자기 달라질 리도 없었다.

혹 차명구와 무슨 심리적 갈등을 겪고 있는 건 아닐까? 하지만 얼토당토않은 추측이었다. 지금 애나는 호화로운 생활에 묻혀 하루하루를 바쁘게 엮어갈 여자였다. 보나마나 오빠의 사업에도 관여할 테고 차명구한테서 극진한 사랑도 받을 것이었다. 차명구는 애나의 상심을 달래주기 위해 온갖 정성을 쏟아줄 게 아닌가.

따르릉…….

드디어 전화벨이 울렸다. 하지만 용하는 수화기를 들려다 머뭇거렸다. 전화를 받고 싶지 않아서였다. 애나가 또 이상한 말을 하지 않을까 하는 불길한 예감 때문이었다. 벨은 끊이지 않고 계속 울렸다.

"받아보세요."

소희가 재촉했다. 그래도 용하가 전화통만 바라보고 서 있자 소희가 수화기를 들어 남편에게 겐네주었다. 용하는 마지못해 수화기를 받아들었다. 애나의 목소리는 여전히 아리송했다.

"당신, 피곤하세요? 왜 전화를 늦게 받죠? 전화를 안 받으면 어떡하나 하고 걱정했다구요. 나는 당신 목소리를 들으면 하늘에 떠다니는 기분이에요. 당신 목소리가 내 몸에 붙은 벌레를 털어줬거든요."

어이없는 말이었다. 도대체 벌레를 털어준다는 말이 뭐람?

"자세히 말해봐, 벌레가 뭐지? 내가 알아듣게끔 자세히 설명해줘. 응?"

용하도 부드럽게 말해주었다. 상대방의 말이 너무 정다운 목소리여서 자연히 곱게 흘러나온 말이었다.

"그것만 보면 무서워요. 그래서 변기에 집어넣었어요. 물을 틀어서 씻어냈다구요. 당신도 그 벌레를 털어줬잖아요."

"언제? 언제 내가 털어줬지?"

용하는 줄곧 친절하게 물어보았다. 애나의 말을 통해 그녀의 심리상태를 유추해 볼 작정이었다.

"밤마다 털어줬잖아요?"

"내가 밤마다 털어주다니? 벌레가 어디에 묻었었는데?"

"호호호……."

"말해봐, 무슨 벌레지? 내가 무슨 벌레를 털어줬지? 응?"

"나를 껴안고요."

"……."

"그랬죠? 매일 밤 나를 껴안고 털어줬죠?"

후욱, 용하는 한숨을 토해냈다. 그렇다면 벌레란 팬티 따위의 내복을 뜻함이 아닐까? 미쳤어! 용하는 소름이 끼쳤다. 애나는 지금 미쳐 있는 게 틀림없었다. 용하는 수화기를 든 채 아내의 얼굴을 바라보았다. 곁에 서 있는 소희의 얼굴에도 당황하는 기색이 역력했다.

용하는 내일 다시 통화하자는 말로 애나를 달래주고 나서 전화를 끊었다. 그렇게 끊지 않으면 밤새 수화기를 놓지 않을 성싶었다.

"아무래도 이상해. 무슨 일이 생긴 게 틀림없어."

용하가 창밖으로 시선을 주며 말했다. 어눌한 목소리였다.

"그분이 불행해지면 안돼요. 불쌍한 여자예요."

소희는 애나가 가여웠다. 마치 자기가 애나를 미치게 한 것만 같아 죄스럽기도 했다. 애나가 미쳤다면 자기의 행복이 무너질 것만 같았다. 용하는 아내의 말이 고맙기만 했다. 사실 애나의 전화를 받을 때마다 걱정스런 낯빛을 애써 감췄는데 그런 어색한 체면을 소희가 먼저 다듬어주곤 했다. 용하는 아내의 손을 살포시 쥐어주었다. 손을 잡은 채 아무 말 없이 창밖만 내다보았다. 장마철의 눅눅한 습기가 실바람을 타고 창으로 스며들었다. 구름 낀 서울의 하늘은 어둡고 조용했다. 통금시간에 짓눌린 을씨년스런 가로등만이 조용한 도로를 밝히고 있었다. 그 삭막한 도로로 이따금 경찰 순찰차가 질주했다.

"애나 씨가 왜 그리 됐을까요?"

잠자리에 들자 소희가 담담한 어조로 물었다.

"낸들 알 턱이 있나. 벌써 맘을 돌린 줄 알았는데……."

"강한 여자가…… 암튼 풀기 어려운 문젤 것 같아요."

"너무 걱정 마. 어찌 생각하면 지금 우리의 고민은 너무 사치스러울지 몰라."

사실 모른 척하면 그만일 일이었다. 엄연히 애나의 문제일 뿐이었다.

"사치스럽다뇨? 우린 그분에 대해 책임을 져야 해요. 무슨 수를 써서라도 그분을 불행에서 구해줘야 돼요. 너무 불쌍하잖아요."

소희의 목소리가 떨렸다. 그녀의 물기 젖은 눈자위가 불빛을 받아 반짝거렸다.

*

애나한테서 다시 이상한 전화가 걸려 온 것은 사흘이 지나서였다. 그날은 자정 무렵이 아니라 아침나절이었다. 소희는 밖에 나가고 용하 혼자 소설을 집필 중이었다. 사표를 낸 후로 용하는 온종일 소설 창작에만 매달려왔는데, 생활비는 소희 어머니가 차려준 양장점 수입으로 지탱하고 있었다.

"이젠 벌레가 없어 개운해요. 참 좋아요."

애나의 말은 여전히 겉돌았다.

"거기가 어디지?"

용하는 전화 거는 장소부터 물었다. 전화를 끊기 전에 그것부터 알고 싶었다. 직접 만나 정신상태를 확인해 볼 작정이었다. 하지만 애나는 장소를 밝히지 않은 채 침묵을 지켰다.

"어서 말해봐 응? 거기가 어디지?"

"그건 지금 말할 수 없고요, 암튼 보고 싶어요."

"글쎄 보고 싶으니까 만나야 되잖아. 나도 당신이 보고 싶다고."

용하는 급한 김에 보고 싶다는 말로 애나의 마음을 움직이려 했다. 무슨 수를 써서라도 애나를 만나는 것이 급했다. 하지만 애나는 수화기를 들고만 있다가 뚝 끊어버렸다.

빌어먹을, 나하고 아무 상관없는 일인데 왜 조바심을 내고 있는지…….

용하는 마음을 돌리려고 애를 썼다. 애를 쓸수록 걱정은 꼬리를 물었다. 있는 곳이 어딜까? 어디서 헤매고 있을까?

용하는 전화기 곁을 떠날 수가 없었다. 금세 다시 걸려 올 것만 같았다. 집필도 손에 잡히지 않았다. 대책을 세울 수도 없었다. 성 회장이나 남편 차명구에게 직접 물어볼 수도 없었다. 찾아갈 수도 없거니와 전화 걸기도 쑥스러웠다. 애나가 미쳤다면 보나마나 자기 때문일 텐데 함부로 찾아가거나 전화를 걸었다가는 욕먹기 십상이었다. 애나가 제어력을 잃은 상태에서 체면 없이 달려들 경우 그 수모 또한 클 것이었다. 사랑한다며 몸을 껴안고 놓지 않는다거나 공격적인 돌출로 덤비기라도 하면 감당하기 힘든 낭패였다.

따르릉……

또 벨이 울렸다. 용하는 얼른 수화기를 들었다. 되도록 태연한 목소리로 받았다. 조바심을 낼 경우 그 조바심을 희롱거리로 삼을지 모를 일이었다. 하지만 그런 생각은 오해였다. 용하가 전화를 받자마자 당장 찾아오라고 말했던 것이다.

"남대문 지하도예요."

"응, 금방 나갈게"

용하는 외출 준비도 하지 않은 채 달려나갔다. 집 앞 골목길을 달려 차도로 나가 택시를 잡아탔다. 차는 잘 빠졌다. 그 동안 지하철 공사로 막히기 일쑤였는데 마무리 작업을 끝낸 상태여서 길이 깨끗했다. 광복절 날에 개통 예정인 지하철 1호선은 착공기념우표를 발행한 바 있으며 액면가격은 10원 이었다.

남대문시장 건너편에 있는 서울경찰청 앞에서 내린 용하 는 우산도 받지 않은 채 지하도 쪽으로 걸어갔다. 지하도는 한산했다. 용하는 발걸음을 늦추어 조심조심 계단을 내려갔 다. 계단을 내려가 여남은 발짝을 옮길 때였다. 등 뒤에서 낯 익은 목소리가 잔잔하게 들려왔다. 용하는 후딱 몸을 돌렸다. 거기 중심 기둥 옆에는 분명 애나가 함초롬히 서 있었다. 애 나는 반기는 기색도 없이 덤덤히 용하를 바라보았다. 용하가 가까이 다가가서야 겨우 방긋이 미소만 지어보일 뿐이었다. 아무래도 성한 사람의 옷차림이 아니었다. 소매가 짧은 블라 우스와 얇은 월남치마를 입고 있었는데 소매 짧은 옷을 입고 있는 걸로 보아 한창 더운 날씨에 집을 나온 게 틀림없었다. 그나마 여기저기 때가 묻고 꾀죄죄하게 흘러내린 꼴로 보아 집을 나온 지 꽤 오래된 모양이었다. 얼굴에도 땟국이 흘렀 다. 머리칼도 헝클어지고 슬리퍼만 신은 맨발에는 흙이 묻어 있었다. 발가락 사이에는 잔디 잎이 끼여 있기도 했다. 방금 잔디밭을 걸어다닌 모양이었다.

용하는 애나의 추레한 모습을 훑어보는 순간 저절로 주먹 이 쥐어졌다. 자기 자신에 대한 증오였다. 눈물이 핑 돌았다. 애나 앞에 엎드려 때 묻은 발에 뺨을 부벼주고 싶었다.

"밖으로 나갈까?"

용하는 눈물을 참으며 애나의 손을 잡고 밖으로 나왔다. 행인들의 시선도 무시한 채 계속 애나의 손을 잡고 남대문 시장으로 들어갔다. 우선 양말과 신을 사서 신겨주었다. 빗도 사서 머리를 빗겨주고 손수건에 물을 적셔 얼굴도 닦아주었다. 그러자 애나는 좋아하며 헤헤거렸다.

점심을 먹기 위해 중국집을 찾아들었다. 식사 때가 지나서인지 한가한 편이었다. 용하는 짜장면 두 그릇을 시켰다. 하지만 애나는 젓가락을 들지 않았다. 음식을 시킬 때는 머리를 끄덕였는데 막상 음식이 배달되자 먹기 싫은 모양이었다. 용하는 한 젓가락을 떠서 그녀의 입 쪽으로 가져갔다. 누가 보든 말든 그런 체면이 문제가 아니었다. 애나의 시장기를 덜어주는 게 우선이었다. 그런데 그 정성이 화를 자초했다. 금방 애나의 눈이 휘둥그레지더니 벌떡 일어나며 "징그러워!" 하고 소리쳤다. 그제서야 용하는 그녀가 국수가닥을 다른 물체로 보고 있다는 걸 깨달았다.

종업원이 달려오고 홀 안의 손님들 눈이 쏠렸다. 용하는 얼른 음식 값을 치르고 애나의 손을 잡은 채 밖으로 나왔다. 구멍가게에서 빵을 사들고 택시를 잡았다. 애나는 달리는 택시 안에서야 빵을 맛있게 먹었다. 그 먹는 모습이 애기처럼 순진스러웠다. 용하는 애나의 앞자락에 부서져내린 빵가루를 손으로 털어 차창 밖으로 버리곤 했다. 그 모습을 보며 애나가 벙시레 웃었다.

그런데 그 웃음은 아까와는 달랐다. 그녀는 용하가 빵가루를 털어치우는 것이 재미있는지 자꾸 가루를 앞자락에 흘렸다. 분명 일부러 하는 짓이었다. 용하는 그 장난질이 기특했다. 빵가루를 털어내는 일이 귀찮았지만 애나의 의도적인 행동이 다행스러웠다. 애나가 정신이 든 상태였기 때문이다.

집 앞에 택시를 세우고 애나와 나란히 대문 쪽으로 다가갔다. 새로 이사 온 전셋집인데 우선 자기네 거처에서 쉬게 한 다음 대책을 세울 작정이었다. 대문은 열려 있었다. 아까 열어둔 채 나간 기억이 떠올랐다.

"들어가지."

용하는 애나의 손을 다정히 끌었다. 애나의 손은 어느새 굳어 있었다. 방금 택시에서 내릴 때의 부드럽던 손이 아니었다. 얼굴 역시 굳어 있었다. 용하의 몸이 바짝 긴장되었다. 자기네 집이라고 안심시키며 다시 손을 끌었지만 애나의 몸은 점점 굳어만 갔다. 애나는 제자리에 서서 손가락질을 했다. 그녀의 손가락 끝이 가리키는 토방에 소희의 구두가 놓여 있었다. 그제서야 용하는 머리에 짚이는 게 있었다. 애나는 소희의 신을 보고 질투심을 느낀 게 틀림없었다.

용하는 할 수 없이 인근 다방으로 들어갔다. 소희에게 전화를 걸기 위해서였다. 일부러 전화통 옆 구석 자리에 애나를 앉혀놓고 수화기를 들었다. 애나의 엉덩이가 달싹거리며 불안한 눈빛을 띠었다.

"집에 가기 싫어!"

애나가 칼날 같은 목소리로 외쳤다. 용하는 얼른 통화를 끝내고 애나 곁에 앉았다.

"돈을 장만하려고 그래. 돈이 많아야 당신 옷도 사주고 맛있는 음식도 사주지. 화장품도 사주고 싶어. 당신 얼굴이 아주 예뻐졌거든."

용하는 애나에 대한 궁금증을 풀어보려고 애썼다. 과거 행적에 대한 궁금증을 풀어야 무슨 대책을 세울 수가 있었다. 하지만 애나는 여전히 겉도는 미소를 띠며 고개만 모로 저었다. 용하는 맥이 빠졌다. 녹차를 한 모금 마시고 나서야 다시 대화를 시도해 보았다.

"언제 집에서 나왔지?"

"……."

"그동안 어디서 지냈지?"

"……."

"밥은 어떻게 먹었어?"

"……."

"아까 짜장면을 보고 왜 징그럽다고 했지?"

애나는 여전히 입을 열지 않았다. 표정이 점점 어두워졌다. 용하는 더 이상 물어보지 않았다. 잠시 침묵이 흘렀다. 그때 다방 문이 열리고 언뜻 소희의 얼굴이 스쳤다가 사라졌다. 용하는 화장실에 간다는 핑계를 대고 밖으로 나갔다. 소희가 문앞에 지켜서 있다가 얼른 돈을 용하의 호주머니에 넣어주었다.

"차명구에게 전화를 걸어야 할 텐데 번호를 몰라 탈이군. 회사로 걸어봐야겠어."

"서둘지 말고 동태부터 살피세요. 집을 뛰쳐나온 모양인데 내막을 먼저 알아보고 연락을 해주는 게 순서잖아요?”

“저 사람이 입을 열지 않는데 알 도리가 있어야지.”

“어디 조용한 데로 데려가서 말을 유도해 보세요. 시간이 걸려도 실정을 알고 연락하는 게 좋을 것 같아요. 차라리 우리 집에 잠시 있게 하는 것이…….”

“우리 집은 안 돼. 아까 집에 데려갔더니 도망치는 걸 억지로 잡아왔어. 병이 생각보다 너무 깊은 상태야. 국수가닥을 징그럽게 여길 정도거든. 그러니 한시바삐 연락해주는 게 좋을 것 같아.”

“그럼, 알아서 하세요. 내 생각엔 요양원으로 보내지면 좋지 않아서 그러죠. 그곳은 무섭다는데 되레 악화될지 모르잖아요.”

“좋은 곳도 있겠지. 아무래도 과학적인 치료가 효과적일 테고. 하여튼 가족들이 알아서 처리하겠지.”

“만약 가족이 입원을 시키더라도 당신이 꼭 곁에서 협조하도록 하세요. 당신이 곁에서 의지가 돼줘야 치료에 효과적일 거예요. 정신병에 대한 상식은 없지만 당신 역할이 클 것 같아요. 당분간 집일은 잊고 애나 씨 치료에만 신경쓰세요.”

“고마운 말이지만 내가 소용될지 모르겠소. 엄연히 남편이 있는데.”

용하는 대충 대화를 나누고 살며시 다방 문을 열었다. 애나는 연방 주위를 두리번거리고 있었다. 불안한 눈빛이었다. 용하는 자상하게 손을 잡아 일으켰다.

서린동에 도착하자 애나를 데리고 다방으로 들어갔다. 먼저 애나 몰래 회사로 전화를 걸어 차 사장을 불러냈다. 차명구의 목소리는 당황하는 기색이 역력했다.

　"나 김용하요. 지금 부인이 곁에 있소. 그래서 목소리를 작게 내는 거요."

　그제서야 차명구는 다급하게 소리쳤다.

　"거기가 어디시죠? 내가 갈 동안만 붙들어놔 주세요."

　"붙들다뇨? 지금 모시고 있는 중이오. 그리고 한 가지 조심할 게 있어요. 다방에 함부로 들어서지 말고 무슨 수로든 나부터 만나시오."

　용하는 위치를 설명해주었다. 차명구는 예예 소리만 연발했다. 용하가 제자리로 돌아오자 그제야 애나의 얼굴에 생기가 돌았다. 벌써 오후 세 시가 지나고 있었다.

　차명구는 한 시간 가까이 지나서야 도착했다. 먼저 낯모르는 젊은 남자가 들어와 두리번거리더니 용하에게 눈짓을 주었다. 애나에게 낯선 직원인 모양이었다. 용하는 애나를 안심시키고 살며시 밖으로 나갔다. 밖에는 차명구 말고도 성진모 회장 부부가 서서 퀭한 눈으로 용하를 바라보았다. 성 회장이 다급한 목소리로 말했다.

　"우리 직원이 안에서 지키고 있을 테니 잠시 저쪽으로 가 이야기를 나눴으면 하네."

　용하는 성 회장 일행을 다방 건물 그늘 속으로 끌고 갔다. 그들의 눈은 한결같이 용하의 입을 바라보고 있었다.

　"저한테 여러 번 전화가 왔는데 이상한 낌새를 채고……."

"허허 그런 얘길 나눌 새가 없어. 지금부터 취할 조치를 의논하자구."

"병원 신세를 질 수밖에 없겠습니다. 하지만 각별히 조심해얍니다. 저 사람은 가족을 만날까 봐 두려워하거든요."

"응, 알겠네. 자네가 어련히 관찰했을라구."

"나중에라도 제 협조가 필요하시면 아무 때고 연락해주세요."

"여부가 있겠는가. 우리도 오면서 그걸 의논했네. 우린 오히려 자네가 부탁을 들어줄지 걱정했는데 이렇게 자청하니 고맙기 그지없구먼. 그래 자네도 입원치료를 택할 수밖에 없다고 생각하는가?"

"방금 말씀드린 대로 그 수밖에 없어요. 한나절을 함께 지내면서 그걸 확인했죠. 진작 연락을 드리고 싶었지만 전화 걸 기회가 없었어요. 전화 걸 낌새만 채면 도망칠 눈치였어요."

"잘했네, 그리고 우리한테 체면을 차릴 것 없네. 차 사장도 자네의 인격을 믿는 사람이니 암튼 합심해서 저 애 병부터 낫게 하자구."

"그럼, 당장 어떤 조치를 취하면 좋을까요?"

차명구가 용하 앞으로 다가서며 말했다. 용하가 잠시 그의 표정을 살피다가 지정할 곳이 있느냐고 물었다. 그러자 올케가 대답했다. 동두천 쪽인데 시설도 깨끗하고 소문난 곳이라며 벌써 연락을 취해놨다고 말했다.

"그럼, 지체할 새가 없습니다. 어서 데리고 가시죠. 그런데 병원까지 낯모르는 사람을 시켜 데리고 가는 게 좋을 것 같습니다."

용하의 말을 듣고 난 성 회장은 잠시 머뭇거리다가 용하를
불렀다.

"김 서방, 자네한테 부탁을 해도 되겠는가? 자네가 직접 병
원까지 데리고 갔으면 좋겠는데 어떤가? 자네가 데리고 가야
그동안이라도 애나 맘이 놓일 것 같네."

성 회장은 차명구의 입장을 무시한 채 노골적으로 협조를
당부했다. 위급한 상황에서 차명구의 체면을 참작할 겨를이
없는 모양이었다.

"그럼, 제가 애나 씨를 데리고 한 차에 탈 테니 다른 분들은
다른 차로 뒤따라오세요. 우리가 탈 차는 애나 씨가 모르는
차로 골라주고요."

"아하, 그걸 생각 못했군. 그럼 택시를 대절하도록 하고 우
리 차가 뒤를 따름세."

결론이 나자 용하는 혼자 다방으로 들어갔다. 애나는 눈을
두리번거리며 기다리고 있었다. 용하는 조심스럽게 애나의
손을 잡고 밖으로 나왔다. 건물 구석에 세워진 승용차에서 여
러 눈이 이쪽을 지켜보고 있었다. 택시 한 대가 다방 앞에 대
기하고 있었다.

"우리 시골로 놀러 갈까?"

용하는 일부러 명랑하게 큰소리로 말했다. 애나가 고개를
끄덕거렸다. 용하는 애나와 나란히 택시 뒷좌석에 앉았다. 택
시가 출발하자 그 뒤를 승용차가 따랐다. 택시는 의정부 쪽으
로 방향을 잡고 달리기 시작했다. 해는 벌써 중천을 훨씬 넘

어 서녘으로 기울고 있었다. 열린 창으로 시원한 바람이 몰려왔다. 용하는 애나의 손을 꼬옥 쥐어주었다. 애나는 용하의 어깨에 머리를 기댄 채 줄곧 창밖을 내다보았다. 눈도 깜박거리지 않았다. 도대체 무엇을 생각하고 있을까? 용하는 애나의 시선이 미치는 곳을 바라보았다. 송림이 짙게 우거진 깊은 계곡이었다. 택시는 그 계곡 속으로 파고들었다. 첩첩으로 겹을 두른 계곡을 따라 냇물이 흐르고 물줄기를 따라 좁다란 도로가 뚫려 있었다.

"피곤하지?"

용하가 애나의 어깨를 감싸 안자 애나가 가슴속으로 파고들었다.

"그때 기억나? 송도에서 회 먹던 추억?"

용하는 부산의 추억담을 꺼냈다. 애나의 생각을 옛날로 돌려 그 시절의 밝은 추억을 떠올려주면 혹시 마음에 변화가 일까 싶어서였다. 그는 애나의 손끝에 회쌈이 쥐어 있기나 한 듯 그녀의 오른손 손가락을 모아쥐고 자기 입에 넣는 시늉을 했다. 그제서야 애나는 깔깔깔 웃었다.

차가 막바지 언덕길을 오르자 병원 마당에는 원장이 손수 마중나와 있었다. 뒤차는 아직 언덕 밑에서 서서히 기어오르고 있었다. 애나가 병원 안으로 들어가기를 기다리는 모양이었다. 차에서 내린 용하는 애나를 곱게 챙겨 계단을 올랐다. 간호사인 듯한 젊은 여성이 현관에 서 있다가 대기실로 안내했다. 용하는 애나와 함께 슬리퍼로 갈아신고 뒤를 따랐다. 안쪽 복도 저만치에 육중한 철문이 보였다. 철문 입구에는 건장한 사내가 의자를 놓고 앉아 있었다. 안전요원인 듯싶었다.

용하와 애나는 철문 안으로 안내되었다. 안쪽 복도 옆에 응접실 같은 대기실이 보였다. 대기실은 깔끔하고 분위기가 아담했다. 창밖으로는 짙은 송림이 병풍을 두르고 있어 창문을 열어놓은 방에는 솔내가 설핏했다. 다만 창틀에 철책이 쳐져 있어 살벌한 분위기를 자아냈다. 애나는 그 철책의 의미를 모른 채 눈만 끔벅거렸다. 병원을 여관쯤으로 여기는 모양이었다.

애나는 주위를 두리번거렸다. 얼굴에 차츰 불안한 빛이 떠올랐다. 용하도 어쩐지 불안했다. 애나를 신산한 세계로 밀어넣는 죄책감이 느껴지기도 했다. 창틀에 쳐진 철책을 보자 그런 생각은 더욱 뚜렷해졌다. 차라리 집에 알리지 말고 혼자 간호해줄걸. 용하는 후회스럽기도 했다. 그때 젊은 여성이 건장한 사내를 데리고 나타나 친절히 애나를 데리고 나갔다. 말로야 환자 대기실로 데려간다지만 철책 안에 가두는 게 틀림없었다. 성 회장과 가족들이 병원 측과 입원 절차를 끝낸 모양이었다.

용하는 애나의 뒤를 따랐다. 두 사람이 애나를 모시는 자세로 이 층 계단을 오르고 있었다. 용하는 멍하니 복도에 서서 그 모습을 바라보았다.

"수고했네."

뒤에서 성 회장의 목소리가 들려왔다. 용하가 몸을 돌리자 그의 뒤편에 차명구와 올케의 모습이 보였다. 용하는 철문 밖으로 나갔다. 창밖에는 이미 어스름이 밀려오고 있었다. 용하만 데리고 현관 밖으로 나온 성 회장이 떨리는 목소리로 말했다.

"애나는 사랑에 굶주린 애야. 그 허기를 못 채워준 게 어찌 자네뿐이겠는가. 어려서는 부모의 사랑을 제대로 못 받았고, 커서는 오빠인 내가 딴눈을 파느라 소홀했고. 그렇다고 차명구한테서 진정한 사랑을 받았겠나. 그래도 새 출발해 보겠다고 몸부림치던 걸 생각하면……."

성 회장은 갑자기 목이 메었다. 용하는 다소곳이 고개를 숙였다. 한참 동안 눈을 끔벅거리던 성 회장이 용하에게 고개를 돌리며 날카롭게 쏘아붙였다.

"네놈들을 모두 죽이고 싶어!"

용하는 고개를 숙인 채 침묵을 지키다가 성 회장의 숨소리가 가라앉은 뒤에야 죄송하다는 말로 사죄했다.

"화를 내서 미안하네. 차명구가 좀 더 도량이 넓었던들……."

"결혼생활이 원만치 않았나요?"

"그럼, 행복할 줄 알았나?"

"……."

"내가 차 대표와 결합시키려 했던 건 그 애의 불행을 덜기 위해서였네. 하지만 그 애의 행복은 누구한테서도 보장받을 수 없었어. 자네 말고는."

"……."

"내가 자네한테 좀 더 적극적으로만 나섰던들……."

"형님의 노력도 제 맘을 움직이진 못했을 겁니다."

용하는 성 회장을 형님이라고 불렀다.

"하지만 둘이 살게는 됐을 거네."

"그렇게 결합시킨들 행복하겠습니까?"

"차명구와 사는 것보다야 나았겠지."

성 회장은 긴 한숨을 내쉬었다. 그는 어제 있었던 일을 떠올리며 다시 한숨을 내쉬었다. 그러니까 애나가 집을 나간 지 나흘째가 되는 날이었다. 경찰에 가출수배를 낼까말까 망설이던 중이었다. 수배를 내자니 소문이 퍼질 테고 소문이 퍼지면 체면이 무너질 판. 그렇다고 그냥 둘 수도 없는 노릇이었다. 그렇게 하루하루를 미루며 애나가 돌아오기만을 기다리고 있는데 차명구는 꼬박꼬박 회사에 출근했다.

"무슨 수를 썼는가?"

아내를 찾지 않고 근무하는 차명구의 모습을 보자 성 회장은 속이 뒤틀렸다.

"수배를 내리지 말라셔서……."

"찾는 방법이 수배뿐인가?"

"대책을 세우는 중이었습니다."

"무슨 대책? 그 애가 집을 나간 지가 언젠데?"

성 회장이 날카로운 눈으로 쏘아보았다. 차명구는 얼떨결에 꾸며낸 말이어서 대답이 쉬 떠오르지 않았다. 성 회장의 손이 주먹으로 굳어졌다. 한 방 올려치고 싶은 생각이 간절했지만 이를 사리물었다.

"왜 대답을 못하지? 이 사람아, 아내가 미쳐 나갔는데 대책은 뭔 놈의 대책이야? 앉아서 대책을 세울 게 아니라 미쳐 날뛰

어얄 것 아냐? 서울 시내를 쑤시고 다녀얄 게 아니난 말야. 쓰레기장 하수구라도 뒤져얄 게 아니냐구? 자네 이발하고 출근했지? 그래 이발하고 양복 차려입을 만큼 한가한가? 회사 출근이 대수냐고? 그런 식으로 내게 협조해서 재벌로 키울 참였나? 나 구멍가게 해먹어도 좋으니 어서 꺼져!"

성 회장은 고함을 내질렀다. 군대시절 같으면 권총을 꺼내 목에 겨누고 싶었다. 손발이 걸레가 되도록 뒤져야 할 판인데, 회사에 출근한 그 충성이 아니꼬웠다. 사실 성 회장은 차명구 몰래 사람들을 사서 미친 사람이 갈 만한 장소를 뒤지게 했던 것이다. 차명구 몰래 시킨 것은 그의 동정을 살피고 싶어서였다. 벌써 차명구의 마음을 읽어온 터이지만 이번 참에 심리를 면밀히 관찰해 볼 작정이었다.

"역정을 내서 미안하네. 자네도 심정이 괴로울 텐데."

성 회장은 감정을 눌렀다. 차명구는 고개를 숙인 채 사죄했다.

"죄송합니다. 저도 크게 반성하고 있습니다."

"이제 반성한들 뭐하겠나. 한번 미친 사람을 되돌리기가 쉽겠난 말야. 물론 그 애의 잘못이란 걸 잘 아네. 하지만 제딴엔 새롭게 살아보려고 노력했잖은가."

"모든 건 제 잘못입니다. 하지만 굳이 변명한다면……."

"말해보게. 맘을 숨기지 말고 털어놔 봐. 이제 예의를 차릴 단계가 아니잖은가."

"집사람의 그런 노력은 실은 저와의 행복보다 어떤 의도에서……."

"용하 그 사람한테 본때를 보여주려고 애써 노력했단 말이
지?"

"네에."

차명구는 그렇게 대답을 하면서도 자기의 말이 왜소함을
금방 후회했다. 대범한 말로 대답할걸. 화살이 날아올 텐데
방패가 없어진 셈이었다. 그런데 어찌된 일인지 성 회장은 빙
그레 웃으며 어깨를 다독거려주었다.

"하루 이틀만 더 기다렸다가 수배를 내려."

성 회장은 한마디를 던지고 자리에서 일어났다. 그는 방으
로 들어가다 말고 발길을 세웠다. 차명구에게 등을 돌린 그의
자세는 꼿꼿했다.

"자네 조금 전에 반성한다고 했는데 뭘 반성하겠다는 거
지?"

"제 소견이 좁았다는 뉘우침이었습니다."

"그거야 아무나 뉘우칠 수 있지. 다만 실천이 어려운 게지.
그리고 내가 자네한테서 듣고 싶었던 대답은 그게 아녔네. 다
른 말이었어."

성 회장은 다시 발걸음을 옮겼다. 그는 방문을 열고 안으로
들어가며 이렇게 혼자 중얼거렸다.

"어리석은 자는 신선한 말을 할 줄 모르거든. 신선한 게 뭔
지를 모르니까. 나도 배울 게 많지. 나부터 어리석었으니."

미치니까 사랑해주다니

어젯밤 차명구와 한 얘기를 떠올리던 성진모 회장은 살며시 고개를 돌려 용하의 옆모습을 바라보았다. 용하는 어둠이 짙어진 솔숲을 바라보고 있었다. 성 회장의 눈에 용하의 모습이 외롭게도 보이고 당당하게도 보였다.

나는 아직도 사물을 정확히 못 보는 걸까? 그래서 용하를 제대로 판단하지 못하는 걸까?

"자넨 참 이상한 사람이군. 우리 애나가 미치니까 사랑해주니 말야."

"……."

"나는 자네를 지독히 미워했지……."

"미워하신 게 당연하죠. 오히려 덜 미워하신 셈입니다. 정말로 저는 미움을 사고 싶었거든요."

"그건 당연한 말이네. 나도 자네가 그 앨 철저히 미워해주길 바랐었네. 그래야 차명구와 결합시킬 수 있었으니까."

성 회장은 앞장서 마당을 걸었다. 그의 입가에는 미소가 번졌다. 뜻모를 미소였다. 용하는 어둠 속에서도 분명히 그의 미소를 엿볼 수 있었다. 다른 가족들은 마당 저쪽 끝에 서 있었다. 차명구는 일부러 용하의 시선을 피하는 눈치였다. 용하는 먼저 택시에 올랐다. 기사는 바쁘다는 듯 시동을 걸었다. 차가 출발하자 용하는 다시 한 번 하얀 건물을 바라보았다. 푸른 숲으로 에둘러진 그 건물 속에 애나가 들어 있었다.

당곡초등학교 입구에서 내린 용하는 셋집 쪽으로 걸어갔다. 한여름의 무더위가 온몸을 휘감았다. 그동안 용하는 계절과 날짜를 잊은 채 살아온 셈이었다. 라디오전파상에서는 어제 개최된 남북 적십자 제21차 예비회담 소식이 요란했다. 본회담 대표단은 각각 7명으로 정해졌다고 한다. 국무총리가 국회에서 요즘 떠돌고 있는 연방제통일이나 중립화통일은 반대했다는 소식도 나왔다.

차명구가 용하를 불러낸 것은 애나를 입원시키고 일주일쯤 지나서였다. 그날 밤 차명구는 용하를 조용한 술집으로 안내했다. 아담한 룸살롱이었다. 차명구는 접대부도 받지 않고 용하와 단둘이 술을 마시며 솔직한 대화를 나누고 싶었다.

"병원에 다녀오는 길입니다. 기분이 울적해서 김 선생을 불러냈죠."

술자리에 앉자 차명구가 먼저 말을 꺼냈다.

"차도가 어떻던가요?"

"환자는 만나보지도 못했습니다. 앞으로 한 달쯤은 만나보지 않는 게 좋다더군요. 그래야 요양생활에 익숙해진다고요. 의사 말에는 치료를 자신합디다만……."

어딘지 모르게 차명구의 말은 힘이 없어보였다. 꼭 남의 말을 하는 듯한 시큰둥한 말투는 술기운이 익어갈수록 더욱 심해졌다. 용하는 그가 일부러 그런다는 생각이 들었다. 자기에 대한 일종의 투정 같았다. 그 투정이 인간적이다 싶어 용하는 알뜰히 그의 말을 들어주기로 했다.

"병원에 다녀오며 곰곰이 생각해봤죠. 내가 왜 이런 꼴로 살아야 하나 하고요. 그 여자를 치료하다 보면 나도 미칠 것만 같아요. 무슨 말인지 아시겠죠?"

차명구는 반들거리는 얼굴로 말했다. 무엇을 비웃는 표정이었다. 용하는 그의 말뜻을 알아차렸으면서도 이해하기 힘든 말이라고 대답했다. 자기 아내를 그 여자라고 부르는 말투부터가 다분히 도전적이었다. 그는 지금 아내인 애나를 용하와 한패로 묶어놓고 시비를 거는 셈이었다. 실상 용하는 그 시비를 예상하고 나왔으며 또 그 시비를 당하고도 싶었다.

"김 선생, 오늘 우리 서로 기분 나쁜 말만 하도록 합시다."

어지간히 술기운이 오르자 차명구의 말이 풀어지기 시작했다.

"좋죠, 우리 사이에 기분 좋은 말이 오간다면 되레 어색하죠."

"오늘 의사가 뭐랬는지 아오? 나를 가해자로 몰더라고요. 환자는 피해자고 가족이나 사회 등 주위 환경은 모두 가해자다, 그러니 남편인 나는 당연히 가해자다. 어찌 들으면 옳은 말이죠. 사실이 그럴 겁니다. 또 의사는 일상생활이 건전해야 된다고 도덕주의를 강조하데요. 그 말도 그럴듯하죠. 그렇다면 나야말로 부정직하고 부도덕한 가해자일 수밖에 없잖소. 그런데 솔직히 말해서 내가 남편요?"

"……"

"말해보쇼. 진짜 내가 애나의 남편이냐 그 말요. 그 여자의 진짜 남편은 따로 있는 것 아뇨? 그런데 내가 왜 가해자로 몰려야 합니까. 성 회장이 나를 그렇게 보는 판에 의사까지 그런 말을 하니까 좀 맹합디다. 그래서 당사자인 김 선생을 만나 투정 좀 부리고 싶었소."

"……"

"내 말이 시시한가요?"

"맞습니다. 술좌석 정도의 투정으로는……."

용하는 마지못해 말을 받았다.

"술좌석 투정이 아니면 말짱한 정신으로는 따질 일이 아니다 그 말요?"

"맑은 정신으로야 그런 투정을 부릴 수 없죠. 애나 씨는 엄연히 차 대표님 아내니까요."

"아내? 뻔한 말을 하시는군. 나는 김 선생 입에서 그 정도 수준의 말이 나올 줄은 몰랐소. 그런 말을 듣고 싶어 술좌석에서 접대부를 몰아낸 건 아니잖소."

"그럼 나한테서 무슨 말을 듣고 싶은 거요?"

"좀 멋있는 말이 있잖습니까? 솔직한 말 말요. 입원시키던 날 보니까 보호자 행세를 톡톡히 하던데, 그날 성 회장의 태도를 못 봤나요?"

"이런 말종 인간!"

용하는 자리를 박차고 일어났다. 하지만 차명구는 배시시 웃으며 용하의 소매를 잡아끌었다.

"소설가시라 성질이 급한 거요? 이 자리에선 기분 나쁜 말만 하기로 했잖소. 그리고 이 세상에서 누가 내 샌드백이 돼주겠소. 김 선생밖에 더 있겠소. 출세욕 때문에 애나를 선택했는데 여자가 미치는 바람에 그 욕망이 무너질 수밖에 없노라고. 그렇게 붙들고 신세타령할 사람은 당신밖에 없잖소. 그러니 앉으쇼."

차명구는 얼른 술잔을 들어 입에 댔다. 용하는 그의 얼굴을 빤히 바라보았다.

"좋소, 그럼 구질구질한 얘긴 그만하고 술이나 마십시다."

용하는 도로 자리에 앉았다.

"몇 마디만 더 나눈 다음에 실컷 껴안고 놀죠."

"차 사장님도 야심가가 못되네요. 너무 순진하다 그 말이죠. 목적을 둔 여자한테서는 애정쯤 포기했어야죠. 질투 땜에 보물을 망가뜨려 쓰겠어요?"

"맞습니다, 나는 약한 사람이죠. 김 선생처럼 성취욕이 크지 못합니다."

"성취욕이 아니라 속쥡니다. 차 사장님은 부인의 애정을 얻으려 하지만 나는 주려는 차원이니까요."

"하하하…… 웃기지 마쇼, 김 선생은 엉큼한 분입니다. 당신은 나보다 더 큰 성취를 노리고 있단 말요. 주는 차원이라고? 당신은 지금 위대해지고 싶어 안달하고 있는 거요. 싫어한 여자지만 거룩한 인간애로서 병을 고쳐주겠다, 참으로 차원 높은 사랑 아뇨? 그 위대함보다 더 큰 성취욕이 어딨겠소. 아까 당신 입으로 뭐라 했소. 이제부터 술이나 마시자고 했죠? 그것도 당신의 자신감, 즉 나에 대한 한량없는 승리감에서 나온 말일 거요. 내 나약함을 동정하는 그 아찔한 성취감 말요."

차명구의 말이 계속 이어졌다. 가슴에 묻어둔 말을 서슴없이 토해내고 싶은 모양이었다.

"미안합니다. 말씀을 들으니 옳은 말 같습니다. 그럼……."

용하는 벌떡 일어났다. 그때 차명구가 또 용하의 팔을 잡았다.

"기왕 나를 동정했으면 끝까지 동정해줘얄 것 아뇨?"

"내가 당신을 동정할 게 뭐가 있겠소. 부인의 애정을 사는 방법이야 의사한테 들었잖소? 의사가 가해자 입장이 되라고 말했다면서요. 가해자니까 피해자에게 보상해주면 될 것 아뇨."

"그래도 술자리를 떠선 안 되죠. 애초에 무슨 약속을 했죠? 기분 나쁜 말만 하기로 했잖소? 그런데 화내시고 뜨면 되겠어요?"

"분명히 말씀드리지만 화난 게 아닙니다. 부끄러워서 뜨려는 겁니다."

"내가 부끄럽게 안 해드리면 될 것 아뇨?"

차명구는 용하의 팔을 끌어 억지로 주저앉혔다. 차명구는 이제부터 마음 놓고 마셔볼 작정이었다. 내 마누라를 네 멋대로 주물러서라도 제발 병이나 낫게 해다오!

*

외출하고 집에 돌아온 용하에게 소희가 즐거운 표정으로 말했다.

"성 회장님이 당신을 만나고 싶대요."

"무슨 일로?"

"애나 씨 문젠가 봐요. 병세가 좋아진다는군요."

소희는 애나의 차도 소식이 기쁜 모양이었다.

"좋아진다면서 왜 만나자는 걸까. 다른 말은 없었어?"

"나한테 양해를 구하고 싶다는 말을 하더군요."

"양해?"

"자세한 내용은 모르겠어요. 어쨌든 나한테 미안해하는 말 뜻이었는데……. 치료를 위해 환자와 같이 지내달라는 뜻일지도 몰라요."

"환자와 함께 지낸다?"

"여보, 혹시 그럴 필요가 있으면 친절히 돌봐주세요. 내 입장은 조금도 신경쓰지 말고요."

용하는 아내의 진솔한 말이 존경스럽고 고마웠다. 애나의 병세에 늘 마음써 온 소희였다.

이튿날 용하는 아침나절에 성 회장을 찾아갔다. 성 회장은 비서실까지 나와 반갑게 맞아주었다.

"그동안 소식이 궁금했습니다만 쑥스러워서 먼저 연락을 드리지 못했습니다."

인사를 차리고 나자 성 회장은 용하를 회장석 바로 옆자리에 앉혔다.

"자네가 내 곁에 앉아 있으니 감회가 새롭군. 자네가 여길 자주 찾아왔더라면 애나가 저리 되진 않았을 텐데……. 자네 맘도 달라졌을 테고."

성 회장은 갑자기 한숨을 지었다. 웅장한 회장실에 적막이 쌓였다. 용하는 다소곳이 앉아 있기만 했다.

"환자의 차도는 어떤가요?"

"다행히 환자의 병식病識이 빠른 편이었네. 환자가 자신의 병을 인식하려면 보통 몇 달이 걸린다는데 애나는 한 달 만에 깨달은 거야. 진작 자네한테 연락하고 싶었지만 더 두고 보느라 늦었네. 암튼 찾아와줘서 고맙구면."

"주치의의 말을 들어보셨나요?"

"다행히 병세가 시초여서 나을 확률이 많다는 거야. 하지만 자신 있는 대답은 피하더군. 앞으로의 치료 여하에 따라 호전과 악화가 결정된다는 거지. 그래서 자네를 부른 거네. 의사도 자네의 도움을 요청하고 있어. 그 애의 무의식은 자네 생각으로 꽉 차 있다네."

"제가 협조할 방안이 뭘까요?"

"우선 의사를 만나봐얄 걸세. 자네한테 분명히 이르네만 앞으로는 누구의 체면도 개의치 말고 자네 뜻대로 행동해주게. 아까 쑥스럽다는 말을 했는데 다시는 그런 생각을 해선 안 되네. 애나의 치료에 보탬이 되는 일이라면 누구의 주장이든 무시해도 좋아. 내 고집을 꺾어도 좋고 차 대표의 체면을 뭉개도 좋네. 차 대표도 이해하기로 했어. 솔직히 우리 가족의 노력으로는 한계가 있어. 의사도 그걸 인정하고 있으니 전적으로 자네의 정성에 달려 있네."

"우선 의사부터 만나봐야겠습니다."

"병원 측 연락을 내가 대신하는 셈이니 바로 찾아가게나. 그리고 자네의 기동성을 위해 차를 내주겠네."

"싫습니다."

"자네의 그 고집을 꺾어도 안 되겠지, 꺾을 수도 없지만. 하지만 용돈은 받아야 하네, 돈이 꽤 들 테니까."

"충분히 준비해 왔습니다."

"우리 집 일인데 너무 사양하지 말게."

"제 일이기도 합니다."

"더 얘기를 하다간 자네가 날 울리고 말겠군."

성 회장이 고개를 들어 천장을 바라보았다. 이미 그의 눈자위가 붉어져 있었다.

"용서하십시오."

"이 사람아, 용서는 내가 빌어야 할 것 아닌가. 진작 내가 사람을 깊이 볼 줄만 알았어도 애나가 저리되진 않았을 텐데, 내 눈이 어둔 탓이네. 그럼 어서 가보게."

성 회장이 자리에서 일어나며 손을 내밀었다. 그 손을 잡아주고 나서 용하는 밖으로 나와 곧장 택시를 잡았다. 종로 5가로 가서 의정부행 시외버스를 탈 작정이었다. 정류장에 도착하자마자 의정부행 시외버스가 도착했다. 용하는 비어 있는 창가 좌석에 앉아 열린 창밖으로 시가지를 내다보았다. 모처럼 한가한 기분이 들었다. 혜화동 로터리를 지날 때는 파출소를 유심히 살펴보았다. 버스가 미아리고개를 넘을 무렵 대중가요가 흘러나오던 라디오에서 갑자기 뉴스가 쏟아져나왔다. 운전기사가 정오뉴스로 다이얼을 돌린 모양이었다. 지난 3일에 발표된 대통령 긴급명령이 화제였다. 박정희 대통령은 경제 안정과 성장에 관한 긴급명령을 발표했는데 모든 기업의 사채를 동결하고 내각에는 물가상승 억제책 등 5가지 항목을 지시했던 것이다.

미친 사람은 모두 착한 사람이죠

의정부에서 택시를 잡아타고 병원에 도착했을 때는 팔월의 무더위가 기승을 부리는 오후 두 시경이었다. 마당의 소나무 그늘에서 땀을 식히고 안으로 들어가자 현관에서 의사가 반갑게 맞아주었다. 용하는 복도를 지나 철문 안에 있는 상담실로 들어갔다. 낯익은 방이었다. 처음 애나를 데리고 왔을 때 안내받은 장소였다. 여전히 송림내가 코끝에 설핏했다. 담당 의사의 표정이 밝아보였다. 용하는 편안히 소파에 마주앉았다.

"성 회장님한테서 떠나셨다는 연락을 받았습니다."

의사가 먼저 말문을 열었다.

"아침에 성진모 회장님을 뵈었지요. 진작 여기 요양소를 와보고 싶었지만 임의로 찾아오는 것이 어려운 일이어서……."

용하가 담당의사에게 난처한 입장을 털어놓았다.

"그 심정 충분히 이해합니다. 하지만 환자의 치료를 위해서는 김 선생님의 역할이 큽니다. 요행히 환자의 병세가 심하지는 않습니다만 공격성이 돌출할 때가 있습니다. 한마디로 김 선생님에 대한 집념이 강하게 작용하는 거죠. 스트레스 말입니다."

"차명구 사장님은 자주 오시나요?"

"물론 자주 오십니다. 환자의 죄의식을 해소시키는 데에 남편의 자상한 배려가 중요하거든요."

"죄의식이라면……."

"정신병은 대개 죄의식이 병인이랄 수 있습니다. 죄의식이란 인간의 선한 요소가 위해를 받는다는 말과도 같습니다. 그래서 착한 사람이 미치는 경우가 많습니다. 아니, 미친 사람은 모두 착한 사람이라고 보면 옳을 겁니다. 그래서 피해자고요. 엄밀히 말해서 가족이나 사회인은 가해잡니다. 주위 가족의 몰이해와 사회의 병리현상이 정신병 환자를 만들어 내고 있죠."

"지나친 편애가 아닐까요?"

"편애라고 말하는 김 선생님부터도 가해잡니다. 때문에 가해자는 반성해야 합니다. 그 참회의 자세가 치료의 첩경이고요. 그래서 남편의 자상하고도 진실한 보살핌이 필요합니다만, 그 보살핌이 바로 환자의 죄의식을 해소시키는 역할을 하는데…… 환자가 내 탓이라고 각성할 때에야 치료가 가능하거든요."

의사의 얼굴에 일순 그늘이 끼었다. 용하는 그 어두운 표정의 의미를 금세 알아차렸지만 입을 다물 수밖에 없었다. 차명구에 대한 매도에 동조할 수는 없는 노릇이었다.

"환자를 자각의 단계로 이끄는 게 힘들겠군요."

"그러기 위해 환자가 현실에 눈을 뜨도록 노력해야 합니다. 즉 체념을 가르친다고 볼 수 있죠. 사랑의 포기랄까요. 김 선생님이 남이란 걸 재인식시켜야 합니다. 차 사장이 남편이란 사실도 깨닫게 해야 되고요. 환자의 그런 도덕심을 심는 것이 얼마나 힘든 일입니까. 그 정도로 눈을 뜨게 하기 위해서는 가족이 어떤 마음가짐을 가져야할지는 김 선생님도 아실 겁니다. 무엇보다 남편 되는 분의 정성이 필요한 거죠."

의사는 차명구에 대한 불평을 그런 식으로 내비쳤다.

"무슨 말씀이신지 알겠습니다. 하지만 엄밀히 말해서 저는 남입니다."

"지금은 그걸 따질 때가 아닙니다. 의사는 항상 환자의 입장에서 협조를 강요할 수밖에 없습니다."

"선생님……."

용하는 목소리를 다듬었다.

"환자의 사랑을 받아준다면요?"

"치료 방법에 위선은 금물입니다."

"아닙니다. 저는 환자의 치료를 위해서라면 어떤 희생도 각오하고 있습니다."

"다시 말씀드리지만 진실만이 환자를 치료할 수 있습니다."

"선생님, 저는 그 여자를 사랑하고 있습니다."

"사랑이 아니고 용기겠죠."

"용기가 아닙니다, 진실입니다."

"김 선생님은 인간애가 강하신 분입니다. 그걸 애나 씨에 대한 애정으로 착각하시는 겁니다."

"글쎄요, 그건 잘 모르겠습니다만…… 그동안 저는 그 여자가 죽기를 바랐습니다. 죽으면 진심으로 사랑할 것 같았습니다. 이제 그 여자는 죽은 거나 마찬가집니다."

"제가 너무 깊은 걸 따지고 있군요. 사실 김 선생님의 그 신념만으로도 환자의 치료에 큰 보탬이 될 겁니다. 암튼 애나 씨는 행복한 여자네요."

의사가 용하의 손목을 잡아주었다. 따스한 자극이었다. 용하는 창밖 솔밭을 바라보며 가슴을 달랬다. 열린 창문으로 산새소리가 스며들었다. 그 소리는 가까이 들려와 바로 귓전에서 울어댔다.

"개새끼! 나를 여기에 가둬?"

애나는 상담실에 들어서자마자 용하에게 달려들었다. 용하와 의사가 양팔을 잡아 소파에 앉혔다. 그녀의 눈에서는 불꽃이 튀었다. 그리고 그 불꽃이 사그라질 즈음 눈물을 흘리며 용하의 품에 안겼다. 용하는 두 팔로 애나의 상체를 휘감아 옥죄었다. 애나는 용하의 품에 안긴 채 계속 울먹였다.

"당신이 너무 보고 싶었어요."

의사는 살며시 밖으로 나가주었다. 마음껏 회포를 풀어주라는 배려였다.

애초에 의사는 차명구의 협조에 비중을 두었다. 애나로 하여금 현실을 인식시키는 역할에 남편의 따스한 정이 필요했다. 하지만 차명구에게서는 한계를 느끼게 되었다. 환자의 얼어붙은 마음을 녹이기에는 역부족이었다. 그건 애정이라기보다 단지 의무수행일 뿐이었다. 그래서 용하에게 비중을 두게 되었고 그 사실을 성 회장에게 알렸던 것이다.

"나도 당신이 보고 싶었어."

용하는 애나를 껴안은 채 연방 등을 쓰다듬어주었다.

"당신을 놓치지 않을래요."

"그럼 이렇게 같이 있을 거야?"

"응."

애나는 용하의 가슴에 얼굴을 부볐다.

"우리 밖으로 나갈까?"

"어서 그래요."

용하는 애나의 어깨를 팔로 감싸고 복도를 걸어나갔다. 철문을 빠져나오자 의사가 고개를 끄덕거렸다. 나들이를 허락하는 표시였다. 이미 그렇게 약속이 되어 있었다. 의사는 용하에게 귓속말을 했다. 밖에 나가거든 환자가 땀을 흘리게 해주라는 당부였다. 신경안정제보다 그게 더 효과적이라는 말이었다. 용하는 고개를 끄덕여주었다. 마당에는 타고 왔던 택시가 대기하고 있었다. 애나를 껴안고 현관 밖으로 나온 용하는 계단을 내려가 함께 택시를 탔다. 현관 앞에서는 의사가 손을 흔들고 있었다.

"인사해야지, 다녀오겠다고."

용하의 말에 애나도 얼른 차창으로 팔을 내밀어 흔들었다. 택시는 마당을 지나 서서히 언덕길을 내려갔다. 해는 서녘으로 비스듬히 누워 있었다. 열린 창으로 송림내가 밀려들었다. 언덕을 내려온 차가 개울을 건너자 매미소리가 요란했다.

"당신 가고 싶은 데 있어?"

용하가 애나의 의향을 살폈다.

"먼 데로 가요."

"청평댐 가봤어? 거기가 서울 근교에서는 제일 멋있거든."

"좋아요, 역시 당신은 멋있어요."

"청평은 항시 그리운 곳야. 내가 고등학교 때 거기로 수학여행을 갔는데 점심을 먹고 나니까 졸음이 오더라고. 그래서 풀섶에 들어가 늘어져 자는데 꿈속에서 예쁜 선녀가 내려와 내 사타구니를 주물렀어. 퍼뜩 깨나보니까 친구놈들이 내 아랫도리를 벗기고 그걸 만지작거리고 있었어. 미친놈들."

애나는 갑자기 천장으로 고개를 꺾으며 깔깔댔다. 영락없이 성할 때의 그 흐드러진 웃음새였다. 용하를 놀릴 때 웃던 웃음소리.

"내 말이 재밌어?"

애나는 웃음을 머금은 채 고개를 끄덕거렸다. 그 웃음이 싱싱해 보였다. 차는 벌써 교문리(구리) 쪽으로 달리고 있었다.

호숫가 산장

청평에 도착하자 용하는 우선 방부터 구했다. 산중턱에 있
는 산장이었다. 집이 깨끗하고 전망도 좋았다. 푸른 호수가
품 안에 안겨왔다. 용하는 주인 여자의 협조를 얻기 위해 애
나를 아내라고 꾸며댔다. 주인 여자는 용하의 뜻이 가상하다
며 적극적으로 협조해주겠다고 말했다. 그녀는 먼저 애나를
목욕시키고 화장품을 빌려주었다. 화장을 마친 애나의 몸에
서는 향기가 은은했다.

"낭군에게 가슴아픈 짓을 하고 있구먼. 어서 쾌차해서 행복
을 제대로 느껴야 할 텐데. 정말 가슴아프네요. 그런데 어쩌
다 이리됐죠?"

애나의 물기 젖은 머리칼을 말려주고 밖으로 나온 주인 여
자가 안쓰러운 표정을 지었다.

"제가 잠시 바람피운 상심을 이기지 못하고 저런 병에 걸
렸습니다. 제 죄가 큽니다."

용하는 자신의 능청스런 거짓말에 스스로 놀라야 했다. 마치 자기가 연극의 주인공 같다는 생각이 들었다. 악연의 뿌리는 이처럼 잔인한 걸까. 용하는 애나와 청평에 와 있는 것이 운명의 각본에 의한 연극이다 싶어 개운찮은 기분이 들었다. 저녁에는 애나와 함께 마당 잔디밭에 앉아 조용한 시간을 보냈다. 어둠이 깔리자 이따금 밤새소리가 밤공기를 흔들었다. 용하는 애나의 어깨를 껴안은 채 호수 쪽을 내려다보았다. 멀리 어스름한 산 아래에서 노 젓는 소리가 들려왔다. 그때 계곡을 흔드는 듯한 괴성이 귀를 때렸다. 애나가 소리쳤던 것이다.

"개새끼! 꼭 죽일 거야!"

애나의 목소리는 무슨 짐승의 소리처럼 음충맞았다. 용하는 마음을 다잡으며 다시 애나의 어깨를 껴안아주었다.

"여보, 미안해요. 용하 그 새끼를 꼭 죽이고 말 거예요."

애나는 용하를 바라보며 뽀드득 이를 갈았다. 눈에는 살기가 번뜩였다. 그 살기는 창에서 흘러나온 불빛을 받아 사금파리처럼 반짝거렸다. 그런데 이상한 일이었다. 용하는 애나의 살기가 두렵지 않고 오히려 정답게 느껴졌다. 꼭 죽음을 당하고 싶어 안달하는 사람처럼 그 시퍼런 살의가 자기 가슴에 꽂혔으면 하는 간절한 소망에 가슴이 뛰었다. 나도 미치고 있는 걸까? 용하는 멍해진 시선으로 어둠 속만 응시했다.

"밤공기가 찬데 그만 방에 들어갈까?"

용하가 애나의 손을 잡고 일어났다. 애나도 순순히 용하의 손에 이끌렸다. 그들은 정원을 지나 현관 쪽으로 다가갔다.

현관 앞에 이르렀을 때 갑자기 애나가 용하를 부둥켜안고 입술을 빨았다.

"여보, 당신 피곤하죠? 당신 좋아하는 동태찌개를 끓여놨어요. 어서 맛있게 드세요. 당신은 용하 같은 촌뜨기를 신경써선 안돼요. 당신은 위대한 사업가예요."

애나는 호들갑을 떨며 용하의 허리를 팔로 휘감은 채 안으로 들어섰다. 그 다정한 모습을 주인 여자가 부러운 눈으로 바라보았다. 애나가 화장실에 들어가자 용하가 주인 여자에게 속삭이듯 말했다.

"제 아내는 원래 다정했죠. 이대로 나왔으면 좋겠어요."

"그렇게 잘해주니까 부인도 금방 나을 거예요. 저도 남편 간호에 금방 나았거든요."

"네? 어디가 편찮으셨는데요?"

"저도 잠깐 그런 병을 앓은 적이 있어요."

"언제요?"

"남편이 돌아가시기 이태 전이니까 오 년 전이네요."

"원인은?"

"별스런 이유도 없이…… 암튼 허망했어요."

"허망하게 미친다고요?"

"귀신이 조화부리는 건데 특별한 이유가 있겠어요?"

"치료는 어떻게 받으셨죠?"

"여기서요. 남편이 이 집을 구해서 요양시켰어요. 원래 집은 서울인데 저 때문에 다 팽개치고 여기로 왔어요. 참 잘해줬죠. 만날 저를 데리고 다니며 뱃놀이도 하고 등산도 하고 그랬어요. 하기야 죄지은 게 있어 그랬겠지만요."

"죄라뇨?"

"아내한테 짓는 죄야 뻔하잖아요. 호호호……."

여자는 건조한 웃음을 날렸다.

"무슨 얘기를 그리 재밌게 하세요?"

애나가 화장실에서 나오며 상냥하게 말했다. 용하는 애나를 챙겨 방으로 들어갔다. 주인 여자가 정신병에 대한 이야기를 꺼낼까 봐 조심스러웠다. 방바닥은 여름인데도 따스하게 불기가 배 있었다. 그 온기가 용하의 몸을 나른하게 풀어주었다. 용하는 애나의 잠자리를 봐주었다. 잠이 들면 의사에게 전화를 걸어 행동지침을 물어볼 참이었다. 행동 하나하나에 궁금증 투성이였다.

"피곤할 텐데, 어서 자."

포근히 껴안듯하며 애나를 침대에 뉘었다. 그러자 애나가 여보를 부르며 용하의 몸을 와락 껴안았다. 용하는 예상한 터여서 침착하게 그 포옹을 받아주었다.

"피곤할 테니 먼저 자도록 해. 잠시 밖에 나가 바람을 쐬고 올게."

하지만 애나는 포옹을 풀지 않은 채 몸부림을 쳤다. 그녀는 얼른 옷을 벗고 슈미즈만 걸친 채 다시 껴안았다. 용하는 과일이 먹고 싶다는 핑계를 대고 거실로 나가 과일 바구니를 들고 왔다. 그리고 사과 한 개를 집어들고 깎아 반조각을 침대에 누워 있는 애나에게 주었다. 애나는 사과를 방바닥에 팽개치며 욕을 퍼부었다.

"용하 그 새끼를 꼭 죽일 테야."

애나의 눈에서 다시 불꽃이 튀었다. 용하는 이제 애나의 발작을 대수롭잖게 받아줄 정도로 익숙해져 있었다. 그는 미소로 투정을 받아주며 바구니를 들고 밖으로 나왔다. 거실에는 불이 꺼져 있고 주인 여자는 안방에 들어가고 없었다. 스위치를 올린 용하는 조심조심 다이얼을 돌렸다. 교환이 나오자 통화를 부탁했다. 그때 방문이 열리고 애나가 뛰쳐나왔다.

"어디로 거는 거죠?"

애나의 목소리는 정확한 발음을 냈다. 분명 정상적인 말이었다. 용하는 친구에게 거는 전화라고 둘러댔다. 애나는 거짓말이라며 전화선을 툭 챘다. 선이 끊어졌다. 방에서 나온 주인은 애나가 소란을 피우는 모습을 보며 싱글벙글 웃기만 했다.

"내일 일찍 선을 이으면 돼요. 전파사가 멀거든요."

"죄송합니다."

"죄송할 것 없어요. 재밌어요."

"네?"

"<u>호호호……</u>."

갑자기 주인 여자가 헤프게 웃었다. 그 웃음새가 애나의 겉도는 웃음과 꼭 닮아 보여 용하는 덜컥 겁이 났다. 무슨 불길한 외딴 섬에 갇힌 기분이었다. 주인 여자도 애나와 한통속이 되어 자기를 가두는 것만 같았다. 용하는 등골이 오싹했다.

"개새끼, 내 몸에 묻은 벌레를 안 털어줘?"

애나가 소리쳤다. 어느새 손에는 과도가 들려 있었다. 애나는 칼을 치켜들고 용하에게 서서히 다가왔다. 주인 여자는 여전히 히히히 웃고만 있었다. 형광등 빛을 받은 주인 여자의 하얀 얼굴이 귀신처럼 사위스러워보였다. 용하의 이마에서 진땀이 흘렀다. 다리가 뻣뻣해졌다. 애나는 눈을 부릅뜨고 한발한발 다가왔다. 용하는 주춤거리며 뒤로 물러섰다. 다리가 소파에 걸렸다. 칼끝이 눈앞에서 어른거렸다. 후딱 몸을 비키며 애나의 팔목을 잡고 비틀었다. 칼이 거실 바닥에 떨어졌다.

"깔깔깔깔……."

애나의 웃음소리가 삭막했다. 천장 그늘이 괴물스럽게 야울거렸다. 애나는 계속 깔깔거렸다.

"너무 걱정 마세요. 찌르지는 않을 거예요. 하지만 증세마다 다르니까 혹 모르죠, 찌를지."

주인 여자가 태연한 목소리로 말했다. 용하는 소파 등받이에 기대앉아 연방 이마의 땀을 훔쳤다. 긴장이 풀리자 금세 피로가 몰려왔다. 시간은 벌써 자정을 넘고 있었다. 용하는 애나의 어깨를 감싸듯 안아 방으로 데려갔다. '그래, 날 죽이고 싶으면 맘껏 죽여라.' 용하는 그렇게 속으로 중얼거리며 애나의 몸을 침대에 누였다. 몸이 순순히 누였다. 그녀의 팔다리가 몸과 겉돌며 점점 맥이 빠져갔다.

"여보, 나 자고 싶어요."

애나의 목소리가 점점 스러져갔다. 금세 눈을 감았다. 용하는 애나의 흐트러진 팔다리를 몸과 나란히 수습해주고 홑이불을 덮어주었다.

이튿날 용하는 아침나절에 애나를 데리고 그늘진 강가를 거닐었다. 강바람이 시원했다. 애나의 핑크색 원피스가 물색에 반사되어 선명하게 드러났다. 기분이 좋아진 애나는 연방 방실거렸다. 용하도 환하게 웃어주며 앞장서 달리기도 하고 쫓아오는 애나를 껴안아 들어올리기도 했다. 애나가 땀을 흘리도록 운동시킬 작정이었다. 밤잠을 곤히 재우기 위해서였다.

"우리 뱃놀이해요."

애나가 보트를 보고 반색했다. 용하는 위험을 느끼고 피하려 했지만 애나가 막무가내였다. 할 수 없이 배를 세내어 탔다. 되도록 강가로 배를 붙여 노를 저었다. 만약의 경우에 위험을 피하기 위해서였다. 수면은 잔잔했다. 고요한 강변에 노 젓는 소리만 철썩거렸다. 용하가 노를 젓는 동안 애나는 침묵을 지키며 수면만 바라보았다. 깊이 사색하는 모습이었다. 애나에게 저런 의젓함이 있다니. 용하로서는 애나의 잔잔한 모습을 처음 보는 셈이었다.

"마지막 날이 젤 행복했어요. 당신과의 마지막 정사였거든요."

애나가 조용히 말을 꺼냈다. 용하는 한참 생각하고 나서야 마지막 정사를 알아차렸다. 동해바다에서 뱃놀이하기 직전의 뜨거운 정사를 두고 한 말이었다.

"우리한테 마지막이 있었나? 오늘 밤도 같이 지낼 텐데?"

"그때 죽어야 했어요……."

"당신 옷 색깔이 참 멋있어."

용하는 얼른 말을 돌렸다. 애나가 우울한 기분에 빠지면 낭패였다.

"내 옷은 모두 핑크색이에요. 당신이 그 색을 좋아하니까요."

"핑크색을 입은 건 첨이잖아."

"왜 거짓말을 하죠? 항상 입었잖아요? 그죠?"

"응, 맞아. 내가 착각했어."

용하는 일부러 비위를 맞춰주었다.

"여보, 사랑해요."

갑자기 애나가 달려들어 목을 껴안았다. 용하는 침착하게 애나의 포옹을 받아주며 노를 저었다. 애나는 계속 입술을 비벼댔다. 용하도 노를 놓고 포근히 껴안아주었다. 한참 동안 키스를 받아준 용하는 이번에는 애나를 무릎 위에 뉘고 어린 아이를 다루듯 머리칼을 쓰다듬어주었다. 하늘을 바라보는 애나의 눈동자가 보석처럼 빛났다. 분명 곱고 투명한 눈빛이었다. 비나리치던 옛날의 눈빛이 아니었다. 미친 사람의 눈은 저렇게 맑은 걸까?

"나는 당신을 미워한 적이 없어."

애나의 얼굴을 말끄러미 내려다보며 말했다.

"나도 알아요. 당신이 나를 미워한 게 아니라 멀리하고만 싶었다는 걸."

"그래 맞아. 당신을 꽃처럼 감상하고만 싶었어. 당신을 꺾어 가지면 금방 시들 테니까. 당신이 차 사장과 행복했다면 나는 정말 기뻐했을 거야."

"쉬, 부정타요."

애나는 손가락을 용하의 입술에 댔다. 차명구의 이름을 들먹이지 말라는 뜻이었다. 용하는 고개를 끄덕거리며 애나의 몸을 일으켰다.

배에서 내린 그들은 식당을 찾아갔다. 메뉴는 불고기로 택했다. 어쩐지 애나도 맛나게 먹었다. 식당을 나와 도로를 따라 걸었다. 이따금 차가 속력을 내며 지나갔다. 용하는 애나의 손을 잡고 갓길로 걸었다. 나뭇잎들이 저무는 햇살을 받아 눈부셨다. 용하는 길가에 핀 나팔꽃 두어 송이를 따서 애나의 머리에 꽂아주었다. 그때 뒤쪽에서 자동차 경적소리가 나고 동시에 "찌익!" 제동소리가 귀를 쨌다.

"시팔."

트럭 기사가 소리쳤다. 애나는 깔깔거렸다.

"미안합니다."

차도로 떠밀린 용하가 후딱 몸을 피하며 기사에게 사과했다.

"저 여자 미친 것 아뇨? 분명 당신을 밀었단 말요. 정말 아찔했다구."

"방금 부부쌈하던 중이었소."

"그렇다고 남편을 죽이려고 해? 이건 분명 살인미수요."

기사는 애나를 꼬나보았다. 애나는 계속 깔깔거렸다.

"한물간 게 맞구먼. 더럽게 재수없을라니까……. 하마터면 쇠고랑 찰 뻔했잖아, 시팔!"

"죄송합니다."

"이 양반아, 죄송하다 말고 계집이나 혼내줘. 제명대로 못 살 테니."

"집에 가서 혼내주겠습니다."

용하가 기사에게 사죄하는 동안 애나는 연방 깔깔거리며 즐겁게 웃었다.

"확실히 미쳤구먼."

기사는 퉤퉤 침을 뱉고 나서 다시 차를 몰았다. 차가 사라지자 길이 조용해졌다. 그 적막을 산새소리가 흔들었다. 용하는 새소리가 낯설었다. 이 세상에서 나는 소리가 아니었다. 죽음 저쪽에서 들리는 먼 울림이었다. 용하는 차도를 피해 언덕으로 올라갔다. 애나도 열심히 풀숲을 헤치며 뒤를 따랐다. 저만치 언덕바지에 산장이 보였다.

"재밌게 노셨어요?"

집 안에 들어서자 주인 여자가 다정히 맞아들였다. 그런데 용하와 애나가 거실에 들어서자 그녀는 금세 눈을 동그랗게 뜨며 놀라는 기색을 했다.

"큰일났어요. 라디오 뉴스를 들으니까 나라에 큰일이 생겼대요."

"뭐가요?"

"육영수 여사가 돌아가셨대요. 광복절 행사장에서 괴한의 총에 맞았대요. 아마 범인은 잡았나 봐요. 문세광이라고 재일교포라던데……."

"우선 이 사람 목욕부터 시켜야겠습니다."

"올라오는 걸 보고 벌써 물을 받고 있어요."

"고맙습니다."

"저도 땀을 내면 남편이 꼭 목욕을 시켜줬어요. 기분이 최고였죠. 그럼 어서 씻고 저녁을 드세요."

"아닙니다. 밥은 금방 먹고 오는 길입니다. 씻고 그냥 자겠습니다."

용하는 목욕을 꺼려하는 애나를 직접 욕실로 데려갔다. 욕실에는 물이 채워지고 있었다. 물은 미지근했다. 용하는 애나의 옷을 벗기고 욕조 속에 밀어넣었다. 물속에 들어가자 깔깔거리며 용하에게 물을 뿌렸다. 용하는 물을 맞으며 애나의 몸에 비누칠을 했다. 먼저 머리를 감기고 어깨에서부터 발까지 차례로 씻겨나갔다. 하얀 살결이 손끝에 미끈거렸다. 팬티만 입은 몸이었다.

"여기는 당신이 씻어."

용하가 애나의 손을 샅에 짚어주며 직접 닦으라고 시켰다.

"싫어!"

애나가 버럭 소리를 내질렀다. 그러면서 용하에게 어서 씻기라고 손을 끌어당겼다. 용하는 마지못해 팬티 속으로 손을 넣어 샅을 씻어주었다. 먼저 엉덩이를 닦아주고 손을 앞쪽으로 다시 넣어 두덩을 조심조심 닦아주었다. 어느새 애나의 숨결이 거칠어진다 싶더니 덥석 용하의 목덜미를 끌어안고 입술을 빨아댔다. 용하는 얼굴을 그녀에게 맡겨둔 채 여전히 샅을 닦아주었다.

목욕을 마친 애나는 속옷을 갈아입고 다시 화장을 했다. 용하는 거울 앞에서 화장하는 애나를 등 뒤에서 꼬옥 껴안아주었다. 애나는 머리를 뒤로 젖혀 용하의 가슴에 기댔다. 그리고 지그시 눈을 감고 그의 체취에 흠뻑 젖어들었다. 용하는 애나의 그 안온한 감정에 마음이 놓였다.

창밖을 내다보았다. 산 계곡에는 벌써 저녁 이내가 끼고 있었다. 그 뿌연 이내는 멀리 흩어졌다가 다시 모여지는 애나의 영혼 같았다. 용하는 애나를 껴안은 채 지그시 눈을 감고 쾌유를 빌었다. 눈물이 핑 돌았다. 병이 나으면 헤어져야 할 사이였다.

이제야 비극의 가치를 깨달았네

　용하가 회장실로 들어서자 성진모 회장은 손목을 잡아주며 반갑게 맞았다. 지난 연말 애나를 보러 병원에 갈 때 동행한 뒤로 두 달 반 만에 만나는 셈이었다. 조용한 실내에는 봄볕이 스며들고 있었다.

　"그동안 수고가 많았네. 자네 덕에 애나의 병세가 아주 좋아졌어. 자네의 정성이 대단하네. 일주일이 멀다하고 병원에 찾아다닌다는 말을 들었네. 오빠인 내가 부끄러울 지경이네."

　"병원 측과 퇴원을 의논하셨나요?"

　"의사 말에 거의 성한 사람이나 다름없다더군. 어쩌다 맹할 때가 있긴 하지만 그것도 심한 착란은 아닌 것 같아. 그런데 차 사장을 보기만 하면 스트레스를 받으니 걱정이네. 표정부터 굳어지거든. 그 애한테 현실감을 심어주는 게 우선 문젠데 맘을 다독거려줄 사람이 없어 큰일야. 함부로 다루다간 병세가 악화될까 봐 걱정이고."

"의사는 뭐라던가요."

"그야 남편에 대한 재인식이라지만 그 애 맘이 굳어 있으니 큰일이네. 차 사장을 남편으로 받아들이긴커녕 자꾸 부정하려드니……."

"……."

"지난번 자네 처의 이해가 큰일을 했네. 자네가 맘 놓고 협조할 수 있었던 것도 그분 덕택이지."

"성원 엄마가 제 아내에게 고마움을 표시했다는군요. 성원 엄마 요청으로 두 사람이 만났나 봐요."

"자네 처가 병원에 찾아갔다고?"

"네."

"무슨 말을 했다지?"

"의례적인 만남이었대요. 성원 엄마는 저와 청평에서 지낸 게 걸렸나 봅니다."

"그 애가 미안한 감정을 느꼈다고? 그럼 정신을 되찾았다는 말 아닌가?"

"저도 그 말을 듣고 마음이 놓였습니다. 온전한 정신이어야 그런 예의를 차릴 수 있으니까요."

"자네 처는 천사 같은 분이네. 내 인사를 전해드리게. 그리고 자네를 부른 건, 이참에 또 협조가 필요해서……."

"무슨 말씀인지 알겠습니다."

"솔직히 차명구한테서 실망되는 바가 크지만 어쩌겠는가. 그렇다고 이혼시키고 남으로 만들겠는가. 그저 운명으로 돌리고 새 출발할 수밖에 없는데 애나가 맘을 열어주질 않으 니……."

"제가 노력해 보겠습니다."

"이번에 좋은 기회가 생겼네. 애나가 나한테 사정 투로 말 하더군. 마지막으로 자네와 여행을 하고 싶다는 거야. 미안한 부탁이네만 자네가 한 번 더 수고해주게. 둘이 오붓하게 이삼 일 정도면 될 거야. 자네 처한테도 면목이 없지만 어쩌겠나. 여행을 하면서 남편에게 맘을 돌리도록 유도해주게나. 어서 그 애를 집에 데려다주고 싶네."

"하지만 귀가조치는 전적으로 애나 씨의 의향에 따르도록 해주세요. 억지는 위험하니까요."

"물론 그래야지. 차 사장이 애나를 다독거릴 수만 있다면 야……."

"차 대표의 마음도 이해해얍니다."

"누가 그걸 모르는가. 그래서 결합을 바라잖는가. 다만 내 말은 그 사람이 큰 사람이 되어줬으면 하는 바람이네. 저번에 도 말했지만 요즘에야 나는 인격이 무엇인가를 배우는 중이 라네. 참다운 용기가 무엇인지도……. 그런 생각이 들수록 자 네가 남이 된 게 더욱 한탄스럽구."

"형님께서는 저를 잘못 보고 계십니다. 그 사람이 저를 사 랑하고 있는 그 이점 때문에 저는 맘 놓고 기교를 부리고 있 는 겁니다. 어찌 보면 비열한 수작이죠."

"자네가 비열한 사람인데 애나가 사랑하겠는가. 그것도 미 치면서까지? 분명히 말하네만 그 애는 오라비인 나보다 훨씬 건전한 정신을 갖고 있어. 지나친 얘긴지 몰라도 그 애의 미침이 나를 깨우쳤다고 볼 수 있지. 귀부인이 된 애나보다 미친 애나가 훨씬 돋보인다구. 그 애는 지금 나를 꾸짖고 있는 거야. 속을 차리라고 말이네. 나는 이제야 우리 부모님이 비명에 가신 걸 부끄럽게 여기지 않게 됐어. 이제야 비극의 가치를 깨달은 거지. 자네가 자네의 비극을 아릅답게 가꿨듯 말야.”

“차 사장도 지금 괴로워하고 있을 겁니다.”

“하지만 그 몸앓이가 몸앓이로 끝날 수도 있지. 사람이 깨닫는다는 게 어디 쉬운 일인가. 그 사람은 욕심을 버리지 못할 테니까.”

“그렇게 못마땅하면서도 왜…….”

“왜 못 버리느냐 그 말인가? 간단하지. 그 사람 대신 내가 욕심을 버렸으니까.”

“형님도 패배자시군요. 저나 성원 엄마처럼요.”

“그럼 차명구만 승리자겠군. 그런데 자네 오늘은 계속 성원 엄마라고 불렀지?”

“…….”

“이제야 애나의 존재를 제대로 인정해준 셈이군. 애나가 그 말을 들으면 얼마나 행복하겠는가.”

성 회장은 빙그레 웃으며 자리에서 일어났다. 그는 서랍에서 꺼낸 돈 봉투를 내밀었다.

“자네 부인에게 양옥을 장만해드리게. 가난한 글쟁이가 언제 깔끔한 집을 장만하겠는가.”

"감사합니다만 사양하겠습니다. 제 아내도 사양할 겁니다. 형님 마음만 전하겠습니다."

"그럼 봉투를 다시 집어넣으라고? 그건 안 되네. 물론 자네의 심정을 이해하네만 이것만은 거절하지 말게. 제발 내 마음을 편케 해주게."

"형님, 제게 애나는 어떤 존잽니까? 제가 평생 갚아도 못 갚을 채권잡니다. 제가 사랑하는 여인이기 때문입니다. 긴 말씀 안 드리겠습니다."

"알고 있네. 하지만 이 봉투는 자네 부인의 마음씨에 대한 존경의 표시네. 그런 분이 구석진 셋집에서 고생하는 게 딱해서 그러네."

성 회장은 소희의 마음까지 내세우며 받기를 권유했지만 용하는 막무가내였다. 성 회장은 고개를 숙인 채 서 있다가 수표 한 장을 빼내 용하의 호주머니에 억지로 쑤셔넣으며 말했다.

"좋아. 그럼 지난번 비용과 이번에 쓸 비용이나 받도록 하게."

하지만 용하가 그것마저 거절하자 화난 목소리로 말했다.

"고집을 작작 부리게. 그동안 수월찮은 비용이 들었을 테고, 이번 여행에는 더 큰 비용이 들 텐데 자네 처지가 어떻게 감당하겠는가."

하지만 용하는 봉투를 사절하고 그냥 돌아섰다. 성 회장은 병원까지라도 자기 차를 이용하라고 사정했다. 대중교통을 이용하면 병원까지 한나절이 걸린다며 억지를 부렸다. 마지

못해 회장 차에 오른 용하는 곧장 병원으로 달렸다. 차창으로 따스한 온기가 스며들었다. 서울을 빠져나온 차는 시골길을 달리기 시작했다. 어느새 길가에는 파릇파릇 싹이 돋아나고 있었다.

나도 별이 되고 싶어요

애나는 확실히 달라보였다. 눈동자도 겉돌지 않고 생기가 있었다. 얼굴 화장과 옷차림도 말끔했다. 병원 측에서는 애나의 여행을 미리 준비해 놓고 있었다. 의사와 인사를 나눈 용하는 애나를 택시에 태우고 병원 밖으로 나왔다. 청량리역까지 대절한 차였다. 청량리에서 야간열차를 타면 내일 아침 강릉에 도착할 것이었다. 동해안은 애나가 선택한 장소였다. 애나는 강릉에서 곧장 사천 진리로 가서 민박할 계획이었다. 눈물겨운 바다가 아닌가. 용하를 껴안고 빠져 죽으려던 곳. 그 바다와의 어울림은 또한 자기 운명과의 살풀이이기도 했다.

"당신이 오늘쯤 오실 줄 알았어요."

차가 산협을 빠져나오자 애나가 용하의 어깨에 머리를 기대며 말했다. 명랑한 목소리였다. 점점 기분이 달뜬 애나는 택시가 국도로 접어들자 기차 대신 아주 택시로 강릉까지 달리자고 제안했다.

"아저씬 어때요? 이 차로 강릉까지 갈 수 있죠?"

"글쎄요. 갑작스런 청이라……. 하기야 회사에는 전화만 걸면 될 테고."

"그럼 됐어요."

택시기사와 흥정을 끝낸 애나는 용하의 부담감을 거니채고 "오빠가 돈을 잔뜩 주셨으니 당신 지갑에는 손도 대지 마"하고 너스레를 떨었다. 가난뱅이 돈을 쓰면 맘이 불편해서 여행을 잡친다는 농조로 용하의 체면을 세워주기도 했다. 기분이 달뜬 애나는 택시기사에게도 강릉까지 기분 좋게 달리라며 분위기를 살려주었다.

"가다가 쉬어야 합니다. 비포장길이라 긴 시간을 계속 운전할 수 없으니까요."

"지치시면 가다가 주무시고 낼 도착해도 좋아요, 그럼 됐죠?"

"군대식이군."

용하가 애나의 어깨를 껴안은 채 웃었다.

"군대식이 아니라 성애나 식이죠. 되게 까다로운 여자……."

"까다로운 게 아니라 바보지. 당신은 내용으로만 살아온 인간이거든. 세상사는 형식도 필요한 법인데."

"여보……."

애나가 품속으로 파고들었다. 용하는 몸을 돌려 두 팔로 애나를 보듬은 채 창밖을 내다보았다. 산협을 빠져나온 차는 들판을 달리고 있었다.

"여보, 진리포구에서 실컷 취해요. 절절한 추억이 맺힌 곳이죠?"

애나가 손바닥으로 용하의 가슴을 더듬으며 말했다.

"그래 거기서 실컷 취하자고, 여차하면 또 미쳐버리지 뭐. 이번엔 나도 함께 미쳐줄게. 당신 오빠도 미쳐가는 중이더 군."

"어머, 오빠도요? 그럼 우리 식구가 모두 미치는 셈이네 요."

"이 사람아, 내가 왜 당신네 식구야. 당신네 식구는 엄연히 차명구라고. 아주 투지력이 강하고 끝까지 안 미칠 건실한 사 내."

"당신한테 고백할 게 있어요."

"뭔데?"

"나는 퇴원을 일부러 미루고 있어요. 정신이 맑아졌지만 일 부러 허점을 보이고 있다고요."

"뭐야? 왜 그런 짓을?"

"몰라서 물으세요?"

"……."

"퇴원하면 내가 갈 곳이 어디죠? 네? 어디로 가야하죠? 차 라리 병이 악화되면 좋겠어요. 병원에 있으면 당신과 마음 놓 고 만날 수 있잖아요."

"고통스럽게 사는 것도 쓸 만한 인생이라고. 바로 그게 감 동적이니까."

"당신은 행복한 가정을 이뤄서 그런 말을 하겠죠."

"행복? 당신이 불행한데 내가 행복해?"

"……"

"그봐, 대답을 못하지."

용하는 손가락으로 얼른 애나의 입을 막았다. 조용히 창밖을 내다보고 싶어서였다. 강릉으로 향한 길은 언제나 침묵을 요구했다. 그 길 끄트머리에는 동해바다가 있기 때문이었다.

택시는 밤늦게야 진리포구에 도착했다. 애나는 경포대로 가서 호텔에 투숙하자고 졸랐지만 용하가 민박에서 지내야 진리의 추억에 잠길 수 있다고 설득하자 애나도 그게 좋겠다며 호응해주었다. 포구에 하나뿐인 민박에 짐을 풀었다. 짐이라야 옷가지, 세면도구, 화장품 정도였다. 밥은 안집에 부쳐 먹기로 했다. 아는 사람은 되도록 피할 참이었다.

우선 몸을 씻고 누워 피로를 풀었다. 이튿날은 느지막이 일어나 아침 겸 점심으로 대충 끼니를 때우고 바닷가로 나갔다. 어한기인 초봄이라 포구는 한산했다. 모래톱에 오른 두 사람은 손을 잡고 나란히 앉았다. 바다는 잔잔했다. 그 평화로운 수면에 봄볕이 야울거렸다. 멀리 수평선에 두어 척의 어선이 떠 있었다.

"여기서 얼마나 머물 참예요?"

"글쎄, 이틀 정도."

"하루만 더 지내줄 수 있어요?"

"삼박 사일? 좋아. 하지만 당신이 먼저 지루해질 텐데."

"지루하지 않다면 더 오래 머물러줄래요?"

"며칠 더 머물고 싶은데?"

애나의 뜻에 따라줄 작정이었다. 하루만 더 지내자는 그녀의 표정이 초라했던 것이다.

"됐어요. 사흘을 삼십 년만큼 늘려 쓰죠 뭐. 어쩜 내 인생은 지난 세월이 더 진했는지 몰라요. 증오와 분노와…… 그런 모진 바람에 시달려야 사랑은 튼튼히 성장하잖아요. 곱게 자란 사랑은 줄기가 약하고 꽃잎도 흐려요. 색깔이 병들어 보인다고요. 어찌 생각하면 당신이 이렇게 잘해주는 것도 나한테 해독일지 몰라요. 약질로 만들거든요."

"당신도 많이 변했군."

"당신 체질을 닮아가는 거죠. 행복을 싫어하는……."

"행복을 싫어하는 게 아니라 너무 큰 행복을 노린다는 게 맞을 거야. 영원히 못 이룰 그것."

"그것이 뭘까요?"

"나도 몰라. 그냥 막연히 이뤄보고 싶은 무엇일 뿐야."

"암튼 고마워요. 당신 땜에 세상을 묘하게 사는 법을 배웠으니까요."

"애나."

용하는 모처럼 애나의 이름을 불렀다.

"당신, 앞으로 어떡할 참야?"

"그런 걱정 마시고 계속 나를 이뻐만 해주세요. 만약 그러지 않음 도로 미쳐버릴 거예요. 미쳐야 당신이 또 이뻐해 줄 테니까."

애나는 미소를 지었다. 처음 보는 쓸쓸한 웃음새였다. 그녀는 천천히 언덕을 내려와 방파제 쪽으로 걸어갔다. 정박장에는 전마선 서너 척이 하느작거리고 있었다. 용하는 제자리에 앉은 채 먼발치로 애나의 걸어가는 모습을 바라보았다. 외로운 발길이었다. 방파제 끝자락에서 발길을 돌린 애나가 용하에게 손을 흔들었다.

애나가 돌아오자 무기고를 찾아갔다. 애나에게도 추억 어린 곳이었다. 그런데 무기고는 이미 헐린 상태였다. 발길을 돌려 뒷섬 쪽으로 걸어갔다. 모래톱과 여남은 발짝 거리로 연결된 그 바위섬은 큰 파도가 밀려올 때마다 모래바닥이 잠겨 섬이 되곤 했다. 용하는 애나의 손을 잡고 편편한 바위 안반에 올랐다. 임검소장 시절에 홀로 앉아 사색에 잠기던 안반이었다.

"저기가 영진이죠?"

애나가 주문진 쪽으로 뻗은 모래톱 중간 지점을 손가락으로 가리켰다. 용하가 그렇다고 대답하자 이번에는 더 구체적인 지점을 가리켰다. 솔밭이었다.

"저 솔밭 이쪽으로 공동묘지가 있죠?"

"응 맞아. 그런데 어찌 그걸 알지?"

"아버님이 계신 곳이니까요."

"아니, 아버지 산소를 어떻게 알아?"

"가봤어요."

"가봤다고? 언제?"

"당신한테서 돌아가셨다는 말을 들었을 무렵이죠. 성원이가 보고 싶어 몰래 집에 찾아갔다가 들킨 적이 있잖아요."

"기억나는군. 무기고 근처에서 들켰지."

"동네 청년 한 분에게 안내를 부탁했죠. 장례식 때 산역을 맡았던 분이더군요. 친절히 산소까지 안내해 줬어요."

"예비군일 거야."

"준비해 간 술과 과일로 제를 올리며 용서를 빌었어요……. 아버님께 따져보기도 했죠. 당신께서는 왜 이상한 아들을 낳으셨냐고요."

"그래, 뭐라고 대답하셨지?"

"이상한 아들이 아니라고 하시데요. 그냥 평범한 아들이라고요."

"훌륭한 대답이셨군."

"그럼, 내가 당신을 이상하게 만든 셈이네요. 맹한 남자로요."

애나가 웃었다. 용하도 덩달아 웃었다. 용하는 애나보다 훨씬 쾌활하게 웃었다.

"웃는 모습이 꼭 미친 사람 같아요."

애나가 정색을 하며 말했다.

"당신이 정신을 차렸으니 이번엔 내가 미칠 차례지."

"우린 역시 악연이군요."

갑자기 애나의 얼굴에 그늘이 졌다. 용하는 고개를 돌려 수평선을 바라보았다. 그들은 해가 질 때까지 입을 다문 채 바다만 바라보았다. 어스름이 깔려서야 모래톱으로 건너왔다. 고목이 서 있는 당산 기슭을 돌아 숙소로 돌아왔을 때는 바다가 어둠 속에 묻혀 있었다.

"재밌게 노셨어요? 목욕물을 데워놨어요."

주인아줌마가 친절을 베풀었다.

"당신이 씻겨줘요. 청평에서처럼요."

애나가 욕조에 물을 채우며 말했다.

"그때 씻겨준 걸 어떻게 알지?"

"그 순간에는 정신이 번쩍 들더라고요."

"꼭 귀신한테 홀리는 기분이군. 하여튼 좋아. 씻겨주지."

하지만 막상 팔을 걷어붙이자 애나는 밖으로 나가라며 용하의 몸을 밀쳐냈다.

"아냐, 정말 당신을 씻겨주고 싶어. 어서 옷을 벗고 욕조에 들어가."

용하는 직접 겉옷을 벗겨주었다. 애나는 용하의 표정을 살피며 속옷을 벗고 욕조로 들어갔다. 용하는 쭈그리고 앉은 애나를 등에서부터 정성껏 닦아주었다.

그래, 이 한 밤을 백날 천날의 밤보다 더 값지게 포옹해주마!

잠자리에 들자 용하는 애나를 곱게 보듬어안았다. 고목나무 앞에 정화수를 떠놓고 비는 지성으로 곱게 다루었다. 한점의 티가 묻어도 안 되었다. 마지막 만져보는 몸, 다시는 만질 수도 없고 또한 만져서도 안 되는 몸, 미쳐서야 사랑받을 수 있는 가여운 몸이었다.

하초는 촉촉이 젖어 있었다. 낯선 몸이었다. 애나는 그렇게 새로운 몸으로 안겼다. 가슴살도 그전보다 더 희고 부드러웠다.

"여보……."

애나의 몸은 식을 줄 몰랐다. 그 뜨거운 몸을 용하가 아스러지게 옥죄었다. 창으로 까만 어둠이 밀려와 방안에 답쌓였다. 적막이 흘렀다. 숨소리도 멎은 상태였다. 애나의 두 눈만이 어둠 속에서 반짝거렸다. 눈물이었다.

"나도 아버님처럼 별이 될래요."

하늘에 떠 반짝이는 별, 애나의 눈물은 아버지의 별이 되겠다는 그 희망의 결정체였다. 아버지의 별이 되는 것은 이 세상에서 가장 어려운 시험의 합격만큼이나 힘들지만 이제 애나는 그 자랑스러운 별이 되고 싶었다. 그 별의 뜻은 확실히 모르지만 시아버지의 무엇이 되고 싶었다. "아가, 늬 속이 허해서 그렁겨. 나는 늬 착함을 아느니라." 애나의 눈에서 폭포수 같은 눈물이 쏟아졌다. 왜 그 말씀을 진작 깨닫지 못했을까! 드디어 애나는 용하를 온전히 소유할 수 있다는 자신감이 들었다.

"내일 아버님 산소에 가요."

"그럴 참였어."

"나와 함께 갈 거죠?"

애나는 다시 용하의 몸을 껴안았다. 용하도 그녀의 몸을 껴안아주며 등을 쓰다듬었다. 그들은 새벽 무렵에야 잠에 빠졌다. 눈을 떴을 때는 아침 햇살이 방안에 그들먹했다. 용하는 잠자리에서 일어나 바다를 바라보았다.

동해바다는 애나의 살결만큼이나 순결해 보였다. 그 순결한 살결에 햇살이 번졌다. 장엄한 정사였다. 동해바다는 그렇

게 반짝이는 햇살과 몸을 섞어 광활한 모래톱과 드높은 태백
능선을 잉태하고 있었다.

　산책을 나갔겠지……

　무심히 빈 침대를 바라볼 때였다. 용하의 시선 끝에 하얀
종이쪽지가 얼비쳤다. 순간 싸늘한 예감이 몸을 휘감았다. 얼
른 종이를 집어들었다.

　나를 찾지 마세요. 별이 되어야 별의 의미를 깨닫겠죠.

　애나가 실종된 것은 1975년 4월 초순이었다. 용하는 애나
를 찾기 힘들 거라는 예감이 들었다. 진작부터 계획을 세워뒀
을 게 틀림없었다. 차명구를 비롯하여 모든 가족과 친지들이
백방으로 찾아봤지만 애나의 행방은 묘연했다. 그들은 애나
가 미국이나 캐나다 같은 해외로 떠난 것으로 결론을 내렸다.
하지만 사실은 그란카나리아 섬 같은 외딴 곳에서 홀로 살고
싶다는 애나의 간절한 애원을 성진모 회장이 몰래 들어주었
던 것이다.

그란카나리아 섬을 찾아서
– 애나를 만나러 가는 멀고 먼 길

뭐가 어째? 내 시체를 껴안고 통곡하는 게 소원이라고? 미친놈! 미쳐도 더럽게 미친놈!

별빛 뿌연 하늘 어디에서 애나의 성난 목소리가 들려오는 것만 같다. 애정과 증오가 뒤엉킨 그 날카로운 환청이 슬픔에 잠겨있는 용하를 더욱 서럽게 울린다. 반짝이는 항법등航法燈을 내다보며 하염없이 눈물짓는 용하에게 성진모 회장이 크리스탈 잔을 건네주고 와인을 따른다. 마음을 진정시켜주려는 배려였다.

"조금만 따랐네."

"괜찮습니다. 술을 끊은 후로도 와인 한 잔 정도는 마셨습니다."

"자네도 늙어가는 나이니 몸조심해야지. 애나가 위중한 것도 술 탓일 거네."

밤늦게야 인천공항을 이륙해서인지 퍼스트 클래스에는 침대모드에 눕는 승객들이 하나둘 늘어났다. 스튜어디스의 서빙도 한가롭다. 용하는 빈 잔을 정중히 식탁 위에 내려놓았다.

"정말 위독한가요?"

"오라비한테 보낸 편지에 거짓말을 썼겠는가. 나도 애나 얼굴을 본 지가 육 년이 지났네. 지금 자네와 동행하는 것도 모르고 있어. 편지 말고는 소식을 전할 수 없거든."

"통신수단이 많은데 편지뿐이라뇨?"

"애나는 아직도 자네와 헤어진 시기에 살고 있네. 그애의 현재는 자네와 마지막으로 헤어진 1975년인 셈이지. 자네와의 가장 황홀했던 순간을 영원히 묶어두자는 거야. 삼박사일의 진리포구 생활 말고는 생의 어떠한 즐거움도 아무런 의미가 없다는 거지. 그래서 메시지, 카톡, 메일 따위를 거부하고 그 시대의 통신수단인 편지만 고집하는 거라구. 전화를 사용하지 않는 것도 전화가 즉시적인 현재를 떠올리기 때문이네. 실종된 1975년에 머물러야 할 의식을 전화는 그때그때의 현재를 떠올리게 한다는 거지. 그래서 나도 전화를 못 쓰고 있네. 편지 왕래도 우리 부부만 아는 비밀이고. 독한 년이지!"

"동행시켜주신 배려 감사합니다. 그동안 형님께라도 종종 안부를 전해드렸어야 도린데……."

"나도 자네를 일부러 잊어왔네. 하지만 애나의 마지막 모습만은 보여주고 싶었어. 그래야 애나가 눈을 감고 죽을 수 있잖나."

"도저히 이해할 수 없어요. 자그마치 삼십칠 년 동안 홀로 숨어지내다뇨. 그것도 외딴 그란카나리아 섬에서."

"얼마나 한이 맺혔으면 그랬겠나. 애나가 자네에게 복수하는 방법은 딱 한 가지였어. 자네를 실컷 울리는 것. 참 기가 찰 노릇이지. 성공해서 보란듯이 잘 사는 게 복수일 텐데 자네를 실컷 울리는 게 복수라니."

"외람된 말씀이지만 저는 성원 엄마의 그 말에서 공포감이 느껴집니다."

"공포감? 둘이 똑같은 말을 하는군. 자네들 말을 이해하려면 내가 우주인이 되는 수밖에 없네. 철학자도 이해하기 힘들 테니."

성 회장은 흐드러지게 웃었다.

"형님 몸속에도 애나의 광기가 흐르실 거예요. 혁명에 동참하신 것도 그 광기 탓이겠죠."

"그럴지도 모르지. 내가 자네 같은 원수를 아껴주는 것도 광기 탓일 테고. 애나의 피맺힌 자학을 생각하면 자네 가슴에 칼을 꽂은들 분이 삭겠는가?"

"저를 아껴주시는 것 늘 고맙게 여기고 있습니다."

"그 반대일세. 자네 같은 사람과 연을 맺게 해준 내 운명에 늘 감사하고 있네. 자네가 아녔으면 차명구의 인간성을 어떻게 알 수 있었겠나."

"차 대표는 어찌 되었나요?"

"애나가 사라지자마자 헤어졌네. 한시도 내 곁에 두고 싶지 않았어. 자네를 곁에 두고 싶은 마음 간절했지만 거절할 게 뻔해서……. 나는 직원을 채용할 때도 자네를 롤모델로 삼았다네. 내 맘 알겠어?"

용하는 대답을 삼킨 채 성 회장의 몸을 정성껏 침대모드에 뉘었다. 프랑크푸르트와 마드리드를 거쳐 북아프리카 그란카나리아 섬에 도착하려면 하루 24시간 대부분을 기내와 공항에서 보내야 한다.

마드리드공항에서는 스페인 국내선으로 갈아타야 그란카나리아 섬에 갈 수 있었다. 카나리아 군도는 스페인령인데 그란카나리아 섬까지는 비행기로 2시간이 걸리는 거리다. 이륙한 여객기가 안전고도에 진입하자 성 회장은 파우치에서 소인이 찍힌 봉투를 꺼내 용하에게 내밀었다. 뜯겨진 봉투의 발송자 주소는 스페인어 육필로 적혀 있었다.

"애나가 내게 보내준 편지야. 그 편지에는 자네와 성원에 대한 안부도 들어 있으니 나중에 읽어보게. 아마 제 딴엔 마지막 편지여서 그런 안부를 쓴 것 같네."

편지를 공손히 받아 호주머니에 넣은 용하는 마음을 진정시키려고 창밖을 내다보았다.

"내 사고방식이 너무 편협했다는 걸 이제야 깨달았네. 내가 진작부터 자네처럼 진실이 뭔지를 줄기차게 캐왔더라면……. 물론 그 당시 나는 고통이 뭐고 허무가 뭔지를 몰랐지만."

"형님은 구체적인 현실을 체험하셨습니다. 저는 참담한 현실을 살아왔으면서도 그 고통을 낭만적으로 왜곡하는 바람에 아픔을 제대로 느끼지 못했습니다."

"아닐세. 자네의 낭만은 차원이 다르네. 그야말로 처절한 현실적 고통과 그보다 더 무거운 허무극복을 동시에 체험하는 동안 저절로 생성된 여유인 셈이지. 그 쉼터가 아녔으면 자넨 고통의 하중에 짓눌려 헤어나지 못했을 거네. 자넨 자유롭게 죽을 수도 없는 몸이었잖은가. 오죽해야 고통을 사랑하기에 이르렀겠나. 그러니 자네의 모든 가치들, 일테면 정의, 진실, 연민, 사랑은 물론 행복까지도 그 '고통사랑'에 뿌리를 내리고 있네. '고통사랑'은 자네의 신앙이 되었네. 애나에 대한 연민도 그거에 뿌리를 내리고 있으니, 그런 면에서는 애나가 어떤 현실적 사랑보다도 훨씬 더 가치 있는 사랑을 받은 셈이지. 자네를 서럽게 울리는 것을 복수의 도구로 삼은 것도 애나가 자네의 연민을 높은 가치로 여겼기 때문일세. 그만큼 애나가 자네의 정신세계를 총체적으로 파악했다는 증거지."

성 회장의 말이 끝나자 용하는 다시 창밖을 내다보았다. 수십 년 만에 만난 성 회장의 지성이 놀랍기만 했다. 애나로 인한 고뇌스런 사유체험이 성 회장의 타고난 유전적 형질에 불을 지핀 모양이었다. 평생 혼자 숨어살아온 애나의 자학도 그런 핏줄에서 연유했으리라 생각하니 용하는 몸에 소름이 돋았다.

그렇다면 애나도 나와 동일한 광기를 지닌 게 아닐까? 나를 실컷 울리는 것을 복수의 도구로 삼은 그 차원 높은 성찰

력도 그 때문이 아닐까?

어느새 여객기는 대서양 상공을 날고 있었다. 스튜어디스가 오믈렛을 배식했다. 단거리 항로여서 메뉴가 간단한 모양이었다. 식사를 마친 성 회장이 다시 깊은 속내를 드러냈다.

"내가 애나와 한 핏줄인 걸 생각하면 덜컥 겁이 날 때가 있네. 하지만 그 두려움이 일종의 즐거움이란 데에 놀라곤 하지. 자네도 말한 적이 있잖은가. 애나가 자신의 불행을 즐기고 있다고. 자네도 마찬가지일 거야. 그러니 자네들은 자네들의 악연마저 즐기고 있는 셈이지. 그 지독한 악연 말이네."

성 회장의 말을 귀담고 있던 용하의 입에서 저절로 한숨이 터져 나왔다.

악연…….

그렇다. 그 악연의 뜻은 인연 자체에 대한 부정이었다. 희생의 사랑은 신념을 배양하고, 죽음의 사랑은 영생을 창조하고, 배신의 사랑은 증오를 잉태한다. 그런 모든 사랑은 추억을 남기고 추억은 나름대로 인생에 진한 흔적을 남기기 마련. 하지만 애나와의 추억은 지우고 또 지우고만 싶은 좌절의 추억이 아닌가. 찢어버리고 태워버리고 아주 없었던 걸로 하얗게 표백해버리고 싶은 부정의 추억.

하지만 용하는 지금 그 악연을 만나기 위해 멀고 먼 섬 그란카나리아를 찾아가고 있다. 울고 싶어서이다. 통곡하고 싶어서이다. 37년 동안 외딴 섬에서 홀로 살아온 애나의 생은 죽음이나 다름없으니 용하는 이제 진실로 애나를 사랑할 수

있고 슬퍼할 수 있게 되었다. 스스로 고통을 선택한 그런 애
나를 끌어안고 몸부림치는 통곡이야말로 용하가 욕망하는
가장 아름다운 비극미悲劇美였다. 그처럼 애나는 죽음을 통해
서만 용하의 사랑을 받을 수 있는 묘한 존재였다.

책상(이승)과 침실(저승) 사이의
아득한 거리감

　마드리드에서 두 시간여를 날아온 여객기는 드디어 라스팔마스공항 상공에 진입했다. 1,950미터 높이로 우뚝 솟은 로스페초스 사화산이 시선을 끌었다. 입국 수속을 마치고 밖으로 나오니 중년 여인이 두 사람을 반갑게 맞이했다. 애나와 한집에서 지내고 있다는 그 여인은 두 사람을 승용차에 태우고 곧장 출발했다.

　"애나와 여기서 사귄 분이오?"

　차가 공항을 빠져나오자 성 회장이 말을 걸었다.

　"네 그렇습니다. 저는 열다섯 살 때 이민왔습니다. 아버지가 원양어선 선장이셨죠. 제 한국 이름은 조민경입니다."

　"언니와 같이 지낸 지 얼마나 되오?"

　"삼 년쨉니다."

　"한국말이 능숙한데요?"

"한국영화를 많이 보거든요. 한국 책도 많이 읽고요. 언니와 함께 지내게 된 것도 언니가 책을 좋아해서 통했어요."

"애나가 책을 좋아한다고?"

성 회장이 놀라는 표정을 지었다. 애나가 책을 좋아한다는 게 믿기지 않았다.

"그럼요. 특히 소설을 좋아해요. 옛날에 언니가 잘 아는 남자분도 소설을 좋아하다가 유명한 작가가 되었대요."

"혹 그 남자 이름을 아오?"

"이름은 몰라요. 언니는 그 남자를 김 선생이라고 불렀어요."

"나이도 모르고?"

"언니 또래라고 했어요."

성 회장은 용하를 바라보았다. 용하의 얼굴에는 미소가 번져 있었다. 자기 이야기를 하고 있으니 호기심이 생겼지만 대화에 끼어들 입장이 아니었다. 그제야 성 회장은 조민경에게 애나의 병세를 물었다.

"많이 좋아졌어요. 보름 전만 해도 위험했어요."

"위험하다뇨?"

"밥도 못 먹고. 일어나지도 못했어요."

"그런데도 왜 늦게야 나한테 연락한 거요?"

"언니가 혼자 죽고 싶다고 했어요."

"그럼 편지도 민경 씨가 쓰게 시킨 거요?"

"언니가 불쌍했어요. 가족이 아무도 없잖아요. 요즘은 나이가 드셔서 그런지 혼자 울 때가 종종 있어요."

그런데도 오빠에게 연락하는 걸 꺼리다니…….

성 회장은 지그시 눈을 감았다. 그동안 바쁜 핑계만 대고 동생의 존재를 잊어온 그 무성의가 가슴을 쳤다. 고급주택을 장만해주고 생활비를 넉넉히 대준 걸로 도리를 다했다고 여겨왔으니 속으로 얼마나 섭섭했겠는가. 상처 입은 영혼인데 재물보다 오빠의 애정이 더 소중할 터였다. 얼마나 섭섭했으면 몸 아픈 사실조차 숨겼을까. 마지막으로 여기를 다녀간 지도 벌써 6년이 지났잖은가.

"언니 땜에 민경 씨가 애 많이 썼소."

성 회장은 고마움의 표시로 운전 중인 조민경의 어깨를 다독여주었다. 그때 용하가 분위기를 바꾸려고 "여긴 참 살기 좋은 곳이네요" 하고 처음으로 입을 열었다. 조민경이 밝은 목소리로 대꾸했다.

"특히 유럽인들이 선호하는 곳이죠. 경치가 너무 아름다워요. 날씨도 좋고요. 일 년 평균온도가 이십일 도예요."

점점 도로가 높아진다 싶더니 해변 산기슭에 호화로운 저택들이 하나둘 모습을 드러냈다. 도로 아래는 온통 바다였다. 주황색 지붕이 돋보이는 스페인풍 저택들은 푸른 바다와 어우러져 이국적인 정취를 풍겼다.

커다란 아치형 철대문 안으로 들어선 승용차는 아름드리 용혈수를 비롯하여 각종 열대식물로 꾸며진 정원을 가로질러 현관 앞에 멎었다. 차에서 내린 성 회장이 용하에게 말했다.

"나는 조민경 씨와 나중에 들어갈 테니 자네 먼저 집안을 둘러보게. 애나는 천천히 만나도록 하고."

자유롭고 여유로운 상봉을 배려한 성 회장의 마음이 고마웠다. 생각할수록 비통한 상봉이 아닌가. 운명의 가호로밖에 볼 수 없는 기적 같은 상봉, 삼십칠 년 만에 회포를 풀어야 하는 가슴 아픈 상봉, 그런 현장이니 당사자끼리 먼저 만나보는 게 순서였다.

용하는 현관문을 열고 천천히 안으로 들어섰다. 오픈 천장에서 쏟아지는 조명이 거실 중앙으로 흘러내린 고풍스런 계단과 어우러져 궁전 같은 분위기를 자아냈다. 두세 개의 닫힌 문을 지나자 널따란 서재가 속살을 드러냈다. 마치 가상세계를 연출해놓은 듯한 입체디자인이 시선을 압도했다. 서재 구석구석을 둘러본 용하는 책상 앞에서 발길을 세웠다. 벽면에 붙여놓은 책상 위에는 상판 길이에 맞춘 단층 서가가 놓여 있고, 용하의 저서와 소장품으로 빼곡히 채워진 그 서가 바로 윗벽에는 책상 상판만 한 액자가 걸려 있었다. 용하는 그 액자 속에 들어찬 글을 거듭거듭 읽어보았다. 그 경구警句의 의미 속으로 파고들수록 용하의 몸은 점점 무너지기 시작했다.

행복은 너를 타락시킨다. 네 순결을 오염시키고, 네 미적감각을 죽이고, 네 창조의식을 마비시키고, 네 반역정신을 죽이고, 너를 야비하게 만들고, 너를 매끈한 형식주의에 물들게 한다. 그리고 행복은 무엇보다 네가 좋아하는 허무를 희석시킨다. 그러니 네가 다시 참신한 너로 환원되기 위해서는 너 자신을 실컷 울리는 수밖에 없다. 너를 서럽게 울리는 그 최루제催淚劑

가 내 유일한 희망이 되었다.

  그럼 애나가 그란카나리아에 숨어 산 것도 희망의 성취수
단이었단 말인가? 용하는 공손히 두 손을 모았다. 애나에 대
한 한량없는 연민이 경외심으로 승화되었던 것이다. 용하는
무연히 서서 책상을 어루만졌다. 그 책상은 바로 용하 자신이
었다. 그렇다면, 애나는 그동안 용하를 곁에 두고 살아온 셈
이었다. 눈물겨운 몸부림이었다. 용하 곁에 머물고 싶은 애나
의 그 애절한 몸부림이 드디어 용하의 영혼을 뒤틀었다.
  "이제 나는 너의 종이 되리라!"
  용하의 입에서 산매 들린 듯한 말이 저절로 터져 나왔다.
  애나의 모습은 아직도 보이지 않았다. 애나가 누워지낼 공
간은 따로 있는 모양이었다. 서재를 나온 용하는 북향으로 뻗
은 복도를 따라 조심조심 걸어갔다. 어디서 애나가 나타날 것
만 같았다. 여남은 발짝을 더 걸어가니 복도가 꺾이는 코너
가 나타나고 동편 멀리에 외딴 유리방이 보였다. 건물 본체에
붙은 방인데도 아득하게만 느껴졌다. 용하는 발길을 서둘렀
다. 커다란 유리벽 속에는 소파와 아담한 테이블이 놓여있는
데 바다가 내려다보이는 그 환한 유리방 옆에는 침실이 붙어
있었다. 그러고 보니 휴게실 용도로 꾸며진 유리방도 침실에
속한 셈이었다. 순간 용하의 가슴속에 형용할 수 없는 환희가
피어올랐다. 그 환희는 다름 아닌 죽음의식이었다. 서재와 침
실 사이의 먼 거리감은 죽음에 이르는 통로를 암시했다. 서재
로 상징되는 이승에서 침실로 상징되는 저승으로 떠나는 이

별의 은유!

　용하의 눈에서 왈칵 눈물이 쏟아졌다. 애나의 저승길에 동행하고 싶은 간절한 욕망이 솟구치자 눈물은 더욱 사납게 쏟아졌다. 그 폭포수 같은 눈물은 이제 거대한 강물이 되어 도도하게 흘렀다. 그때였다. 등에 보드라운 손길이 느껴졌다. 얼른 몸을 돌린 용하가 "여보!"를 외치며 애나를 부둥켜안았다. 지극히 평화로운 애나의 몸이 용하의 품속에 고이 안겼다. 용하는 애나의 몸을 부둥켜안은 채 오래오래 울부짖었다. 그 통곡은 그란카나리아를 떠날 때까지 계속되었다.

불가능한 욕망의 방정식

우찬제(문학비평가·서강대 교수)

1. 불가능한 사랑, 불가능한 역사, 불가능한 이야기

《애나》는 불가능한 사랑, 불가능한 역사, 불가능한 이야기를 복합적으로 성찰한 소설이다. 경찰관 출신 작가의 실감 있는 현대사 체험을 배경으로 애나라는 매우 독특한 여성 인물과 용하라는 남성 캐릭터의 개성이 오롯이 부각된다. 그 과정에서 불가능한 욕망의 방정식은 인간 실존의 근원 문제를 심원하게 환기한다. 왜 인간은 욕망하는 대상에 완벽하게 도달할 수 없는지, 왜 욕망은 계속 미끄러질 수밖에 없는지, 이 욕망의 미끄러짐이라는 숙명으로 인해 인간사의 비극은 얼마나 다채롭게 연출될 수 있는지, 하는 문제들에 대해 여러 생각할 거리를 제공한다.

소설의 첫 번째 이야기 줄기는 용하의 서사다. 경찰관 출신 작가의 이채로운 인생 역정이 6·3항쟁에서 1970년대 중반까지 제3, 4공화국 시절의 시대사 및 풍속사와 겹쳐지면서 전개된다. 특히 문제적인 것은 작중에 경찰로 등장하는 용하의 경력이 정보, 대공, 민생 등 여러 분야에 펼쳐져 있어 1960, 70년대의 현대사를 환기하는 여러 질료들을 함축하고 있다는 점이다. 물론 이런 현대사의 풍경들은 이 소설의 시간적 배경에 머물고 있다. 파노라마와도 같은 격동의 세월에 경찰로 일한 용하는 그런 시대적 상황을 초월한 경찰 정의나 인본주의를 순정한 영혼의 시선으로 추구한다. 그는 경찰 조직에서의 승진이나 출세보다는 내면 성찰을 통한 작가 수업에 더 관심이 많다. 작가가 경찰로 봉직하면서 수행한 여러 경험들은 작품 활동을 위한 깊은 자양분으로 작용한다.《애나》는 경찰 인문학적인 측면에서도 성찰의 여지를 제공한다. 국민에게 봉사하는 경찰의 본령이나 가치에 대한 의미심장한 탐문들이 들어 있기 때문이다.

　두 번째 줄기는 표제 인물인 애나의 이야기다. 그녀는 용하의 오묘한 영혼에 사로잡힌 인물이다. 그를 향한 격렬한 욕망이 그녀를 비극의 세계로 인도한다. 그녀가 그에게 다가서면 다가설수록, 그는 뒷걸음질치고, 그러면 더 다가서고, 그러기를 반복하다가 실제로 광기에 사로잡힌다. 정상이 아닌 광기의 상태에서야 용하의 사랑을 받을 수 있는 역설적 비극의 상태가 이 소설의 분위기를 독특하게 연출한다. 미쳐서야 연인의 사랑을 일시적으로 얻을 수 있었던 그녀는, 정상 상태로 돌아가면 그 사랑이 끊어질 수밖에 없는 비극적 상황에 절망한 그녀는, 홀로 도피하여 먼 이국의 섬에서 37년간이나 단절의 삶을 살아간다.

처음 읽는 독자들에게 《애나》는 우선 시점 인물인 용하의 이야기가 중심 서사인 것처럼 보일 수도 있다. 그의 경력, 그를 통해 보고되는 시대사나 풍속사 등이 다채롭고 흥미롭게 전개되기 때문이다. 그러나 다시 읽다 보면 그런 용하의 이야기는 결국 매우 독특한 캐릭터인 애나의 이야기를 시나브로 부각하기 위한 배경적 음화임을 알게 된다. 줄곧 우세한 것처럼 보였던 용하의 이야기는 결국 애나의 이야기에 수렴되는, 혹은 애나의 이야기를 위한 보조적인 이야기로 뒷걸음질친다. 용하의 이야기와 애나의 이야기가 얽히고설키면서 소설은 인간 욕망과 관련한 인간 존재론, 그리고 쓰기와 서사 욕망에 관한 이야기로 심화·확산된다. 흔히 이야기의 바깥은 없다지만, 그렇다고 이야기가 자신의 이야기 욕망의 대상에 도달하기는 결코 쉽지 않다. 아니 불가능하다. 쓰고자 욕망하지만 결코 그 욕망을 완벽하게 충족할 수 없는 작가의 운명에 대한 우회적 탐문의 서사, 더 나아가 욕망하는 대로 살고 싶지만 결코 그럴 수 없는 인간 존재론에 관한 심원한 성찰의 서사, 《애나》는 그런 이야기다.

2. 불가능한 대상 추구, 혹은 욕망의 비극미

"난 당신을 사랑한다. 하지만 나는 불가해하게도 당신 안에 있는 당신보다 더한 어떤 것—대상 a—을 사랑하기 때문에,

나는 당신을 절제切除한다"[1]고 말한 라캉의 전언은 사랑과 욕
망의 역설을 매우 적절하게 표현한 것처럼 보인다. 목이 마르
면 갈등을 해소하고 싶다는 욕구가 생기게 마련이다. 시원한
물이나 음료를 마셔서 해갈하면, 그 갈증 해소 욕구를 해결한
것이 된다. 그러나 사랑의 욕망을 비롯한 욕망의 문제는 사
정이 다르다. 사랑은, 그것도 필사적인 사랑이라면 그 대상에
이르기 어렵다. 사랑의 주체와 대상과의 결합은 영원히 미끄
러져 비-만족non-satisfaction의 상태를 벗어나지 못한다. 그러니
까 불가능한 대상을 추구한 까닭이었을까? 슬로베니아 출신
철학자이자 사회학자로 슬라보예 지젝과 협업을 하기도 했
던 레나타 살레츨은 이 라캉의 메시지와 관련하여 이렇게 말
한다. "자신 안에 있는 자신보다 더한 대상은 욕망의 대상으
로도, 충동의 대상으로도 이해될 수 있다. 두 경우 모두 대상
은 찬탄하고 유혹을 느끼는 어떤 것으로 지각될 수 있는 동시
에 증오하고 혐오감을 느끼는 어떤 것으로도 지각될 수 있다.
역설적이게도 주체는 종종 자신이 가장 아끼는 것을 파괴하
기도 한다. 이는 주체의 사적인 삶에 있어서만 그런 것이 아
니다. 자기 나라에 대한 열정적 애착은 또한 그것의 파괴로도
나아갈 수 있다."[2]

《애나》에서 애나와 용하는 라캉이나 살레츨의 관심처럼 불
가능한 대상을 추구하다가 미끄러질 수밖에 없었던 인물이

1) Jacques Lacan, *The Four Fundamental Concepts of Psycho-Analysis*, trans. Alan Sheridan, New York: Norton, 1977, p. 263.
2) 레나타 살레츨, 《사랑과 증오의 도착들》, 이성민 옮김, 도서출판b, 2003, p.13.

다. 또 사랑과 열정적 애착의 대상에 대한 광기적 파괴 양상을 보이기도 한다. 애나는 때로는 아프로디테를 닮은 매혹적인 뮤즈처럼 보이고 때로는 그 그림자인 팜므파탈처럼 보이기도 한다. 흔히 "자신이 원하는 것이 무엇인지를 잘 알고 있는 강한 여성"인 매혹적인 뮤즈는 "자신의 모든 감각을 영원토록 만족시켜줄 삶에 대한 강한 열망을 갖고 있"으며, "천성적으로 창조력과 아름다움, 사랑, 그리고 풍요로움을 선물로 받"은 캐릭터로 얘기된다.[3] 애나는 자신이 원하는 것이 무엇인지, 자신의 욕망이 어디를 향하고 있는지 잘 알고 있는 여성이다. 그녀의 욕망 대상은 바로 용하였다. 용하의 묘한 영혼에 이끌린 그녀는 열정적으로 그에게 몰입하지만 그럴수록 용하는 그녀를 밀어낸다. 아름다움과 사랑을 지녔으되 자신의 매력을 잃을까 두려워하기도 하는 그녀는 용하의 그런 태도로 인해 종종 제정신을 잃기도 한다. 도입부에서 자신을 피해 경찰학교에 입교한 용하를 찾아와 다짜고짜 따지는 것도 그런 순간의 일이다. 그녀는 용하의 관심의 대상, 나아가 사랑의 대상이기를 욕망하지만 그렇지 못할 때 급격한 감정의 변화를 겪으며 팜므파탈의 어떤 특징을 보이기도 한다. 그만큼 파괴적이다.

무엇보다 애나는 불가능한 대상을 추구하다 비극에 이른 캐릭터다. 용하는 애나 안에 있는 애나보다 다른 대상 a를 사랑한 '그녀의 남자'다. 빅토리아 린 슈미트는 '여자의 남자'

---

3) 빅토리아 린 슈미트, 《캐릭터의 탄생》, 남길영 옮김, 바다출판사, 2011, pp.27~28.

의 유용한 자질로 "자유와 꿈을 위해 돈과 권력을 멀리한다." "기사도 정신이 발달해 여성들에게 예의 바르고 상냥하다." "인생에서 새로운 경험을 즐긴다.""영적인 힘이 있으며 심령 현상에 깊이 빠져있다.""재기 넘치며 유려한 말솜씨를 갖고 있다.""매우 협력적이며 언제나 도움을 필요로 하는 누군가 에게 조언을 줄 준비가 되어 있다." 등을 거론하고, 성격적 결 함으로는 "여자들이나 직업적 목표에 매달려 헌신하는 일을 잘 못한다.""자신에게 엄마와 아내의 역할을 동시에 해줄 수 있는 현실적으로는 불가능한 이상적인 여인상을 찾고 있다." "무책임하며 변덕스럽다." 등을 언급한 바 있다.[4] 《애나》에서 용하는 기사도 정신을 지닌 경찰이지만, 그는 궁극적으로 소 설을 쓰는 작가가 되고 싶어 한다. 그의 자유와 꿈이 때때로 옆의 여성들에게는 무책임하며 변덕스러울 수도 있게 만든 다. 무엇보다 용하는 애나 안의 애나를 욕망하지 않았다. 그 녀가 죽으면 비로소 사랑할 수 있을 것 같다고 말하거나, 실 제로 애나가 광기를 보였을 때 사랑해주는 호숫가 산장 대목 같은 것이 '여자의 남자' 유형인 용하의 이색적인 특징을 환 기한다. 그 이채로움은 나중에 애나의 오빠인 성 회장의 입을 통해 용하만의 '낭만의 차원'에 입각한 '고통사랑'의 징후로 해독된다.

"아닐세. 자네의 낭만은 차원이 다르네. 그야말로 처절한 현 실적 고통과 그보다 더 무거운 허무극복을 동시에 체험하는

---

4) 앞의 책, p.149.

동안 저절로 생성된 여유인 셈이지. 그 쉼터가 아녔으면 자넨 고통의 하중에 짓눌려 헤어나지 못했을 거네. 자넨 자유롭게 죽을 수도 없는 몸이었잖은가. 오죽해야 고통을 사랑하기에 이르렀겠나. 그러니 자네의 모든 가치들, 일테면 정의, 진실, 연민, 사랑은 물론 행복까지도 그 '고통사랑'에 뿌리를 내리고 있네. '고통사랑'은 자네의 신앙이 되었네. 애나에 대한 연민도 그거에 뿌리를 내리고 있으니, 그런 면에서는 애나가 어떤 현실적 사랑보다도 훨씬 더 가치 있는 사랑을 받은 셈이지. 자네를 서럽게 울리는 것을 복수의 도구로 삼은 것도 애나가 자네의 연민을 높은 가치로 여겼기 때문일세. 그만큼 애나가 자네의 정신세계를 총체적으로 파악했다는 증거지."

있는 애나를 사랑하지 못하고 없는 대상 a를 사랑한다는 점에서 용하의 사랑은 그 자신에게는 물론 애나에게도 비극적으로 작동한다. 그러나 충족되고 만족되는 욕망보다 불가능한 욕망의 결여, 그 비극이 심연의 고통을 헤아리게 하고 고통에 빠진 존재들에게 연민의 정조를 보인다는 점에서 비극의 가치는 심미적인 차원으로 승화된다. 성 회장이 "이제야 비극의 가치를 깨달은 거지. 자네가 자네의 비극을 아름답게 가꿨듯 말야"라고 말하는 것도 그 때문이다. 욕망의 비극미에 대한 작가의 성찰이 돋보이는 대목이다.

3. 악연의 역설과 여백의 미학

본문에서도 분명하게 드러나듯이, 어쩌면 용하와 애나의 관계는 "악연"에 가깝다. 과연 소설《애나》는 이 악연의 비극미를 전경화하며 역설적으로 마무리된다.

악연…….
그렇다. 그 악연의 뜻은 인연 자체에 대한 부정이었다. 희생의 사랑은 신념을 배양하고, 죽음의 사랑은 영생을 창조하고, 배신의 사랑은 증오를 잉태한다. 그런 모든 사랑은 추억을 남기고 추억은 나름대로 인생에 진한 흔적을 남기기 마련. 하지만 애나와의 추억은 지우고 또 지우고만 싶은 좌절의 추억이 아닌가. 찢어버리고 태워버리고 아주 없었던 걸로 하얗게 표백해버리고 싶은 부정의 추억.
하지만 용하는 지금 그 악연을 만나기 위해 멀고 먼 섬 그란 카나리아를 찾아가고 있다. 울고 싶어서이다. 통곡하고 싶어서이다. 37년 동안 외딴 섬에서 홀로 살아온 애나의 생은 죽음이나 다름없으니 용하는 이제 진실로 애나를 사랑할 수 있고 슬퍼할 수 있게 되었다. 스스로 고통을 선택한 그런 애나를 끌어안고 몸부림치는 통곡이야말로 용하가 욕망하는 가장 아름다운 비극미悲劇美였다. 그처럼 애나는 죽음을 통해서만 용하의 사랑을 받을 수 있는 묘한 존재였다.

애나는 진리포구에서 용하와 사랑을 나눈 후 "나를 찾지 마세요. 별이 되어야 별의 의미를 깨닫겠죠"라는 메모만을 남긴 채 떠나버렸다. 용하에게 있는 애나가 아니라 온전히 없는 대상 a가 된 것이다. 그렇게 실종된 것이 1975년 4월 초순이었는데, 그로부터 37년을 외딴 이국의 섬에서 홀로 숨어 지낸다. 있는 자신을 사랑해주지 않고 없는 대상 a만을 사랑한 용하에게 복수하는 방법은 스스로 대상 a가 되는 길밖에 없었을 터이다. 소설의 결말은 그 대상 a를 통해 온전한 애나를 만나러 가는 용하의 욕망으로 마무리된다. 악연이랄 수밖에 없는 애나와 용하의 이야기는 이렇게 불가능한 욕망의 비극미로 담론화된다.

악연의 역설이 낭만적 비극성으로 승화될 수 있는 것은, 없는 대상 a를 통해 불가능한 욕망의 방정식을 어렵게 풀어나간 결과다. 이는 소설 《애나》에서 여백의 미학, 여백의 창조성과도 연계된다. 소설에서 용하는 있는 대상에 매이지 않는 여백의 미학을 강조한 바 있다. 그에 따르면 낭만은 "흔히 생각하는 감성주의적인 편파성이 아"니라 "부단히 기성질서를 비판하고 냉정히 관찰함으로써 새로운 가치를 창출하는 활력소", "아집에 함몰되지 않는 활력소"다. 좁은 시야에서 벗어나 "광대무변한 세계를 바라보는 여백을 통해 아름다운 실체를 조각하는 그 창조행위"를 강조하는 용하는 보이는 대상보다 보이지 않는 대상 a를 통해 새로운 창조의 지평을 열어나갈 수 있음을 간파한 존재다. 예술뿐만 아니라 정치나 인생도 그렇다고 그는 생각한다. 소설에서 용하는 애나에게 "행복을 싫어하는 게 아니라 너무 큰 행복을" 욕망한다고, "영원히 못 이룰 그것", 확실히 잘 모르겠지만 "그냥 막연히 이뤄

보고 싶은 무엇"을 추구한다고 말한 적이 있다. 대상 a에 대한 열정적 탐문도 이와 관련된다. 그러므로 대상 a에 대한 용하의 깊은 응시야말로 작가의 창작 원동력에 값한다고 말해도 좋으리라. 대상 a에 대한 자유의지, 대상 a를 통한 여백의 미학으로 불가능한 이야기에 도전하기, 잔아 문학의 핵심적 특성은 바로 거기에 있지 않을까 싶다.

사랑에 미친 狂女

애나

초판 1쇄 인쇄 2020년 9월 4일
초판 1쇄 발행 2020년 9월 11일

지은이 잔아(김용만)
펴낸이 임지현

펴낸곳 (주)문학사상
주 소 경기도 파주시 회동길 363-8, 201호(10881)
등 록 1973년 3월 21일 제1-137호
전 화 031)946-8503
팩 스 031)955-9912
홈페이지 www.munsa.co.kr
이 메 일 munsa@munsa.co.kr

ISBN 978-89-7012-510-7 (03810)

잘못된 책은 구입처에서 교환해드립니다.
가격은 뒤표지에 있습니다.

이 도서의 국립중앙도서관 출판예정도서목록(CIP)은 서지정보유통지원시스템 홈페이지(http://seoji.nl.go.kr)와 국가자료공동목록목록시스템(http://www.nl.go.kr/kolisnet)에서 이용하실 수 있습니다. (CIP제어번호 : CIP2020035863)